BÜRGENSTOCK

Silvia Götschi, geboren 1958 in Stans, lebte und arbeitete erst in Davos und dann im Kanton Schwyz. Von Jugend an widmet sie sich dem literarischen Schaffen und der Psychologie. Sie hat drei Söhne und zwei Töchter und wohnt heute mit ihrem Mann in der Nähe von Luzern.
www.silvia-goetschi.ch

Dieses Buch ist ein Roman. Handlungen und Personen sind frei erfunden. Ähnlichkeiten mit lebenden oder toten Personen sind nicht gewollt und rein zufällig. Auf Seite 314 befindet sich ein Glossar.

SILVIA GÖTSCHI

BÜRGENSTOCK

Kriminalroman

emons:

Bibliografische Information der Deutschen Nationalbibliothek
Die Deutsche Nationalbibliothek verzeichnet diese Publikation in der Deutschen Nationalbibliografie; detaillierte bibliografische Daten sind im Internet über http://dnb.d-nb.de abrufbar.

MIX
Papier aus verantwortungsvollen Quellen
FSC
www.fsc.org
FSC® C083411

Umschlagmotiv: Montage aus mauritius images/Keystone/
GAETAN BALLY, Lumamarin/photocase.de
Umschlaggestaltung: Nina Schäfer, nach einem Konzept
von Leonardo Magrelli und Nina Schäfer
Umsetzung: Tobias Doetsch
Gestaltung Innenteil: César Satz & Grafik GmbH, Köln
Lektorat: Irène Kost, Biel/Bienne (CH)
Druck und Bindung: CPI – Clausen & Bosse, Leck
Printed in Germany 2018
ISBN 978-3-7408-0413-8
Originalausgabe

Alles, was der Mensch insgeheim
im Schutz der nächtlichen Finsternis tut,
wird einmal ans Tageslicht gelangen.
Khalil Gibran (1883–1931)

Dieser Schmerz! Dieser unsägliche Schmerz.

Er drohte, ihren Körper zu spalten. «Ich kann nicht mehr», keuchte sie, während sie sich verzweifelt an zwei dünnen Pfosten festkrallte, die das obere Ende des Schragens zierten. Seit Stunden kauerte sie abwechselnd mit Herumgehen und Treppensteigen in dieser Stellung. Die Kraft war aus ihren Beinen gewichen. Sie wollte sterben.

Über ihr Gesicht lief der Schweiss in Strömen. Ab und zu wischte die Hebamme ihn ab, kam mit ihrem Gesicht ganz nahe. Sie roch nach Marzipan. Manchmal spürte sie deren Hände auf dem Rücken oder hörte tröstende Worte, die nur zaghaft ihr Denken erreichten.

Am Abend hatten die Wehen eingesetzt. Zuerst war es nur ein feines Ziehen gewesen, das mit der Zeit stärker wurde. Sie kannte es. Es begann im Rücken und breitete sich über den Unterleib aus. Während ihrer Menstruationen hatte sie immer gelitten. Stunden bevor das Blut aus ihrem Körper schoss.

Dieser Schmerz war anders. Intensiver und ging auch nach einer Tasse Tee nicht weg. Er kam, blieb, verschwand. Doch nie ganz.

Sie hatte sich für die Nacht bereit gemacht, als die Fruchtblase platzte. Erschrocken hatte sie sich an ihre *mamacita* gewandt, die nichts davon wissen wollte. «Kind», hatte sie gesagt, «das hast du dir selber eingebrockt. Warum lässt du dich auch mit einem so viel älteren Mann ein?» Danach waren die Kontraktionen stärker, die Abstände dazwischen kürzer geworden. Sie war ihrem Instinkt gefolgt, war zur Toilette gegangen, wo sie sich auf den Boden kauerte. *Mamacita* hatte sie so vorgefunden und es nicht übers Herz gebracht, ihre Tochter ihrem Schicksal zu überlassen.

Auf Anraten der Hebamme legte sie sich wieder hin. Sie liess sich vaginal untersuchen. Die Hebamme war anscheinend nicht zufrieden, was sie auf deren besorgtem Gesicht sah. Es wollte nicht vorwärtsgehen. «Erst vier Zentimeter», sagte sie. «Der Muttermund hat sich erst vier Zentimeter geöffnet.»

Sie verstand die Bedeutung nicht. Man hatte sie nie darüber aufgeklärt. Alles war ihr fremd, nur der Schmerz gegenwärtig. Ein Schmerz, der stetig zunahm und schier unerträglich wurde. Und die Tatsache, dass das, was in ihrem Bauch herangewachsen war, heute mit aller Gewalt hinauswollte.

«Ich befürchte, dass dein Becken zu schmal ist», sagte die Hebamme. «Kein Wunder bei deinem Alter. Ich muss den Arzt rufen.» Sie liess sie allein auf diesem Schragen in diesem Zimmer, das man Gebärsaal nannte.

Durch die schräg gestellten Rollläden fiel Licht. Draussen hatte der Smog die Stadt fest im Griff. Seit Tagen schon. Es war heiss und stickig. Hochsommer in Lima. Und die Klinik wie ein überhitzter Reaktor kurz vor dem Bersten.

Wie ihr Leib.

Die nächste Wehe meldete sich an. Ihr Bauch war hart. Der Schmerz fühlte sich genauso an. Er wollte nicht mehr enden. Herzton- und Wehenschreiber begleiteten sie, seit sie im Krankenhaus angekommen war. Das CTG-Gerät spuckte kontinuierlich einen Papierstreifen nach dem andern aus. Sie hörte das Pochen des fetalen Herzens. Es klang unregelmässig, wie ein Echo. Es blieb keine Zeit für Fragen. Die nächste Kontraktion zerriss sie wieder. Sie schrie.

«Du sollst nicht mehr liegen. Kauern musst du.» Die Hebamme war zurückgekommen, half ihr von der Liege. «Und atmen … richtig atmen …»

Atmen! Niemand hatte sie darüber unterrichtet, wie richtiges Atmen ging, als sie in der Nacht in Lima angekommen war. Ihr Vater hatte sie auf dem Truck hierhergefahren. Über diese Strasse mit den Schlaglöchern, von ihrem Wohnviertel aus. Er wollte die Verantwortung nicht übernehmen. Er hatte sie in die Frauenklinik gebracht.

Da hatte sie ihre Hebamme zum ersten Mal gesehen und erfahren, was mit ihr in den nächsten Stunden geschehen würde.

Vater war nach Hause zurückgekehrt. Er hatte sie genauso im Stich gelassen wie *mamacita*.

Endlich kam ein Arzt.

«Was haben wir?» Er war jung, trug eine Brille und den Arztkittel salopp offen.

Sie musterte ihn und wollte ihn nicht. Sie hasste Männer. Einer von ihnen hatte sie in diese Situation gebracht.

Er habe sie neun Monate durchgefüttert, hatte Vater auf der Schwelle zur Klinik hinausposaunt. Ab jetzt müsse sie allein für sich sorgen. Für sich und ihren Bastard. Noch hallten seine Worte nach.

«Ohne Geburtsvorbereitung. Sie ist erst fünfzehn.» Die Hebamme zeigte auf den Monitor. «Das hier steht uns bevor.»

«Ist sie versichert?»

«Nein, sie kommt aus der Pampa. Ihr Vater hat sie heute Morgen bei uns abgeliefert.»

«Wie schätzen Sie die Geburt ein?»

«Wir haben eine Querlage vor dem Geburtskanal. Ich glaube nicht, dass sich das eine Kind noch drehen wird.»

«Bitte, helfen Sie mir», rief sie. Erneut krallte sie sich an den Pfosten fest, glaubte, dadurch den Schmerz zu verringern. Sie verstand nichts von dem, was zwischen Hebamme und Arzt gesprochen wurde.

Der Arzt legte eine Hand auf ihren Bauch, während er mit der andern ein Funktelefon bediente. Er hielt es ans Ohr. «Jan hier. Bereiten Sie alles für eine Sectio vor.»

EINS

Wenn er gewusst hätte, dass ihm heute ein solches Bild vor die Linse geriet, hätte er sich bequemere Kleidung angezogen. Max von Wirth hatte nicht die Absicht, seine Digitalkamera wegzulegen. Das hier war sein Job, auch wenn er ihm in diesem Moment ans Lebendige ging.

Potz Donner! Dieser Körper.

Der Ton fehlte. Das war ein Hardcore-Stummfilm. Ein Pornoproduzent hätte ihn nicht besser hingekriegt. Der Blick auf das Bett war optimal. Max zoomte das Bild näher. Seine Auftraggeberin würde nicht grosse Freude daran haben, wenn sie die Fotos zu sehen bekam. Die Frau hier war eine echte Konkurrenz. Nahm der Teufel wunder, wo ihr Mann diese aufgegabelt hatte. Fünftausend Franken winkten Max, wenn er sie in flagranti erwischte. Fünftausend Franken für eine Vorführung, wie er sie noch nie zuvor erlebt hatte. Keiner würde es ihm abnehmen, wenn er später davon erzählte.

Das Liebespaar im Hotelzimmer war seit einer halben Stunde so sehr mit sich selbst beschäftigt, dass es ihn nicht bemerkte. Hinter Max' Rücken glitzerte der Vierwaldstättersee, am andern Ufer die Lichter von Stansstad und Kehrsiten. Und durch den Spalt der Vorhänge vor ihm glänzten schweissnasse Körper in wildem Ritt.

Seehotel Pilatus, zehn Uhr an diesem Dienstagabend. Sie hatten im Restaurant gegessen, ein aphrodisierendes Gourmet-Menü in Sternemanier, vom Koch am Tisch zubereitet. Max hatte ihnen gegenüber gesessen, allein mit einem Lamm-Entrecôte in Kräuter-Oliven-Kruste, allerdings in der Küche zubereitet. Das Essen war im Preis inbegriffen. «Bringen Sie mir den Beweis, dass mich mein Mann betrügt», hatte seine Klientin gesagt. Über die Höhe des Honorars diskutiere sie nicht, aber er könne sie selbst bestimmen. Max war viel zu anständig gewesen. Sein Zimmer lag neben dem des Ehebrechers, so hatte sie ihren ungetreuen Ehemann genannt. «Wenn er mit einer andern vögelt, so werde ich ihn von der Gehaltsliste streichen. Dann will ich die Scheidung und seinen Rauswurf aus meiner Firma.»

Max war über die Brüstung in Nachbars Balkon geklettert. Er war ein sportlicher Mann, besass genügend Kraft, um sich von einem zum andern Geländer zu hangeln. Er hatte sich versichert, dass er unbeobachtet blieb. Doch in dieser Jahreszeit und in der fortgeschrittenen Abendstunde schienen die Leute vor der Glotze zu hocken. Er erregte keine Aufmerksamkeit.

Sie war brünett, er kahlköpfig mit Brille, die er selbst beim Liebesakt trug. Max fragte sich, was sie an ihm fand. Zwischen ihnen lagen mindestens fünfzehn Jahre Altersunterschied. Es war das erste Mal, dass Max ihnen so nahe kam. Bislang hatte er sich damit begnügen müssen, dass sie einander küssten, wie zwei verliebte Backfische Händchen hielten oder verschmust spazieren gingen. «Das reicht mir nicht», hatte er zu hören bekommen. «Ich will Action.» Als hätte die Vorstellung ihren inneren Schmerz an die Grenzen bringen sollen. Er knipste im Sekundentakt. Der Alte brachte es doch tatsächlich mehrmals hintereinander.

Max hatte genug gesehen und Material gesammelt. Er würde mit gemischten Gefühlen seiner Klientin den USB-Stick aushändigen und wäre somit seinen Auftrag los. Er lechzte nicht danach, in fremde Zimmer zu sehen, und noch weniger, mit der Kamera auf Bilderjagd zu gehen, obwohl das nicht sein erster solcher Auftrag war.

Er kehrte über die Balkonbrüstung zurück in sein Zimmer. Die Szene nebenan hatte ihn aufgewühlt. Er wäre kein potenter Mann gewesen, hätte es ihm nichts ausgemacht. Er zog sich aus, stellte sich unter die Dusche und liess eiskaltes Wasser laufen. Es war ein Kälteschock, der seine Gedanken wieder ins Lot brachte.

Seit die Anwaltskanzlei, in der er gearbeitet hatte, geschlossen worden war und er eine eigene Detektei eröffnet hatte, fühlte er sich täglich tiefer sinken. Vielleicht hätte er eine neue

Anstellung gefunden, wenn nicht zur fast gleichen Zeit sein Vater gestorben wäre. Dies hatte ihn an den Abgrund gebracht, an dem er noch immer zu stehen glaubte.

Max fühlte sich unglücklich. Er hatte zu seinem Vater eine gute Beziehung gepflegt. Selbst das Erbe hatte ihm nicht über diesen Verlust geholfen. Er hatte sich damit eine Wohnung in Hergiswil geleistet – ein kleines Trostpflaster, wie er fand. Sie lag am Sonnenhang in der Nähe der Matt. Er genoss einen wunderbaren Ausblick auf den See. Seine Arbeit als Detektiv erledigte er von zu Hause aus. In der Nachbarschaft wusste niemand, was er tat. Im Allgemeinen wurden in seinem Wohnquartier keine Fragen über die Herkunft der Bewohner gestellt. Die meisten seiner Nachbarn gehörten zu den Gutbetuchten, die in Hergiswil den Vorteil eines tiefen Steuerfusses genossen.

Max hatte sich trocken gerubbelt. Mit verwuselten Haaren stellte er sich vor den Spiegel und betrachtete sich von allen Seiten. Er fand, dass er ganz passabel aussah. Er war gross, hatte schwarze Haare, und seine Haut schimmerte braun, als wäre er andauernd an der Sonne. Seine Augen hatten jenes faszinierende Grün, das in seinen Träumen die Frauen reihenweise umkippen liess. Diesbezüglich besass er gute Gene, die er seiner Mutter Milagros von Wirth verdankte. Durch ihre Adern floss spanisches Blut.

Nachdem Max sich angezogen hatte, entschied er sich für einen Schlummertrunk an der Bar, bevor er nach Hause fuhr. Das Zimmer hatte er nur pro forma gebucht. Er würde morgen zurückkommen, um auszuchecken. Dann würde er wieder einmal über die Bücher gehen müssen. Nach dem Kauf der Wohnung, bei dem auch sein ganzes Erspartes draufgegangen war, musste er sich etwas einfallen lassen. Seine gelegentlichen Einsätze waren mit wenigen Ausnahmen nicht lukrativ.

Max kannte den «Pilatuskeller», ein Dancing, das auch Leute in seinem Alter anzog. Die Bar war legendär. Schon Max' Mutter war dort Stammgast gewesen, allerdings unter anderen Voraussetzungen als ihr Sohn. Sie hatte, wie sie einmal hatte durchblicken lassen, einfach gern getanzt. Max dagegen mochte das Ambiente hier. Die Musik passte ihm, die von Live-Bands gespielt wurde und nicht bloss aus dem Repertoire eines DJs stammte.

Er lehnte sich ans obere Ende der Theke. Von hier aus sah er sowohl auf die Bühne als auch auf die Tanzfläche, wo sich verliebte Paare zu einer Schmusemelodie drehten. Die Strahlen einer ausgedienten Discokugel rotierten mit ihnen um die Wette. Eine unsichtbare Eismaschine spuckte Nebel in den Raum und verteilte fluoreszierendes Licht.

«Ciao, Max.» Der Barmann wischte mit einem Lappen die Spuren des letzten Gastes vom Tresen. «Lange nicht mehr gesehen. Wie geht es dir, alter Knabe?»

«Franco, hey, habe derzeit viel um die Ohren», log er. Nach dem Tod seines Vaters war er nie wieder richtig in die Gänge gekommen. Doch es lag ihm fern, darüber zu reden.

«Kann ich dir das Übliche bringen?»

«Eine Stange, gern.» Max beobachtete Franco, wie er ein Bierglas geschickt in den Händen drehte, bevor er es schräg unter den Zapfhahn hielt. Franco war im gleichen Alter wie Max, kleiner und dünner. Seine femininen Gesichtszüge versuchte er erst gar nicht männlicher aussehen zu lassen. Im Gegenteil. Er schminkte seine Augen, damit sie grösser und unschuldiger schienen. Er hatte einen gewöhnungsbedürftigen Stil, was die Kleider betraf. Heute trug er eine gestreifte Hose und ein geblümtes Hemd, das dem Outfit eines Clowns in nichts nachstand.

«Und, was tust du so?» Franco schielte zu ihm herüber. «Ich habe gehört, dass du deinen Job als Anwalt an den Nagel gehängt hast.»

«Bereits vor zwei Jahren», sagte Max leicht konsterniert. Franco sprach ihn jedes Mal, wenn er hier war, darauf an.

Franco stellte die Stange hin und rühmte sich des schönen Schaumkragens wegen. «Dein Herr Papa hat sich wohl verkalkuliert mit dir.»

Max' Herzmuskel zog sich zusammen. Er wollte keine Energie darauf verwenden, die immer gleichen Antworten zu geben.

Es hatte gereicht, dass ihm seine Mutter deswegen die Leviten gelesen hatte. «Vater würde sich im Grab umdrehen, wenn er das wüsste», hatte sie gejammert. «Wie kannst du nur einen gut bezahlten Job aufgeben und Privatdetektiv werden! Privatdetektiv! Mach die Augen auf! Es gibt überall Anwaltskanzleien, die dich mit Handkuss anstellen würden.»

Max hob das Bierglas und prostete Franco zu. Dieser wandte sich an neue Gäste.

Die Musiker – zwei Männer mit Gitarre, eine Frau am Schlagzeug und eine Sängerin – wechselten den Slowmodus zu Rock-Pop. Ein Stück aus den 1970er Jahren. Max kannte es aus Mutters Repertoire. Als kleiner Junge war er von ihren Lieblingsstücken täglich zugedröhnt worden. «It's a Heartache» von Bonnie Tyler. Die Sängerin mimte sie perfekt. Allerdings hätte sie den Afrolook besser weggelassen.

Max nippte am Bierglas. Seine Augen durchdrangen den rötlich schimmernden Nebel, blieben eine Weile an der unteren Körperhälfte der Sängerin haften, und er fragte sich, ob sie noch Jungfrau war. Sie hielt sich am Mikrofon fest, als wollte sie ein Eis-Cornet verspeisen, während ihr Blick in seine Richtung fiel. Kein Zweifel: Sie flirtete mit ihm. Er sah woandershin. Nicht sein Beuteschema.

Plötzlich, als schösse ein Komet auf das Tanzrondell, tauchte dort eine Frau auf. Langbeinig, kräftig, atemberaubend schön. Sie war auf einmal da und aktivierte in Max einen Tunnelblick. Es war lange her, dass eine Frau ihn dermassen in ihren Bann gezogen hatte. Allein bewegte sie sich zur Musik, anmutig, ausserirdisch, so kam es ihm vor. Ein Vollblutweib mit wallender Lockenpracht, die ihr bis über das Gesäss reichte. Rote Haare! Sie hatte verdammt noch mal rote Haare. Oder blonde, die im Licht rot schimmerten. Sie hielt ihre Augen geschlossen, gab sich der Melodie hin. Drehte sich, wand sich, spielte mit Armen und Händen vor ihrem Gesicht, als müsste sie sich eines Gewirks von Spinnennetzen erwehren. Für Max wie eine stille Aufforderung.

Der Afrolook sang jetzt ein Lied von Phil Collins. Die Sängerin bewies, dass sie fähig war, in verschiedenen Tonlagen zu singen. Das Stück weckte bei Max die Sehnsucht nach einem Schritt in Richtung Tanzrondell.

Kaum hatte er sein Bierglas abgestellt, bewegten sich zwei Halbstarke mit einem unübersehbaren Hüftschwung in die Nähe der Begierde. Max blieb auf seinem Beobachtungsposten zurück und rätselte, was die Schöne aus den Annäherungsversuchen machen würde. Sie tat wie erwartet: nichts. Kurz schlug sie zwar die Augen auf, mass ihre Umgebung mit einem spöttischen Blick ab und gab sich in der Folge ganz sich selbst hin.

Keine Frage: Sie provozierte.

Max trank sein Bier aus.

«Noch eines?» Franco streichelte ihm über die Hand, was Max nicht als freundschaftliche, sondern als erotische Geste verstand, denn er kannte Francos sexuelle Ausrichtung. Schon während der Schulzeit hatte er ihm seine Zuneigung gezeigt.

«Kennst du die?», fragte Max und nickte in Richtung Discokugel.

Franco sah auf. «Ja, sie kommt immer mal wieder hierher, meistens an den Wochenenden.»

«Ihr Name?»

«Keine Ahnung. Ist nicht mein Typ.» Franco schmollte wie ein kleiner Bub, dem man sein Spielzeug weggenommen hatte.

Max schmunzelte. «Sie hat wohl ein falsches Chromosom.»

Franco grinste zurück. «Falls du nichts vorhast heute Nacht, ich wüsste da schon etwas …»

«Erspar dir die Mühe.»

Geschmeidig wie eine Balletteuse tanzte sie in diesem eng anliegenden Kleid, das mehr preisgab als verhüllte, und den High Heels. Sie war eine echte Sünde. Wohlproportioniert, nicht zu mager – eine gesunde, robuste Frau. Sie brach das Tanzen ab. Augenscheinlich erschöpft wippte sie in Richtung Theke und wurde auf einmal sehr menschlich. Sie schwang sich unmittelbar neben Max auf einen Hocker und schleuderte ihre Haare in seine Richtung. Der angenehme Duft eines Parfüms streifte seine Nase. Er widmete sich dem zweiten Bier, ohne die Bewegungen der Fremden in seinen Augenwinkeln ausser Betracht zu lassen. Sie sah ihn an. Er guckte aufs Glas und seine Hände, die er darum herumgelegt hatte. Einer der zwei Halbstarken drängte sich zwischen ihn und die Frau. Max hörte ihn fragen, ob er ihr einen Drink spendieren dürfe. Sie lehnte ab. Max spürte Schadenfreude.

«Ich habe Sie nicht bestellt», sagte sie nur. Ihre Stimme klang dunkel und rauchig.

Sie sah Max an, wohl in der Erwartung, dass er sich nach ihr umdrehte oder ihr Retter in der Not war. Er trank vom Bier, leckte sich den Schaum von den Lippen. Er fragte sich, wie lange es wohl gehen würde, bis sie ihn ansprach.

Sie bestellte Champagner, einen Rosé. «Mit Erdbeeren», sagte sie. Ihr Blick blieb an Max haften. Er würde sie noch eine Weile zappeln lassen, nahm er sich vor. Die Fremde hatte es offenbar darauf angelegt, seine Schale zu knacken. Franco öffnete eine neue Champagnerflasche, griff nach einer Flûte und wollte einschenken.

«Bitte lieber ein Rotweinglas oder noch lieber einen Burgunderkelch.»

Max warf Franco einen Blick zu. Der erwiderte ihn augenzwinkernd. Das musste der Fremden nicht entgangen sein. «Sie kennen sich?»

«Wir gingen in dieselbe Klasse.» Franco tauschte die Gläser. Er goss den Champagner ein, servierte ihn und stellte eine Schale mit frischen Erdbeeren dazu, die er aus einem Kühlregal gezaubert hatte. «Er sass direkt hinter mir.»

Max erhob sich. Er konnte es nicht vermeiden, der Fremden ins Gesicht zu sehen.

Tatsächlich war er noch nie einer so faszinierenden Frau begegnet. In seiner Hose regte sich etwas. Er begehrte sie bereits, bevor er mit seinen Augen alles an ihr abgetastet hatte. Sie strahlte Kraft aus, ihre Aura war unglaublich. An den Enden ihrer sinnlichen Lippen zeichneten sich Vertiefungen ab, die nicht bloss vom Lächeln stammten. Max glaubte, auf ihnen etwas zwischen wilder Entschlossenheit und Zynismus zu lesen.

«Hab ich Sie vertrieben?» Sie zog kokett eine ihrer Brauen hoch, die wie gezeichnet über ihren Augen lagen. Dabei entgingen ihm nicht die geschwungenen Wimpern. Zu lang und zu dicht für echte.

Er sah sie belustigt an. Sie hatte tatsächlich rote Haare. Ihre Augen waren schwarz und mit einem dunklen Kajal umrandet. Smokey Eyes, fiel ihm ein, und er ging Richtung Ausgang.

Er hatte ihr nicht geantwortet. Er mochte dieses Spiel. Was sie daraus machen würde, gleiste die Fortsetzung des Abends auf. Er kannte das. Sie wäre nicht die Erste, die er von einer Bar abschleppte. Kaum hatte Max die Tür zu den Herrentoiletten erreicht, spürte er eine Berührung auf seinem Rücken. Und ehe er sich versah, prallte er mit dem Gesäss an die Wand.

«Findest dich wohl unwiderstehlich.» Ihre Hand griff in seinen Schritt.

Rollenwechsel. Er kam ausser Atem, fast auf Augenhöhe mit ihr. Sie küsste ihn ohne Voranmeldung. «Du *bist* unwiderstehlich.» Sie bugsierte ihn durch die Tür in den Waschraum und nestelte während dieses Unterfangens an seiner Hose. Er riss ihre Hände weg. «Ganz langsam, Baby.» Er wollte nicht, dass sie seinen Part übernahm. Er mochte es auch nicht, wenn die Frau ihn beim Tanzen führte. Er hatte seine Prinzipien. Er hob sie auf, setzte sie auf den Rand des Lavabos, schob ihr den Rock hoch. Es hätte ihn erstaunt, wenn sie Unterwäsche getragen hätte.

Sie küssten sich, als ginge es um Leben und Tod.

Alles an ihr war fest und muskulös. Nur ihre Brüste, die er unter ihrem Shirt ertastete, hatten etwas Weiches, Zartes an sich.

Als die Tür aufging, trieben sie keuchend zum Gipfel der Lust.

«Sorry», sagte jemand.

Die Rothaarige hielt kurz inne, sah über Max' Schulter hinweg. Er ahnte, wie sehr es sie erregte. Sie stiess einen spitzen Schrei aus, in dem Moment, als er die Kontrolle über sich verlor und sie gemeinsam zu pochen begannen. Zu schön, um wahr zu sein.

Später beugte sie sich über das Lavabo, nachdem sie sich erfrischt und den Rock geordnet hatte. Sie zog ihre Lippen nach. Ihre Augen waren frech auf ihn gerichtet. «Ich bin Fede.»

***

Als Max erwachte, brummte ihm der Schädel. Vor dem Fenster zog der Morgennebel seine Spur. Max war es sich nicht gewohnt, unter der Woche so viel Alkohol zu trinken. Nachdem er gut gelaunt mit Fede an die Bar zurückgekehrt war, hatten sie eine Flasche Rosé-Champagner bestellt. Aus Burgunderkelchen, was ihm völlig gegen die Gewohnheit ging. Dazu hatten sie Erdbeeren gegessen, und er hatte sich darauf eingestellt, mehr über die Schöne zu erfahren, die ihm den Verstand geraubt hatte. Fede hatte die Hälfte des Glases in einem Zug ausgetrunken, bevor sie sich erhob und ihm zuzwinkerte. Sie müsse mal für kleine Mädchen. Er hatte ihr nachgeschaut und still vor sich hin gelächelt. Er hatte sie kaum eine Stunde gekannt und sie bereits erobert. Sich erobern lassen. Für einen Moment hatte er sich glücklich gewähnt.

Sie war nicht wieder aufgetaucht.

Max hatte die Flasche unter Francos mitleidigem Blick geleert und bezahlt und war danach nach Hause gefahren. Er hatte sich nicht einmal dazu aufraffen können, Franco nach der Fremden zu fragen. Sie erschreckte ihn. Offensichtlich gehörte sie einer neuen Generation von Frauen an, die den Tarif durchgaben, sich nicht zierten und sich nahmen, was ihnen ihrer Meinung nach zustand. Auch das, was ihnen nicht gehörte.

Auf der Kommode neben dem Bett vibrierte das iPhone. Max bekam es in die Finger, bevor es, aufgrund der Vibration, von der Kante auf den Boden gefallen wäre. Er erinnerte sich nicht, Fede die Nummer ausgehändigt zu haben, hätte es sich jedoch in diesem Moment gewünscht. Er schlug die Augen auf und sah auf das Display. Milagros!

Er war hellwach.

Seine Mutter war sechzig, fühlte sich aber nicht so, was sie stets betonte. Das war einer von vielen Gründen, weshalb sie es nicht mochte, wenn er sie Mam nannte. Sie hatte ihn früh bekommen. Da war sie gerade dreiundzwanzig gewesen. Sie sah nicht ein, weshalb sie ihre besten Jahre auf ihr Witwen- und Mutterdasein hätte reduzieren sollen. Das hatte sie ihm erst kürzlich gestanden. Sie wolle noch etwas erleben, als begehrenswerte Frau. Er solle sich vorsehen, sie unter Leuten Mam zu nennen.

Er fuhr mit dem Daumen über den Touchscreen.

«*Gracias a Dios*», sagte sie ausser Atem. Es klang, als hätte sie einen Halbmarathon hinter sich. «Gut, bist du erreichbar.»

«Mam, schön, dich zu hören.»

«Milagros», sagte sie. «Wir haben eine Abmachung.»

«Ich gehe davon aus, du bist um die Uhrzeit noch zu Hause.» Max hatte sich vergewissert, wie spät es war. Kurz nach sieben. «Niemand hört uns.»

«Du solltest dich daran gewöhnen, mein Junge.» Sie kicherte geheimnisvoll. «Denke niemals –»

«Recht und Gegenrecht, solange du mich nicht ‹mein Junge› nennst.»

Sie ging nicht darauf ein. «Wir müssen uns sehen.»

«Und weshalb?» Max sah den Morgen und den Vormittag bachab gehen. Wenn er sich mit Milagros traf, lud sie ihn im Minimum zum Brunch oder zum Mittagessen ein, und das dauerte Stunden. «Ich habe zu tun.»

«Nichts an deinem Job ist so wichtig, als dass du die Bitte für ein Treffen mit deiner Mutter ausschlagen musst.»

«Worum geht's?»

«Komm auf den Berg. Wir können das während des Essens besprechen.»

Er hatte es geahnt. Milagros ging davon aus, dass er sich nicht richtig verpflegte. Er müsse einmal am Tag eine warme und vollwertige Nahrung zu sich nehmen, war ihre Ansicht. Max druckste herum. Er hatte sich am Nachmittag mit seiner Klientin verabredet. Er wollte dabei sein, wenn sie den USB-Stick mit den brisanten Bildern in Empfang nahm und sie gleich vor Ort auf ihrem Laptop betrachtete. «Heute geht nicht. Wir müssen das auf morgen verschieben.»

«Das, was ich zu sagen habe, kann nicht warten.» Milagros hatte ihren Ton verschärft. «Ich habe einen Auftrag für dich. Ich gehe davon aus, dass du ihn annehmen wirst. Wenn ich mich erinnere, ist die Hinterlassenschaft deines Vaters für deine Eigentumswohnung draufgegangen, und du bist auf jeden Rappen angewiesen.»

Max mochte es nicht, wenn Milagros ihn auf die Schwachstellen in seinem Leben ansprach. «Du hast also einen Job für mich.» Max nahm es zur Kenntnis. Mit den fünf Riesen des letzten Auftrags würde er – wenn er bescheiden blieb – gut einen Monat leben können. Dann wollte er weitersehen. Zudem hatte er sich fest vorgenommen, nach der Fremden von gestern zu suchen. Der Gedanke an sie brachte ihn zum Schmunzeln. Er würde ihr, falls sie das von ihm erwartete, jedoch nicht hinterherjagen. Er doch nicht.

«Ja, ich habe einen Job für dich», wiederholte Milagros. «Und ich versichere dir, er ist gut bezahlt. Und wenn dir etwas daran liegt, kannst du vor dem Mittag auf den Bürgenstock kommen.»

«Gib mir ein Stichwort.»

«Giorgia und Mauro Lombardi.»

Max schluckte leer. «Sie haben ihren Sohn verloren.»

«Vor zwei Monaten, ja.»

«Suizid.»

«Davon geht die Polizei aus.»

«Der Fall ist geklärt.»

«Nicht für die Eltern des Verstorbenen.»

***

Max betrat die Terrasse. Blauer Himmel im Oktober. Die Nebelschwaden hatten sich verzogen. Die Sonne war noch nicht im Zenit und liess den Vierwaldstättersee zu seinen Füssen glitzern. Bald würde sie hinter dem Lopper verschwinden und das

Dorf allmählich in Schatten tauchen. Max sah an den gewaltigen Felsen, der über Hergiswil thronte, ein Ausläufer des Pilatus, furchteinflössend und unheimlich. Ein markanter Bergzug, der auf der Rückseite beinahe lieblich Richtung Alpnach und Sarnen abflachte. Von Hergiswiler Seite aus jedoch wirkte er, je nach Lichteinfall und Wetter, wie ein bedrohlicher Riese, bei dem man nie wusste, was in ihm vorging. Ab und zu hörte man ein Grollen aus seinem Innern.

Max ging zurück in sein Büro. Er verspürte weder Lust am Arbeiten noch an einer sportlichen Betätigung. Selbst das Duschen hatte er als eine Tortur empfunden. Was gestern vielversprechend begonnen hatte, schien heute von seinem Reiz zu verlieren. Einen Moment lang glaubte Max, Fede sei ein Traumgebilde gewesen. Und das Intermezzo auf der Herrentoilette könnte er sich möglicherweise eingebildet haben. Seit zwei Jahren lebte er ohne Beziehung. In seinem Bekanntenkreis gab es keine Frau, die ihn interessiert oder angezogen hätte. Entweder waren sie verheiratet und Mütter oder genügten nicht seinen Ansprüchen. Seine One-Night-Stands, die er fast obsessiv suchte, liessen stets einen schalen Nachgeschmack zurück.

Fede! Es gelang ihm kaum mehr, sie sich vorzustellen. Ihre roten kräftigen Haare, die im Kontrast zu den schwarzen Augen auf eine Rarität schliessen liessen. Sie gehörte wahrhaft zu den selten schönen Exemplaren, welche die Natur produziert hatte.

Irgendwo musste ein Haken sein.

Max zog sich an. Dunkelblauer Anzug, weisses Hemd, Krawatte. Er war ein Ästhet und passte so gar nicht ins Klischee des versoffenen und rauchenden Detektivs, der kaum Wert aufs Äussere legt. Er pflegte sich, hielt sich in Form und hatte Manieren. Dafür hatte Milagros schon früh gesorgt und ihren Sohn zu einem sympathischen und anständigen Menschen erzogen. Sie brüstete sich noch heute damit. Einzig war sie enttäuscht, dass er noch keine Frau gefunden hatte. Mit siebenunddreissig, fand sie, war es an der Zeit, eine Familie zu gründen. Dies widersprach ihrem Wunsch, dass er sie nicht Mam, sondern Milagros nennen musste. «Weisst du», hatte sie ihm neulich gesagt, «falls du Kinder haben solltest, werde ich ihnen eine fidele Grossmutter sein, eine *abuela*, wie sie im Bilderbuch steht.»

Fede! Ihre Töchter würden so schön sein wie sie, und die Söhne hätten rote Locken.

Max stieg die Treppe hinunter zur Garage, wo sein Ford Mustang GT stand. Schwarz mit roten Lederbezügen und einer Stereoanlage, die den Wagen zum Zittern brachte. Sein ganzer Stolz. Er fuhr auf Thomas Bergersen ab. Er schloss auf, setzte sich hinter das Lenkrad und startete den Motor. Der Mustang schnurrte wie eine Katze. Er fuhr aus der Garage und schlug den Weg zur Sonnenbergstrasse ein, während der Sound ihn einlullte. Links und rechts von ihm zogen neue Häuser vorbei, akkurat angelegte Sträucher und Bäume mit gelben Blättern. Seit seiner Jugend hatte sich das Dorf verändert, war dem Wachstum unterworfen wie fast jeder Ort in der Innerschweiz. Altes musste weichen, um Modernem Platz zu machen. Ob auch Schönerem, blieb eine Frage des Geschmacks.

Max gelangte hinunter bis zur Kreuzung, in die die Hirsernstrasse einmündete, passierte die Unterführung der Autobahn und kam zur Seestrasse. «Two Steps From Hell». Er drehte die Musik lauter und erinnerte sich, dass er im Hotel Pilatus noch nicht ausgecheckt hatte. Er rief über die Freisprechanlage den Concierge an und teilte ihm mit, er würde zu einem späteren Zeitpunkt bezahlen.

Max fuhr nach Stansstad. Schatten und Nässe hatten sich in der Galerie, die die beiden Orte miteinander verband, hineingepresst. Rechtsseitig drückte der Berg mit seinen schroffen Felsen, links spiegelte sich ein blauer Himmel auf dem See.

Vor dem Kreisel waren Bagger aufgefahren. Bauarbeiter sicherten den Fels bei der Acheregg. Wieder einmal hatte sich dort Gestein gelöst. Max fuhr über die Brücke, mit einem mulmigen Gefühl. Milagros hatte ihm erzählt, dass der Lopper früher oder später daherkäme. Der Berg sei instabil.

Die Strasse zum Bürgenstock führte teilweise durch einen Wald nach Obbürgen. Fast vier Kilometer lang. Der Weiler lag verträumt in einer hügeligen Landschaft und döste an diesem Vormittag vor sich hin. Ein paar Häuser und eine Kirche zeichneten ein ländliches Ortsbild, das durch eine Gruppe von Kindern auf dem Schulweg erst lebendig wurde. Max fuhr weiter über eine schmale Strasse nach oben, die mit einigen Ausweichstellen versehen war. Ein Fremder, kam er zum ersten Mal hier an, würde kaum diesen Luxus erahnen, der sich auf über achthundert Metern über Meer präsentierte. Die Hotels hatten in der Vergangenheit viel zu reden gegeben. Nachdem der Berg einige Jahre zuvor fast brachgelegen und kaum mehr jemand in die Hotels investiert hatte, lockte er nun Investoren aus Katar an.

Man verkaufe stückweise die Schweiz, hatten sich Stimmen aus der Bevölkerung erhoben. Andere wiederum fanden es durchwegs in Ordnung. Somit würden Arbeitsplätze geschaffen. Nach ersten Bedenken, dass ausschliesslich die Reichen auf den Bürgenstock fahren würden, hatte man die Ansicht korrigieren müssen. Die Preise in den Restaurants waren moderat – das fand auch Milagros. Dem Geschwätz zum Trotz hatte sie sich vor einem Jahr eine kleine Residenz gekauft, in Form eines Drei-Zimmer-Appartements. «Sollte ich Lust auf Entspannung oder körperliches Wohlbefinden haben», hatte sie gesagt, «könnte ich mich sogar im Bademantel zu den verschiedenen Angeboten auf den Weg begeben.» Max wusste, wie rege sie von den kosmetischen und medizinischen Angeboten Gebrauch machte. Sie schlage nur dem Alter ein Schnippchen, war ihre Ausrede, wenn er sie auf diese unverhältnismässigen Ausgaben ansprach. Zudem gehe es ihn nichts an.

Nein, es ging ihn wirklich nichts an. Wenn er aber neben seiner Mutter stand, hatte er oft das Gefühl, sie wäre seine ältere Schwester, die er nie hatte. Er rätselte, wie sie heute daherkam, nachdem er sie eine Weile nicht mehr gesehen hatte. Dass sie im «Spices Kitchen & Terrace» Dauergast war, musste sie ihm nicht sagen. Sie liebte die asiatische Küche. Dorthin hatte sie ihn eingeladen.

Max fuhr vor das «Bürgenstock Hotel & Alpine Spa». Kaum hatte er den Wagen neben dem roten Teppich abgestellt, eilte ein Bediensteter auf ihn zu und öffnete die Fahrertür.

«Haben Sie reserviert, Monsieur?», wurde Max nett gefragt.

Er überlegte sich, welche Konsequenzen eine Negierung nach sich zöge. Ob er sein Auto in der Folge selbst parken müsste. «Ich habe mich zum Essen verabredet.» Max stieg aus. «Der Schlüssel liegt auf dem Sitz.» Er brauchte wohl keine Anweisungen wegen des Fahrens zu geben. Wer in einem Fünf-Sterne-Haus den Job als Butler ausübte, musste eine Ahnung von den verschiedenen Wagentypen haben. Trotzdem war Max etwas mulmig zumute, als er dem Mann eine Zehnernote in die Hand drückte und ihm sein Lieblingsspielzeug überliess. Wenn es um seinen Mustang GT ging, war das eine heikle Angelegenheit. Ohne noch einmal zurückzuschauen, ging er auf den Eingang zu, wo ihm ein weiterer Hotelangestellter die Tür aufhielt.

Das war Milagros' Welt. Im Gegensatz zu Max legte sie übertrieben Wert auf Etikette. Und offenbar auch auf eine unvergleichliche Aussicht.

Milagros stand vorn bei der Fensterfront, als sich Max von einem zweiköpfigen Empfangskomitee zu ihr führen liess, nicht sicher, wer von beiden der Chef des andern war.

«Madame, Ihr Besuch ist da.»

Milagros drehte sich um. «Maximilian. Mein lieber Maximilian.» Nur Milagros nannte ihn mit vollem Namen. Sie habe ihn schliesslich so getauft, sagte sie jeweils. Es sei ein Affront, einen solchen Namen zu verunstalten. *Max*, wie könne man nur. «Schau dir die Aussicht an! Habe ich dir zu viel versprochen?» Heute trug sie ein rotes Kleid, züchtig hochgeschlossen, mit langen Ärmeln und über das Knie reichend. Ihre Figur konnte sich noch immer sehen lassen. Ob sie da nicht manchmal auch künstlich nachhalf, entzog sich Max' Kenntnis. Die üppige Oberweite, zum Beispiel, hatte er anders in Erinnerung.

Er legte die Stirn an die kühle Scheibe. Vor ihm lag der Vierwaldstättersee, weiter hinten die Bucht von Luzern. Die Stadt selbst eingebettet in eine sanft ansteigende Hügellandschaft, die mit dem Pilatus, den man von hier aus nur erahnte, ihren höchsten Punkt erreichte. Die Hänge waren in orangerote gesprenkelte Farben getaucht, als hätte ein Maler mit einem Pinsel daran sein Temperament ausgelassen. Indian Summer, dachte Max und sehnte sich nach den Reisen in Kanada, als er sich diese noch hatte leisten können.

Milagros bestellte Champagner. Für beide. Sie trank nur Schaumwein. Max vermied es, zu intervenieren. Er mochte Champagner. Doch jetzt hätte er lieber ein Bier gehabt. Bier sei nicht edel, hatte Milagros gesagt, als er einmal zu einem Chateaubriand ein Bier bestellt hatte. Überhaupt erstickte sie seine Meinung jeweils sofort im Keim. Ohne böse Absichten, war sich Max sicher. Sie war einfach so. Und sie litt, genau wie er, am Verlust von Kaspar von Wirth.

Max wandte sich an den Kellner. «Könnten Sie mir den Champagner in einem Burgunderglas servieren?»

«Warum denn das?» Milagros stand der Mund offen.

«So entfaltet sich das Aroma besser. Das ist wie beim Wein.» Max dachte an Fede, die ihre Meinung mit Franco geteilt hatte und ihn daneben so ziemlich alt hatte aussehen lassen.

«Tss, tss ...» Milagros verdrehte ihre Augen. «Die Bubbles gehen dabei verloren.» Sie lachte und bestellte ebenfalls ein Burgunderglas. «Sag jetzt nichts ... Ich habe uns einen Tisch am Fenster reserviert.» Sie liess sich auf einem der weichen Polsterstühle nieder. «Doch vorerst wollen wir uns den Apéro genehmigen.»

Max beugte sich über sie. «Du siehst bezaubernd aus ... Milagros», sagte er und küsste sie auf die Wange.

«Das will ich doch hoffen.» Sie lächelte, wobei ein paar dezente Falten um ihren Mund tanzten. Sie musste sie mit Make-up zubetoniert haben. «Ich habe schliesslich eine Stunde dazu verwendet, mich flott zu machen.» Sie sass kerzengerade da. Sie sass immer so. Das gehöre sich, war ihre Ansicht. Aufrecht sitzen zeuge von Stolz, von Körperbeherrschung und verhindere zudem, dass die Speckrollen über den Rockbund quollen. Das war Milagros.

Ein Kellner brachte den Champagner. Dazu servierte er gebrannte Nüsse.

Milagros musterte sie. «Oh, die sind aber etwas schwarz geraten. Die können Sie gleich wieder mitnehmen. Verbrannte Lebensmittel fördern Krebs.»

«Das sind gebrannte Pekannüsse, die sehen nur so aus.» Max zwinkerte dem Kellner zu. Dieser nahm es gelassen. Er entfernte die Schale mit den Nüssen und ging weg.

Milagros hob den Burgunderkelch, während sie denselben skeptisch betrachtete. «Auf uns zwei Hübschen.»

Max prostete ihr zu. Sein Blick schweifte auf die Stadt Luzern. «Du wolltest mir etwas über die Lombardis erzählen.» Er überlegte sich, ob er mit Milagros essen oder gleich wieder gehen sollte. Dass sie auch immer die reiche Diva heraushängen lassen musste. Er verzieh es ihr. Bevor sein Vater gestorben war, war sie anders gewesen.

«Eine Tragödie.» Milagros nippte am Champagner. «Der Junge war gut dreissig. Im Kernwald soll er sich erschossen haben. In der Nähe des Wichelsees. Eine Gruppe von Halbstarken hat ihn dort gefunden.»

«Da war er bereits seit zwei Tagen tot», sagte Max. Er hatte darüber gelesen.

«Ich verstehe nicht, weshalb die Polizei den Fall als gelöst zu den Akten gelegt hat.»

«Es gab offenbar keinen Verdacht auf Fremdeinwirkung», sagte Max.

«Er hatte Familie – eine reizende Frau, zwei Kleinkinder und einen Job, den er mochte.»

«Jurist, ich weiss.»

«Er wollte Anwalt werden wie du …» Milagros hielt inne. «Es geht mir einfach nicht in den Kopf, weshalb du dich heute mit so einem unwürdigen Job als Detektiv abgibst. Das passt nicht zu unserer Familie. Von Wirth steht für Intellektualität. Und du ziehst unseren Namen in den Dreck, wenn man es genau nimmt.» Sie wischte sich eine unsichtbare Strähne aus der Stirn. Max betrachtete ihre manikürten und lackierten Nägel und die mit teuren Klunkern versehenen Finger und sah sich in seinem Verdacht bestätigt, dass Milagros seine neue Tätigkeit verpönte. «Jetzt könntest du mir beweisen, dass ich mit meiner Meinung falschliege. Nimm dich des Falles an.»

Aha! Das klang plötzlich anders. Milagros schien doch eine gewisse Sympathie für seinen Beruf zu haben. Max sah jedoch Arbeit auf sich zukommen. Akribische Recherche. Kaum mehr Freizeit, würde er diesen Job gewissenhaft angehen. Andererseits machte er sich mit der Observierung ungetreuer Lebemänner zur Witzfigur. Er war wirklich schon tief gefallen. Der See zu seinen Füssen nahm ihm die Antwort nicht ab. Max setzte das Burgunderglas an die Lippen.

«Du brauchst dir nichts zu überlegen», sagte Milagros. «Deine Zukunft hängt davon ab, wie seriös du ermittelst. Solltest du diesen Fall lösen, könnten wir uns über einen Kredit unterhalten oder einen Erbvorbezug. Du machst mir nichts vor.»

«Du erpresst mich?» Max stellte das Glas auf den Salontisch zurück.

«Deine Intervention bestätigt mir, dass du Geld nötig hast.» Milagros lächelte süffisant. Offensichtlich genoss sie es, ihn zu provozieren. «Ich weiss genau, worauf du nach Vaters Tod spekuliert hast. Aber das ist dir endgültig nicht gelungen, lieber Maximilian. Ich bin froh, hat Vater ein Testament gemacht und dich auf den Pflichtteil gesetzt. Der Rest des Geldes ist auf der Seite für dich und nicht verloren. Aber dazu musst du erst beweisen, dass du dich nicht von ihm abhängig machen willst. Ich verarge es meinem Gatten nicht. – Gott hab ihn selig.» Sie blickte an die Decke, wo kreativ gestaltete Lichtquellen hingen und den Raum beglitzerten. «Kaspars Entscheid kann ich nur gutheissen. Er war ein fleissiger Mann. Dasselbe wünsche ich mir von meinem Sohn. Ich bin froh, hast du wenigstens Manieren. Das Fehlen von beidem wäre für die Umwelt nicht verkraftbar. Du solltest nie vergessen, dass du ein von Wirth bist. Wie sagt man so schön? Adel verpflichtet.» Sie lachte verschmitzt.

Milagros war die Einzige in der Familie, die sich als adelig sah, obwohl sie weit davon entfernt war. Wahrscheinlich hatte sie als kleines Mädchen von einem Prinzen geträumt, der sie aus Valencia, wo sie aufgewachsen war, rettete. Kaspar war zu ihr geritten, hatte sie gesehen und über ihr Herz gesiegt. Das «von» vor Wirth bedeutete ihr alles.

«Giorgia und Mauro sind am Boden zerstört. Sie fühlen sich von der Polizei und insbesondere von der Staatsanwaltschaft im Stich gelassen. Maximilian», Milagros hob ihre Stimme, «ich flehe dich an. Nimm du die Ermittlungen auf!»

«Das ist nicht ganz einfach. Ich kann der Polizei nicht in den Rücken fallen. Wenn das auskommt, könnte das ins Auge gehen.» Max setzte sich.

«So ein Unsinn. Weshalb bist du dann Detektiv?» Milagros schlug ihre Beine übereinander und kam mit ihrem Oberkörper nach vorn. «Meines Erachtens ist das ein Kerl, der im Rahmen der Beweiserhebung gerichtlich verwertbares Beweismaterial zusammenträgt.»

«Ja, wenn er bei der Polizei arbeitet.» Max lächelte vor sich hin. «Der Fall ist abgeschlossen.»

«Genau. Dies macht es einfacher.»

Ausgerechnet seine Mutter musste ihm das sagen. «Du widersprichst jedoch deiner Auffassung, dass dies ein unwürdiger Beruf ist.»

«Es kommt darauf an, wie seriös du an eine Sache herangehst.» Milagros griff nach dem Burgunderglas. «Observationen vor Schlafzimmerfenstern sehe ich nicht als sehr schicklich an. Und komm mir jetzt nicht damit, dass du das nicht fabrizierst.»

«Wie kommst du darauf, ich könnte vor Schlafzimmerfenstern stehen?» Max wandte den Blick erneut ins Tal. Er fühlte sich ertappt. Fehlte noch, dass er sich vor seiner Mutter blossstellte.

«Ach, ich kenne dich doch, Maximilian. Du hattest als Jugendlicher schon voyeuristische Züge. Oder soll ich dich an die Sexheftchen erinnern, die du unter der Matratze gehortet hast?»

«Mam, das passt nun wirklich nicht hierhin. Zudem gehörte das zu meinen pubertären Phantasien, da ja weder du noch Dad mich über gewisse Dinge jemals aufgeklärt habt.»

Offensichtlich hatte Milagros den Seitenhieb bemerkt, denn sie sagte nichts mehr dazu. Sie trank den Champagner aus, stellte das Glas ab und erhob sich. Max stand nach einem kurzen Zögern ebenfalls auf. Er führte seine Mutter auf ihr Geheiss hin zwei Etagen höher ins Restaurant.

Ihr Tisch schwebte wie ein hängender Garten über dem Abhang. So kam es Max vor, während er Milagros den Stuhl zurechtschob, damit sie sich setzen konnte. Die Fensterfront reichte bis zum Boden. Dahinter öffnete sich die Landschaft wie ein Gemälde. Die flammenden Farben dieses Herbsttages liessen die Umrisse des Pilatus gestochen scharf erscheinen, der aus dieser Sicht zu sehen war.

«Habe ich dir zu viel versprochen?» Milagros legte die Serviette auf ihren Schoss. Ein Kellner brachte die Speisekarte und erkundigte sich nach den Getränken. Sie bestellte eine Flasche Blanc de Blancs von Louis Roederer. In Burgunderkelchen, betonte sie. «Maximilian, sag schon. So eine bezaubernde Aussicht geniesst man sonst nirgends.»

Max hatte sich ihr gegenüber gesetzt. «Fantastisch. Ich hoffe, du lädst mich heute noch in dein Appartement ein. Wir könnten nach dem Essen den Kaffee dort trinken.»

Milagros presste ihre Lippen aufeinander.

«Kommt dir das ungelegen?»

«Allerdings. Ich habe mich bereits verabredet.»

«Sieht er wenigstens gut aus?»

«Maximilian, untersteh dich!» Auf Milagros' Gesicht zeichnete sich Belustigung ab. «Dein Vater ist erst zwei Jahre unter dem Boden, und du hegst solche Gedanken.»

«Entschuldige. Das ist mir einfach so herausgerutscht. Ich wollte damit sagen, dass du eine Augenweide für die Männer bist.»

«Ich glaube nicht, dass das ein gutes Thema ist.» Milagros linste mit zusammengekniffenen Augen über den Tisch.

«Vielleicht sollten wir uns trotzdem einmal darüber unterhalten. Seit Vaters Tod reden wir kaum mehr über tiefschürfende Themen. Auch nicht über ihn. Du verschliesst dich –»

«Du doch auch», unterbrach sie ihn.

Er sah, wie sich Tränen aus ihren Augen lösten, über die Wangen kollerten und dort eine dunkle Spur hinterliessen. «Ich bin noch nicht bereit.» Sie nahm ihre Tasche zur Hand und beförderte ein Kleenex hervor. Vorsichtig tupfte sie damit die Augen trocken. Innert Sekunden veränderte sich ihre Mimik, und sie setzte ein Lächeln auf. «Komm, lass uns ein schönes Menü essen. Als Vorspeise kann ich dir Sashimi empfehlen – Thunfisch und Lachs mit Wasabi und Meerrettich. Ein wunderbarer Einstieg. Danach die Ente …»

«Gut.» Max klappte die Menükarte zu. «Wer zahlt, befiehlt.» Er spürte den Kloss im Hals. Vater. Er fehlte ihm noch immer.

«Du bist aber auch gut drauf heute. Hat es mit deinem Fall zu tun? Hast du überhaupt einen?»

Max dachte an den USB-Stick und seinen Wert, den er in seiner Jackentasche trug. Seine Klientin hätte ihm auch das Doppelte bezahlt. Sie hätte es aus der Portokasse genommen.

Warum tat er sich das an? Warum hatte er sich zu dieser Kurzschlusshandlung hinreissen lassen, nachdem Vater gestorben war? Er musste niemandem etwas beweisen.

«Wirst du den Fall Lombardi annehmen?», fragte Milagros, als hätte sie seine Gedanken gelesen.

Der Kellner nahm die Bestellung auf. Max enthielt sich einer Antwort. Stattdessen liess er seinen Blick neuerlich über die Tiefen schweifen. Auf dem Vierwaldstättersee klebten Boote wie winzige Farbtupfer. Einige zogen Striche hinter sich her,

Mungobohnensprösslingen gleich. Und irgendwo in der Ferne existierte eine Frau, die ihm den Atem geraubt hatte. Ein süsser Stich auf Brusthöhe liess seinen Puls schneller schlagen. Herauszufinden, wer sie war, schien ihm eine Aufgabe, die je länger, desto mehr Gestalt annahm. Andererseits musste er Geld verdienen, wollte er seine Wohnung und den gehobenen Lebensstil behalten. Er nehme sich lediglich eine Auszeit, suggerierte er sich manchmal ein, wenn er seine eigenen Beweggründe nicht mehr verstand. Er hatte sich den Job als Detektiv anders vorgestellt, als untreue Männer und Frauen zu observieren. Aber man hatte nicht auf ihn gewartet. Auf die Kleininserate, die er im Wochenblatt ausschrieb, reagierte man anders als vermutet. Sein Vierzeiler lockte die Leute an, mit denen er heute zu tun hatte. Der Fall Lombardi wäre genau das, nach dem er schon so lange Ausschau gehalten hatte.

Nur kam er zeitlich zu früh.

«Woran denkst du?» Milagros riss ihn aus seinen Gedanken. Sie hatte die Bestellung aufgegeben.

«Entschuldige bitte mein unzimperliches Vorgehen von vorhin.»

«Habe ich doch längst vergessen. Ich bin nicht nachtragend. Widmen wir uns den schönen Dingen des Lebens. Tun wir etwas für unser Seelenwohl. Wir lassen es uns gut gehen. Jetzt sind wir hier und geniessen Speis und Trank und die Aussicht. Der Moment, mein lieber Maximilian, ist alles, was wir haben.»

«Wir wollten aber über das Geschäftliche sprechen.»

«Alles zu seiner Zeit.»

«Eben hast du mich gefragt, ob ich den Fall Lombardi annehmen würde ...»

«Und? Wirst du?»

Max griff nach dem Burgunderkelch. «Ich habe es mir überlegt. Ich nehme ihn an.»

ZWEI

Die Enttäuschung der Auftraggeberin war gross gewesen, als Max ihr gestern am späteren Nachmittag den USB-Stick mit den brisanten Bildern überreicht hatte. Sie träfen sich jeden Dienstag- und jeden Freitag- sowie Sonntagabend im Hotel Pilatus, hatte er ihr mitteilen müssen. Immer im gleichen Zimmer. Sie trügen sich als Ehepaar ein, gingen dann, wie er annehmen müsse, zuerst für ein Schäferstündchen nach oben, bevor sie sich im Restaurant verköstigten und sich danach für die lange gemeinsame Nacht einrichteten. Die Klientin hatte ihm das Honorar bar ausbezahlt. Womöglich hatte sie noch etwas auf ihrem Schwarzgeldkonto gehabt. Dann hatte sie ihn mit den Worten verabschiedet, er solle sich nie mehr blicken lassen.

Max stand im Bad und rasierte sich. Sein Arbeitgeber hatte damals die Anwaltskanzlei von einem auf den andern Tag geschlossen. Später kam heraus, dass er sich aus dem Staub gemacht hatte. Wohin, hatte niemand erfahren. Um eine würdige Nachfolge hatte er sich nicht gesorgt, und eine sogenannte Auffangfirma hatte es nicht gegeben. Ein Dutzend Anwälte hatte auf der Strasse gestanden. Bis auf Max hatte jeder nach kurzer Zeit wieder einen Job gefunden. Max hatte die Arbeitslosigkeit als Chance nutzen wollen, sich von der immensen Arbeit zu erholen. Dass er spät in die Nacht hinein und manchmal sogar über die Wochenenden hatte arbeiten müssen, war für seine Überlegung ebenso ausschlaggebend gewesen wie die Idee, mit seinem Vater einige Zeit etwas gemeinsam unternehmen zu können. Als am letzten Tag der Segelflugsaison Kaspar von Wirth von einem Flug nicht mehr zurückgekommen war, hatte es eine tiefe Wunde in Max' Leben geschlagen.

Er zog sich an. Er wusste nicht genau, wohin ihn der Weg führen würde. Milagros hatte ihm noch lange in den Ohren gelegen. Es war ihr ernst gewesen. Als gute Freundin von Giorgia Lombardi wolle sie ihr im Rahmen ihrer Möglichkeiten helfen.

Den Rahmen der Möglichkeiten sah sie in ihrem Sohn. Max hatte ihr jedoch unmissverständlich zu verstehen gegeben, dass er bestimmte, wann er wo wen treffen wollte.

Er war nicht schlüssig. Er setzte sich an die Bartheke, die die Küche vom Wohnzimmer abtrennte. An der Wand hing ein Bild, das ihn und seinen Vater vor einem Segelflieger zeigte. Sie waren stets gemeinsam unterwegs gewesen. Manchmal hatte Max seinen Vater mit seiner Remos GX geschleppt. Oft war ein Freund von ihnen eingesprungen, wenn Max mit seinem Vater im Zweiplätzer am Himmel gleiten wollte.

Seit Vaters Tod war er nie mehr in seiner Maschine gesessen, geschweige denn in einem Segelflugzeug. Wie seine Mutter hatte auch er die Lebenskraft verloren. Milagros hatte es jedoch früher als er geschafft, dieses Tief zu überwinden. Max hatte ein paar Monate mehr gebraucht.

Er bereitete sich einen Latte macchiato zu, schnappte sich ein Stück Brot und die Morgenzeitung und liess sich Zeit. Im Gegensatz zu andern Tagen fiel es ihm schwer, sich zu konzentrieren. Er starrte Löcher in die Sätze, sah die Buchstaben verschwommen. Zwischendurch blitzte die Todesanzeige auf. Kaspar von Wirth auf seinem letzten Flug. Zwei Flügel am Rand der Anzeige, die ebenso Engelsflügel hätten sein können und nicht diejenigen seines Seglers, der geborsten auf der Südflanke des Pilatus gelegen hatte.

Max griff nach der Notiz, die ihm Milagros überreicht hatte. Die Adresse von Melanie Lombardi, der Witwe des Toten vom Wichelsee. Er hatte keine Ahnung, wie er ihr begegnen würde. Noch musste der Schmerz über den Verlust ihres Gatten gross sein. Max wusste, wie sich das anfühlte. Vielleicht war sie gerade daran, sich davon zu erholen, und er würde eine Narbe aufreissen.

***

Er hatte nicht viel erwartet, zuletzt diese Villa, die aus dem Schatten zweier Mammutbäume auftauchte wie ein Relikt einer längst vergessenen Zeit. Er hatte, bevor er nach Sarnen gefahren war, den Namen «Lombardi» gegoogelt. Roberto war der einzige Sohn des Chefarztes Dr. Mauro Lombardi gewesen, der in der Hirslandenklinik in Luzern als Handchirurg tätig war. Seine Mutter Giorgia war eine gebürtige Visconti, deren Vorfahren in einer Adelsfamilie wurzelten. Das hingegen wusste Max von Milagros. Weshalb Lombardi den Chefarztposten bekommen hatte, hatte sie ihm nicht verraten. Möglicherweise war die Herkunft seiner Frau ausschlaggebend für diesen Karrieresprung gewesen, denn der damals scheidende Chefarzt war ein guter Freund der Viscontis, die aus Mailand stammten.

Die Villa leuchtete in der Vormittagssonne aus der Ferne betrachtet wie ein Juwel. Über der Fassade lag ein irisierendes Licht, das sie einen Moment lang verwunschen aussehen liess. Von der Strasse her war sie nicht einzusehen, dafür wirkte sie mitten in diesem grosszügig angelegten Garten pompös. Ein Anwesen, das in den Anfängen des 20. Jahrhunderts entstanden war und den Geruch nach Nostalgie verbreitete. Links und rechts einer breiten Treppe strotzten Säulen, die sich über zwei Stockwerke bis zum Dachgeschoss erhoben. In den Sprossenfenstern spiegelten sich Himmel und Bäume. Alles schien blitzblank poliert, als diente das Haus für Ausstellungszwecke und nicht als Heim einer vierköpfigen Familie.

Max hatte seinen Wagen an der Strasse abgestellt und sich über die Gegensprechanlage neben dem Briefkasten angemeldet. Ein schmiedeeisernes Tor war von allein aufgegangen, bevor er sich auf den mit Kieseln belegten Weg Richtung Treppe machte. Er stieg über die Stufen und landete auf einem Podest. In einer Reihe akkurat aufgestellter Blumenkisten wuchsen rosa und violette Zinnien. Er drückte die Klingel, die im Gegensatz zum Rest zu einer modernen Elektronik gehörte wie auch die Videoüberwachung über der Tür.

Es hätte Max gewundert, wenn nicht eine Haushälterin, so doch die Hausherrin ihn in Empfang genommen hätte. Er war darauf vorbereitet, nicht jedoch auf die füllige, grosse Mittfünfzigerin in Schürze und Kopftuch, die ihn unter dem Türrahmen begrüsste. Mehr als die Frage nach dem Grund, weshalb er hier sei, brachte sie nicht über die Lippen. Widerwillig liess sie ihn eintreten und blieb fortan an seiner Seite. Wenn Max ihr ins Gesicht sah, entdeckte er nichts als Abscheu und Augen, die Arglist ausstrahlten.

Er betrat eine Vorhalle, die mit ihrer Kälte und Unpersönlichkeit sogar die zwei Palmen übertünchte, die in riesigen Messingtöpfen neben einer Treppe standen und mit denen man, wenn auch bemüht, dem Interieur eine warme Note zu vermitteln versuchte. Den Ausruf des Erstaunens konnte er gerade noch zurückhalten, nicht jedoch den Blick nach oben, wo unter dem Dachbalken ein riesiger Lüster hing. Instinktiv machte Max einen Schritt vorwärts, um nicht in dessen Fallwinkel zu stehen. Dabei entging ihm nicht die Erscheinung auf der Treppe. Im Moment der Feststellung, dass sich eine Frau schemengleich von oben nach unten bewegte, musste er an eine Inszenierung denken. Ihre fragile Gestalt steckte in einem bodenlangen schwarzen Kleid. Max brachte den Verdacht nicht los, dass sie sich rein optisch in die Rolle der trauernden Witwe begeben hatte – dort oben stand das Drama in Menschengestalt. Wirkliche Trauer, fand er, sah anders aus.

«Madame, Ihr Besuch ist da», hörte er die Haushälterin neben sich sagen. Nach dem Klang ihrer Stimme musste sie grossen Respekt vor ihrer Arbeitgeberin haben.

Melanie Lombardi. Max schätzte sie auf um die dreissig, mit schwarzen langen Haaren, die madonnenhaft um ein helles Gesicht fielen. Er hatte sich vorab keine Vorstellung von der Frau gemacht. Das einzige Bild, das er von ihr besass, stammte aus Milagros' Fundus, die es sich zur Angewohnheit gemacht hatte, wo immer sie war, die nach ihrer Ansicht interessanten Szenen mit ihrem iPhone festzuhalten. Klammheimlich hatte sie sogar auf Roberto Lombardis Begräbnis ein paar Bilder geschossen. Ob sie Max für seine Ermittlungen von Nutzen sein würden, blieb dahingestellt. Im Internet war Melanie Lombardi nicht abgebildet gewesen.

«Sie müssen Maximilian von Wirth sein.» Es war abzusehen gewesen, dass Melanie Lombardi ihn mit vollem Namen ansprach. Damit liess sich nicht nur durchblicken, dass sie zu den sogenannten Bessergestellten gehören wollte, sondern auch viel Wert auf Sitte legte – diese Eigenart kannte er von Milagros.

Auf dem untersten Treppenabsatz angekommen, bemerkte er, wie gross Melanie Lombardi war. Sie sah ihn auf Augenhöhe an. Sie verwehrte ihm jedoch den Handgruss. Anstatt dessen forderte sie ihn auf, ihr in den Salon zu folgen. Während Max hinter der Frau herging, hatte er Zeit, sie ungeniert zu betrachten. Sie bewegte sich wie ein Mannequin auf dem Laufsteg, mit einem unverwechselbaren Schritt, bei dem man glaubte, sie würde demnächst über ihre eigenen Füsse stolpern. Melanie Lombardi schaffte es ohne das geringste Straucheln in einen Saal, der Max' Atem zum Stocken brachte.

Allein beim Anblick des Wohnzimmers musste Max an die Eventualität denken, dass sich Roberto Lombardi der unterkühlten Atmosphäre wegen das Leben genommen haben könnte. Wie hielt es ein feinfühliger und warmherziger Mann, wie seine Eltern ihn beschrieben, in solch einer zur Schau gestellten Einrichtung aus? Hier wurde auf fast unsympathische Art gezeigt, was man hatte. Andererseits hatte Roberto Lombardi das Geld in die Ehe gebracht. Melanie Lombardi war eine «Gewöhnliche» gewesen, wenn denn dieser Vergleich angebracht war. Das hatte Max von einem Internetbericht, in dem sich der Autor desselben in einem offensichtlich spöttischen Unterton über Roberto Lombardis Angetraute lustig gemacht hatte. Sie war als Tochter eines Klempners in Sarnen aufgewachsen, hatte das Gymnasium und danach die Pädagogische Hochschule abgeschlossen, bevor sie Kindergärtnerin wurde.

Heute allerdings war von ihrer Vergangenheit nichts mehr übrig. Sie hatte sich in die Rolle der reichen Lombardi-Visconti-Erbin hineingelebt – mit Haut und Haaren. Ob sie auch mit dem Herzen dabei war, musste Max erst herausfinden. Er spürte ein Kribbeln in den Fingern.

«Nehmen Sie doch bitte Platz», sagte Melanie Lombardi und liess sich auf einem der vier antik anmutenden Ohrensessel neben dem Salontisch nieder. Im mit Relief bestückten Cheminée dahinter loderte ein Feuer und verschlang die Holzscheite wie der hungrige Rachen eines Drachen. «Darf Ljubica Ihnen einen Tee anbieten?»

Tee! War ja klar. Etwas anderes hatte Max nicht erwartet. Hier trank man Tee, und dies vermutlich aus erlesenem Porzellan. Er lehnte dankend ab.

Melanie Lombardi wedelte die Haushälterin, die neben dem Tisch wartete, mit einer einzigen Handbewegung weg. Dann wandte sie sich an Max. «Meine Schwiegermutter hat darauf gedrängt, Sie zu empfangen. Wenn es nach meinem Willen gegangen wäre, sässen Sie nicht hier. Traurig genug, dass ich meinen geliebten Mann verloren habe. Ich bin gerade daran, meine Ohnmacht in den Griff zu bekommen. Ich habe absolut kein Bedürfnis, eine Wunde aufzureissen, die am Verheilen ist. Mein Leben geht weiter, genauso wie das meiner Kinder. Die Polizeiarbeit ist abgeschlossen. Roberto hat sich selbst umgebracht, aus welchen Gründen auch immer. Es zu erfahren, macht ihn nicht wieder lebendig.»

Max hatte geahnt, dass es ein schwieriges Unterfangen sein würde. Ihre emotionale Kälte konnte gespielt, aber auch echt sein. Ihr lastete etwas Theatralisches an. Er hatte gelesen, dass sie bis vor der Schwangerschaft mit ihrem ersten Kind am Theater Sarnen geschauspielert hatte. «Ihre Schwiegereltern sehen das anders», wagte er einen Vorstoss.

«Schwiegereltern?» Melanie Lombardi zupfte nervös an ihrem Kleid. «Es ist Giorgia, die meinen Gatten nicht in Frieden ruhen lässt. Sie hatte Roberto zeitlebens unter ihren Fittichen.»

Hörte er da nicht einen bitteren Unterton heraus?

«Ich bin bereit, nach der Wahrheit zu suchen», warf er ein. «Ihre Schwiegereltern glauben nicht an Selbstmord.»

«Wahrheit! Wahrheit!» Melanie Lombardi sah durch ihn hindurch. Ihr Blick verlor sich in den Weiten des Wohnzimmers, blieb am Cheminée haften, in dem die Flammen weiter an den Holzscheiten leckten. «Was würde es ändern? Ich muss selber damit fertig werden. Ich kann von Glück reden, muss ich nicht am Hungertuch nagen wie viele andere Frauen, deren Ehepartner getürmt oder weggestorben ist. Die Hinterlassenschaft meines Mannes wird meine Existenz und die unserer gemeinsamen Kinder sichern. Und meine Eltern geben mir den Halt.» Sie fuhr sich über die feucht gewordenen Augen. «Ich habe nicht die Kraft, noch einmal alles durchzumachen. Die Polizei hat mich nach Robertos Tod mit Fragen gelöchert. In der Zwischenzeit habe ich keine neuen Erkenntnisse erlangt. Also bitte, Ihre Anwesenheit ist nur vergeudete Zeit. – Mag es für Giorgia noch so schwierig sein, den Suizid ihres vergötterten Sohnes zu akzeptieren, das ist nicht mein Problem.»

Mit einer solch schroffen Abweisung hatte Max nicht gerechnet. Allem Anschein nach hatte sie sich nebst der Kälte auch noch einen Panzer umgelegt, der jeglichen Versuch, in ihr Inneres vorzudringen, unmöglich machte. Er sah ein, dass Melanie Lombardi sich dem Schicksal gefügt hatte, wenn auch auf ihre persönliche Weise. Trotzdem wollte er nicht klein beigeben. Er hatte dem Ehepaar Giorgia und Mauro Lombardi versprechen müssen, sich ihrer Schwiegertochter anzunehmen und sie im schlimmsten Fall vehement zu bearbeiten. Sie wüssten, dass Melanie etwas vor ihnen verschwieg, hatten sie ihm während des Gesprächs anvertraut, das er auf dem Weg hierhin mit ihnen geführt hatte.

Möglicherweise war das nur so dahingesagt gewesen, um ihn für den Fall zu sensibilisieren.

«Erinnern Sie sich an den Tag, als Ihr Mann verschwand?»

Melanie Lombardi räusperte sich hinter vorgehaltener Hand. «Nein.»

«Nein? Es muss Ihnen doch aufgefallen sein, als er sich nicht mehr blicken liess. Zwei Tage, an denen er nicht nach Hause kam …»

«Ein netter Versuch.» Melanie Lombardi streckte ihren Rücken demonstrativ durch und legte den Kopf zur Seite. Eine Abwehrhaltung, sinnierte Max. Wenn er nicht von allein das Haus verliess, würde sie ihn demnächst vor die Tür setzen. Es würde ihm nicht einmal etwas ausmachen. Er fühlte sich unwohl. Hier drin existierte etwas, das er nicht mit der Normalität in Verbindung bringen konnte.

Er täuschte sich. Melanie Lombardi liess die Finger ihrer linken Hand spielerisch über ihren Hals gleiten, griff nach der Perlenkette, die sie aus dem Ausschnitt zog, während ihre Augen sein Gesicht suchten. «Wenn Sie über das Leben meines Mannes etwas in Erfahrung bringen wollen, wenden Sie sich an Giorgia. Ich kann mir nicht erklären, weshalb sie Sie zu mir geschickt hat. Ich möchte meine Trauerarbeit bald abschliessen, schon der Kinder wegen. Ich schätze Sie so ein, dass Sie Verständnis dafür haben.»

Sie sagte dies, als würde sie ein Projekt beenden. Als wären ihre Gefühle, falls sie welche zuliess, einer Struktur unterworfen, die es ihr nicht erlaubten, ihnen nachzugeben. Ihr Kalkül konnte dennoch gespielt sein. Oder war sie so berechnend?

Max erhob sich. Da nützte wohl alles Bohren nichts. Für Melanie Lombardi war seine Anwesenheit offensichtlich eine Zumutung. Dass sie seiner Bitte entsprochen und ihn in ihr Haus gelassen hatte, verdankte er ihrem Anstand.

Sie blieb sitzen. Nachdenklich warf sie ihm einen Blick zu. «Man kann das, was vergangen ist, nicht ändern. Und alles, was vorbei ist, kommt nicht wieder. Ich habe gelernt, in der Gegenwart zu leben. Bitte zerstören Sie es nicht. Und was Ihre Frage von vorhin betrifft: Ich sah Roberto manchmal tage- und nächtelang nicht. Er sagte mir, dass er den Anwalt machen möchte und sich darauf vorbereiten müsse. Keine Ahnung.»

Max kam sie auf einmal wie ein verlorener Gegenstand im Salon vor. Einer Porzellanpuppe gleich, die ein Kind aus einem Unmut heraus auf einem Stuhl hatte sitzen lassen. Das bodenlange Kleid verschmolz mit dem Teppich, der sich unter den Sesseln ausbreitete. Selbst ihre Haare fielen nach vorn und verdeckten die Hälfte ihres blassen Gesichts. Ihre Arme glichen weissen Tentakeln, die fahrig nach dem Tisch griffen, bevor sie sich daran aufzog. «Ich werde Sie zum Ausgang begleiten.»

Möglicherweise hatte sie sich nie für die Arbeit ihres Mannes interessiert. Unter der Tür hielt sie Max die rechte Hand hin, die er langsam ergriff. Sie fühlte sich kalt an. Mit einer widernatürlichen Kälte, die auch der kurz erhellende Gesichtsausdruck nicht zu beseitigen vermochte. «Noch eine Frage», Max blieb stehen, «hatte Ihr Mann Feinde?»

«Nein, niemals ... Er war ein ... Engel.» Melanie Lombardi zog die Hand zurück, schaute vor sich hin, als wäre sie selbst über ihre Antwort überrascht. «Und beliebt. Bei der Versicherung, wo er arbeitete, mochte man ihn. Er hatte ...»

«Ambitionen?», half Max nach, als sie lange überlegte.

«... oder so.» Sie nickte ihm zu.

«Wo hat Ihr Mann gearbeitet?»

«Ich dachte, das wüssten Sie von meinen Schwiegereltern.» Melanie Lombardi setzte als Zugabe ein erneutes kurzes Lächeln auf. «Giorgia hat es Ihnen bestimmt verraten. Sie brüstet sich gern mit der Arbeit ihres Sohnes.»

Max verneinte. Melanie Lombardis Augen liessen ihn erstarren. Aus ihnen sprühte etwas, das er nicht zu benennen vermochte. Ihr Blick wirkte wie tot, als würde der letzte Hauch des Lebens aus ihnen dringen.

«Er hatte sein Büro bei der Versicherungsgesellschaft ‹Rohrer & Rohrer› in Sarnen.»

Max sah ihr an, dass es sie Überwindung kostete, ihm das mitzuteilen. Er zog einen Notizblock und einen Schreibstift aus seinem Jackett und notierte die Adresse. Nachdenklich ging er über die Treppe, drehte sich um und warf einen Blick an die Fassade, über die die Schatten der Bäume ein seltsames Spiel trieben. Aus einem der oberen Fenster wehte Tüll. Kurz bemerkte er eine Gestalt hinter den Vorhängen. Für Ljubica war sie zu dünn, und Melanie Lombardi wartete unter dem Türrahmen, bis er den letzten Treppenabsatz erreicht hatte.

Er wurde beobachtet und wusste nicht, von wem. Er kehrte zögernd zurück zu Melanie Lombardi. «Noch eine Frage hätte ich: Ist es möglich, dass sich ausser Ihnen und Ihrer Haushälterin noch jemand im Haus befindet?»

Melanie Lombardi hob stolz das Kinn. «Nein, wir sind allein.»

«Darf ich mich vergewissern?»

«Was fällt Ihnen ein? Sie glauben mir nicht?» Sie warf ihm einen zornigen Blick zu, der ihrem Gesicht etwas Fratzenhaftes verlieh. «Gehen Sie, bevor ich mich vergesse.» Sie schlug vor ihm die Tür zu.

In seinem Wagen blieb Max eine Weile reglos sitzen. Die Villa war hinter den Bäumen verschwunden, als hätte er ihr Bild mit dem Schritt auf die Strasse ausgelöscht und mit dem Schliessen des Tores eine andere Welt zum Verschwinden gebracht. Eine Welt, die ihm abstrus und unwirklich vorkam. Wie eine Bühne, auf der sich die Schauspieler auf verlorenem Posten bewegten, die selbst nicht wussten, welchen Part sie spielen mussten, weil die Regie fehlte oder der Souffleur. Max hatte sich eine trauernde Witwe anders vorgestellt. Wenn er an Milagros dachte, meinte er, den Unterschied zu spüren, der zwischen der Trauer der beiden Frauen lag. Melanie Lombardi hatte ihre Rolle der eiskalten Lady mimen wollen; Max kam es wie ein Versuch vor, den er als Verschlossenheit oder Angst interpretierte. Melanie Lombardi war nicht gewillt gewesen, ihn in familiäre Dinge einzuweihen und ihn hinter die Kulisse blicken zu lassen. Auch wenn es zuerst den Anschein gemacht hatte, sie würde ihm alles erzählen, blieben die relevanten Dinge geheim.

Und da war ihm noch etwas anderes aufgefallen: die fehlenden Spuren von Kindern. Kein einziges Spielzeug hatte im Wohnzimmer gelegen. Der Platz über dem Cheminée, an den die Leute gern Bilder ihrer Liebsten aufhängten, war leer gewesen. Weder deutete die kleinste Unordnung noch ein Requisit darauf hin, dass hier Kinder lebten. Keine Schuhe, die achtlos im Entrée liegen geblieben waren, weder Jacken noch Mützen. Max hatte erfahren, dass Melanie Lombardi zwei Mädchen im Alter von drei und fünf Jahren hatte. Hatte sie sie abgeschoben?

Und was war mit der Gestalt hinter dem Fenster? Er hatte sich doch nicht getäuscht.

Auf der Strasse kam ihm ein Lkw entgegen. Max schrak aus seinen Gedanken hoch. Hätte er sich nicht noch einmal vergewissert, dass das Tor zum Grundstück der Lombardis sichtbar war, hätte er sein eben Erlebtes einem Tagtraum zuschreiben müssen. Er aktivierte die elektronische Navigation in seinem Wagen und gab die Adresse der Versicherung ein. Vielleicht würde er dort auf Menschen treffen und nicht auf Zombies, deren Existenz er sich nicht einmal eingebildet hatte.

Was hatte ihm Milagros bloss eingebrockt!

Dass Melanie Lombardi ihren Ehemann durch ihr seltsames Verhalten in den Tod getrieben haben könnte, war nicht bewiesen, so doch eine Option. Wer hielt es schon aus neben solch einer sterilen Frau, die nichts anderes darstellte als eine Statue, von denen es im Wohnzimmer eine ganze Anzahl gab. Max hatte nebst der Marmorskulptur des Davide verschiedene Nymphen entdeckt, die den Durchgang zum Esszimmer schmückten. In den Treppennischen ins Obergeschoss standen Gipsbüsten. Max' Phantasien arteten aus. Er durfte sie nicht zulassen. Alles, was zählte, waren Fakten. Und solche galt es zu beweisen.

Trotzdem spann er seine Überlegungen weiter. Jemanden in den Tod zu treiben wurde nicht mit Mord geahndet. Max wusste, wie schwierig es war, hatte er doch während seiner Arbeit als Anwalt solche Fälle behandelt. Selbst indirekte aktive Sterbehilfe war in der Schweiz erlaubt. Er schüttelte den Kopf, gebot sich, diese konfusen Gedanken zu verwerfen.

Der Mustang führte ihn aus dem Villenquartier hinaus, wobei bei jedem anderen Haus entweder geöffnete Fenster und Türen oder gepflegte Blumenkisten aufblitzten – ein Zeichen dafür, dass jenseits der Hecken Leben existierte.

Die Villa hatte einst dem Vater von Mauro Lombardi gehört und war weitervererbt worden. Mauro Lombardi hatte sein Erbe dem Sohn vermacht und sich selbst eine Wohnung in der Nähe des Landenbergs in Sarnen gekauft. Wenn zwei Kinder am Heranwachsen sind, musste er sich gesagt haben, würde das Anwesen den besseren Zweck erfüllen als bloss Heimat für ein alterndes Ehepaar zu sein.

Wo aber waren diese Kinder?

***

Die Versicherung «Rohrer & Rohrer», die als Aktiengesellschaft zweier Brüder im Handelsregister eingetragen war, lag an der Sarneraa in der Nähe des Hexenturms. Die Firma beschäftigte fünfzehn Vollzeitangestellte sowie fünf Freelancer und gehörte für Sarner Verhältnisse zu den grösseren Agenturen. Roberto Lombardi hatte sich um die rechtlichen Belange gekümmert. Ob sein Nachfolger bereits eingestellt war, entzog sich Max' Wissen.

Vor ihm erhob sich ein Glaspalast, der Einblick in jedes der Büros gewährte und teilweise auch ein Chaos zutage beförderte, das man besser hinter dicken Mauern versteckt hätte. Trotz seiner modernen Einstellung verpönte Max solche architektonischen Meisterwerke, wie ihre Planer sie oft nannten. Glas, Stahl und Beton gehörten mittlerweile zu den Ortsbildern. Sie widerspiegelten seines Erachtens die Entwicklung der heutigen Gesellschaft. Ein Gebäude, das sich kaum von einem transparenten Schuhkarton unterschied. Max blieb stehen. Den Kopf hatte er in den Nacken gelegt. Die Menschen, die dort oben arbeiteten, stellten sich im wahrsten Sinne des Wortes aus, als wollten sie damit eine Offenheit demonstrieren, die sie im Grunde genommen alle nicht hatten. Max kannte solche Firmen. Er hatte immer wieder mit solchen zu tun gehabt.

Im Gebäude waren acht verschiedene Unternehmen eingemietet. «Rohrer & Rohrer» befand sich auf dem zweiten Stock. Max betrat den Eingangsbereich. Er fuhr mit dem Lift nach oben. Auch dieser war aus Glas. Im Zeitalter der modernen Kommunikation wohl unumgänglich. Es gab keine Geheimnisse mehr. Max hatte diese Feststellung bereits auf den sozialen Medien gemacht. Nichts war mehr fremd. Selbst der Kleingeist gab öffentlich alles bekannt, um nur ein wenig Aufmerksamkeit von der Allgemeinheit zu erhaschen. Seht her, ich bin auch wer, und wenn ich nur die morgendliche Sitzung auf dem Klo mit dem Rest der Welt teilen kann.

Unangemeldet erreichte Max die Etage der Versicherung. Auch hier war ziemlich alles transparent. Max konnte sogar den Blick auf die übereinandergeschlagenen Beine der Sekretärin, die am Empfangspult sass, werfen. Er liess sich kurz ablenken.

«Sie wünschen?» Die Frau schaute nicht auf, während sie es sagte. Sie tippte weiter auf der Tastatur. Es hörte sich so an, als würden Millionen von Regentropfen an die Fensterscheiben peitschen. Max fragte sich, wie viele Anschläge sie pro Minute schaffte.

Er trommelte nervös auf die Tischplatte, an die er sich gestellt hatte, und sah die Dame ungeniert an. Sie trug nicht nur den Rock, sondern auch die braunen Haare kurz und hatte offensichtlich Freude an bunten Kleidern, was der gläsernen Tristesse des Büros einen Farbtupfer verlieh. Max schätzte sie auf um die vierzig. «Mein Name ist Max von Wirth. Ich würde gern Ihren Chef sprechen.»

«Albin oder Bernhard Rohrer?» Die Frau schrieb ungeniert weiter.

Entweder wollte sie ihm demonstrieren, wie multivalent sie arbeitete, oder es interessierte sie nicht, wer vor ihrem Arbeitsplatz stand.

«Den Chef von Roberto Lombardi.»

Die Frau hielt abrupt inne. «Sorry, ich …» Sie riss sich vom Bürostuhl hoch und strich den Rock über die Oberschenkel. «Roberto Lombardi arbeitet nicht mehr bei uns.»

«Ich hab's in der Zeitung gelesen», sagte Max. «Üble Sache.»

«Für uns war das ein grosser Schock und völlig unverständlich.» Die Frau sah ihn zum ersten Mal an. Sie streckte sogar ihre Hand nach ihm aus. «Anja Rohrer, ich bin Albins Frau.»

Ein Familienunternehmen durch und durch.

«Ich würde gern die Person in Ihrer Agentur sprechen, der Roberto Lombardi am nächsten gestanden hat.»

«Können wir uns in die Cafeteria setzen?» Anja Rohrer kam um den Tresen herum. «Unser Büro ist gewöhnungsbedürftig, ich weiss. Die Idee eines befreundeten Ehepaares. Ich würde mich manchmal ganz gern hinter einer undurchsichtigen Wand verkriechen. Das hier bedingt, dass man stets picobello angezogen ist. Bitte, folgen Sie mir.»

Der Korridor erwies sich als ein Durchgang zwischen Glaskuben aus hypermodernem Design, in denen sich durchsichtige Ordner reihten. Die Mitarbeiter der Versicherung sassen auf transparenten Stühlen und hinterliessen den Eindruck, über allem zu schweben. Einzig die Rechner, Mappen, Register und Papierblöcke strukturierten den Blick in die Leere.

Am Ende des Korridors lag die Cafeteria. Die Fensterscheibe verwischte den Übergang vom Innern zum Gestade der Sarneraa. Man wähnte sich draussen.

«Mit dem Glasbau wollten unsere Architekten genau das erwirken», sagte Anja Rohrer, der Max' Erstaunen nicht entgangen war, «das Einbinden in die Natur. Was aussen ist, ist auch innen und umgekehrt.» Sie zeigte auf einen Tisch und zwei Stühle und bat Max, sich zu setzen. «Ich weiss, von aussen betrachtet gleicht das Gebäude einem Tohuwabohu. Es gelang uns nicht, die Perfektion des Purismus durchzusetzen. Zu viel Unordnung in den Räumen. Aber wo gearbeitet wird, kann man diese nicht vermeiden.»

«Architektur ist immer eine Sache des Geschmacks», wich Max aus. Im Gegensatz zu Anja Rohrer konnte er den Glasbau wieder verlassen und müsste nie mehr zurückkehren.

«Kaffee oder Mineral?», fragte sie.

«Ein Hahnenburger reicht.» Max setzte sich. «Sie haben Roberto Lombardi also gut gekannt?»

Anja Rohrer griff nach zwei Gläsern und füllte sie mit Hahnenwasser. «Die Personalbetreuung fällt unter mein Ressort. Ja, das kann ich wohl sagen. Roberto kam vor sechs Jahren zu uns. Ein fleissiger Mann, der es nicht nötig gehabt hätte, in unserer Agentur zu arbeiten. Seine Eltern schwimmen im Geld. Roberto ist … war ihr einziger Sohn. Sie hätten ihm alles gegeben. Aber Roberto wollte sich nicht von ihnen abhängig machen.»

«Seine Eltern haben ihm ihre Villa geschenkt.»

«Wie Sie es nennen: Sie war tatsächlich ein Geschenk.» Anja Rohrer stellte die Wassergläser auf den Tisch. «Sie wurde ihm und seiner Frau Melanie an ihrem Hochzeitstag überschrieben.» Sie liess sich auf dem zweiten Stuhl nieder und schlug sogleich die Beine übereinander. Max konnte es nicht vermeiden, einen reflexartigen Blick darauf zu werfen.

«Die Villa mag zwar ein Vermögen wert sein, aber ich möchte sie für nichts auf der Welt», sagte sie.

Schwang da Neid in der Stimme mit?

«Ich habe sie bereits von innen gesehen», gestand Max und entsann sich des eigentlichen Grunds, weshalb er hier war. «Hat sich Roberto Lombardi dahingehend geäussert, dass es ihm schlecht geht? Dass er unglücklich ist oder Probleme hat?»

«Im Gegenteil. Keiner unserer Mitarbeiter traf bereits am Morgen mit solch einer Fröhlichkeit bei uns ein wie Roberto. Er rang jedem Tag das Schönste und Beste ab. Es war zuweilen ansteckend oder abstossend, je nachdem, wie gut oder schlecht man selber drauf war.» Anja Rohrer presste die Lippen aufeinander und schloss die Augen, als müsste sie in sich gehen. Sie stiess heftig Atem aus. «In den letzten zwei Wochen vor seinem Tod änderte sich alles Schlag auf Schlag.»

«Wie machte sich das bemerkbar?»

«Er kam am Morgen ins Büro, schenkte kaum jemandem von uns einen Blick. Er setzte sich an sein Pult und schrieb bis zehn. Dann verschwand er.»

«Haben Sie ihn nie darauf angesprochen?»

«Ich versuchte es. Aber er gab sich betont hektisch. Ich kannte ihn gar nicht von dieser Seite. Irgendetwas musste mit ihm geschehen sein oder mit seiner Familie. Etwas, das ihn unglaublich bedrückte.»

«Erst noch sagten Sie, dass Sie sich einen Suizid nicht vorstellen können.»

«Trotz allem nicht. Roberto hing am Leben.» Anja Rohrer

schlug die Hände vor ihrer Brust zusammen. «Aber diese Fragen hat mir schon die Polizei gestellt.»

Max hatte es geahnt. Die Polizei hatte nichts ausgelassen, um einen Mord auszuschliessen. So sah es auch Max. Was bereits Melanie Lombardis Ansicht gewesen war, er vergeudete bloss seine Zeit. Und weshalb Roberto Lombardi in den Tagen vor seinem Tod neben den Schuhen gestanden haben sollte, gehörte nicht zu seinem Aufgabenbereich. Insgeheim sah er sich wieder in fremde Wohnungen blicken, und es stiess ihm übel auf. Vielleicht müsste er sich tatsächlich nach einer Anwaltskanzlei umsehen. Die Fluktuation von Anwälten war gross, das wusste er. Mit dem Zwischenzeugnis, das sein Ex-Chef ihm ausgestellt hatte, würde er überall unterkommen. Falls er Fede wiedersehen würde, wollte er zudem einen guten Eindruck auf sie machen.

Er hatte nicht mehr an sie gedacht, zu beschäftigt war er in den letzten Stunden gewesen. Doch jetzt war sie in seinem Kopf und verursachte einen süssen Schmerz im Unterleib. Er hatte sich in sie verliebt; anders vermochte er sein Gefühl nicht zu interpretieren.

«Sind wir durch?» Anja Rohrer musste ihm angesehen haben, dass seine Gedanken woanders waren.

Max griff nach dem Wasserglas und trank es in einem Zug aus. «Ja, sind wir.» Er erhob sich. «Ich danke Ihnen für Ihre Auskunft.»

«Dürfte ich vielleicht noch erfahren, aus welchem Grund Sie hier sind?» Anja Rohrer blieb sitzen, während sie ihn belustigt ansah.

«Das ist nicht der Rede wert. Ich bin Anwalt und –»

«Anwalt?» Anja Rohrer schoss wie von der Tarantel gestochen vom Stuhl auf. «Hat die Polizei Sie geschickt?»

Max unterdrückte ein Grinsen. «Nein, eigentlich bin ich Privatdetektiv. Aber die Sache hat sich nun erledigt.» Einen Moment glaubte er, sich um Lombardis Posten bewerben zu müssen. Die Arbeit in der Rechtsabteilung einer Versicherung wäre eine Option gewesen. Abgesehen davon hätte er eine geregelte Arbeitszeit gehabt, und mit einem regelmässigen Lohn würde sich auch in Zukunft besser leben lassen. Doch zwei Monate nach dem Tod ihres Juristen hatten «Rohrer & Rohrer» gewiss einen Nachfolger eingestellt. Max sah davon ab, es zu erwähnen. Er kehrte durch den gläsernen Korridor zurück zum Empfang und von dort zum Lift, der ihn nach einer kurzen Verabschiedung von Anja Rohrer ins Erdgeschoss fuhr. Vorher hatte sie ihm noch einen Zettel in die Hand gedrückt mit der Adresse eines Psychiaters, der offenbar Anlaufstelle aller Mitarbeiter der Versicherung war, falls sie einmal unter psychischen Problemen leiden sollten. Sie gehe da auch von Zeit zu Zeit hin, hatte Anja Rohrer durchblicken lassen. Sie erinnere sich, dass Roberto sie vor einem halben Jahr nach der Telefonnummer gefragt habe. Als hätte er diese nicht im elektronischen Telefonbuch gefunden, überlegte Max. Er warf einen Blick auf die Notiz. Die Praxis des Seelendoktors befand sich in Stans. Obwohl er davon ausging, dass ihm dort kaum eine Auskunft über einen möglichen Patienten gegeben würde, beschloss er, nach Stans zu fahren. Etwas Ablenkung tat ihm gut. Zudem schien die Sonne, und er konnte das Wagendach herunterlassen.

Max beschloss, nicht die Autobahn zu nehmen, sondern dem Alpnachersee entlangzufahren. Alles, was er hatte, war Zeit. Die wollte er nutzen, um sich über sich und sein Leben Gedanken zu machen. Er mochte diese Zeitfenster, in denen er sich mit sich selbst beschäftigen konnte, obwohl sie in den letzten Jahren rar geworden waren. Während der Tätigkeit in der Zürcher Anwaltskanzlei hatte er sein Ego hinten angestellt, und nach dem Tod seines Vaters hatte es ihm Angst gemacht, sich plötzlich mit sich selbst auseinanderzusetzen. Kaspar von Wirth war ihm Vorbild gewesen, ein Mensch, der sich, trotz seines atemlosen Berufes als Bankier, seiner Familie und vor allem seinem Sohn gewidmet hatte. Freizeit hatte für ihn Sport, Spiel und Spass bedeutet. Und dies immer gemeinsam mit Milagros und Max. Obwohl er durch und durch Patriarch gewesen war,

Frau und Sohn hatte er stets zuvorkommend und liebevoll behandelt. Nie war ein heftiges Wort gefallen. Nicht einmal Max gegenüber, als der zwischen fünfzehn und fünfundzwanzig die wildeste und aufmüpfigste Phase seines Daseins durchlebt hatte. Vater hatte ihn oft zur Seite genommen und ihm geraten, die überschüssige Energie gut zu nutzen, sie nicht nur im Sport, so auch im Geiste einzusetzen. Mit dem Verständnis und der Liebe seines Vaters im Rücken hatte Max die Primarschule, das Gymnasium und später das Studium der Rechtswissenschaften souverän gemeistert. Zwar hatte er weder summa cum laude noch insigni cum laude geschafft, was ein wenig Vaters Hoffnung gewesen war, aber er hatte immerhin einen Notendurchschnitt von einer Fünf erreicht. Als Senkrechtstarter hatte er sich nach dem Master in Law für das Anwaltspatent angemeldet und auch dieses zeitlich im Plan abgeschlossen. Die Fliegerei mit dem Segelflugzeug war eine Passion gewesen, die Vater und Sohn teilten.

Den Abschnitt zwischen Sarnen und Alpnachstad fuhr Max über die Hauptverbindung. Sie führte dem Wichelsee entlang. Max überlegte, an der nächsten Kreuzung abzubiegen und sich die Umgebung des Sees näher anzusehen. Dort hatte sich Roberto Lombardi das Leben genommen, etwas oberhalb des Sees in der Nähe der Weid Siebeneich unweit des Kernwaldes. Aber selbst wenn er dahin führe und die Spuren der Tat ansähe – vergessene Flatterbänder der Polizei, kleine Hinweise wie ein Trampelpfad, dass ein Mensch sich dafür entschlossen hatte, aus diesem Leben zu scheiden –, würde er nichts ändern können. Zudem gehörte er nicht zu den leidigen Katastrophentouristen, die Maulaffen feilhielten. Der See verschwand in seinem Rücken und dahinter der Wald. Und allmählich entrückte die Familie Lombardi.

In Alpnach zweigte er auf die Brünigstrasse ab, die weiter vorn den Namen Lopperstrasse trug. Er fuhr unter der Achereggbrücke durch und erinnerte sich an Vaters Erzählungen über die alte Brücke, die wegen der Durchfahrt des Raddampfers jeweils hatte zur Seite gedreht werden müssen. Überhaupt sei die Verbindung über die See-Enge ein schwieriges Unterfangen gewesen. Zwischen 1961 und 1964 war die Achereggbrücke, wie sie heute besteht, gebaut worden. Max fuhr bis zum Kreisel, wo sich die Bagger befanden, und schlug den Weg über die Brücke nach Stansstad ein. Er entsann sich seiner Kindheit, als er mit Milagros und Vater die Volière besucht hatte, die zurückversetzt am Ufer des Vierwaldstättersees lag. Damals hatte Max den Wunsch geäussert, Ornithologe zu werden. Er hatte auch Pilot werden wollen, als die Eltern ihn zum ersten Mal auf die Bahamas mitnahmen. Fast zeitgleich mit der Autoprüfung hatte er die Pilotenlizenz erworben. Das war keine achtzehn Jahre her. Vater hatte eine Cessna gekauft, die seit zwei Jahren unbenutzt im Hangar stand. Mit der Zeit jedoch hatten sie die Freude am Segelfliegen entdeckt und sich einen Zweiplätzer angeschafft sowie eine Maschine für den Schlepp.

Gedankenverloren fuhr er Richtung Stans und zweigte vor der Dorfmitte auf die Ennetmooserstrasse ab. Der Psychiater wohnte in der Nähe des Allwegs. Max hatte nicht vor, bei ihm vorzusprechen. Dazu hätte er sich anmelden müssen. Und grundlos würde er dort so oder so nicht hineinspazieren können, geschweige denn eine Auskunft über einen Patienten bekommen. Zudem würde Max seinen Mustang hier auf der Geraden Richtung Ennetmoos wieder einmal so richtig an die Grenzen bringen können. Er sah davon ab. In der Schweiz mochte es nichts leiden. Vielleicht würde er wieder einmal nach Deutschland fahren müssen, um die Pferdestärken zu testen. Er fuhr gemächlich, derweil er sich keine Lausbubenstreiche erlauben durfte. Max war auf sein Fahrzeug angewiesen. In einem öffentlichen Verkehrsmittel sass er nicht gern und nur dann, wenn es nicht zu umgehen war.

Links und rechts von ihm zogen braungrüne Wiesen vorbei, Kühe, die die letzten Tage auf dem Feld genossen, bevor sie über den Winter in den Ställen eingesperrt wurden. Bauern ernteten Äpfel und Birnen. Max mochte diese Idylle, die er aus der Kindheit kannte.

In diese Eintracht schob sich plötzlich ein Bild, das ihn heftig auf das Bremspedal treten liess. Er legte den Rückwärtsgang ein und setzte ein paar Meter zurück an den Strassenrand. Es war nicht die Kuh, die seine Aufmerksamkeit auf sich zog, sondern die Frau daneben. Sie versuchte offensichtlich, die Kuh zum Gehen zu bewegen, was ihr auch nach mehreren Versuchen nicht gelang. Die Kuh stand wie ein störrischer Esel still. Max wäre niemals wegen einer Kuh aus dem Wagen gestiegen. Von Kühen verstand er nichts. Er stakste jetzt über die Wiese und näherte sich dem seltsamen Paar.

Sie trug Gummistiefel mit Blumen. Die rot-weiss karierte Bluse hatte sie in den Hosenbund gestopft, ihre Haare unter einem farbigen Kopftuch verborgen. Trotzdem war es ihr nicht gelungen, die wilden Locken darunter zu verstecken oder zu bändigen. Rote Locken.

So viel Zufall gab es nicht.

Nein, es war Vorsehung.

Max war sich ganz sicher. Obwohl er bei ihrem Anblick noch zögerte. Liess er sich gerade von einem Trugbild täuschen?

«Fede?»

Sie sah ihn mit grossen Augen an. «Kennen wir uns?»

Verdammt noch mal. Klar kannten sie sich. Sie hatten miteinander geschlafen, wenn auch in stehender Position. Wenn er sie jedoch ansah, war er sich nicht mehr sicher, ob er tatsächlich vor Fede stand. Sie hatte ihre Hände seitlich in die Hüfte gestemmt, glich einer Amazone, vor der man sich in Acht nehmen musste. Dass sie die Kuh nicht in Bewegung brachte, beruhigte Max ein wenig. Eine echte Amazone hätte wohl Hand angelegt und das Vieh zum Galoppieren gebracht.

Ohne Kajal und Lippenstift sah Fede etwas fade aus. Und die bäuerliche Bekleidung war alles andere als schick. Aber wie sie dastand mit diesem ungebändigten Stolz, den er bereits im «Pilatuskeller» an ihr bemerkt hatte … unmöglich: Er irrte sich nicht. Sie war es. Selbst ihre rauchige Stimme war ihm nicht fremd. Nur den Geruch nach Kuhmist kannte er nicht an ihr. Vielleicht lag es am Wind, der gerade eine Nase voll in seine Richtung wehte.

«Max von Wirth.» Er verschränkte die Arme. «Wir sind uns schon einmal begegnet.»

«Aha, Abwehrhaltung.» Sie warf den Kopf in den Nacken und blies eine losgelöste Haarsträhne aus dem Gesicht. Sie hatte Sommersprossen, ein Muttermal am rechten Mundwinkel und war das pure Gegenteil von der Frau, die ihm zwei schlaflose Nächte beschert hatte. Und sie war um einiges kleiner, als er sich erinnerte. Das lag wohl an den flachen Gummistiefeln.

«Kann ich Ihnen … dir mit der Kuh helfen?», fragte Max.

«Das ist Rambo», sagte sie und strahlte ihn an mit diesem Schalk in den Augen.

«Und du bist?», fragte Max, um ausser der Namensabkürzung Fede mehr über ihre Identität zu erfahren.

Sie ging nicht darauf ein. «Sie ist einstweilen etwas zickig, aber vor allem unberechenbar, wenn sie sich denn mal bewegt. Meistens tut sie das aber nicht. Wenn ihr danach ist, verteilt sie Fusstritte. Ich denke, sie ist intelligent. Anders ihre Stallgenossin. Die ist die Sanftheit in Person, ehm … in Kuh.» Sie lachte, als sie in Max' Gesicht sah.

«Warum hast du dich vorgestern aus dem Staub gemacht?», fragte er.

«Vorgestern? Das ist lange her.» Ihr Kichern hatte etwas Spitzbübisches. «Ich erinnere mich nie an Dinge, die ich Tage oder Stunden zuvor gemacht habe.»

«Du bist ein Momentmensch, ich verstehe.» Max hätte sich wegen dieser Bemerkung am liebsten die Zunge abgebissen. Aber was redete man mit einer Frau, die den Eindruck machte, sie würde einen als Idioten abstempeln?

Frauen waren bei ihm immer leichte Beute gewesen. Er hatte Charme und Witz und war sensibel. Doch Fede liess ihn offensichtlich zappeln.

«Hör zu, dein Bühnenstück kannst du anderswo aufführen, aber nicht bei mir.» Vielleicht half das.

Sie hob bloss die Schultern. Wenigstens servierte sie ihn nicht einfach ab. Er ging davon aus, dass sie dieses Spiel mochte.

Aber wer war sie wirklich?

Die Femme fatale, der er im «Pilatuskeller» begegnet war, oder die Gummistiefel tragende Bäuerin, die eine launische Kuh in Schach hielt?

Max veränderte seinen fokussierten Blick und sah über die Wiese zu Haus und Stall, die einen gepflegten Hof vermuten liessen. Gehörte die Frau seiner Träume dorthin?

Sie tätschelte auf den Allerwertesten der Kuh. Diese bewegte sich.

«Na, geht doch», lobte Fede und wandte sich wieder an Max. «'tschuldigung, aber ich sollte jetzt zurück zu meinen Tieren.»

Er würde sie selbstverständlich begleiten. Noch einmal wollte er sie nicht verlieren. Zudem hätte er die Gelegenheit, am Briefkasten ihren Namen zu lesen, falls es denn einen Briefkasten gab.

Sie trieb die Kuh voran und schaute dabei neckisch über ihre Schultern. «Man sollte das Auto nicht einfach auf der Wiese abstellen.»

Max sah sich nach seinem Wagen um. «So ein Blödsinn. Der steht nicht im Gras.» Er trottete hinter ihr her und kam sich idiotisch vor. Vielleicht wollte sie genau das, dass er ihr hinterherlief wie ein herrenloses Hündchen. Das hatte er mit zwanzig noch getan und dann nie wieder. Jetzt ertappte er sich dabei, dass seine Vorsätze ins Wanken gerieten. Das musste wohl am Testosteronspiegel liegen, denn diesen hatte er nicht im Griff.

«Pass auf deine Schuhe auf. Der Dreck hier wird die Sohlen ruinieren. Ist doch ein italienisches Modell, nicht wahr?» Sie war beim Stall angelangt. Sie stiess die Kuh durch das Tor, denn für einen Moment sah es danach aus, als wollte diese dort nicht hineingehen.

Max war egal, ob die Sohlen wegen des Drecks hier litten. Er sah sich im Stall um. Die zweite Kuh, von der Fede gesprochen hatte, befand sich bereits drin. Auch Hühner hatten sich im Innern verteilt, wohl der Körner wegen, die Fede ihnen jetzt zuwarf. Max zählte deren zehn. «Bist du Selbstversorgerin?»

«Ich esse kein Fleisch.» Sie lächelte. «Aber Eier mag ich und frische Milch. Übrigens ist die andere Kuh ein Rind, falls es dich interessiert. Sie ist die Tochter von Rambo, hat aber selber noch nicht gekalbert.»

«Hör mal!» Max hatte es langsam satt. «Wie kann ich unsere erste Begegnung vorgestern interpretieren?»

«Heute ist ein anderer Tag.» Fede griff nach der Mistgabel und schob den Dreck der Kühe weg. «Nimm's, wie's kommt.»

«Darf ich dich wenigstens zum Essen ausführen?»

Sie wischte sich eine verirrte Strähne aus dem Gesicht. «Das geht ganz schlecht. Heute bin ich dran mit Kochen.»

Peng! Die Klappe fiel. Max hätte sich denken können, dass da wer war. Jemand, der ihr Herz schon längst erobert hatte. Er hatte absolut keine Lust, sich in der Gegenwart eines Mannsbilds zum Affen zu machen. Und womöglich ihrem Gatten zu begegnen, war nicht sein Ziel.

«Na dann.» Er ging rückwärts aus dem Stall. Wie ein begossener Pudel tapste er zu seinem Wagen zurück. Bauernhöfe waren eh nicht sein Fall. Die Gerüche hier würde er nicht vermissen. Am besten, er vergass das hier und hakte seine erste Erfahrung mit Fede im «Pilatuskeller» als Lehrgeld ab.

Noch einmal blickte er zum Stall, unter dessen Tor sich Fede aufgebaut hatte. Sie winkte ihm tatsächlich zu.

DREI

Auch heute am Freitag kam Max kaum aus dem Bett. Obwohl er den gestrigen Abend an der Bar im «Pilatuskeller» verbracht und Franco, wider seinem Vorhaben, sein Herz ausgeschüttet hatte, wollte sich keine Entspannung einstellen. Es gelang ihm nicht, Fede zu vergessen. Franco hatte ihm versprochen, er würde ihn, sobald die Schöne im Anmarsch war, postwendend benachrichtigen. Nur widerwillig hatte Max seine Handynummer mitgeteilt. Schlimmstenfalls musste er damit rechnen, dass Franco nicht wegen Fede, sondern seinetwegen anrufen würde.

Fede. Er hatte kaum geschlafen. Trotz des Vorsatzes, sie aus dem Gedächtnis zu streichen, war sie ihm spätabends und während der halben Nacht durch den Kopf gegeistert. Hatte ihn in der Bar ihre Schönheit fast aus den Socken gehauen, musste er sich eingestehen, dass nicht diese allein seinen Puls beschleunigte. Gestern war sie alles andere als attraktiv gewesen, und bei anderer Gelegenheit hätte Max sie ignoriert. Allein die Tatsache, dass sie eine Bäuerin war und sich aller Wahrscheinlichkeit nach von morgens bis abends mit Tieren abgab, hätte ihn von einem Werben abgehalten. Er mochte nun mal keine Bauernhöfe. Tiere fand er niedlich, aber nur die kleinen, und erst noch nur aus der Distanz. Und vegetarisch war für ihn noch nie ein Thema gewesen, obwohl die Fleischfresser schuld am Klimawandel waren. Milagros hatte ihm erst noch ins Gewissen geredet, als er sich über ein vierhundert Gramm schweres Rindsfilet hergemacht hatte. Wegen der Rinderzucht, hatte sie gesagt, würde man Regenwälder roden. Das Methangas der Rinder sei zudem Gift für die Atmosphäre.

Max schlurfte in die Küche und öffnete dort den Kühlschrank. Vielleicht war ein Vitamin-Smoothie genau das, was er heute brauchte. Er holte Früchte und Gemüse aus den Regalen, alles, was das Kühlmonster hergab, und schnipselte einen Teil davon in den Mixer. Er setzte den Mixer in Betrieb und sah zu, wie die Früchte und das Gemüse unter dem Rotieren des Messers zermanschten, leerte den fertigen Saft in ein Glas, stellte den Rest in den Kühlschrank und setzte sich mit dem Smoothie und seinem iPhone an die Bar. Er kam nicht umhin, Milagros anzurufen, um ihr schonend beizubringen, wie wenig er in diesem Fall bislang herausgefunden hatte und dass er sich überlegte, ihn abzugeben. Er wusste zwar, wie viel Wert sie auf seine Ermittlungen legte, mit denen er kaum begonnen hatte. Aber es lag ihm fern, die Witwe Melanie Lombardi zu belästigen und etwas aufzuwühlen, das ihr am Ende keinen Nutzen brachte.

Möglicherweise war Roberto Lombardi dem Druck der Arbeit nicht mehr gewachsen gewesen, und er hatte sich deshalb das Leben genommen. Max kannte das. Nicht jedermann machte im Vornhinein auf sich aufmerksam, wenn es ihm schlecht ging. Sein Beruf, die Villa, eine anspruchsvolle Frau, zwei kleine Kinder im ersten Trotzalter, einnehmende Eltern – es gab genug Gründe. Vielleicht war er ein zartbesaiteter Mann gewesen, dem alles zu entgleiten drohte. Max sah darin ein Motiv. Wie nahe hatte er selbst am Abgrund gestanden, mit einem Fuss sogar drin, als er den Job und seinen Vater verloren hatte. Er setzte das Glas an den Mund und trank zwei Schlucke. Der Drink schmeckte ihm nicht besonders. Und doch fühlte er sich danach ein wenig besser. Er überlegte sich, ob er Milagros anrufen oder direkt zu ihr fahren sollte. Für ein Essen mit ihr wäre er nicht abgeneigt gewesen. Er wählte ihre Nummer und liess eine gefühlte Ewigkeit klingeln, bis sie den Anruf entgegennahm.

Max hatte nicht damit gerechnet, dass sie über seinen Besuch bei Melanie Lombardi schon bestens im Bilde war. Sie kam auch gleich darauf zu sprechen, noch bevor er den Wunsch äussern konnte, sich mit ihr auf dem Bürgenstock zu treffen.

«Mein lieber Maximilian. Dein erster Einsatz bei Melanie zeugte nicht gerade von grosser Professionalität. Giorgia teilte mir mit, dass sich ihre Schwiegertochter von dir sehr bedrängt gefühlt habe.»

Das klang anders, als er es bei der Witwe wahrgenommen

hatte. Wenn er mit Milagros deshalb eine Diskussion beginnen würde, wären sie heute Abend noch nicht fertig damit. Für Max' Dafürhalten sah Milagros die Dinge immer ein wenig realitätsfremd. «Kennst du Melanie Lombardi persönlich?», fragte er.

«Ich muss sie nicht persönlich kennen. Giorgia hat sie mir beschrieben. Sie sei eine sehr spezielle Frau.»

Mit nihilistischen Zügen, dachte Max, sprach es aber nicht laut aus. Hinter ihrer Abwehrhaltung hatte er eine grosse Schwermut bemerkt. Nach dem Besuch bei ihr hatte er sich lange überlegt, weshalb sie ihre Trauer in ein dunkles, bodenlanges Gewand einpackte. Der erste Eindruck war nicht der beste gewesen, und dass sie ihre Melancholie nur spielte, musste er in der Zwischenzeit revidieren. Da steckte mehr dahinter als das, was er auf Anhieb gesehen hatte. Vielleicht existierte etwas, das er auf der realen Ebene nicht würde herausfinden können. Er war ja kein Psychologe. Bei dem Gedanken kam ihm die Adresse in Stans in den Sinn, und er suchte unter den Zeitungen nach dem Zettel, den er dort deponiert hatte.

«Kennst du zufällig Dr. Väli Minder?», fragte er, nachdem er Milagros' Ausführungen nur halbherzig zugehört und auf dem Zettel den Namen gelesen hatte.

«Eine Koryphäe auf dem Gebiet der Psychiatrie», kam es postwendend zurück. «Klar kenne ich ihn. Nachdem dein Vater gestorben war, hatte ich während Wochen regelmässig Sitzungen bei ihm. Dir hätte es auch gutgetan. Aber dazu konnte ich dich nicht zwingen.»

«Ich habe versucht, meine Trauer anders zu bewältigen», hielt Max dagegen.

«Mit dem Verschleiss an Frauen.» Milagros liess ein Räuspern vernehmen.

Das hat jetzt ein Ende, dachte Max. Nicht, dass er sich bei Fede eine Chance einräumte – möglicherweise war sie verheiratet –, aber die Begegnung mit ihr hatte ihm einen Anstoss gegeben, sein Leben zu überdenken, vor allem den Umgang mit Frauen.

«Warum fragst du?» Milagros hatte gemerkt, dass ihm mit der Frage ernst war.

«Es könnte sein, dass Roberto Lombardi bei ihm war.»

«Wer sagt das?»

«Die Personalchefin von ‹Rohrer & Rohrer›.»

«Das wüsste ich. Giorgia hat mir nichts davon erzählt.»

Max ahnte, dass Giorgia Lombardi im Charakter gleich gestrickt war wie Milagros. Sie hatte wohl geglaubt, ihren Sohn zu kennen. Aber wenn dem so gewesen wäre, warum hatte sie von seiner Veränderung vor seinem Tod nichts gespürt?

Falls er an dem Fall dranbleiben wollte, musste er mit Giorgia und Mauro Lombardi ein vertieftes Gespräch führen. Er hatte mit Giorgia Lombardi telefoniert. Sie hatte ihm nahegelegt, dass er sich von Melanie nicht einschüchtern lassen solle. Sie würde versuchen, von sich abzulenken. Was sie denn auch getan hatte. Max war nicht wohl bei dem Gedanken, dass er sich womöglich in eine verzwickte familiäre Angelegenheit hineinmanövrieren würde, die letztendlich Roberto Lombardis Suizid ausgelöst hatte. Bis anhin hatte nichts auf einen Mord hingewiesen. Vielleicht erhofften sich die Eltern des Verstorbenen, jegliche Schuld für den Tod ihres Sohnes auf Melanie abwälzen und ihr ein entsprechend schlechtes Gewissen einbläuen zu können, damit sie die Villa und die Annehmlichkeiten einer reichen Witwe von allein aufgeben würde. Andererseits waren da zwei kleine Mädchen, die das genetische wie auch das materielle Erbe der Lombardis weitertragen würden. Max schätzte die Grosseltern so ein, dass sie ihre Enkelinnen nicht im Stich liessen.

«Du sagst ja nichts mehr», beklagte sich Milagros, die eine ganze Weile nur für sich in den Äther gesprochen hatte. «Hast du mir überhaupt zugehört?»

Max versuchte, die Wortfetzen der letzten Sekunden zu rekonstruieren, was ihm beim besten Willen nicht gelang, zu sehr war er mit seinen eigenen Gedanken beschäftigt gewesen. Er überlegte, Milagros gegenüber seinen Verdacht zu äussern. Sie dabei vor den Kopf stossen zu müssen, hielt ihn davon ab.

Einen letzten Schritt würde er noch tun, bevor er den Fall ablegte.

Als er Milagros mit einigen fadenscheinigen Ausreden abgewimmelt hatte, trank er den Saft aus. Dann meldete er sich telefonisch bei den Lombardis an.

***

Giorgia und Mauro Lombardi hatten sich vor ihrem dritten Lebensabschnitt eine Wohnung in einem der Terrassenhäuser an der Sonnenbergstrasse gekauft. Sie lag unweit der Burg Landenberg auf dem Landenberghügel. Vom Ausmass der Festung, die im Mittelalter zu den grössten Burganlagen der Innerschweiz gezählt hatte, war nur noch wenig vorhanden. Heute thronte dort der Barockbau des Schützenhauses mit den Kuppeltürmen.

Von den Hängen des Eiwaldes genoss man einen phantastischen Ausblick auf den Sarnersee. Wahrscheinlich einer der Gründe, weshalb die Lombardis diesen Wohnort gewählt hatten, dachte Max, als er von der Landbergstrasse in die Schwanderstrasse abbog. Noch immer hielt der milde Herbst an. Über die Landschaft wogten die satten Farben verfärbten Laubs und verliehen dem Bild eine kitschige Note. Max parkte an der Sonnenbergstrasse und suchte zu Fuss nach der Nummer, die Milagros ihm mitgeteilt hatte.

Anders als die Villa im Dorfkern trumpfte die Terrassenwohnung der Lombardis nicht mit Luxus auf. Max fand ein Haus unter vielen vor, die dem Stil zufolge in den achtziger Jahren entstanden waren.

Max hatte das Ehepaar Lombardi schon auf Fotos gesehen. Sie real vor sich zu haben, liess seine Vorurteile, sie würden überheblich und stolz sein, zerrinnen. Von ihnen ging ein starkes Charisma aus, aber das war durchwegs angenehm. Mauro Lombardi öffnete die Eingangstür so weit, dass sie an der Wand dahinter aufschlug, derweil seine Frau Max mit einer Herzlichkeit willkommen hiess, die ihn verlegen machte.

Wenn in dieser Wohnung getrauert wurde, so geschah dies offensichtlich. Das pure Gegenteil von dem, was Max bei Melanie Lombardi empfunden hatte.

Das Zuhause war zwar in schlichtem Design gehalten. Nichts war zu viel. Alles hatte seinen Platz, ohne überladen zu wirken. Die wenigen auserlesenen Möbel wirkten zurückhaltend, der Blick nach draussen war umso intensiver, die Fensterfront ein einziges Bild, das sich je nach Tageszeit und Wetterbedingungen verändern musste. Nirgends verunstaltete ein Gemälde die Wand. Der Eindruck von Ruhe und Demut gewann Überhand. Aber anders als bei ihrer Schwiegertochter hatten die Leute hier Kerzen und Grablichter aufgestellt und in diversen Vasen weisse Nelken – Friedhofsblumen, wie Max von Milagros wusste.

Auf dem Tisch standen eine Wasserkaraffe und drei Gläser. In einem Früchtekorb lagen Äpfel, Birnen und Kiwis.

«Wir danken Ihnen, dass Sie unser Anliegen ernst nehmen», begann Mauro Lombardi und lud Max ein, sich zu setzen. «Ihre Frau Mama hat Sie uns wärmstens empfohlen. Sie teilte uns aber auch mit, dass Sie noch zögern. Das verstehen wir durchwegs. Als Anwalt hat man gewiss andere Vorstellungen als ein Laie, wenn die Polizei einen Fall als Suizid zu den Akten legt. Wir versichern Ihnen, dass unser Sohn nie einen Grund hatte, sich umzubringen.» Falls dessen Verlust ihn bei dieser Aussage schmerzte, verstand Mauro Lombardi es, sich zu beherrschen.

Anders Giorgia Lombardi. Sie fuhr sich immer wieder mit der Hand über die Augen.

«Fragen Sie, wenn Sie Fragen haben, was das Leben unseres Sohnes betrifft. Milagros sagte uns, dass Sie ein enormes Einfühlungsvermögen besitzen.»

Da hatte wer Rauchzeichen gegeben, ging Max durch den Kopf. Vorsicht war geboten. Er musste höllisch aufpassen, was er Milagros mitteilte. Sie gab es unzensuriert weiter.

«Sie sind Chefarzt in der chirurgischen Abteilung der Hirslandenklinik», liess Max die Bemerkung fallen. Sie würde Lombardi davon abhalten, unangenehme Fragen in Bezug auf Max'

Person zu stellen. Er war nicht bereit, in sein Leben Einsicht zu gewähren, obwohl er davon ausgehen musste, dass Milagros es schon längst getan hatte. Er schätzte die Lombardis so ein, dass sie darüber im Bilde sein wollten, wem sie ihr Intimstes preisgaben.

«Nicht mehr lange», antwortete Lombardi. «In einem halben Jahr gehe ich in Rente. Die Nachfolgeregelung ist bereits im Gang. Ich habe mich seit Robertos Tod etwas zurückgezogen.» Er sagte dies mit einer Selbstverständlichkeit, die jeglichen Zweifel, er hätte sich durch diese Frage in die Enge getrieben gefühlt, im Keim erstickte.

«Hat sich Ihr Sohn nie mit dem Gedanken auseinandergesetzt, Medizin zu studieren?», fragte Max.

«Darf ich Ihnen einen Kaffee servieren?» Giorgia Lombardi versuchte offenbar, ein für sie heikles Thema zu unterbinden.

«Gern», sagte Max. In der Zeit, in der Giorgia Lombardi mit der Zubereitung des Kaffees beschäftigt war, würde er sich mit ihrem Gatten ungestört unterhalten können.

Lombardi wartete, bis seine Frau in der Küche verschwunden war. «Wir haben es ihm nahegelegt. Aber Roberto hat sich anders entschieden. Im Grunde waren wir froh, dass er den Weg der Rechtswissenschaften gewählt hatte. Ein Medizinstudium verlangt einem alles ab. Freizeit kann man sich gleich an den Hut streichen. Das ist nicht nur Geistesarbeit, auch strapaziert es die Nerven. Klar muss man sich als angehender Jurist ein dickes Fell zulegen, was das Lernen betrifft, aber als Medizinstudent muss man sogar auf die Freizeit verzichten.» Lombardi warf einen Blick zur Küchentür. «Giorgia redet nicht gern darüber. Die letzten zwei Monate waren für sie die Hölle. Ein Kind zu verlieren ist das Schlimmste überhaupt. Nur schon der Verdacht, dass der eigene Sohn sich das Leben genommen hat, überschüttet einen mit Schuldgefühlen. Man erwacht am Morgen, und sofort sind diese Fragen da, ob man etwas und vor allem was im Leben falsch gemacht hat.» Lombardi schluckte ergriffen. Sein Adamsapfel glitt auf und ab.

Um die Schuldgefühle der Lombardis zu beseitigen, sah sich

Max nicht in der Lage. Ob sie ihn deswegen angeheuert hatten? Reichte ihr Vorstellungsvermögen nicht so weit, um den suizidalen Tod ihres Sohnes annehmen zu können?

«Wir glauben nicht an einen Selbstmord.» Lombardis Stimme klang gefasst, als er dies sagte. «Vor knapp einer Woche hat die Polizei die Akte geschlossen, nachdem nichts ausgelassen wurde, um unseren Verdacht zu entschärfen. Dennoch haben sie ihren Job nicht richtig gemacht. Roberto war ein glücklicher Mensch. Er liebte seine Frau und seine beiden Mädchen über alles. Er mochte seine Arbeit.» Lombardis Gesichtszüge verkrampften sich. «Deshalb sind Sie hier, Herr von Wirth. Sie sind unsere letzte Hoffnung. Beweisen Sie uns, dass Roberto einem Verbrechen zum Opfer gefallen ist.»

Das war eine klare Ansage. Max räusperte sich. «Die Polizei –»

«Kommen Sie mir nicht mit der Polizei», fuhr Lombardi ihm fast ungehalten ins Wort. «Einen bereits abgeschlossenen Fall wieder aufzunehmen bedingt neue Fakten. Aber das muss ich Ihnen nicht sagen.» Er mässigte sich. «Bringen Sie mir den Mörder meines Sohnes, dann können wir die Polizei wieder einschalten.»

Max lehnte sich zurück, als Giorgia Lombardi auf einem silbernen Tablett drei Tassen Kaffee an den Tisch brachte. Ihm entging nicht der Blick, den sie ihrem Mann zuwarf. Ihre Hand zitterte, während sie die Tassen vom Tablett nahm und auf den Tisch stellte. «Milch und Zucker?» Sie wartete eine Antwort nicht ab. «Werde ich auch gleich holen.»

«Was konkret erwarten Sie von mir?» Max schob sich auf der Stuhlkante nach vorn. Er griff nach der Tasse und hob sie an.

«Eine komplette Rekonstruktion der Wochen vor Robertos Tod.» Lombardi legte beide Hände um die Kaffeetasse, als müsste er sie daran wärmen. «Einen ersten Eindruck haben Sie ja schon mal von unserer Schwiegertochter nehmen können.»

«Sie mögen sie nicht?»

«Da liegen Sie komplett falsch. Sie ist die Tochter eines guten Freundes …»

Das war nicht die erwartete Antwort.

«Vom Klempner Hans Lussi», entfuhr es Max und merkte zu spät, wie er mit dieser Aussage sein Gegenüber vor den Kopf stiess.

Die Reaktion blieb nicht aus. «Ein fleissiger Mann mit hervorragenden Qualitäten. Unsere Kinder haben schon im Sandkasten miteinander gespielt ...»

Und wahrscheinlich nicht geahnt, dass ihre Eltern sie einmal verkuppeln würden. Max setzte die Tasse an seine Lippen und beobachtete durch halb geschlossene Lider den Mann, der seinen Blick auf den Tisch gesenkt hatte. Max hatte das heikle Thema angerissen, er würde damit fortfahren müssen, um nur einen kleinen Einblick in diese Familie zu bekommen. Er stellte die Tasse ab. «Waren Ihre Kinder damit einverstanden?»

«Womit?» Lombardi tat schwer von Begriff.

«Dass Sie sie verheirateten?»

«Sie haben sich lieben gelernt und sind aneinander gewachsen. Manchmal braucht es eine führende Hand und die Voraussicht, nichts dem Zufall zu überlassen.» Lombardi sprach mit dem Ton der Überzeugung. Max fand keine Spur dafür, dass er, was seinen Sohn betraf, ein Fehlverhalten an den Tag gelegt haben könnte. «Wirft man in der Geschichte einen Blick zurück», fuhr Lombardi unbeirrt fort, «beweisen gerade solche Ehen, dass sie Bestand haben.»

Max fragte nicht nach, um welche Ehen es sich handelte. Er wollte Lombardi nicht in Verlegenheit bringen, indem er ihn nach solchen Ehen suchen liess. Max überlegte: Er musste sich einen Plan zurechtlegen. Es lag ihm nicht, aufs Geratewohl hin zu recherchieren. «Wir haben uns noch nicht über den Stundenansatz unterhalten», gab er zu bedenken.

«Das heisst, wir können auf Ihre Hilfe zählen?» Lombardi atmete hörbar auf.

«Ich stecke ja schon mittendrin.» Max trank den Kaffee aus. «Haben Sie mir ein aktuelles Bild Ihres Sohnes?»

An Lombardis Stelle legte Giorgia Lombardi ein gerahmtes

Bild neben Max' leere Tasse. Es zeigte einen gut aussehenden jungen Mann mit fast schwarzen Augen und einem bronzenen Teint. Da musste er erst noch in den Ferien gewesen sein. Er hinterliess einen überaus glücklichen Eindruck. Der Trauerflor am rechten unteren Bildrand liess die Illusion verblassen, dass dieser Mann im nächsten Moment zur Tür hereinkommen könnte. Er ähnelte mehr seiner Mutter als dem Vater, ein leicht italienischer Einschlag war erkennbar. Den Mann an Melanie Lombardis Seite zu sehen, kostete Max Mühe. Was Roberto zu viel hatte – diese Fröhlichkeit, von der schon Anja Rohrer gesprochen hatte –, fehlte seiner Frau gänzlich. Vielleicht lag etwas dran an der Aussage, dass sich Gegensätze anziehen. In diesem Fall hatten sie sich wohl eher *ausgezogen*, ging Max durch den Kopf. «Darf ich das Bild mitnehmen?»

Giorgia Lombardi zögerte, worauf Max sein iPhone hervorholte und das Bild ablichtete. «Das sollte reichen.» Er fixierte Giorgia Lombardi, die ihre Anspannung einen kurzen Moment ablegte. «Hatte Ihr Sohn Hobbys?»

«Sein Beruf verlangte ihm alles ab», sagte Lombardi. «Er trieb Sport, ging regelmässig im Wald joggen –»

«In welchem Wald?», unterbrach Max, der, bei dessen Erwähnung, die erste Alarmglocke läuten hörte.

«Im Kernwald», sagte Lombardi. «Seit seiner Jugendzeit lief er im Kernwald. Jeden dritten Tag.»

«Wer hat ihn überhaupt gefunden?» Max gab sich naiv. Es hatte in allen Zeitungen gestanden, dass drei Jugendliche die Leiche entdeckt hatten.

«Drei Teenager», sagte Giorgia Lombardi gefasst.

«Sind die Namen dieser Jungs bekannt?»

«Wir kennen nur einen», sagte Lombardi. «Es ist der Sohn der Bauernfamilie Ettlin von der Weid Siebeneich. Er und seine Freunde mussten einen ziemlichen Schock davongetragen haben. Leos Mutter kam in der Woche darauf zu uns und bezeugte ihr Beileid.»

«Sie kennen sich persönlich?»

«Nicht näher. Robertos Name musste gefallen sein. Dies

führte offenbar zu uns. Ich war schliesslich einmal Arzt im hiesigen Spital.» Lombardi sah auf. «Brauchen Sie die Adresse?»

«Die werde ich im elektronischen Telefonbuch finden.» Max hatte jetzt einen Grund, sich von den Lombardis zu verabschieden. Er erhob sich.

«Wir haben uns noch nicht über Ihr Honorar unterhalten», warf Lombardi ein. Und als hätte er sich vorab darüber Gedanken gemacht, nannte er eine Summe, die Max sprachlos machte.

***

Der Kernwald war Max nicht fremd. Als Jugendlicher hatte er oft bei einem Freund, der in der Nähe gewohnt hatte, übernachtet. Ob Baschi noch dort lebte oder weitergezogen war, wusste Max nicht. Zu viele Jahre waren vergangen. Sie waren in der gleichen Handballmannschaft gewesen, bis Max am Gymnasium Sankt Fidelis in Stans die Matura machte, während Baschi an der Kantonsschule in Sarnen abschloss.

Die Siebeneichstrasse erstreckte sich vom Quartier Sand ausserhalb von Kerns bis in die Nähe des Wichelsees. Die Zeit schien hier stehen geblieben zu sein. Max erinnerte sich an die Höfe, die schon damals verstreut in der Landschaft gelegen hatten, dieselben Häuser, die gleichen Ställe, der Geruch nach Heu und Dung. Der letzte Hof musste es sein. Er lag dem See am nächsten.

Max parkte seinen Wagen und wäre beim Aussteigen fast auf einen Kuhfladen getreten. Ob das ein gutes Omen war? Vielleicht würde er in Zukunft noch manchem Fladen ausweichen müssen, wenn er denn Fede … Er verwarf diesen Gedanken gleich wieder. Sie musste schon vergeben sein. Ein solch zauberhaftes Wesen konnte unmöglich allein durch die Welt gehen. Sie brauchte einen Beschützer. Andererseits hinterliess sie eher den Eindruck, sie würde ihr eigenes Leben ganz gut meistern ohne männliches Pendant. Er hätte sich den Briefkasten näher ansehen müssen. Jetzt war es zu spät. Ein erneuter Besuch an ihrem Wirkungsort hätte es so aussehen lassen, dass er hinter ihr herlief.

Der Hof Siebeneich erinnerte an eine Kulisse aus einem Heimatfilm. Was vor hundert Jahren entstanden war, hatte sich kaum verändert. Wohnhaus und Stall befanden sich im gleichen Gebäude. Vor dem Hauseingang war ein Garten angelegt, der etwas verwuchert wirkte. Man hatte das letzte Gemüse aus dem Boden entfernt, der vor Wintereinbruch umgestochen würde. Ausser ein paar ausgeblichenen Astern gab es keine Blumen mehr. Dort, wo die Sonnenblumen geblüht hatten, zeugten braune Stängel von deren einstiger Existenz.

Aus der Ferne vernahm Max Kuhglockengeläute. Gedankenverloren stiess er ein Zauntor auf. Er schritt durch den Garten auf die Haustür zu. Fast im gleichen Moment rannte ein kläffender Hund auf ihn los. Dieser blieb zwei Meter vor ihm stehen und bleckte die Zähne. Max stoppte. Das hatte er einmal gelernt, dass man sich im Angesicht einer solchen Bestie besser still verhielt. Er vermied es, dem Tier in die Augen zu sehen. Doch aus den Augenwinkeln bemerkte er das bedrohliche Hundegebiss und sah sich bereits zerfleischt und zerfetzt am Boden liegen. Er würde von den Lombardis einen Gefahrenzuschlag einfordern müssen.

«Zack, Fuss!»

Zack also hiess das zähnefletschende Ungetüm. Während der Hund den Schwanz einzog und treu ergeben zu seinem Herrchen trottete, stiess Max den Atem aus, den er während Sekunden angehalten hatte.

«Was willst du auf dem Hof?», fragte der Junge, der seinen Hund jetzt am Halsband hielt. Nur auf Zeit, schätzte Max die Situation ein. Sollte er die falsche Antwort liefern, würde der Junge den Wachhund sofort auf ihn loshetzen.

Das Alter des Jungen war schwer zu schätzen. Dass er aber zu den Teenagern gehörte, die weder auf ihr Äusseres noch auf eine freundliche Umgangssprache Wert legten, davon musste Max ausgehen. Nicht nur seine Kleider sahen zerschlissen aus, auch seine Haare erhärteten den Eindruck, dass er es mit einem

Typen zu tun hatte, dem die Welt am Arsch vorbeizugehen schien. Auf seinem Gesicht glänzten Pickel, die er ergebnislos auszudrücken versucht hatte. Der Hund vermochte das einzige Werkzeug zu sein, mit dem er mit einer Überlegenheit bluffen konnte, die er sonst nicht hatte.

«Mein Name ist Max von Wirth. Ich bin Privatdetektiv und möchte gern mit Leo Ettlin sprechen.» Max beobachtete den Jungen, der beim Wort «Privatdetektiv» seine Mimik schlagartig verändert hatte. Max lächelte auf den Stockzähnen. Offensichtlich war der Junge doch noch mit etwas zu beeindrucken.

«Warum willst du ihn sprechen?»

«Das möchte ich ihm selber sagen. Ist er zu Hause?» Max musterte ihn weiterhin, derweil er auch den Hund im Auge behielt, der nur darauf wartete, ihn anzuspringen.

«Du stehst vor ihm.» Dass der Junge ein Lächeln, wenn auch ein vages, zustande brachte, verwunderte ihn. Dazu musste er sehr aufgeregt sein, denn seine Stimme, die gerade den Bruch hinter sich hatte, krächzte in allen Tonlagen.

«Dann bleiben wir also beim Du.» Max wies auf den Hund, den er als eine Mischung zwischen einem Berner Sennenhund und einem Wolfshund zu erkennen glaubte. «Es wäre mir lieber, wenn du dein Haustier an die Kette legen könntest.»

«Zack tut niemandem etwas», bemerkte Leo.

«So unter dem Motto: Hunde, die bellen, beissen nicht?», neckte ihn Max.

«Genau.» Leo hatte den Seitenhieb nicht verstanden. Trotz seines Einwandes kettete er Zack an die Hundehütte. Leos Neugier musste grösser sein als eine Trotzreaktion, die Max erwartet hatte.

«Privatdetektiv? Mann, wie wird man denn so was?» Leo entfernte sich von der Hundehütte und ging auf die Haustür zu. Er liess sich auf einer Bank daneben nieder und streckte die Beine von sich. «Du wolltest mit mir sprechen?»

Max setzte sich neben den Jungen mit der Idee, dessen Panzer in den nächsten Minuten zu knacken. «Die Leiche im Kernwald sagt dir doch etwas.»

«Geil, meine erste Leiche.» Leos Körperhaltung widersprach seiner Aussage.

«Wer hat sie zuerst entdeckt? Einer deiner zwei Freunde oder du?»

«Warum weisst du, dass wir zu dritt unterwegs waren?» Leo zog die Beine an und stützte die Ellenbogen auf den Knien ab. Seine Augen hatte er auf den Kiesweg vor ihm gerichtet.

«Es ging durch die ganze Presse.»

«*Ich* habe ihn gefunden.» Leo richtete sich auf. «Hat echt wüst ausgesehen, und gestunken hat der. Überall waren diese Viecher und Maden. Alles krabbelte und surrte da rum. Sah aus wie in den Universal Studios in Florida, wo sie Leichen herrichten. Ich meine, keine echten und so …»

«Was habt ihr dann getan?»

Leo drehte seinen Oberkörper zu Max. «Warum willst du das so genau wissen? Schickt dich die Polizei? Der habe ich nämlich alles gesagt, was ich weiss.»

«Bist du sicher?»

«Was?»

«Dass du die Wahrheit gesagt hast?»

«Mann, klar. Meinst du, ich bin bescheuert?»

«Wo lag die Waffe?»

«Direkt neben der Leiche. Ich glaube sogar, in ihrer Hand. Als die Bullen kamen, wurden wir von der Leiche wegzitiert, wegen der Spuren oder so. Erst später haben wir erfahren, dass sich der Mann selbst erschossen hatte.»

«Was habt ihr an diesem Tag gemacht?» Max ahnte, dass er aus dem Jungen noch viel mehr würde herausholen, wenn er seinem Ego schmeichelte.

«Das, was man halt so macht.»

«Im Wald?»

«Wo denn sonst?»

«Trefft ihr euch öfter?»

«Nicht mehr so oft. Meinen Kollegen ist die Begegnung mit der Leiche ziemlich in die Knochen gefahren.»

«Dir nicht?»

«Mann, was willst du? Ist das dein Hobby, Leute aushorchen?»

Max blieb gelassen. «Was habt ihr im Wald gemacht?»

«Räuber und Poli gespielt vielleicht?» Leo grinste schief.

«In deinem Alter? Das ist doch etwas für kleine Jungs.»

Leo sprang von der Bank auf. «Okay, Klugscheisser, wir haben gekifft. War's das?»

Max liess Leos Geständnis nachwirken. Eine Spur zu lange, wie er enttäuscht feststellen musste. Bevor er zur nächsten Frage übergehen konnte, wurde die Haustür aufgerissen und eine Frau in Jeans und Pullover erschien unter dem Türrahmen. «Leo, da bist du ja. Ich habe dich schon überall gesucht.» Die Frau starrte in der Folge Max an, als hätte sie einen Ausserirdischen vor sich. «Und Sie sind?»

«Max von Wirth.» Er erhob sich.

«Er ist Privatdetektiv», liess Leo die Bemerkung fallen. Und an Max gewandt: «Und du hältst die Fresse!» Er lächelte gequält. «Das ist übrigens meine Mutter.»

«Och, und ich dachte schon, Sie wären einer von diesen Presseheinis, die sich regelmässig hierher verirren. Nach diesem Todesfall in der Nachbarschaft treiben sie sich in der Gegend herum, als würden sie nach zwei Monaten noch etwas finden.» Frau Ettlin griff in ihre langen Haare, strich sie nach hinten und band sie auf dem Hinterkopf mit einem Haargummi zusammen. Mit dieser Frisur sah sie gleich viel älter aus. «Privatdetektiv», wiederholte sie, als hätte diese Bezeichnung für sie einen hohen Stellenwert.

«Ich recherchiere im Auftrag von Familie Lombardi.»

«Die Lombardis.» Frau Ettlin seufzte ergriffen. «Eine tragische Sache. Das zeigt wieder einmal, dass auch reiche Leute nicht von Katastrophen verschont werden. Roberto war ihr Ein und Alles.»

«Kennen Sie die Familie gut?»

«Das wäre übertrieben. Dr. Lombardi war ja mal Arzt in Sarnen, bevor er nach Luzern ging. Die Patienten hier waren ihm wohl nicht mehr gut genug.» Wieder liess sie einen Seufzer vom Stapel. «Kennen wäre übertrieben. Man grüsst sich, wenn man sich sieht.» Sie kniff die Augen zusammen. «Warum sind Sie hier?»

«Das habe ich ihn auch schon gefragt», sagte Leo. «Meinetwegen, übrigens …»

«Ich darf doch Ihrem Sohn ein paar Fragen stellen, nicht wahr?»

«Sicher doch. Er ist ja schon sechzehn.» Frau Ettlin setzte ein fröhliches Gesicht auf. «Aber kommen Sie doch rein. Draussen ist es um die Uhrzeit nicht mehr sehr gemütlich.»

Mit einer solchen Freundlichkeit hatte Max nicht gerechnet. «Ich möchte Ihren Sohn nicht lange aufhalten. Aber ein paar Fragen liegen mir noch auf der Zunge.»

Frau Ettlin ging voraus. Leo huschte zwischen ihr und Max durch die Tür und schwang sich im Wohnzimmer gleich auf das Sofa.

Max hätte ihm am liebsten eine gescheuert. Frau Ettlin holte eine Flasche Süssmost und Gläser aus der Küche, die durch eine Wand vom Esszimmer abgetrennt war. «Seien Sie nicht so scheu. Nehmen Sie Platz.»

Der Boden knarrte bei jedem Schritt. Max setzte sich an einen runden Tisch, dessen Platte Spuren gelebten Lebens aufwiesen. Jemand musste eine farbige Flüssigkeit darauf ausgeleert haben, die jetzt verblasst wirkte. Max drehte den Stuhl so, dass er Leo im Auge behalten konnte.

Frau Ettlin schenkte Süssmost ein und blieb neben dem Tisch stehen. «Sag dem Mann ruhig, was du weisst», sagte sie zu Leo.

Leo hatte es sich in der Horizontalen bequem gemacht, mitsamt Schuhen, was Frau Ettlin offenbar nicht störte. Entweder war sie der Flausen ihres Sohnes überdrüssig oder dem Halbwüchsigen nicht gewachsen.

«Nun mach schon! Sag's ihm!»

«Mutter», herrschte Leo sie an. «Das ist *meine* Sache.»

«Worum geht es denn?», fragte Max.

«Er hat etwas gefunden, das er –»

«Kein Ton mehr!» Leo schwang sich auf die Beine. Unverständliches vor sich hin maulend verliess er das Wohnzimmer und verschwand Richtung Eingang, wo eine Treppe ein Geschoss höher führte.

Max wollte sich schon erheben, als Frau Ettlin ihn am Arm zurückhielt. «Keine Bange, der kommt schon wieder. Soll ich Ihnen einen Kaffee bringen?»

Max lehnte dankend ab. In Frau Ettlins Gegenwart war ihm nicht wohl. Sie versuchte offensichtlich, mit ihm zu flirten. Den Pullover hatte sie in der Zwischenzeit ausgezogen. Ein enges Shirt zeichnete die Form einer üppigen Oberweite ab.

«Seit mein Mann gestorben ist, muss ich den Jungen allein grossziehen. Es ist nicht immer ganz einfach. Zum Glück hat er sich dafür entschieden, seine Lehre als Automech vorerst zu beenden und mir auf dem Hof zu helfen. Noch auf dem Sterbebett war es der Wunsch seines Vaters gewesen, dass er einmal Haus und Stall übernimmt und seine Arbeit fortsetzt.»

Max liess es unkommentiert. Er hatte kein Verlangen, sich auf eine Diskussion einzulassen, die ihm eine körperliche Nähe zu der Frau beschert hätte.

Leo kam mit einem Zettel zurück, den er auf den Tisch legte. «Der hier war an dem Baum neben der Leiche angeheftet. Viel ist nicht mehr von ihm übrig.»

Max griff danach, obwohl er davon ausgehen musste, ein Beweisstück zu berühren. Es war ein von Hand geschriebener Ausschnitt von einem Blatt Papier, das unlängst ganz gewesen war. «Ein Abschiedsbrief?» Noch bevor er die Wörter gelesen hatte, die nur Fragmente von Sätzen waren, überkam ihn das Gefühl, heute einen entscheidenden Schritt weitergekommen zu sein. Eine Vorahnung. «Du hast ihn der Polizei nicht ausgehändigt?»

«Dann hätte ich ihn ja nicht mehr. Als ich hörte, dass sich der Mann selber umgebracht hatte, dachte ich, dass das hier keinen Nutzen mehr bringen würde.»

Max war nicht einverstanden damit. Möglicherweise hätte

genau dieser Brief ein anderes Licht auf Roberto Lombardi geworfen. «Hast *du* ihn zerrissen? Wo befindet sich der Rest?»

Leo druckste herum. «Den Brief sahen wir zuerst. Und da wir … Verdammt, wir hatten …» Leo warf seiner Mutter einen warnenden Blick zu und schmetterte ihr «Geh du raus, du machst mich ganz nervös» ins Gesicht.

Max verwunderte es, dass Frau Ettlin der unzimperlichen Bitte ihres Sohnes Folge leistete. «Na, dann werde ich mal nach den Schweinen sehen.»

Leo wartete, bis die Tür ins Schloss fiel. «Wir hatten zu wenig Papier für den Joint. Da kam dieser Zettel uns ganz gelegen.»

«Ihr habt daraus eine Tüte gedreht?» Max konnte sich ein Grinsen nicht verkneifen.

«Erst nachher fiel mir der Tote auf, oder das, was davon übrig geblieben war.» Leo verzog seinen Mund zu einer Schnute. «Unbekifft hätte ich dessen Anblick nicht ausgehalten.»

«Moment, das geht jetzt nicht ganz auf. Ihr habt den Toten erst viel später entdeckt?» Max versuchte, sich die Situation vorzustellen.

«Ja», sagte Leo. «Er lag teils verborgen hinter einem Strauch.»

«Dann habt ihr die Polizei angerufen.»

«Dann haben wir die Bullen bestellt. Als sie da waren, konnten wir ja nicht zugeben, dass wir aus dem möglichen Abschiedsbrief … du weisst schon. Wir hatten keine Lust, uns in die eigene Scheisse zu reiten.»

Max versuchte, die Wörter auf dem Papier zu ganzen Sätzen zusammenzureimen. Doch es fehlten zu viele, um einen Sinn daraus zu lesen. Wortfetzen wie «tut mir leid» oder «sei nicht böse» liessen einen Text erahnen, in dem es darum ging, den Schritt zum Suizid zu rechtfertigen. Trotzdem spürte Max Erleichterung. Sollte er Roberto Lombardis Abschiedsbrief in den Händen halten, wäre der Beweis geliefert, dass sich der Lombardi-Spross das Leben genommen hatte. Jetzt würde er noch einmal Melanie Lombardi aufsuchen. Sie würde die Handschrift ihres verstorbenen Mannes sicher kennen.

Bevor Max sich von Frau Ettlins gierigen Blicken ausziehen liess, verabschiedete er sich von Leo. Er steckte den unvollständigen Brief ein. «Ich werde den Mund halten, Ehrenwort.»

Leo schlug ihm die Hand ein.

VIER

Die Nacht hatte ihr dunkles Gewand über Hergiswil gelegt.

Im «Pilatuskeller» funkelten künstliche Sterne um die Wette. Das Erste, was Max auffiel, als er die Bar betrat, war das Fehlen der ausgedienten Discokugel. An ihre Stelle war ein Himmel aus fluoreszierenden Lichtern getreten. Als Zweites entdeckte er den Mann, den er neulich vor einem der Hotelzimmer observiert hatte. Er tanzte eng umschlungen mit seiner Muse vor der Bühne. Offenbar hatte er von seiner Frau noch keinen Rüffel bekommen, oder er war dreist genug, seine Angebetete ganz offiziell zu zeigen.

Franco wischte die Theke ab. Wenn er nicht gerade Getränke servierte, schwirrte er mit einem nassen Lappen umher, als dürfte er weder Bakterien noch Viren eine Chance geben, sich in seinem Arbeitsumfeld auszubreiten.

«Max, schön, dich zu sehen.»

«Ist sie schon eingetroffen?»

«Wer?

«Ja, wer?»

«Die Eisprinzessin?»

«Ich weiss nicht, ob sie Schlittschuh läuft.» Max grinste vor sich hin. Er mochte es, Franco auf die Palme zu bringen.

«Ach ja, die Schöne mit dem Minirock.» Franco legte den Lappen beiseite. «Eine Stange?»

«Einen Rosé-Champagner im Burgunderkelch.»

Franco lachte nur.

«Ich lerne gern dazu», sagte Max.

«Zu was?» Franco hielt ein Glas unter den Zapfhahn. Kichernd liess er Bier einlaufen. «Ich könnte dich auch noch Dinge lehren.»

«Ich weiss, aber ich als Hetero würde mich nicht eignen, glaube mir.»

«Schade. Ich mag dich trotzdem.»

«Das weiss ich.» Max betrachtete das schäumende Bier im Glas. «Ich habe Champagner bestellt.»

«Du bist nicht der einzige Gast hier.» Franco reichte die Stange über den Tresen. Dann holte er eine angebrochene Flasche Rosé-Champagner aus dem Kühlschrank, schnappte sich ein Glas aus dem Regal und schenkte ein. «Ein paar Erdbeeren dazu?»

«Danke, auf die verzichte ich.»

«Sind in dieser Jahreszeit auch nicht besonders süss.»

«Um welche Zeit kommt sie in der Regel hier an?»

«Wer?»

«Franco!»

Dieser kicherte erneut und stellte den Burgunderkelch hin. Francos Outfit heute schoss den Vogel ab. Gelbe Hose, rosarotes Hemd, dazu ein knallgrünes Stirnband, auf das «I am in you» gestickt war.

Max deutete auf das Band. «Ganz schön frech.»

«Honi soit qui mal y pense.» Franco reinigte den Zapfhahn. «Beschämt sei, wer schlecht darüber denkt.» Er deutete auf die Tanzfläche. «Übrigens, bevor ich es vergesse: Dein Augenstern ist angekommen.»

Max spürte den Stich in seiner Brust, noch bevor er in Richtung Bühne sah. Alle seine Vorsätze, die er in Bezug auf Fede gefasst hatte, verloren an Boden, als er ihre geschmeidigen Bewegungen wahrnahm. Wie ein flammendes Inferno schoss sie in sein Inneres. Femme fatale oder Bäuerin? Ihren Charakter zu ergründen, schien ihm im Moment spannender zu sein, als die Wiederholung der Klo-Szene. Die östrogengeschwängerten Frauen, die sich ihm in den letzten Monaten an den Hals geworfen hatten, verblassten im Angesicht dieses Weibes, welches die Anmut in Perfektion war. Max gingen sämtliche Attribute durch den Kopf, die dieses Wesen dort beschrieben. Er wusste, dass dies ein rein subjektives Empfinden war. In seiner Verliebtheit blendete er das objektive Betrachten aus.

Er blieb auf dem Beobachterposten stehen, nippte am Champagner, pickte nach Wasabi-Nüssen, die Franco in einer Schale auf den Tresen gestellt hatte, und schlug den Fuss im Takt zur Musik an den Barhocker. Das Friday-Night-Fieber hatte ihn gepackt. Würde er die Geduld aufbringen zu warten, bis sie mit dem Tanzen fertig war und sich zu ihm an die Bar setzte?

Noch einmal wollte er ihr nicht unterlegen sein. Er griff in seine Jackentasche, holte einen Mundspray daraus hervor und erfrischte sich unter dem belustigten Blick von Franco.

Bevor die Vier-Personen-Band zu einem langsamen Stück ansetzte, war Max auf dem Tanzrondell und griff nach Fedes Taille. Als hätte er geahnt, dass sie sich seines hinterhältigen Angriffs wegen wehren würde, presste er ihre Arme nach unten. Sie besass zwar eine geballte Ladung Kraft, die jedoch nicht vergleichbar war mit seiner.

Unüberrascht wandte sie ihr Gesicht seinem zu. «Das ist Belästigung, was du da tust.» Ihre Stimme klang so rauchig wie erotisch. Das musste an seinem Verstand liegen, denn diesen hatte er komplett ausgeschaltet. Sie an seinem Körper zu spüren, erregte ihn dermassen, dass er sich von ihr abzuwenden gedachte. Sie hätte wirklich einen Grund gehabt, ihn als belästigendes Scheusal abzuweisen. Stattdessen packte sie ihn mit den nun freien Händen an beiden Gesichtshälften und drückte ihm den offenen Mund auf die Lippen.

Was war das? Welche Nummer zog sie ab?

Max hatte keine Lust, sein Verlangen auf der Bühne aller Welt zu zeigen, zumal sich die tanzfreudigen Pärchen an ihre Tische zurückgezogen hatten und nur noch er mit Fede dastand nebst dem alternden Herrn mit junger Freundin. Der Mann glotzte ihn an, als wäre er auf seine Jugend eifersüchtig, trat plötzlich neben ihn und stiess ihn in die Seite. «Glauben Sie ja nicht, dass ich über Ihren dreckigen Auftrag nicht Bescheid weiss …»

Max zog Fede weg an die Bar. Unmöglich, dass dieser Typ ihn kannte. Der bluffte doch.

«Was soll das?», fragte Max Fede schroffer als gewollt. Ihm wurde erst jetzt bewusst, dass sie ihn vorher brüskiert hatte, dass aber der Alte an seiner heftigen Reaktion schuld war.

Fede bestellte einen «Mojito mit viel Minzblättern», was sie extra betonte. Fast im gleichen Atemzug sagte sie: «Jetzt hast du mich durchschaut.»

Max widmete sich seinem Burgunderkelch. «Ich würde gern erfahren, woran ich mit dir bin.»

«Du bist ungeduldig. Geniesse den Augenblick.»

«Glaube mir, ich geniesse ihn. Mit jeder Faser meines ...» Er brach ab. Nein, so poetisch wollte er sich nicht geben. «Du bist also Bäuerin», wechselte er das Thema. «Du hast zwei Kühe, zehn Hühner ...»

«... und einen Hund sowie eine Katze.» Sie lächelte. «Vielleicht noch ein paar Mäuse, wer weiss.»

«Und einen Mann.» Max war es ungewollt hinausgerutscht.

Fede lächelte nur.

«Du kannst alles fragen, was mit meiner Person zu tun hat.» Max versuchte, die verworrene Situation zu entschärfen. «Im Gegenzug erzählst du mir über dich.» Möglicherweise würde sie über ihren Mann oder Freund sprechen, wenn er es geschickt anstellte.

«Ach.» Sie hangelte nach dem Mojitoglas. Die gelbe Flüssigkeit schimmerte zwischen den Minzblättern durch. «Ganz nach meinem Gusto», lobte sie Franco und wandte sich Max wieder zu. «Ich frage dich aber nicht.»

«Das heisst, dass du kein Interesse an mir hast?» Max biss sich auf die Lippen. Fehlte noch, dass sich das Gespräch in eine Richtung entwickelte, die ihm je länger, desto infantiler vorkam. Dann lass es sein, dachte er. Als Zwanzigjähriger hatte er sich jeweils fast zu Tode diskutiert, wenn ihm ein Mädchen Rätsel aufgab. Jetzt, fand er, war er eindeutig zu alt für solche Spielchen. «Weisst du was? Wir sollten das hier abbrechen.»

«Was denn? Meines Erachtens gibt es nichts, das man abbrechen müsste. Da ist ja nichts.» Sie zerstiess mit dem Strohhalm die Minzblätter und sah ihn dabei lasziv an.

«Wir haben miteinander geschlafen.»

«Schlafen tut man im Bett.»

«Vergiss es.» Max wedelte mit der Hand vor seinem Gesicht.

Der letzte Schnauf war ihm ausgegangen. Es machte keinen Sinn. Fede erwies sich als … er überlegte … als kompliziert. Wehret den Anfängen, dachte er und winkte Franco an seine Seite. «Ich möchte bezahlen.»

«Das geht auf *ihre* Rechnung.» Franco schenkte Fede ein wissendes Lächeln.

Max packte seine Jacke, die er an einem Haken unter der Theke aufgehängt hatte. Ein einziges weiteres Wort wäre zu viel gewesen. «Adios», sagte er trotzdem.

Als er den «Pilatuskeller» verliess, fühlten sich seine Beine wie Gummi an.

Draussen blieb er stehen und inhalierte die kühle Luft. Der zunehmende Mond sandte ein fahles Licht über den Lopper, dessen Konturen sich schwach vom Himmel abzeichneten. Unter dem Lichtkegel einer Strassenlampe sah Max auf seine Uhr. Halb elf. Zu früh, um sich auf die Pritsche zu hauen, zu spät, um noch etwas zu unternehmen. In seiner Frustration setzte er sich in den Wagen und fuhr Richtung Stansstad. Es durfte nicht sein, dass er sich von einer Frau dermassen an der Nase herumführen liess. War er in den letzten drei Tagen völlig abgeklärt unterwegs gewesen, glaubte er nun, den Boden unter den Füssen wiedererlangen zu müssen. Er musste sein Leben auf die Reihe kriegen. Konsterniert schlug er die Hände auf das Lenkrad. «Scheisse! Scheisse! Scheisse!» Wie hatte er sich bloss so gehen lassen können? Warum hatte er sich in Fedes Gegenwart dermassen eine Blösse gegeben? Er hatte einen Auftrag. Er hatte einen Job. Und wenn er diesen seriös angehen wollte, musste er sich von seinen Gefühlen, die im Moment Achterbahn fuhren, losreissen. «Du wirst sehen», hatte Milagros gesagt, nachdem sie ihn mit einer seiner Eintagsmusen angetroffen hatte, «deine Einstellung Frauen gegenüber wird wie ein Bumerang auf dich zurückkommen. Benutze sie ruhig. Irgendwann wird eine Frau *dich* benutzen und sich für all das rächen, was du den Frauen angetan hast.» Obwohl Max Milagros' Ratschläge und Interventionen leid war, musste er insgeheim zugeben, dass sie manchmal recht hatte. Sie hatte das Gespür für seine Nöte. «Bist halt auch nur ein Mann», war nicht die einzige, die sie ihm an abwertenden Bemerkungen zuteilwerden liess. Max nahm es gelassen. Er war sich sicher, dass sie es nicht so meinte. «Es kommt, wie's kommt.»

Waren das nicht auch Fedes Worte gewesen?

Unter der Galerie drückte die Finsternis aus den Felsen, trotz der Beleuchtung, die im aufkommenden Nebel wie beschlagen wirkte. Vom See her schwappte die Schwärze der Nacht. Max gab Gas, preschte mit überhöhter Geschwindigkeit in die nächste Kurve. Der Mustang schmiegte sich auf die Strasse, blieb auf dem Asphalt wie kleben. Aus der Stereoanlage schmetterte Bergersen seine Kompositionen und liess das Wageninnere erzittern. Kurz vor dem Kreisel bremste Max ab. Er fuhr über die Brücke, ohne ein Ziel vor Augen. Er würde nie mehr richtig auf die Beine kommen, wenn er sich dermassen gehen liess. «Mensch, reiss dich zusammen!» Seine Stimme übertönte die Musik. Seit Vaters Tod suchte er vergebens nach einem Halt. Alles hatte sich verändert. Er hatte sich nicht dazu überwinden können, wieder einmal in ein Flugzeug zu steigen, dabei war er früher so gern geflogen. Alles, was mit der Aviatik zu tun hatte, hatte ihn fasziniert. Er hatte sich nicht gefragt, wie es zu diesem Absturz gekommen war. Der Fall war gemäss der zuständigen Staatsanwaltschaft abgeschlossen. Max hatte sich nicht darum bemüht, einen Einblick in die Akten zu nehmen. Ob die schlechte Sicht schuld gewesen war, die an diesem Tag geherrscht hatte, oder ein Schwächeanfall seines Vaters – er hatte es nicht erfahren wollen. Der Wissensdrang, der ihn in seinem Beruf als Anwalt stets begleitet hatte, war einer Lethargie gewichen, an der er heute noch zu leiden glaubte.

Ein halbes Jahr nach Vaters Tod hatte er sich zum Privatagenten ausbilden lassen. Das Diplom dazu lag in einer Schublade. Stolz war er nicht darauf, hatte es für ihn einen Rückschritt in der Karriere bedeutet. Dass er, wie er es sich vorgenommen hatte, bei renommierten Firmen eine Anstellung finden würde, hatte ihn nicht interessiert. Anstatt dessen hatte er in Eigenregie für seine Dienste geworben.

«Wie tief willst du noch sinken?», hatte Milagros gefragt. Sie, die ihn stets mit einem Auge unter Kontrolle hielt. «Du hast zwar deinen Vater, ich aber habe meinen Ehemann verloren. Da müssen wir jetzt durch.» Sie hatte ihm an den Kopf geworfen, dass er es nicht für nötig gehalten habe, an Vaters Bahre zu trauern. Dass sie hinter seinem Rücken den Pfarrer gebeten hatte, Kaspar von Wirth drei Tage und drei Nächte in ihrem Haus aufzubahren, hatte er erst im Nachhinein vernommen. Anstatt Totenwache zu halten, hatte sich Max ins Nachtleben gestürzt und sich mit Alkohol dermassen zugedröhnt, dass er sich nicht mehr erinnerte, wo überall er gewesen war, als er am dritten Tag neben einer Fremden aufwachte. Ihr Alter hatte ihn so erschreckt, dass er sich augenblicklich ausgenüchtert fühlte. Sie hätte seine Mutter sein können. Die Frau hatte sich seiner dennoch angenommen. Er hatte auf ihrem Schoss geweint wie ein kleines Kind.

Aus einem Instinkt heraus fuhr Max auf die Bürgenstockstrasse. Dort, wo der Wald begann, glaubte er, in einen finsteren Schlund einzutauchen. Die Scheinwerfer bohrten sich wie spitze Finger in die Nacht. Bergersen schmetterte weiterhin seine Musik nach innen. «Undying Love». Das passte, als wäre der Titel auf ihn zugeschnitten. Er drückte wieder auf das Gaspedal. Max mochte es, im Dunkeln zu fahren. Er liess beide Fenster hinunter, hörte das Röhren des Motors. Vierhundertfünfunddreissig Pferdestärken hatten ihre eigene Melodie. Einen kurzen Moment fühlte Max sich zufrieden.

Er liess seinen Wagen vor dem Hoteleingang stehen. Er stieg aus, schloss die Tür ab und ging auf den Eingang zu: «Bürgenstock Hotel & Alpine Spa». Er hoffte, drinnen auf Milagros zu stossen. Sie mochte es, spätabends vorn bei den Fenstern zu sitzen und auf den See und das Lichtermeer von Luzern zu schauen. Kaum beim Eingang angelangt, erkundigte sich ein Bediensteter nach seinen Wünschen und bot ihm an, den Mustang zu parken. Max drückte ihm einen Zehner in die Hand und bedankte sich. Ich werde mich an diesen Service gewöhnen, ging ihm durch den Kopf.

Milagros sass vorn, wie Max geahnt hatte. Er sah sie nur von hinten; ihr Gesicht hatte sie den Fensterscheiben zugewandt und die Haare hochgesteckt. An ihren Ohren baumelten Goldklunker, eines der letzten Geschenke seines Vaters. Milagros war nicht allein, was Max erst registrierte, als er ihren Sessel fast erreicht hatte. Nicht der Mann neben ihr brachte ihn aus der Fassung, aber dessen linker Arm, den er um Milagros Schultern gelegt hatte. Seine Nase war verdammt nahe an ihrer Wange, sodass Max ungeniert sein Profil betrachten konnte. Hohe Stirn, eindrückliches Kinn.

Ein Erbschleicher, war das Erste, woran Max dachte, als er sich den beiden zu erkennen gab. Auf dem Tisch standen ein Eiskübel mit Champagner und daneben zwei Burgunderkelche. Milagros war offenbar auch auf den Geschmack gekommen, oder sie wollte damit imponieren.

«Maximilian!» Milagros fuhr herum, augenscheinlich peinlich berührt. Über ihr Gesicht zog ein roter Schimmer. «Was tust *du* denn hier?» Sie schwenkte ihren Blick auf das linke Handgelenk. «Es ist bald Mitternacht.» Sie hatte sich schnell wieder gefasst. «Darf ich vorstellen, das ist Maximilian, mein Sohnemann, und das ist Ralph, mein …» Sie zögerte. «Mein Freund.» Sie himmelte diesen Ralph so an, was nach mehr als nur einem Flirt aussah.

Das also war der Grund, weshalb sie Max letzthin nicht zum Kaffee in ihr Appartement eingeladen hatte. Der Sessel war schon besetzt gewesen. Vielleicht auch das Bett. Denn dass sich Milagros bloss einen Gesellschafter hielt, wollte Max nicht glauben. Schliesslich war sie eine attraktive Frau. Ihn störte nur, dass dieser Kerl mindestens zwanzig Jahre jünger war als sie.

Manieren hatte er jedenfalls. Er erhob sich und bot Max seinen Sessel an. «Ich wollte sowieso gleich gehen.»

Aha, den Schwanz einziehen wollte er. Möglichen delikaten Fragen ausweichen. Was hatte dieser Chauvinist hier zu suchen?

«Sie wohnen nicht bei Milagros?» Max' Gedanken überschlugen sich, während er den Mann musterte. So also sah Milagros' Beuteschema aus. Das pure Gegenteil von Vater. Möglicherweise war er sogar ein Intellektueller, was seine halblangen Haare und die runde Nickelbrille verrieten. Zudem trug er einen dunklen Anzug. Geschniegeltes Männchen mit Schlips.

«Ralph ist Musiker.» Milagros setzte dem Rätselraten ein Ende. «Er spielt Cello.»

Max pfiff leise durch die Zähne. «Cello.»

«Ich habe ihn im KKL in Luzern kennengelernt. Er ist auch Mitglied des 21st Century Orchestra.»

Max zog es vor zu schweigen. Wenn Milagros in ihrem Lieblingsthema, der klassischen Musik, schwelgte, nahm das in der Regel kein Ende. Durch Ralphs Wiederholung, dass er nun gehen wolle, sah Milagros davon ab, weiterzusprechen. Sie erhob sich. «Sehen wir uns morgen?»

«Dem steht nichts im Weg. Ich komme dich fürs Frühstück abholen. Danach habe ich Probe.» Ralph zog Milagros' Hand an seine Lippen und küsste sie. Max verkniff sich ein Grinsen. Ralph hatte den Dreh schon raus, wie man seine Mutter beeindrucken konnte. «Na dann.» Er deutete in Max' Richtung eine Verbeugung an, bevor er verschwand. Er blickte nicht mehr zurück.

Was, zum Kuckuck, hatte Milagros erzählt? «Ein Weichspüler?»

«Ein reizender Herr, nicht wahr?» Milagros sah Ralph nach, bis er hinter dem Eingang verschwunden war. Max' freche Bemerkung hatte sie nicht gehört. «Und so gesittet. Ach», sie seufzte, «hätte ich mich damals nur durchgesetzt, als es darum ging, welches Freifach du wählen solltest.»

«Das sind fünfundzwanzig Jahre her.»

«In dir könnte auch ein Musiker stecken, wenn du zumindest als Kind ein Instrument gespielt hättest.»

«Blockflöte, ich weiss.»

Milagros setzte sich wieder. «Warum bist du hier?»

Max holte den zerknüllten Teil des Abschiedsbriefes aus

seiner Jackentasche. Er legte ihn auf den Tisch. «Deswegen», sagte er, obwohl er nicht vorgehabt hatte, diesen seiner Mutter zu zeigen. Doch er fand keinen anderen Grund, um sich für seine Störung zu rechtfertigen. «Die Polizei hat nicht genau hingesehen. Dieser Zettel lag am Tatort.»

«Du hast einen Abschiedsbrief gefunden?» Milagros vergass vor Empörung, den Mund zu schliessen.

«Er wurde gefunden. Und sollte sich herausstellen, dass die Schrift von Roberto Lombardi stammt, werde ich den Fall abgeben.»

Milagros sah den Zettel genauer an. «Mit viel Phantasie erkennt man Zeilen des Abschieds. Den könnte doch auch ein anderer geschrieben haben.»

«Du glaubst allen Ernstes, dass ein möglicher Täter den jungen Lombardi erst erschiesst, ihm die Pistole so in die Hände legt, dass es nach Selbstmord aussieht, und sich die Mühe macht, einen Abschiedsbrief zu schreiben?» Max wollte sich eine solche Option nicht vorstellen, obwohl es in der Geschichte der Kriminalistik solche Fälle gab.

«Die Polizei hat gepfuscht.»

«Ist das deine Ansicht oder die der Lombardis?»

«Maximilian, ich dachte, dass wir uns einig sind. Du hast Giorgia und Mauro versprochen, die Tage vor Robertos Tod zu rekonstruieren.»

«Was meinst du, was ich in den letzten drei Tagen getan habe? Nur führen alle Spuren, die ich gegangen bin, zweifellos zu einem Suizid. Warum soll ich für eine Arbeit kassieren, um nach Wochen oder Monaten den Eltern des Verstorbenen schonend beizubringen, dass ihr Sohn doch freiwillig aus dem Leben gegangen ist?»

«Was verdienst du denn so?» Milagros lenkte vom Thema ab.

Max war nicht erpicht darauf, sie in seine Karten blicken zu lassen. «Willst du es wirklich wissen?»

Sie sah ihn nur an.

«Fünfhundert.»

«Fünfhunderttausend?» Sie tippte sich an die Stirn, als hätte sie selbst begriffen, wie realitätsfremd ihre Frage war. «Ich meine … fünfhundert … was?»

«Fünfhundert Franken.»

Sie runzelte ihre Stirn. «Im Tag?»

«Ich spreche hier von einem Stundenansatz. Spesen sind extra.»

Sie riss ihre Augen auf. «Das ist mehr, als du als Anwalt verdient hast.»

Max fragte sich, woher Milagros über sein einstiges Einkommen Bescheid wusste. Doch sein Traumhonorar, wenn er es genau nahm, war schnell einmal höher als alles andere.

«Worauf wartest du?» Sie forschte in seinem Gesicht. «Du bist nicht deswegen hier, oder?»

«Ich wollte mir deinen Freund ansehen.»

«Du veralberst mich. Ich kenne dich. Wenn du diesen Blick hast, und den hattest du bei deinem Eintreffen vorhin, dann ist nicht gut Kirschen essen mit dir. Etwas muss dir über die Leber gelaufen sein.» Sie streckte ihre Hand aus. «Maximilian, sieh mich an. Hat es mit einer Frau zu tun?»

«Das ist Quatsch.» Max wandte sich ab. Er winkte einen Kellner zum Tisch. «Möchtest du auch noch einen Drink?», fragte er mit Blick nach draussen. Auf den Fensterscheiben spiegelte sich bloss das Interieur, die Sitzgruppe, auf der sie sassen, Milagros in ihrem schwarzen Kleid und der Divafrisur und im Hintergrund der Kellner auf dem Weg zum Tisch.

Max bestellte eine Stange. Milagros blieb beim Champagner. «Vielleicht böte sich jetzt die Gelegenheit, über dich, über Vater, über uns im Allgemeinen zu sprechen.»

«Vater lebt nicht mehr.» Max würgte einen Kloss hinunter. «Und wie es scheint, bist du ziemlich gut darüber hinweggekommen.»

«Jetzt mal halblang.» Milagros schlug theatralisch mit der flachen Hand auf den Tisch. «Ich habe zwar meine grosse Liebe verloren, das heisst aber noch lange nicht, dass ich mich selbst als Halbtote durch den Rest meines Lebens schleichen muss.

Ich bin noch immer traurig über diesen Verlust. Manchmal wünschte ich mir, ich hätte neben Kaspar im Flugzeug gesessen und wir wären zusammen umgekommen. – Ich aber habe einen Sohn, für den es sich lohnt weiterzuleben.» Sie zögerte. «Hoffe ich jedenfalls. Vielleicht überlegst du dir einmal, dass du eine Mutter hast, die noch da ist und die dich liebt und manchmal etwas Verständnis erwartet.» Milagros liess ein unterdrücktes Schluchzen vernehmen.

Max schluckte leer. Diese Seite hatte er noch nie ausgeleuchtet. «Entschuldige, Mam.» Er fuhr Milagros über die heissen Wangen. «Ich ... es ist ... dass ich mit Dad so gute Gespräche habe führen können ... von Mann zu Mann ... du weisst schon.»

«Maximilian!» Es war wie ein Aufschrei. «Du bist siebenunddreissig. Es ist an der Zeit, dass du deinen eigenen Mann stehst. Renke dich wieder ein. Und hinterfrage nicht immer alles. Vater hätte es auch gewollt.»

Max schwieg, während der Kellner die Getränke auf den Tisch stellte. Vielleicht sollte er wieder zurück in seinen Beruf. Möglicherweise war es das, was ihm fehlte.

«Was also ist los mit dir?» Milagros liess nicht locker.

Max war nicht bereit, in seine Seele Einblick zu gewähren. Nicht, bevor er wusste, wer Fede in Wirklichkeit war. «Ich werde morgen noch einmal zu Melanie Lombardi fahren.» Er griff nach dem Zettel. «Mit dem hier.»

FÜNF

Das Wetter hatte umgeschlagen. Irgendwann in der Nacht, als Max zurückgefahren war. Noch aufgewühlt vom Gespräch mit Milagros, nach Momenten des Schweigens, der Tränen und heftiger Diskussionen. Sie waren die letzten Gäste gewesen, die die Bar verliessen.

Am Morgen lag die ganze Welt versunken im tiefsten Grau, einer Sepiafotografie gleich, verwischt, mit einem Hauch von Saharagelb. Regen peitschte durch die Strassen, begleitet von Windböen und einer ungemütlichen Temperatur, die im einstelligen Bereich lag.

Die Villa hatte von ihrem Glanz verloren. In der Trübheit dieses Vormittags wirkte sie bedrückend, als hätte der Geist der Vergangenheit sie in eiskaltem Griff. Max hatte vorab nachgeforscht: In diesem Haus hatte es Tote gegeben. Die Schwester von Mauro Lombardi war bei der Geburt ihres ersten Kindes gestorben und ein halbes Jahr später auch deren Sohn. Max fragte sich, wie es die junge Melanie Lombardi dort aushielt. Er atmete tief ein und aus, bevor er die Klingel betätigte. Es hatte ihn Überwindung gekostet, noch einmal hierherzufahren.

Ljubica öffnete, griesgrämig wie bei ihrer letzten Begegnung. Vielleicht spürte auch sie es, dass in diesen Mauern etwas nicht stimmte, oder sie war von Natur aus so. Sie grüsste knapp, liess Max eintreten und warten. Sie verschwand in der Küche.

Etwas war anders.

In der Luft hing ein monotones Summen, das von einem Staubsauger hätte stammen können. Max' Vorstellungsvermögen hielt sich jedoch in Grenzen, um eine Frau wie Melanie Lombardi bei der Hausreinigung zu wähnen. Das Geräusch kam von oben. Eine Tür schlug zu. Ein anderer Laut drang nach unten. Und noch ehe Max sich weiter den Kopf zerbrechen konnte, stürmten zwei kleine Mädchen über die Treppe direkt in seine Richtung.

Sie blieben vor ihm stehen und sahen ihn mit ihren schwarzen Augen neugierig an. «Hallo», sagte das grössere. «Wer bist du?»

«Ich bin Max. Und wer seid ihr?»

«Anna, Clara, geht in eure Zimmer oder zu Ljubica in die Küche!» Über die Treppe schwebte Melanie Lombardi, diesmal in einem schwarzen kniebedeckenden Kleid, das ihrem hellen Teint nur bedingt schmeichelte. Die Mädchen kniffen ihre Mündchen zusammen. Keines sagte etwas. Umso überraschter war Max, als er das Gesicht der Mutter mit denen der Mädchen verglich. Einzig die Mundpartie schloss den Verwandtschaftsgrad nicht aus, der Rest jedoch wirkte äusserst exotisch. Ein indigener Einschlag? Max kam auf keinen Nenner.

«Nun schauen Sie nicht so.» Melanie Lombardi scheuchte ihre Mädchen weg. «Es sind meine leiblichen Töchter, auch wenn das auf den ersten Blick nicht danach aussieht. Ich habe sie geboren. Anna 2013, Clara zwei Jahre später. Die Natur geht oft seltsame Wege.» Melanie Lombardi wies Max den Weg ins Wohnzimmer. «Sie haben sich nicht angemeldet. Ich gehe davon aus, dass Sie neue Erkenntnisse für mich haben, obwohl ich sie nicht möchte. Lassen Sie mich raten, meine Schwiegereltern setzen Sie unter Druck.»

«Ich habe etwas, das ich Ihren Schwiegereltern bislang nicht gezeigt habe.»

«Ach ja?» Melanie Lombardi schritt zur Sitzgruppe neben dem Cheminée. «Das alles kommt mir einfach nicht gelegen.» Sie setzte sich auf einen der pompösen Stühle. «Sie kennen meine Einstellung. Aber ich weiss auch, dass Giorgia nichts unterlassen wird, um in meinen Wunden zu stochern. Sie verkraftet es nicht, dass ich mit meiner Trauer anders umgehe als sie.»

Max legte den Zettel auf den Tisch. «Der wurde im Nachhinein in der Nähe des Tatorts gefunden. Und bevor Sie erfahren möchten, wer ihn mir ausgehändigt hat, ich werde den Namen nicht nennen.»

«Das klingt geheimnisvoll.» Melanie Lombardi griff nach

dem Zettel. Sie drehte und wendete ihn in ihren Händen, als würde sie dadurch mehr lesen können als das, was darauf zu sehen war. «Das ist Robertos Schrift, zweifellos.» Max entging nicht, wie sie ein paarmal leer schluckte. «Dieser ausgeprägte lang gezogene Bogen beim kleinen g war seine Eigenart. Auch sonst erinnert mich alles daran, wie er geschrieben hat. Warum existiert nur die Hälfte davon?»

«Keine Ahnung. Vielleicht hat ihn die Witterung zerstört», log er.

Melanie Lombardi strich sich mit den manikürten Fingern durchs Haar. Ob sie ihm seine Ausrede abnahm, vermochte er nicht herauszufinden. «Somit ist eindeutig bewiesen, dass Roberto sich umgebracht hat. Es gibt nichts mehr daran zu rütteln. Würden Sie so gut sein und es meinen Schwiegereltern beibringen?» Melanie Lombardi senkte ihr Haupt. «Mit allem anderen muss ich selber fertig werden. Aber das Leben geht weiter, wie Sie sehen.» Sie zeigte Richtung Küche, wo die beiden Mädchen verschwunden waren und von wo man jetzt fröhliches Geplapper vernahm. «Es war schwer genug, meinen kleinen Engeln zu erklären, weshalb ihr Papi nicht mehr nach Hause kommt. Kennen Sie dieses Gefühl?»

Und ob er es kannte. Max machte Anstalten, sich zu erheben, plötzlich nicht mehr sicher, ob sein Vorhaben, den Fall abzugeben, richtig war. Ein Gefühl tief in seinem Innern liess ihn zögern. Vielleicht musste er doch weitermachen. «Darf ich einen Blick ins Schlafzimmer Ihres Mannes werfen?»

«Sie haben Nerven. Wozu wollen Sie noch schnüffeln? Ich denke, jetzt haben Sie den Beweis.» Melanie Lombardi wartete eine Antwort nicht ab. «Sie haben Zweifel. Also gut, wenn es Sie ... beruhigt. Die Treppe hoch und dann links. Wir hatten getrennte Schlafzimmer. Seines liegt auf dem Flur ganz hinten.» Sie hob ihre Augenbrauen. «Ich habe einen sehr leichten Schlaf, und Roberto hatte einen unruhigen ... Ach, denken Sie doch, was Sie wollen.» Sie kniff eine gefühlte Ewigkeit die Lippen aufeinander. «Hingehen müssen Sie allein. Ich habe mich noch nicht dazu aufraffen können, das Zimmer nach Robertos Tod zu betreten. Die Polizei war da und hat den Laptop mitgenommen. Er dürfte jedoch wieder an seinem Platz stehen, nachdem darauf nichts Verdächtiges gefunden wurde. Irgendwann, vielleicht im Frühling, werde ich das Zimmer für Gäste herrichten. Bis dahin bleibt es für mich und die Kinder geschlossen. Den Schlüssel finden Sie über der Tür.» Sie schleuderte ihre Haare mit einer Bewegung nach hinten, dass Max dachte, sie würde damit einen angestauten Zorn wegwerfen. «Möglicherweise finden Sie dabei ein von Hand geschriebenes Dokument. Giorgia wird nicht lockerlassen, bis sie den Vergleich hat. So, wie ich sie kenne, wird sie ein grafologisches Gutachten in Auftrag geben, sofern Sie ihr den Wisch zeigen. Ich gehe davon aus, dass Sie ...»

«Ja, ich denke schon.» Max konnte sich keinen Reim darauf machen, weshalb Melanie Lombardi ihm den Blick ins Schlafzimmer gewährte. Ob doch noch ein klitzekleiner Zweifel an Selbstmord existierte?

Die Treppennischen zierten Gipsbüsten bekannter Persönlichkeiten. Wolfgang Amadeus Mozart, Albert Einstein, weiter oben ein Kopf, der ganz stark dem von Mauro Lombardi glich. Es musste dessen Vater sein, der sich offenbar ebenbürtig mit den Berühmtheiten gesehen hatte. Der Patina zu urteilen nach, hatten diese Kunstgegenstände einmal draussen gestanden, in vorsintflutlicher Zeit. Je näher sich Max der Galerie näherte, von welcher eine Anzahl Türen abging, umso mehr fiel ihm das Alte und Verlebte in diesen Mauern auf. Er brauchte keine Lupe, um die Risse an den Wänden zu erkennen, die sich wie ein zerstörtes Spinnennetz darüber verteilten.

«Ein Erdbeben im Februar 1964», hörte Max Melanie Lombardi sprechen. Sie war ihm unauffällig gefolgt. «Und mehrere Nachbeben. Es steht in der Familienchronik der Lombardis. Das heftigste Beben hatte eine Stärke von fünf Komma sieben auf der Richterskala. Dieses Haus hier habe massive Schäden davongetragen, heisst es. Nicht alle seien repariert worden.»

«Das Fundament muss trotzdem von guter Qualität sein», stellte Max fest. Er war bei der Tür angelangt, nachdem er die unzähligen Gemälde, die den Gang zierten, hinter sich gelassen hatte. Er nahm den Schlüssel vom Türbogen, steckte ihn ins Schloss und drehte ihn um. Die Tür knarzte beim Öffnen. Sofort stieg ein Geruch nach Moder in seine Nase. Das Fenster vorn war verschlossen. Es konnte unmöglich das Fenster sein, an dem er letzthin die Gestalt zu sehen geglaubt hatte. Trotzdem war er sich auf einmal nicht mehr sicher. Hatte das Fenster überhaupt offen gestanden?

Das hier war ein echtes Männerzimmer. Das dunkle Täfer verschluckte das Restlicht eines trüben Tages. Max betätigte den Schalter neben der Tür. Sofort verlor der Raum an Bedrücktheit. Ein französisches Bett mit heller Bettwäsche nahm Konturen an, daneben ein Nachttisch, eine Kommode, ein dreitüriger Schrank mit Spiegel. Ein Sekretär stach Max ins Auge. Der musste von unschätzbarem Wert sein. Er tippte auf Biedermeier und näherte sich dem Möbel. Sein Grossvater väterlicherseits hatte auch so ein Schreibpult gehabt. Er wusste deshalb, dass es hinter der mittleren Schublade ein Geheimfach gab, wo er alte Münzen aufbewahrt hatte. Was mochte Roberto Lombardi versteckt haben? Max schaute nach. Doch ausser einem ausgetrockneten Tintenfass und einer Schreibfeder kam dort nichts zum Vorschein. Möglicherweise hatte Roberto Lombardi selbst nichts von diesem Geheimfach gewusst. Die Schreibutensilien waren antik. Max packte sie wieder ein und schob die Schublade ins Fach. Nicht nur Bücher von Sergio Álvarez bis Matthias Zschokke reihten sich im Regal Rücken an Rücken, auch der Einblick in etwelche Ordner war frei. Max fand diverse Kaufunterlagen, die mit Anschaffungen für Haus und Garten zu tun hatten. Zudem kamen verschiedene Verträge zum Vorschein, die Max überflog. Diese waren gewiss schon von der Polizei begutachtet worden.

Im Schrank hingen dunkle Anzüge von der Art, die Max allzu gut kannte. Anzüge, die Roberto Lombardi in der Versicherung getragen hatte oder auf Kundenbesuch. Selbst die weissen Hemden waren ordentlich an die Bügel gehängt, Krawatten in dezenten Farben und Mustern. Daneben gab es Ablagen mit Pullovern, Shirts und Sportbekleidung. Unterwäsche und Socken fand Max in Schubladen. Auf dem Schrankboden standen frisch polierte Schuhe, die nicht aus einem Billigladen stammten. Max nahm die Schuhe heraus und stellte sie neben den Schrank. Er hatte bemerkt, dass der Boden im Schrankinnern nicht mit dem Zimmerboden ebenerdig war. Er lag etwas höher, als stünde er auf einem Sockel. Max klopfte das Brett ab. Es klang hohl. Dort drin also lag das Geheimfach, um ein Zigfaches grösser als dasjenige im Sekretär. Während Max das Brett vom Schrankboden löste, ging ihm alles Mögliche durch den Kopf. Was hatte Lombardi versteckt, das weder für die Augen seiner Frau noch der Haushälterin bestimmt war?

Jeder Mann hat so seine Geheimnisse, sinnierte Max und griff blindlings hinein. Das Licht im Zimmer reichte nicht aus, um den Winkel auszuleuchten. Es enttäuschte ihn, als er einen Ordner daraus zog. Es hätte ihn weniger gewundert, wenn er auf irgendwelche Sextoys gestossen wäre. Auf Utensilien heimlicher Leidenschaften, die Lombardi niemals mit seiner Frau geteilt hätte. Aber ein Ordner? Er wies keine Abnützungsspuren auf. Die Blätter zwischen den beiden Kartondeckeln rochen neutral. Max schlug die Seiten willkürlich auf. Alles Quittungen, die genauso alphabetisch abgelegt waren wie die Quittungen in den Ordnern, die er bereits durchgesehen hatte. Auffallend viele Belege eines Möbelgeschäfts in Sarnen waren aufgeführt. Wo die Möbel hingebracht worden waren, war jedoch nicht ersichtlich. Max fand zudem Quittungen einer Kleiderboutique in Stans sowie von vier Logements im Hotel Bürgenstock und eine Aufstellung diverser Rechnungen ohne Adresse. Sollte er Melanie Lombardi darauf ansprechen? Sein Verstand riet ihm davon ab. Aller Wahrscheinlichkeit nach hatte sie keine Kenntnis davon. Ob er sich gerade auf eine heisse Spur begeben hatte, wollte er nicht glauben. Aber die Geheimniskrämerei kam ihm verdächtig vor. Es musste etwas im Leben des jungen Lombardi gegeben haben, das er vor aller Welt versteckt hielt. Max breitete verschiedene Seiten auf dem Boden aus und fotografierte sie mit seinem iPhone. Danach verräumte er alles an den angestammten Platz, schob den Deckel über die Öffnung, stellte die Schuhe zurück und schloss den Schrank. Den Laptop, der nicht auf dem Sekretär, sondern auf der Kommode lag, liess er liegen. Mit den abgelichteten Quittungen hatte er genug Material.

Plötzlich bekamen seine Recherchen eine neue Bedeutung.

War Roberto Lombardi möglicherweise doch eines gewaltsamen Todes gestorben?

Max verliess das Zimmer.

«Und? Haben Sie, was Sie suchten?» Melanie Lombardi hatte draussen vor der Tür gewartet. Sie vergewisserte sich, dass er nichts bei sich trug.

Er hob wie entschuldigend die Hände. «Nichts, das nicht auch schon die Polizei gefunden hat.» Max zögerte. Sollte er gleichwohl mit der Witwe reden? Vielleicht würde sie ihm Auskunft über die sonderbaren Quittungen geben können. Zu gefährlich, dachte er. Er hatte sich die Adresse der Boutique in Stans notiert. Diese würde er heute Nachmittag aufsuchen.

«Darf ich Ihnen einen Kaffee servieren?»

Warum auf einmal so nett? Max lehnte ab. «Ich muss leider weiter.»

«Sie fahren zu Giorgia und Mauro, nicht wahr?» In Melanie Lombardis Augen flackerte etwas auf, das Max als Skepsis deutete. Oder Angst.

«Ich habe es vor.»

«Dann richten Sie ihnen aus, dass sie es endlich lassen sollen, nach Dingen zu suchen, die nicht existieren.»

«Ich werde es versuchen.»

«Ich weiss, dass sie ein Vermögen hinblättern, um ihren Sohn zu rehabilitieren. In ihren Augen ist es eine grössere Sünde, sich selbst umzubringen, als sich ermorden zu lassen. Zudem kratzt das gewaltig an ihrem Ego.»

Max vermied es, sich auf eine Diskussion einzulassen. «Ich wünsche Ihnen alles Gute und viel Kraft für die nächste Zeit.» Sie werden das Kind schon schaukeln, aber das dachte er nur.

Kaum hatte er die Türfalle in der Hand, sprangen die beiden

Mädchen in den Flur. Max warf ihnen einen letzten Blick zu. Entweder waren Anna und Clara eine hübsche Laune der Natur, oder aber, und der Gedanke gewann allmählich Oberhand, nicht Roberto, sondern ein anderer Mann war ihr Vater.

***

Max ass im Länderpark in Stans zu Mittag. Er hatte vorgehabt, in der Buchhandlung Stocker vorbeizuschauen, ob nicht ein Ratgeber für angehende Detektive zu finden wäre. Bis jetzt war er zwischen den verschiedenen Orten hin und her geeiert, ohne konkreten Plan. Dabei hatte er sich fest vorgenommen, strukturiert an diese Arbeit heranzugehen. Auf dem Weg hierher hatten sich seine Gedanken überschlagen. Sollte sich herausstellen, dass Lombardi ein Mordopfer war, würde Max die Sache anders anpacken müssen. Wenn er es sich genauer überlegte, kam da etwas Grosses auf ihn zu. Andererseits hemmte ihn immer noch der Abschiedsbrief in seiner Arbeit.

Die Buchhändlerin, eine sympathische Mittvierzigerin mit dunklem Bob, bedauerte es, ihn nicht nach seinen Wünschen bedienen zu können. Sie werde zwei Bücher bestellen, von denen sie ausging, dass sie seinem Gusto entsprachen. Sie hatte sich sogar bereit erklärt, bei der Buchhandlung von Matt anzufragen, ob sie allenfalls im Antiquariat passende Titel hätten. Reine Zeitverschwendung, dachte Max und holte sich in der Bäckerei Bachmann zwei Zigerkrapfen zum Dessert. Er ass sie im Gehen.

Später schlenderte er durch das dreigeschossige Einkaufscenter, während er an einer Aludose Cola nippte. Das hier war nicht seine Welt. Doch bis zur Öffnung der Boutique im Zentrum von Stans würde er noch eine Weile ausharren müssen. Eine Stunde, die er, des schlechten Wetters wegen, vorzugsweise im Trockenen verbrachte.

Am Samstag war hier einiges los. Familien hatten ihren Alltag hierher verlegt. Sie sassen auf Bänken, neben sich das Picknick, das sie kurz zuvor in der Migros gekauft oder von zu Hause mitgebracht hatten. Ein Paradies für Eltern, denen es nicht gelang, sich mit ihren Kindern anderweitig abzugeben. Max beobachtete eine junge Mutter, die ihren dreijährigen Spross auf dem elektrisch betriebenen Pferd im Nonstop-Modus schaukeln liess, während sie sich mit dem Handy beschäftigte und nur Augen für das Display hatte.

Kurz vor zwei verliess Max den Länderpark und fuhr mit seinem Wagen ins Dorfzentrum. Unterhalb des Winkelrieddenkmals fand er einen Parkplatz.

Die Boutique lag in einer Gasse in der Nähe der Kirche, etwas zurückversetzt, in einem der typischen Häuser, die das alte Dorfbild prägten. «Moonlight» war ihr Name, was auf einer sichelförmigen Tafel ersichtlich war. Zwei Schaufenster, in der Mitte die Tür. Früher war hier eine Schuhmacherei gewesen. Daran dachte Max. An den betagten Fridolin Näpflin, der bis zu seinem Tod nicht nur Schuhe, sondern auch Handtaschen geflickt hatte. Noch erinnerte die Glocke über der Tür an die Werkstatt. Alles andere war verschwunden. Anstelle der Tische, die Hobelbänken glichen, hatte ein moderner Korpus seinen Platz gefunden. Dort, wo die dreibeinigen Schemel gestanden hatten, hingen Einzelstücke eleganter Kleider und Jacken an Bügeln. An den Wänden waren die Wasserwanne, die Ablagen für die Werkzeuge und die Lederreste auf dem Boden properen Gestellen gewichen. Darauf sorgfältig hingelegte Pullover und Blusen. Von der Decke hing ein Lüster, dessen LED-Lämpchen in den Kristallen reflektierten. Alles in allem ein heller, einladender Verkaufsraum, der nichts mehr mit den verstaubten und altertümlichen Requisiten eines alten Handwerks zu tun hatte. Hammer, Beiss-, Zwick- und Faltenzangen hatte man wahrscheinlich entsorgt, wie auch das Kneipmesser, den Wetzstein und die Querahlen. Der lederne Geruch war einer Mischung aus Moschus und Jasmin gewichen, und im Raum selbst stand nicht mehr der Näpflin, sondern eine bildhübsche junge Frau, die die zwanzig kaum überschritten hatte.

Max rechnete nicht damit, dass sie die Geschäftsführerin war, und verlangte nach dieser.

«Die Boutique ist *mein* Besitz», sagte die Frau nicht ohne Stolz in der Stimme und erkundigte sich geschäftstüchtig nach seinen Wünschen. «Sicher wollen Sie etwas für Ihre Frau. Oder was hat Sie hierhergeführt?» Dass sie das wandelnde Ausstellobjekt war, lag nahe. Offenbar hatte sie sich mit dem letzten Schrei dieses Herbstes eingekleidet, nicht gerade das, was Max in diesem Dorf erwartet hatte. Weite Hose mit hohem Bund, ein knappes Jäckchen darüber, in dessen Ausschnitt ein Spitzenshirt aufblitzte. Marlene Dietrich hätte sich ob dieses Outfits im Grab umgedreht. Die Frau hatte so lange Beine wie sie. Ihre Haare waren genauso blond und reichten just bis zum Kragen.

«Mein Name ist Max von Wirth. Ich brauche eine Auskunft. Verraten Sie mir, wie Sie heissen?»

«Sabrina Odermatt.» In ihrem fein geschnittenen Gesicht stand ein grosses Fragezeichen. Offenbar war sie auch enttäuscht. Vielleicht hatte sie damit gerechnet, dass endlich jemand in ihre Boutique kam und einkaufte, an diesem Tag, an dem die Leute lieber in den Cafés oder in den eigenen vier Wänden sassen. Zudem war bald Monatsende. Das Geld lag nicht locker in den Taschen.

Max schritt auf den Korpus zu, in dessen Vitrine Ketten und Armspangen lagen, Handschuhe, Schals und Mützen. Er präsentierte auf seinem iPhone das Foto der Quittung, die den Namen der Boutique trug. Ein Mantel und ein Kleid im oberen Preissegment waren damals gekauft worden, in einer Grösse, die eher zu Sabrina Odermatt als zu Melanie Lombardi passte. Von Roberto Lombardi, denn nicht umsonst hatte er diesen Beleg in seinem Geheimfach versteckt.

Sabrina Odermatt warf einen schnellen Blick darauf. «Ja, was ist damit?»

«Erinnern Sie sich, an wen Sie diese beiden Kleidungsstücke verkauft haben? Es liegt ein knappes Jahr zurück.»

Erste Verunsicherung auf Sabrina Odermatts Gesicht. Max kam es vor, als würden ihre Augen dunkler, die Wangen blasser, die Lippen ein dünner Strich. Sie schwieg, derweil ihre rechte

Hand zitternd nach dem iPhone griff. «Das … das …» Weiter kam sie nicht.

Plötzlich waren da Tränen und ein Schluchzen, das sie nicht zu verhindern vermochte.

Max berührte ihre Schultern, führte sie zu einem Stuhl, der vor einer Umziehkabine stand. Schwarzer Plüsch mit einer roten Schlaufe. Nichts hielt Sabrina Odermatt davon ab, ihren Gefühlen freien Lauf zu lassen. «Er hat es mir geschenkt.»

So herzzerreissend weinen hatte Max noch nie eine Frau gesehen. Er stand neben dem Stuhl, auf den sich Sabrina Odermatt fallen gelassen hatte, und wusste nicht, wie er mit der Situation umgehen sollte. Zum Glück fiel niemandem ein, in diesem Moment ins Geschäft zu treten; Max hätte nicht gewusst, was sagen. Weinende Frauen hatten ihn seit jeher in Bedrängnis gebracht.

Viel Phantasie brauchte Max nicht, um zu ermessen, wer sie in Wirklichkeit war. Trotzdem wollte er es aus ihrem Mund hören.

«Wer hat sie Ihnen geschenkt?»

Anstelle einer Antwort kam nur ein weiteres Schluchzen, das begleitet war von wilden Zuckungen, über den ganzen Körper verteilt. Nicht nur das Jäckchen litt, auch die Hose bekam etwas davon ab. Rotz und Wasser verteilten sich darauf.

«Kannten Sie Roberto Lombardi persönlich?»

Sabrina Odermatt schrie auf.

«Er war Ihr Freund, nicht wahr?» Jetzt war es raus. Und wenn er in Sabrina Odermatts verquollenes Gesicht sah, musste er die letzten Zweifel aus dem Weg räumen. Roberto Lombardi war nicht die Person gewesen, die seine Familie über seinen Tod hinaus gekannt zu haben glaubte. «Sie haben sich jeweils im Hotel Bürgenstock getroffen.»

«Wir wollten heiraten.» Der erste Satz, der nach dem Nervenzusammenbruch aus ihrem Mund kam.

Max holte einen zweiten Stuhl und stellte ihn neben Sabrina Odermatt, denn das hier konnte länger dauern. Vorweg schloss er die Tür von innen ab und drehte die Tafel auf «geschlossen» um. Er kehrte zurück zum Stuhl und setzte sich. «Heiraten? Der Mann war doch schon verheiratet.»

Sabrina Odermatt hatte sich ein wenig gefasst. Mit der blossen Hand wischte sie die Tränen ab. Dabei verwischte ihr Make-up und liess sie wie einen traurigen Clown aussehen. «Er wollte sich scheiden lassen. Das hat er mir versprochen.»

Max stiess zischend Luft aus. Wie konnte diese junge Frau so naiv sein? Es sah eher danach aus, als hätte sich Lombardi eine junge Göttin zum Zeitvertreib gehalten, ein unerfahrenes Mädchen, das sein Ego aufpolierte. Mit dem er seine Sehnsüchte auslebte, wenn die eigene Frau unpässlich war. Max kannte solche Typen aus Zürich. Er hatte jahrelang mit ihnen zusammengearbeitet. Anwälte mit Eigenheim in der ländlichen Agglomeration, mit Frau und Kind und der Muse in der Stadt. Sie führten ein Doppelleben. Für sie gehörte es zum guten Ton. Wer etwas auf sich hielt, hatte nebst der Ehefrau eine Geliebte. Nur waren diese Männer älter gewesen. Im Minimum vierzig. Roberto Lombardi passte nicht in dieses Klischee.

«Wie haben Sie sich kennengelernt?»

Sabrina Odermatt fuhr sich über die nassen Augen. «Am 1. Juni war es, vor zwei Jahren. Da sind wir uns beim Hammetschwand-Lift begegnet. Ich machte mit meiner Abschlussklasse einen Ausflug auf die Honegg. Wir wanderten zum Bürgenstock und von dort dem Felsenweg entlang bis zum Lift. Wir wurden zwar gewarnt, dass es dort vermehrt Zecken hat und wir Vorsicht walten lassen sollen. Nicht umsonst heisst der Bürgenstock im Jargon auch Zeckenberg, die Konzentration dieser Viecher ist im dicht bewaldeten Teil sehr hoch. Trotz meiner langen Hose biss mich das Ungeziefer. Ich bemerkte es erst, als wir in den Lift einsteigen wollten. Ja, und da stand er. Mein Retter, ausgerüstet mit einer Pinzette. Mit der holte er den Holzbock aus der Wade. Es war Liebe auf den ersten Blick.» Wieder kollerten Tränen über ihr helles Gesicht. «Seither … trafen wir uns … an jedem Ersten des Monats beim Hammetschwand-Lift, egal, ob die Sonne schien, ob es regnete, stürmte … oder schneite. Immer zur gleichen vollen Stunde.»

Sie nannte die Uhrzeit. «Wir haben uns diesen Tag zum Ritual gemacht … Bis Roberto nicht mehr kam.»

Max fuhr mit der Hand über ihren Rücken. Es war eine zärtliche Geste, die er sofort bereute. «Dann wissen Sie, wie es zu seinem Tod gekommen ist?»

Wieder wurde Sabrina Odermatt von einem heftigen Weinkrampf geschüttelt. «Ich verstehe das nicht. Wir waren glücklich. Seit mehr als zwei Jahren. Wir hatten Pläne … Es musste Roberto auf einmal über den Kopf gewachsen sein, dass er … so etwas tat.»

«Sie glauben an einen Selbstmord?»

«Was für ein abscheuliches Wort.» Sie wimmerte. «Er erzählte mir, dass er es zu Hause nicht mehr aushalte und sich danach sehne, den Bettel hinzuschmeissen. Wir wollten auswandern … Ich durfte nicht einmal zu seinem Begräbnis. Wir hielten unsere Liebe noch geheim. Aber Roberto hat mir versprochen, Melanie einzuweihen …»

«Sie kennen Melanie Lombardi persönlich?»

«Ja, sie ist eine gute Kundin von mir.»

«Und die Boutique?»

«Was soll mit der Boutique sein? Sie war ein Geschenk von Roberto zu meinem zwanzigsten Geburtstag.»

Max fuhr sich mit der Hand ans Kinn. «Wie konnten Sie denn unter Melanies Augen treten, wenn Sie gleichzeitig mit ihrem Mann das Bett teilten?»

«Für Melanie war Sex nicht wichtig», rechtfertigte sich Sabrina Odermatt mit einem Satz. «Sie war … eine frigide Frau … hat Roberto gesagt. Ich glaube, ihr hätte es nicht einmal viel ausgemacht, wenn sie über unsere Beziehung Bescheid gewusst hätte. Ihr Lebensmittelpunkt waren die Kleider, teurer Schmuck, Fitness und der ganze Kram. Selbst um die Kinder kümmert sie sich nicht sonderlich. Viermal die Woche werden sie in die Kindertagesstätte abgeschoben, obwohl Melanie alle Zeit der Welt hätte. Sie … sie ist eine Hedonistin, was das Materielle anbelangt. Ich habe ihr sogar Kleider nach Mass anfertigen lassen.»

Max vermochte nicht, daran zu glauben, dass es einer Frau wie Melanie Lombardi egal gewesen wäre, hätte sie herausgefunden, dass ihr Mann sie betrügt. Vielleicht hatte sie es erfahren und der Demütigung ein Ende gesetzt, indem sie ihren Mann umbrachte. Nur sie konnte wissen, wo Roberto Lombardi seine Waffe verräumt hatte. Andererseits hatte man am Tatort keine Fremd-DNA gefunden. Aber tötet die Frau den Mann, wenn sie dessen Geliebte hätte aus dem Weg schaffen können? Max überlegte: Wenn sie nur auf sein Geld aus war, warum nicht?

Plötzlich war er sich sicher, dass Sabrina Odermatt bloss eine Nebendarstellerin war, ein Puzzleteil im grossen Ganzen. Sie hatte ihm den Weg gewiesen, sie, die gewiss ahnte, dass sie in dieser Partitur des Grauens eine schwindend kleine Rolle spielte. Sie würde allein damit fertig werden, musste ihre Trauer im Stillen bewältigen – alles andere hätte sie zur Angriffsfläche gemacht. Das Los der zweiten Frau, dachte Max, ihre Liebe bezahlte sie mit dem Nichtvorhandensein in der Gesellschaft.

Max blieb in der Boutique, bis er sicher war, Sabrina Odermatt wieder sich selbst überlassen zu können. Eine letzte Frage lag ihm auf der Zunge: «Was geschieht jetzt mit Ihrem Geschäft?»

«Es ist zum Glück abbezahlt. Es liegt an mir, aus ihm eine Goldgrube zu machen. Aber ich habe die Rechnung ohne den Wirt gemacht. Meine Kleider erfreuen nicht flächendeckend. Zu stylish, zu hip. Stans ist nicht Zürich. In der Stadt hätte ich vielleicht eine grössere Chance. Aber …», sie zog Rotz hoch, «ich werde mich im Frühling entscheiden, wie es weitergeht. Bis dahin hat sich mein Leben …» Sie beendete den Satz nicht und begann wieder, hemmungslos zu weinen.

Max tat sie leid. Am liebsten hätte er sie tröstend in die Arme genommen. Die schlanke, zierliche Frau, die am Verlust ihres Geliebten zu zerbrechen schien. Er sah sich in der Boutique um. Tatsächlich waren die Kleider gewöhnungsbedürftig und für Max' Geschmack eher etwas für Frauen, die auffallen wollten.

Er erinnerte sich an Melanie Lombardis bodenlanges Gewand. Ein ähnliches hing an der Stange neben dem Korpus.

Würde Fede da reinpassen? Zugegeben, an Melanie Lombardi hatte das Kleid extrem gut gewirkt, auch wenn es etwas Theatralisches an sich hatte. Der Kontrast zu Fedes roter Mähne wäre auf jeden Fall eine Augenweide. Aber würde sie es auch tragen? Wenn er ausging mit ihr?

Sein Gewissen hielt ihn davon ab, die Idee weiterzuspinnen. Falls sie verheiratet war, würde er sie in eine Situation bringen, die ihm an Sabrina Odermatt missfiel. Er verschwendete keinen Gedanken mehr an das bodenlange Kleid. Er widmete sich der Auslage im Korpus. Mütze und Schal – das würde ihr gefallen. Als kleine Wertschätzung dafür, dass er … Verflixt! Er wedelte sein Ansinnen weg.

«Was ist?» Sabrina Odermatt hatte sich erhoben. Wankend gelangte sie zum Verkaufstresen. «Ihnen gefällt das, was Sie sehen? Darf ich es einpacken?»

Zugegeben, sie war beflissen. Er vermochte nicht, ihr zu widersprechen. «Gern, die Mütze und den Schal.»

«Und die Handschuhe? Dann wäre das Outfit perfekt.»

Max schluckte leer. Vor zwei Jahren hätte er sich, ohne mit der Wimper zu zucken, alles leisten können. «… auch die Handschuhe.»

«Welche Grösse? Sieben, acht, neun? Ich verkaufe auch Zwischengrössen.»

«Gute Frage.» Max hatte Fedes Hände nicht genau angesehen, denn viel mehr gespürt.

Sabrina Odermatt legte ihre Hände auf den Korpus. «Sind ihre Finger länger als meine?»

«Definitiv.»

«Ich werde Grösse sieben einpacken. Sollte sie nicht passen, dürfen Sie ungeniert umtauschen.»

«Das ist ein Angebot.»

Wenig später stand er bei seinem Wagen. In einem Geschenkkarton lagen die winterlichen Accessoires, die ihn ein halbes

Vermögen gekostet hatten. Kaschmir und Leder, hatte er sich von Sabrina Odermatt erklären lassen.

Max schloss die Tür des Mustangs auf, setzte sich hinter das Lenkrad und startete den Motor. Im linken Augenwinkel bemerkte er eine Horde junger Typen, die sich offensichtlich über seine schwarze Maschine unterhielten. Einige von ihnen hielten anerkennend den Daumen in die Höhe. «Geile Kiste», drang es durch das geschlossene Fenster.

Weder mit der geilen Kiste noch mit den sündhaft teuren Accessoires würde er Fede beeindrucken können. Max schätzte sie nicht so ein, dass sie auf Pferdestärken abfuhr. Möglicherweise trug sie im Alltag lieber handgestrickte Kappen und Fäustel. Doch jetzt war es zu spät. Zurückgeben konnte er die Sachen nicht. Vielleicht hatte er mit diesem Kauf Sabrina Odermatts Tag gerettet. Als er sich verabschiedet hatte, war ein Schimmer von Glück in ihren Augen erschienen.

Max nahm den Weg Richtung Allweg unter die Räder. Er parkte in der Nähe der Bushaltestelle und ging von dort aus zu Fuss über das Drachenried weiter. Mit dem Paket unter dem Arm musste er eine sonderbare Figur abgeben. Er hätte vielleicht doch die Tüte annehmen sollen, die Sabrina Odermatt ihm hatte mitgeben wollen.

Max fand den Hof nicht auf Anhieb. Das Diesige verschleierte die Sicht und verfälschte die Erinnerung an das Feld mit dem Baum und der Kuh. Dahinter das Haus und der Hof. Und vor dieser Kulisse diese Bäuerin, die in einem zweiten Leben eine Diva war.

Regel Nummer eins: Vergewissere dich, wo immer du bist, welche Fixpunkte dir beim nächsten Mal für die Identifizierung eines Objekts behilflich sein könnten.

Er hatte nur Augen für Fede gehabt.

Regel Nummer zwei: Löse dich vom Tunnelblick. Er könnte dich in die Irre führen. Ganzheitliches Wahrnehmen ist der Schlüssel zum Erfolg.

Er blieb auf der rechten Wegseite. Die Strasse schien im Niemandsland zu enden. Je weiter Max ging, umso planloser lief er umher. Da endlich ein Pfad, an dem er möglicherweise letzthin geparkt hatte. Er folgte der Spur eines Traktors, dessen Reifenprofil sich in den matschigen Boden gekerbt hatte. Max hatte sich verlaufen. Das hier war nicht der Zugang zu Fedes Hof.

Regel Nummer drei: Verlasse dich nie nur auf eine Spur.

Ein Lkw schoss an ihm vorbei, als Max wieder auf die Hauptstrasse gelangte. Im Nebel zu gehen war genauso schlimm, wie im Nebel zu fliegen. Ohne Navigation verirrte man sich so, dass man nicht einmal mehr das Oben vom Unten zu unterscheiden vermochte. Kurz ein Gedanke an Vater, wie er in dieser Orientierungslosigkeit getrudelt haben könnte.

Regel Nummer vier: Halte deine fünf Sinne beisammen. Nur wer allumfassend wahrnimmt, wird das Ziel erreichen.

Weiter vorn zweigte ein weiterer Weg ab. Max folgte ihm über eine Fahrrinne, die ein landwirtschaftliches Gefährt verursacht hatte. Schemengleich tauchte ein Haus auf, kurze Zeit später daneben ein Stall. Anders und düsterer als letzthin. Fast unheimlich. Max pirschte zu einem Briefkasten, der behelfsmässig an einen maroden Zaun befestigt war. Das Namensschild hatte schon bessere Tage gesehen, dennoch waren die Namen einfach zu lesen: «Federica Hardegger» und «Christian von Moos».

Regel Nummer fünf: Sei dir nicht auf Anhieb sicher. Betrachte die Eventualitäten. Sie könnten wegweisend für die weiteren Ermittlungen sein.

Sie hiess Federica! Hardegger! Max hatte einmal einen Pfarrer mit diesem Namen gekannt.

Er hatte sie gefunden. Hier, am Ende der Welt, das so abgeschieden wirkte wie eine Gegend in einem irischen Hochmoor.

Regel Nummer sechs: Verlasse dich nie unmittelbar auf das, was du siehst. Die Antworten liegen oft in der Vorstellungskraft.

Max suchte nach einem Durchgang zum Haus. Er öffnete ein Gartentor und ging geduckt bis zur Tür. Er hätte auch aufrecht gehen können. Es gab keinen Grund, es nicht zu tun.

«Hey, was machen Sie da?»

Max liess beinahe den Geschenkkarton fallen. Er äugte nach rechts, wo sich ein Mannsbild in seinem Blickfeld aufbaute. Das musste Christian von Moos sein. Gummistiefel und ein verschmutzter Overall bezeugten, dass er erst noch im Stall gearbeitet hatte. Er stellte eine Schaufel an den Lattenzaun. «Seit wann bringt der Briefträger die Pakete an einem Samstag vorbei?» Er kam zügig auf ihn zu. «Ach, Sie sind gar nicht der Briefträger.» Auf gleicher Höhe angekommen, rieb sich der Fremde die Hände an der Hose ab. «Ich bin Chrigi. Sorry, die Aufmachung. Habe soeben unseren Fitzcarraldo vergraben.»

Max liess den Namen nachwirken. «Fitzcarraldo ...»

«Fedes Hund. Er wurde überfahren. Man hat ihn einfach am Strassenrand liegen lassen. Haben Sie sich verlaufen? Falls Sie ein Zimmer wollen, müssen Sie Fede fragen. Sie managt die Reservationen.»

«Ich ...» Max hatte weder mit dieser Botschaft noch mit der Freundlichkeit gerechnet. Er würde ihn Christian nennen. «Dann ... dann sind Sie Fedes Mann?»

Christian bekam einen Lachanfall, der sein jungenhaftes Gesicht zum Hüpfen brachte. Die Trauer um den Hund hielt sich in Grenzen. «Dazu müsste ich Nerven wie Drahtseile haben und obendrein Humor für ihre ausgefallene Art. Nein, nein, Fede und ich teilen uns den Hof hier. Wir sind sozusagen eine Wohngemeinschaft auf dem kleinstmöglichen Nenner.» Er schnitt eine Grimasse. «Bitte erzählen Sie ihr nichts vom Hund. Das Unglück geschah vor einer halben Stunde.»

Max kommentierte es nicht.

Regel Nummer sieben: Glaube nie alles, was man dir sagt, auch wenn du dahinter nicht sofort eine Lüge erkennst. Versuche, zwischen den Zeilen zu lesen. Der Teufel steckt im Detail.

«Ist Fede zu Hause?»

«Klar, komm rein.» Christian hatte zum vertrauten Du gewechselt. «Sie wird oben vor ihrem Computer sitzen.»

Nur zögernd passierte Max die Tür und gelangte gleich in eine offene Küche, wo sich aller Wahrscheinlichkeit nach ein grosser Teil vom Leben der Bewohner abspielte. Hier drin wurde gekocht, gegessen und geschlafen, was die Chaiselongue an der Wand vermuten liess. Zerwühltes Bettzeug lag darauf und am Kopfende eine Katze, die bei Max' Eintritt bloss ein Auge öffnete.

Christian folgte seinem Blick. «Och, das ist Chérie-Bibi … und das ist mein Fernsehliegemöbel. Ich lege mich gern auf die faule Haut und schaue abwechselnd Fede beim Kochen zu und meine Lieblingssendung, die ‹Simpsons›.»

Was tat er beruflich? Er mochte um die dreissig sein. Max wagte nicht zu fragen. Christian war wohl ein Künstler, der von der Hand in den Mund lebte.

«Geh einfach zu ihr hoch. Sie wird sich freuen, dich zu sehen.»

«Hat sie einmal meinen Namen erwähnt?»

«Nee, aber sie freut sich immer über Besuch.»

Max ging in den hinteren Teil der Küche und gelangte in einen Raum ohne Fenster. Ein Geruch nach warmer Milch breitete sich aus. Eine Treppe führte einen Stock höher. «Willst du nicht mitkommen?», fragte er über die Schulter hinweg. Allein fühlte er sich als Eindringling.

«Nee, ich sollte in den Stall zurück, Rambo melken.»

Max verkniff sich ein Grinsen, während er leise über die Treppenstufen ging. Diesen Rambo, der eigentlich eine Kuh war, kannte er mittlerweile. Oben angekommen, suchte er nach einer offen stehenden Tür. Er ging an jeder entlang. Bei der hintersten blieb er stehen, weil er aus dem Innern ein Geräusch zu vernehmen gedachte. Es hörte sich nach einer Tastatur an. Jemand musste dort drin mit der Geschwindigkeit eines Maschinengewehrs tippen. Max klopfte an. Augenblicklich verstummte das Geräusch.

«Chrigi, bist du es? Seit wann klopfst du an? Komm doch rein. Ich beiss nicht.»

Max öffnete die Tür, schob sich hinein und blieb unmittelbar hinter Fedes Rücken stehen. Er glaubte, ihr dezentes Parfüm zu riechen. Bei ihrem Anblick krampfte sich sein Herz zusammen.

«Wo drückt der Schuh?» Sie schrieb weiter. Max erkannte nicht, woran sie arbeitete. Ihr Körper verdeckte den Bildschirm. «Kommst du mit Rambo nicht zurecht? Dann müsste ich dir vielleicht einmal Nachhilfeunterricht im Melken erteilen.» Erst jetzt drehte sie den Bürostuhl in seine Richtung. «Oder wie siehst du dddd… Max!»

Sofort war dieses Knistern da. Eins zu null für mich, dachte er und überreichte Fede das Geschenkpaket. «Ich war gerade in der Nähe und dachte mir, dass ich mal vorbeischaue.»

«Aha, ganz zufällig.» Sie nahm das Paket zögernd entgegen und betrachtete die Masche mit dem Kleber. «Vom ‹Moonlight› ist das?»

Wider Max' Vermutung, sie könnte seine Gabe ablehnen, zerrte sie an der Schnur und riss in der Folge das Papier auf. «Geschenke bekomme ich immer nur dann, wenn jemand ein schlechtes Gewissen hat.»

«Warum sollte ich ein schlechtes Gewissen haben?»

«Reingelegt.» Fede schmunzelte vielsagend. Sie öffnete die Schachtel und schob das Seidenpapier auseinander. «Das ist ja ein Ding. Eine Mütze?» Sie wühlte weiter. «Ein Schal? Und Handschuhe? Wow! Du musst ja in der Kohle schwimmen!»

«Gefallen dir die Sachen?» Ihre Bemerkung war ihm nicht recht. Protzen lag nicht in seinem Naturell. Aber genau diesen Eindruck musste er auf sie ausüben. Vielleicht sollte er ihr sagen, dass er die Sachen für ein Schnäppchen erstanden hatte. Doch dies hätte gezeigt, dass sie ihm nicht mehr wert war als Accessoires vom Ausverkauf. Alles war falsch. Er hätte ihr Blumen mitbringen sollen. Oder gar nichts.

Fede setzte die Mütze auf. «Klasse Teil und so warm.» Sie schlang den Schal um die Schultern und zog die Handschuhe über. «Passt alles. Du hast ein gutes Augenmass, wie ich sehe. Steht es mir?» Sie schwang sich auf die Beine.

«Perfekt.»

«Wie habe ich das verdient?» Wieder schmunzelte sie. «Ach so, die Begegnung im ‹Pilatuskeller› neulich. Aber ich mache das unentgeltlich …»

Max fand keine Worte. Doch er spürte, wie seine Kinnlade nach unten sackte.

«Das war ein Scherz. Ich mache das sonst überhaupt nicht ... Bei dir ... war das etwas anderes. Ein Experiment vielleicht?» Wieder dieser Schalk in den Augen. Wollte sie ihn veralbern? «Auf jeden Fall hat es mir gefallen. Du hast mich angetörnt. Aber heute ist ein anderer Tag.» Sie fiel Max unerwartet um den Hals. «Danke, die Sachen gefallen mir sehr. Du bist der erste Mann, der mir überhaupt etwas schenkt. Echt jetzt, ich weiss gar nicht, was ich sagen soll. Ich bin überwältigt ...» Sie setzte sich wieder.

Max deutete auf den Bildschirm, wo er bloss einen Raster erkannte, ein System ineinanderfliessender Linien und Punkte. «Woraus besteht deine wirkliche Arbeit? Die Bäuerin nehme ich dir nicht ab. Und wenn ich mich hier so umsehe, ist das nicht der einzige Computer. Sieht eher aus wie eine Filiale für Elektronik.»

«Wenn es dich so brennend interessiert: Früher arbeitete ich in einer renommierten IT-Firma am Zürichsee. Ich verdiente als Programmiererin meine Brötchen. Bis ich mir überlegte, aus dem Beruf auszusteigen. Ich hatte Lust auf etwas Neues. Das ist jetzt ein Jahr her.»

«Deshalb deine Rollen ...»

«Wie meinst du das?»

«Die Magd und die Königin ...»

«Ach das. Ich mag Gegensätze. Sie machen das Leben zu einem Fest. Monotonie ist langweilig. Wo nur Licht ist, nimmt man es nicht mehr wahr. Die Dunkelheit macht es erst sichtbar.»

«Und welche Rolle ist nun massgeschneidert für dich?»

«Jede zu ihrer Zeit. Ich liebe den Augenblick. Aus ihm besteht das Leben.»

«Gibt es noch andere?»

Sie drehte den Bürostuhl lachend einmal um die eigene Achse. Ihre roten Locken schwangen verzögert mit. «Du bist ja neugierig. Aber zuerst zu dir. Was tust du den lieben langen

Tag, dass du Zeit findest, im Nebel nach mir zu suchen? Du hast doch nach mir gesucht, nicht wahr?»

Max wollte nicht zugeben, wie sehr er nach ihr gesucht hatte. «Ich war einmal Anwalt und bin auch ‹ausgestiegen›, um deine Worte zu gebrauchen.» Vaters Tod wollte er nicht erwähnen. «Jetzt schlage ich mich als Privatdetektiv durch.»

«So was habe ich mir gedacht. Privatdetektiv.» Sie zögerte. «Glaubst du an Zufälle?»

«Eher an Vorsehung.»

«Arbeitest du gerade an einem Fall?»

Max nickte.

«Und er führte dich zu mir?»

«Nein, überhaupt nicht. Ich habe einfach …» Er suchte nach dem richtigen Ausdruck, den Narren an dir gefressen. Das konnte er ihr unmöglich sagen.

«Du hast dich verliebt.» Fede senkte ihren Blick. «Der erste Kuss, ich weiss. Geht mir auch so. Ich habe es nicht gesucht …» Ihre Stimme veränderte sich. «Entschuldige, wenn ich dich erschreckt habe.»

«Mir hat's gefallen.» Sie erregte ihn. «Wer ist Christian? Ein Konkurrent?»

«Chrigi?» Fede lachte auf. «Er ist ein Asexueller. Macht sich überhaupt nichts aus Sex. Er ist froh, wenn man ihn in Ruhe lässt. Er hatte mal eine Beziehung mit einem Mann, weil er dachte, er sei anders gepolt. Aber das war auch nicht die Lösung. Mit ihm zusammenzuleben ist sehr entspannend. Als Frau muss man keine Angst haben, dass er dich bespringt, nur weil die Gespräche in heikle geschlechterspezifische Themen übergreifen. Chrigi ist hochintelligent. Er gibt sich gern infantil. Das schützt ihn vor Herausforderungen, die er nur möchte, wenn sie von ihm ausgehen. Wir mögen uns – etwa so wie Bruder und Schwester.» Sie warf den Kopf zurück, griff in ihre Lockenpracht. «Zurück zu dir. Du hast also einen Fall. Einen lukrativen?»

«Das habe ich noch nicht herausgefunden. Es geht …» Max überlegte, ob er Fede einweihen sollte. Er kannte sie zu wenig gut. Anhand ihres Orgasmus neulich liess sich ihr Charakter nicht deuten, obwohl das einige spitzfindige Kerle behaupteten.

Sie liess seinen Zweifeln keine Chance. «Ich bin verschwiegen, auch jobbedingt.»

Max wog ab. Wenn sie ihm verriet, was sie am Computer tat, wäre er offen ihr gegenüber. Er nickte Richtung Bildschirm. «Woran tüftelst du?»

«Aha, step by step ...» Sie senkte die Stimme. «Ich hacke von Zeit zu Zeit ein paar Firmen im näheren Umkreis.»

«Du tust *was*?» Der Anwalt kam durch. «Du weisst schon, dass du dich damit in Teufels Küche bringst?»

«Nicht, wenn ich daraus weder einen Nutzen ziehe noch die Daten weitervermittle.» Ging sie auf Angriff über? «Ich mache das zum Zeitvertreib. Ohne böse Absichten. Zufrieden?»

Verdammt! Wie oft hatte er sich mit Cyberkriminalität befassen müssen. In seinem Keller in Hergiswil stapelten sich Akten solcher Fälle. Akten, die er nicht hatte vernichten können. Nach der Auflösung der Kanzlei hatte er die Dokumente bei sich archivieren müssen, was nicht üblich war. Wenn er es genau nahm, stand er mit einem Bein noch immer in seinem erlernten Beruf. «Zum Zeitvertreib also. Das ist zu einfach formuliert», gab er zu bedenken. «Wenn das auskommt, wird man dich anzeigen.»

«Noch einmal: Ich missbrauche mein Wissen nicht.» Fede schnellte mit den Füssen in seine Richtung. «Zuerst müsstest du es mir beweisen, dass ich damit eine kriminelle Handlung vollziehe.» So selbstsicher wie eben war sie nicht mehr. «Oder muss ich damit rechnen, dass *du* mich anzeigst?»

«Unsinn! Aber ich rate dir, es in Zukunft zu lassen.»

«Spricht da jetzt der Anwalt oder der verliebte Detektiv?»

«Hier spricht Max. Trotz meines Abstiegs in die Schnüfflerszene habe ich meinen gesunden Menschenverstand behalten.» Er stellte sich Erbaulicheres vor, als mit Fede zu streiten. «Sehen wir uns heute Abend im ‹Pilatuskeller›?»

«Möglich wäre es.»

SECHS

Max notierte: *Roberto erschiesst sich selbst. Davon soll die Polizei ausgehen. Am Tatort werden weder Fingerabdrücke noch Fremd-DNA oder etwas, das auf Fremdeinwirkung hinweisen würde, gefunden. Falls es Mord ist, wäre Melanie Lombardi erpicht darauf, eine Spur zu legen. Eine falsche, notabene, wenn sie ihren eigenen Mann auf dem Gewissen hat. Bislang existieren keine klaren Indizien, dass dem so wäre. Trotzdem musste ich sie im Auge behalten.*

Melanie erbt, falls nicht anders vermerkt, die Hälfte der Villa und die Hälfte des Vermögens von ihrem Mann. Die andere Hälfte wird zu je einem Viertel unter den Kindern aufgeteilt. Was, wenn sich herausstellt, dass diese Kinder nicht von Roberto Lombardi stammen?

Was geschieht mit der Boutique von Sabrina Odermatt? Alles, was aus der gemeinsamen Errungenschaft angeschafft wird, gelangt nach dem Tod eines Ehepartners zum Verteiler. Andererseits war die Boutique ein Geschenk.

Max legte den Schreibstift nieder, griff zum iPhone und rief Milagros an.

«Maximilian! Ich hoffe, du nimmst mir unsere letzte Auseinandersetzung nicht übel. Ich hatte einfach zu viel getrunken. Du weisst, wie unausstehlich ich dann bin.»

«Das ist schon lange her.» Max dachte an gestern Abend im «Pilatuskeller», wo er vergebens auf Fede gewartet hatte. Im Minimum drei Stunden lang. Sie war nicht gekommen, obwohl Franco behauptete, dass sie keine Samstagnacht ausliess.

«Dass du es mir nicht nachträgst, das hast du von mir.» Milagros seufzte.

Max liess ihr Zeit, ihre eigenen Worte nachwirken zu lassen, was darin gipfelte, dass sie mehrere Sekunden überhaupt nichts mehr sagte und er sich weiterhin Gedanken über Fede machen konnte. Sie reizte ihn schon deshalb, weil sie ihn zappeln liess.

Er gab sich einen Ruck. «Wie gut kennst du die Lombardis?»
«Ist das eine hypothetische Frage?»
«Milagros, bitte ...»
«So gut, dass sie mir alles erzählen.» Nahm sie da den Mund nicht zu voll?
«Ist es möglich, dass Melanie Lombardis Mädchen nicht die leiblichen Töchter von Roberto sind?»
Milagros schnappte nach Luft. «Aber das ist ... das ist ... eine infame Unterstellung.»
«Ich sprach bloss von der Möglichkeit. Hast du dir Anna und Clara einmal näher angesehen?»
«Natürlich. Sie sind ja oft bei ihren Grosseltern zu Besuch. Sie ähneln ihrem Vater sehr. Ich meine, die Augenfarbe, die hohen Wangenknochen ...» Sie zögerte. «Ehrlich gesagt, habe ich mir das noch nie so genau überlegt.» Sie räusperte sich. «Nein, du irrst dich: Es sind Robertos Kinder. Da gibt es nichts dran zu rütteln.»
«Ich möchte, dass du mit mir zu den Lombardis fährst.»
«Aber Maximilian. Ich habe mich mit Ralph verabredet. Wir wollten heute Mittag schön essen gehen. Im ‹Schweizerhof› in Luzern haben sie eine neue Speisekarte.»
«Das musst du verschieben.»
«Da wird Ralph nicht begeistert sein. Zudem habe ich schon Tage im Voraus reserviert.»
«Du wolltest doch, dass ich mich des Falls annehme.» Max versuchte, Milagros mit ihren eigenen Argumenten zu überzeugen.
«Also gut, du hast gewonnen, Maximilian. Kommst du mich abholen?»
«Nimm ein Taxi. Wir treffen uns in Sarnen.»

***

Als ahnten sie, dass Max heute mit delikaten Fragen aufwarten würde, benahmen sich Giorgia und Mauro Lombardi etwas sonderbar. Max hatte sie nicht so distanziert in Erinnerung.

Dass Milagros bei ihm war, hatten sie mit einem Zähneknirschen akzeptiert. Er hatte noch nicht herausgefunden, wie eng seine Mutter mit den Lombardis war. Vieles schien sie nicht zu wissen. Und Giorgias Reaktion auf ihren Auftritt bestätigte ihm nur, dass sie nicht gewillt war, ihr alles zu erzählen.

Mauro Lombardi überspielte sein mutmassliches Unbehagen. «Setzen wir uns doch ins Wohnzimmer. Etwas zu trinken? Ich habe einen Rotwein geöffnet, einen Cabernet Sauvignon, 2014, aus dem Napa Valley. Jeden Tag ein Glas Wein verlängert das Leben ...»

«Nein, danke.» Max sah durch die Fensterfront nach draussen ins graue Nichts. Er hätte gern gelächelt, doch es kam ihm deplatziert vor.

Giorgia Lombardi brachte ein Tablett mit Kaffee und Kuchen, als hätte sie sich schon Stunden zuvor auf diesen Besuch vorbereitet.

Mauro Lombardi wartete, bis seine Frau serviert hatte. Er fragte: «Haben Sie neue Erkenntnisse?»

«Sie sind noch etwas vage», wich Max aus. Bevor er Roberto Lombardis Freundin ins Spiel brachte, musste er zuerst abklären, ob Melanie Lombardi davon wusste. «Sie haben mir versprochen, alles zu erzählen, was für meine Ermittlungen relevant ist. Es liegt mir nicht, Sie auszuhorchen. Doch tauchen da plötzlich Merkwürdigkeiten auf, auf die ich mir keinen Reim machen kann.»

«Sie sprechen in Rätseln.» Lombardi legte die Hände auf den Tisch. Max fiel auf, dass er keinen Ehering trug. «Fragen Sie, wenn Sie die Antwort nicht scheuen.»

«War Ihr Sohn der leibliche Vater von Anna und Clara?»

Ein schepperndes Geräusch kam aus der Richtung, in die Giorgia verschwunden war. Milagros sprang auf, hastete in die Küche.

Max blieb sitzen und beobachtete Lombardis Reaktion. «Was hat sie dermassen erschreckt?»

Lombardi winkte ab. Wenn er die Fassung verloren hatte, so wusste er es geschickt zu verbergen. «Anna und Clara sind

Robertos und Melanies Töchter. Wie kommen Sie überhaupt auf eine solch abstruse Frage?»

«Mir fiel nur auf –»

Lombardi schnitt ihm das Wort ab. «Das muss an den Genen liegen. Meine Frau ist Mailänderin. Ich selbst stamme aus dem Piemont. Durch unsere Adern fliesst italienisches Blut.»

Aber nicht südamerikanisches, dachte Max. Wie ein Blitz war die Erkenntnis in sein Gehirn gedrungen. Anna und Clara erinnerten ihn an eine Freundin, die er in Zürich kennengelernt und mit der er während zweier Monate eine Beziehung gepflegt hatte. Sie stammte aus Arequipa, aus dem Süden von Peru.

Giorgia Lombardi indessen hatte sich aufgefangen. Sie kehrte mit Milagros an den Tisch zurück.

«Nur Glas», erhärtete sie Max' Verdacht, die Hausherrin könnte etwas zu Bruch gebracht haben.

«Wir müssen es ihm sagen.» Giorgia Lombardi sandte ihrem Mann einen eindringlichen Blick zu. «Mauro, bitte.»

Max sah Lombardi an, wie er mit sich selbst focht. Was immer es war, es fiel Lombardi schwer, sich darüber zu äussern. Offenbar war hier doch nicht alles Gold, was glänzte. Und je tiefer Max zu graben begann, auf umso Geheimnisvolleres stiess er. Was an der Oberfläche brillierte – Chefarzt in der Hirslandenklinik, eine Eigentumswohnung im Nobelquartier von Sarnen, eine Villa, die er seinem Sohn vermacht hatte, zwei reizende Enkelinnen, die Bilderbuchfamilie schlechthin –, entpuppte sich vermutlich als ein Trugbild. Hatten die Lombardis womöglich indirekt etwas mit dem Tod ihres Sohnes zu tun? Gab es Leichen im Keller? Existierten in ihrem Leben Dinge, die sie bis anhin im Versteckten gehalten hatten und die jetzt mit aller Vehemenz ans Licht gebracht werden wollten? Auch wenn es ihnen selbst ans Lebendige ging?

Roberto war ein verwöhnter Spross gewesen. Ein Kind, das von Geburt an auf nichts hatte verzichten müssen. Max hatte herausgefunden, dass Roberto die besten Schulen besucht, die teuerste Ausbildung genossen und eine Topstelle bei der Versicherung «Rohrer & Rohrer» bekommen hatte. Die Versicherung

«Nein, was hätte es geändert?»

Vielleicht hätte er gern seine leibliche Mutter kennengelernt, ging Max durch den Kopf. Vielleicht war er sogar von allein draufgekommen, dass er ein Mischblut war. Andererseits hatte Max ein Bild von Roberto gesehen. Er war zwar dunkel, unterschied sich aber kaum von einem Südeuropäer. Seine indigenen Züge wurden erst bei der Geburt der beiden Töchter sichtbar.

«Sie sind sich sicher, dass Ihr Sohn seine Herkunft nicht erfahren wollte?»

«Seine Herkunft sind *wir.*» Giorgia Lombardi hob angriffslustig ihr Kinn. «Wir haben unseren Sohn gehegt und gepflegt …»

Und verwöhnt und verhätschelt. Max bemühte sich um eine neutrale Miene. Eine Adoption trat die Rechte des Kindes mit Füssen. Sollte Roberto Lombardi dennoch geahnt haben, dass seine Wurzeln in Südamerika lagen, musste er alles darangesetzt haben, um Gewissheit zu bekommen. Waren seine Nachforschungen ihm zum Verhängnis geworden? Max zweifelte. Falls er Informationen über seine Herkunft auf dem Laptop gespeichert gehabt hätte, wäre die Polizei mit Sicherheit drauf gestossen.

Max kam zum Schluss, dass die Lombardis nichts dazu hatten durchsickern lassen.

Er würde noch einmal zu Melanie Lombardi fahren müssen. Möglicherweise hatte sie etwas geahnt. Sie war eine intelligente, wenn auch etwas gewöhnungsbedürftige Frau. Der indigene Einschlag ihrer Töchter musste ihr doch schon nach der Geburt aufgefallen sein.

Die fünfhundert Franken Stundenansatz waren gerechtfertigt, sinnierte Max. Hinter Roberto Lombardis Tod musste mehr stecken, als er ahnte. Aber er wusste nun auch, dass in dieser Familie nicht mit offenen Karten gespielt wurde.

«Wer hat die Adoption ermöglicht?», wollte Max wissen.

«Dr. Jan Hendriks», sagte Giorgia Lombardi. «Er war Gynäkologe am Spital Sarnen und Präsident im Verwaltungsrat von ‹Papillon›.»

«Papillon?» Milagros, die sich diskret im Hintergrund gehalten hatte, fuhr herum. «‹Papillon› ist der Name dieses Hauses auf dem Bürgenstock. Dr. Hendriks sass dort im Verwaltungsrat? Er hat mir nie etwas gesagt.»

«Du kennst ihn?» Max hätte nicht zu fragen gebraucht. Es gab kaum Prominente in der Zentralschweiz, die Milagros nicht persönlich kannte.

«Ja, aber er hat mir nie erzählt, dass er derjenige war, der kinderlosen Paaren zu Adoptivkindern verhalf. Wie oft bin ich an diesem Gebäude vorbeigekommen, wenn ich Richtung Villa Honegg spazierte. Es liegt etwas verborgen zwischen der Waldstrasse und der Hammetschwand.

Max sah, wie Mauro Lombardi zusammenzuckte, und fragte: «Wissen Sie, wann ‹Papillon› gegründet wurde?»

«Vor knapp dreissig Jahren. Giorgia und ich waren meines Wissens die ersten kinderlosen Eltern …», er warf Milagros einen brauenhebenden Blick zu, «denen Dr. Hendriks ein Kind vermittelte.»

«Stehen Sie noch in Kontakt mit ihm?»

«Nein, tun wir nicht», sagte Giorgia Lombardi schnell.

«Was wollen Sie jetzt machen?» Mauro Lombardis Stimme hatte sich wieder verändert.

«Im Moment nicht viel», antwortete Max, obwohl er sich in Bezug auf diesen Dr. Hendriks einiges vorgenommen hatte. Es würde nichts schaden, den Arzt persönlich kennenzulernen. Er wollte sich ein eigenes und unvoreingenommenes Bild von ihm machen. Gut möglich, dass er im Internet etwas über ihn fand.

«Du hast von all dem nichts gewusst?» Max öffnete die Autotür und half Milagros beim Einsteigen.

Sie liess ohne Kommentar zu, dass er ihr die Gurte umlegte und sich dabei weit über ihren Oberkörper bücken musste. Der puderige Geruch eines Parfüms stach ihm in die Nase.

«Nein, ich bin selbst aus allen Wolken gefallen. Aber ich kenne die Lombardis auch erst seit knapp zehn Jahren. Da war

Roberto schon über zwanzig und ein hübscher Mann. Dunkel, gebe ich zu, aber ich wäre niemals darauf gekommen, dass seine Mutter aus Peru stammt.»

«Ich muss mir dieses Haus näher ansehen. Ich will erfahren, wer heute dort lebt. Und dein sauberer Dr. Hendriks vermittelte die Kinder ...»

«Zum Glück haben wir solche Menschen, die sich der armen Geschöpfe annehmen. ‹Papillon› muss einen guten Ruf gehabt haben.»

«Aber du hast Dr. Hendriks nicht mit ihm in Verbindung gebracht.»

«Nein, das gebe ich ehrlich zu. Ich habe mich auch nie mit einer Adoption befassen müssen.»

«Ich muss dorthin.»

«Auf den Bürgenstock?» Milagros setzte ein Lächeln auf. «Dann kannst du mich gleich in der Nähe meines Appartements absetzen.»

«Wartet Ralph auf dich?»

«Sei nicht kindisch.»

«Ich muss mich zuerst an ihn gewöhnen.»

«Du hast ihn erst einmal gesehen. Er ist ein feiner Mensch.»

«Wie lange geht das schon zwischen euch?»

«Vier Monate.»

Max drehte sich nach ihr um. «Er ist im Minimum zwanzig Jahre jünger als du.»

«Einundzwanzig, wenn du es genau wissen willst. Ja und? Die meisten Männer in meinem Alter stehen mit einem Bein bereits im Jenseits. Verheiratete interessieren mich nicht, die Verwitweten sind langweilig. Nur nichts Neues mehr anfangen, keine Hobbys, keine Euphorie für Verrücktes. Sie fühlen sich in den eigenen vier Wänden und vor dem Fernseher am wohlsten und lassen sich eine Wampe wachsen. Ich bin nicht verstaubt. Ich habe, so Gott will, noch mindestens dreissig Jahre vor mir. Diese möchte ich ausfüllen ... mit Reisen, guten Bekanntschaften, schönen Konzerten, Kunst und Kultur – Ralph ist der perfekte Lebensabschnittspartner. Ich will ihn ja nicht heiraten, aber ein wenig Spass mit ihm haben …» Sie musterte ihn verschmitzt. «Gönnst du es mir etwa nicht?»

«Doch, doch … nur …» Kein sehr erbauliches Gefühl, das sich seiner bemächtigte.

«Vater, ich weiss. Ralph kann mir Kaspar nicht ersetzen. Er wird auch nie seinen Platz einnehmen.»

Max startete schwer schluckend den Motor. Wieder einmal hatte Milagros seinen wunden Punkt getroffen.

«Hör endlich damit auf, dich selbst zu bemitleiden.» Sie hatte einen harscheren Ton angeschlagen. «Zieh dein Ding durch. Ich habe mich auch mit einigem abfinden müssen, was dich betrifft. Es ist Maximilians Leben, habe ich mir gesagt. Hauptsache, er ist glücklich mit dem, was er tut.»

Max verspürte das Bedürfnis, seiner Mutter etwas Nettes zu sagen. «Ich bin froh, wenn es dir gut geht.»

«Siehst du? Das sind doch schon ganz andere Töne.» Sie griff nach seiner rechten Hand. «Du solltest etwas wissen, Maximilian. Du hast mir nach Vaters Tod echt Kummer bereitet. Das hat mich näher an dich gebunden. Ich bin keine Mutter, die nicht von ihrem Sohn lassen kann, und du bist kein Muttersöhnchen. Aber ich werde immer da sein, wenn du meine Hilfe benötigst.»

Max zog die Hand weg. Ihr Geschwafel vertrug er heute nicht. Er gab Gas. Der Automat schaltete einen Gang höher.

Milagros hatte recht. Ohne sie hätte er die letzten zwei Jahre kaum durchgestanden. Obwohl selbst fast am Boden zerstört, hatte sie ihn gestützt. Sie hatte allem immer das Positive abringen können. Selbst in der Zeit der tiefsten Trauer.

Auf dem Bürgenstock fuhr er in die Tiefgarage. Die Sicht betrug kaum fünfzig Meter. Max beschloss, den Weg bis zum Haus «Papillon» zu Fuss zu gehen. Er verabschiedete sich von Milagros, ohne nochmals auf ihr eben geführtes Gespräch einzugehen.

Es war lange her, seit er den Weg von den Bürgenstock-Hotels Richtung Villa Honegg gegangen war. In der Regel führte ihn die Wanderung den Felsenweg entlang bis zum Hammetschwand-Lift, wenn er denn mal hier war, und von dort wieder zurück. Der Wald war ihm fremd. Dass es dort, im Dickicht des Grüns, ein Haus geben sollte, von dem aus die Adoptionen gesteuert worden waren, konnte er sich nicht vorstellen. Möglicherweise war es ein Kinderheim gewesen. Max wusste es nicht. Er hatte sich nicht damit befasst. Im Internet war er auf eine verwaiste Website gestossen, die unter dem Namen «Papillon» im filigranen Tanz von Schmetterlingen für einen Weg zum Glück warb. Die Urheber hatten sie vor fünfundzwanzig Jahren kreiert und eingerichtet. Die angefügte Telefonnummer war nicht mehr in Betrieb.

Das Haus stand auf einer Lichtung. Von der Schotterstrasse ging ein breiter Weg ab, der zu einem Parkplatz führte. Von aussen sah es heruntergekommen aus. Ein Haus, das im weitesten Sinne an ein Sanatorium erinnerte, mit Flachdach und tiefen Balkonen. Ein Gebäude, das früher einmal eine Herberge gewesen sein musste. Ein Schild, das unter dem Dach hing, etwas schräg, als hätte erst noch ein Sturm daran gerüttelt. «Papillon»! Dasselbe Signet wie im Internet, nur älter, farbloser, zerkratzt.

Max zögerte. Mit offenen Armen, wie er sich das vorstellte, würde man ihn kaum willkommen heissen. Er hätte sich vorab anmelden sollen. Andererseits war er sich nicht sicher, ob das Haus noch bewohnt war. Er blieb unter dem Geäst einer alten Tanne stehen. Während er überlegte, mit welcher Ausrede er sich Zugang verschaffen könnte, näherte sich ihm von der Schotterstrasse her ein hellgelber Fiat Cinquecento in hoher Geschwindigkeit. Auf der Fahrerseite erkannte Max das Logo eines Zentralschweizer Fernsehsenders.

Max rannte dem Kleinwagen entgegen, bevor dieser in den Weg zum Haus abbiegen konnte. Der Fahrer stoppte abrupt und liess gleichzeitig das Fenster hinunter. «Mensch! Fast hätte ich Sie überrollt!»

«Sie sind ja auch wie ein Henker gefahren. Zudem ist hier Fahrverbot. Haben Sie das Schild nicht gesehen?» Max deutete auf den Wagen. «Sie überschätzen den kleinen Italiener.»

«Klein, aber oho», flachste der Fahrer.

«Was verschlägt Sie hierher?»

«Die Ruine.»

Max sah sich um. Nichts in seiner unmittelbaren Nähe sah nach einer Ruine aus. «Da müssen Sie sich wohl getäuscht haben. Hier existiert keine Ruine.»

«Doch, die von ‹Papillon› oder so ähnlich. Was suchen *Sie*?»

«Ich habe es bereits gefunden. Dasselbe Objekt. Aber dass es eine Ruine sein soll, ist mir nicht bekannt.»

«Okay, Ruine ist übertrieben. Bis zum Millennium gab es dieses Haus mit dem Namen ‹Papillon›. Es gehört noch immer einem gewissen Dr. Hendriks. Wie man munkelt, hat er es vergammeln lassen. Zwischendurch war es mal besetzt, bis die Polizei eingriff. Seither steht es dort und … keine Ahnung, vermutlich leer. Um dies abzuklären, bin ich hier. Wir wollen nämlich in der Gegend einen Film drehen.»

Max war offenbar vergeblich hierhergekommen. Er erinnerte sich an die Internetseite. Er hatte sich gewundert, dass sich «Papillon» in einem Haus befunden hatte. Adoptionen wurden in der Regel über die Behörden abgewickelt. Das konnte man von einem Büro aus tun. Hatte «Papillon» früher eine andere Bewandtnis gehabt?

Zeit zum Vertrödeln hatte er nicht. Max ging ein paar Meter, zusammen mit dem jungen Typen, der sich ihm als Jimmy vorgestellt hatte, über den Weg. Je näher sie dem Gebäude kamen, einen umso desolateren Eindruck machte es. Ein Bretterverschlag versperrte den Zutritt ins Haus.

«Ich gehe da jetzt rein», sagte Jimmy. «Kommen Sie mit?»

Max schätzte ab. Nein, eine Begehung des Hauses kostete ihn wertvolle Zeit. Eine verbarrikadierte Tür hiess für ihn gleich viel wie «Zutritt verboten». Er hatte gesehen, was ihn interessierte. «Papillon» gab es tatsächlich nicht mehr. Er würde andere Wege suchen müssen, um in eine lange zurückliegende Geschichte Einblick zu erhalten.

Auf dem Weg zurück zur Tiefgarage rief er Milagros an und

erzählte ihr, was er gefunden hatte. Sie hatte sich auch nicht weiter um diese Institution gekümmert, schlug Max jedoch vor, er solle sich im Hotel Bürgenstock nach Dr. Hendriks erkundigen. «Soviel ich weiss, will er bald in Rente gehen. Er erzählte mir, dass er eine Suite gemietet hat, und wenn er nicht anonym bleiben will, was ich nicht hoffe, wirst du gewiss Auskunft über ihn erhalten.»

«Warum hast du mir das nicht eher gesagt? Das hätte mir den Weg in den Wald erspart.» Max dachte an seine Schuhe und schluckte den Ärger hinunter.

***

Hinter der Fensterfront war vorerst nichts als Grau zu erkennen. Die einbrechende Dämmerung hüllte selbst die Hotellobby in ein geheimnisvolles Licht. Doch am westlichen Horizont erschienen plötzlich Schlieren von Rot und Violett, als würde eine unsichtbare Hand ein Laken wegziehen, das bis anhin den Himmel bedeckt hatte. Max wurde Zeuge eines eindrücklichen Naturschauspiels.

Allmählich trafen die Abendgäste ein.

Max nahm sich Zeit auf dem Weg zur Rezeption. Die Grosszügigkeit, mit der man das Hotel gebaut hatte, faszinierte ihn erneut. Hier hatte man mit nichts gespart. Farbtöne und Materialien waren aufeinander abgestimmt. Trotz der Grösse herrschte eine gemütliche Atmosphäre. Beim Empfang erkundigte Max sich nach Dr. Hendriks.

«Ist er Hotelgast bei uns?» Die junge Frau hinter dem Tresen schenkte ihm ein Lächeln.

Max überlegte. Er hatte zu wenige Informationen über den Arzt, und mit dem, was er von Milagros wusste, würde er nicht punkten können. Vielleicht würde ihm zugutekommen, dass die junge Frau etwas unerfahren war, denn so wirkte sie auf den ersten Blick. «Praktikantin» las er nebst ihrem Namen auf einem Schild auf Brusthöhe. Max versuchte es auf seine Art. «Ich bin bei ihm angemeldet. Dr. Hendriks sagte mir, dass ich mich an der Rezeption melden solle. Man würde mir die Zimmernummer mitteilen.»

«Kann ich helfen?» Ein Mann im dunklen steifen Anzug tauchte hinter der jungen Frau auf, was diese mit einem hilflosen Lächeln quittierte.

«Der Herr möchte zu Dr. Hendriks», sagte sie scheu. «Er meint, dass er ihn erwarte.»

Max beobachtete das Duell zwischen den beiden, das nonverbal stattfand. Reagierte die junge Frau mit zurückhaltender Vorsicht, wollte der Mann offensichtlich seinen höheren Rang gegen sie ausspielen. Er stellte sich vor den Computerbildschirm, scrollte mit dem Cursor nach unten und deutete mit dem andern Finger auf den Namen. «Zimmer 517. Fahren Sie mit dem Lift in die fünfte Etage. Soll ich Dr. Hendriks anrufen?»

Max blieb stehen. «Nicht nötig. Er weiss, dass ich komme.»

Er hatte nicht gerechnet, so schnell ans Ziel zu gelangen, obwohl er das Alphamännchen beim Empfang richtig eingeschätzt hatte. Er ging zum Lift und fuhr in die Höhe.

Die fünfte Etage erwies sich als ein lang gezogener, in Goldton getauchter Korridor. Der flauschige Teppich verschlang jegliches Geräusch. Eleganz und Wärme verschmolzen hier zu etwas, das Max mit Wohlgefühl interpretierte. Kein Wunder war Milagros hier Stammgast.

517. Max klopfte an. Nichts geschah. Er klopfte ein weiteres Mal, jedoch heftiger.

Auf das «Herein» drückte er die Türfalle. «Dr. Hendriks? Darf ich?» Er trat zögernd ein und gelangte in einen Raum, in dem man eine halbe Fussballmannschaft hätte unterbringen können. «Dr. Hendriks?»

«Ja, treten Sie näher.»

Wie gebannt blickte Max zum Fenster, wo sich der Nebel gelichtet hatte, was einen spektakulären Blick in die Tiefe präsentierte.

«Man hat mich soeben kontaktiert, dass Sie kommen.» Den Mann am schweren Eichenpult nahm Max erst jetzt richtig wahr.

Das also war er. Ehemaliger Gynäkologe im Sarner Spital und Ex-Präsident im Stiftungsrat von «Papillon». Ein agiler Mann mit grauen Haaren, deren einstige Pracht einem schütteren Überbleibsel gewichen war. Das Bild auf dem Sideboard zeigte den gleichen Mann um einiges jünger, mit dunklem, vollem Haar. Um sich hatte er ein Dutzend Kinder geschart.

«Entschuldigen Sie, ich war ...»

«... fasziniert von dieser Kulisse. Das ergeht allen so, die zum ersten Mal hier sind.» Hendriks erhob sich, kam um das Pult herum und streckte die Hand zum Gruss aus. Ein äusserst freundlicher Mensch. «Normalerweise fragt man mich von der Lobby zuerst an. Weiss der Teufel, was Sie denen dort unten erzählt haben.»

«Darf ich?» Max schritt zum Fenster. Er hatte nicht damit gerechnet, dass alles so glatt verlaufen würde. Über mögliche Konsequenzen hatte er sich bislang keine Gedanken gemacht. Jetzt stand er da und merkte, wie wenig Erfahrung er als Detektiv hatte. Das hier war mehr als nur durch ein Guckloch blicken. War er bis anhin bloss ein Zuschauer gewesen, stand er in diesem Fall mitten im Geschehen. Das hiess Konfrontation mit den Beteiligten, Abwägen, wo die Wahrheit angebracht war, wo man sie besser verschwieg.

Wenn er seinen richtigen Namen verriet, würde Hendriks ihn schnell mit Milagros in Verbindung bringen. Andererseits sah Max keinen Grund für eine falsche Identität.

«Weshalb sind Sie hier?»

Max wandte sich um, sah Hendriks direkt an. In dessen Gesicht hatten sich tiefe Furchen gekerbt, die Reliefs eines bewegten Lebens, das kaum nur auf der Sonnenseite gestanden haben konnte. «Mein Name ist Max von Wirth. Ich bin aus besonderem Anlass hier ...»

«Bringen Sie es auf den Punkt.» Hendriks hob die Brauen. «Von Wirth, sagten Sie? Sind Sie mit Milagros von Wirth verwandt?» Um seinen schmalen Mund breiteten sich Fältchen aus. Max sah ihm an, dass er sich ein Grinsen verkniff.

«Sie ist meine Mutter.»

«Ich weiss. Sie hat mich angerufen.»

Max hatte es geahnt, bevor Hendriks es ausgesprochen hatte. Milagros wusste ihren Einfluss und den Charme gekonnt einzusetzen. Max hatte sich schon oft gefragt, wie sie es anstellte, mit der High Society auf Augenhöhe zu sein. Als Vater noch gelebt hatte, war sie stets ganz oben anzutreffen gewesen. Sie brauchte die Bestätigung, dass sie als die Gemahlin eines einflussreichen Bankiers dazugehörte.

«Bitte setzen Sie sich doch.» Hendriks schritt zu einem Schrank, dessen mittlere Tür sich als Minibar herausstellte. «Einen Whisky?»

«Warum nicht?»

«Sie sind Anwalt, nicht wahr?»

Das war also durchgesickert.

«Seit zwei Jahren nicht mehr. Ich arbeite jetzt freiberuflich, ich bin Privatdetektiv.»

«Was für ein bemerkenswerter Absturz.» Hendriks nahm eine angebrochene Flasche Single Malt aus dem Schrank, dazu zwei schwere Kristallgläser. «Erachten Sie meine Aussage nicht als unanständige Floskel eines kleinen Mannes. Ich finde es nur beeindruckend, wenn man seine eigenen Talente auszuloten versucht. Ich gehe davon aus, dass Ihr Berufswechsel mit einem dramatischen Einschnitt in Ihrem Leben zu tun hat.»

«Sie haben es erraten.» Max war nicht gewillt, mehr zu sagen.

«Der Tod Ihres Vaters?» Hendriks wartete eine Erwiderung nicht ab. «Ein grossartiger Mensch. Einer der wenigen Bankiers, die ihre Berufung vor das Geld stellten. Ein Mann, bei dem der Kunde Mensch und keine geldspuckende Maschine war. Bitte setzen Sie sich.»

Max liess sich auf einem der Sessel nieder, der Richtung Fenster stand. Er überlegte, ob sein Vater mit Hendriks zu tun gehabt hatte. Das Bild vor seinen Augen tauchte in die Dunkelheit ein, die die beginnende Nacht vom Westen her vor sich herschob.

Hendriks stellte die Gläser auf den Tisch, der die beiden Sessel voneinander trennte. «Es sind immer einschneidende

Erlebnisse, die uns hadern lassen. Oder anspornen zu einem Neubeginn.» Er nahm ebenfalls Platz und sah Max durch die rotgelb quirlende Flüssigkeit im Glas an. «Auf Ihr Wohl! Ich stand schon oft an solchen Weggabelungen.»

«1988 in Peru zum Beispiel?»

«Bitte?» Hendriks genehmigte sich einen grossen Schluck Whisky. Wenn er verdattert war, liess er es sich nicht anmerken.

«Sie kehrten im Frühjahr 1988 zurück in die Schweiz.»

«Wenn Ihre Frau Mama mich nicht anders informiert hätte, müsste ich mir Ihre Indiskretion verbitten.»

Max wollte es nicht auf sich beruhen lassen, obwohl er sich nicht sicher war, ob Hendriks es ernst meinte. «Sie hätten mich kaum willkommen geheissen, wenn Milagros nicht schon vorsondiert hätte …»

Hendriks stellte sein Glas ab. «Nun gut, es ist kein Geheimnis. Ein Team von jungen Schweizer Ärzten ging im Rahmen eines Projektes nach Peru. Das war 1983. Nach einem Jahr kehrten die meisten von ihnen zurück. Ich blieb fünf Jahre dort, in einem Krankenhaus in der Peripherie von Lima. Bevor ich mit der Arbeit als Frauenarzt begann, herrschten dort desolate Zustände. Ich liess alles für einen modernen Kreisssaal aus der Schweiz einführen: Wehenschreiber, CTG- und Ultraschallgeräte und so weiter. Ich sorgte dafür, dass die Neugeborenen und ihre Mütter in sterilen Zimmern untergebracht wurden. Fünf Jahre lang haben wir dafür gekämpft. Auch gegen die Meinung, dass man ein Kind unter Schmerzen gebären müsse. Ich setzte dem ein Ende. Aristoteles sah die Frauen als verstümmelte Männer. Platon bezeichnete den Uterus als ein Tier, das nach Kindern verlangt. Auch in der Schweiz wurden die Menstruation und der Geburtsschmerz auf Evas Erbschuld zurückgeführt. Eine menstruierende Frau galt bis zur Mitte des letzten Jahrhunderts als unrein und unchristlich. – In Peru dauerte diese Mär auch in den achtziger Jahren noch an. – Das verdankten die Peruaner den Missionaren …»

«Mit wem haben Sie dagegen angekämpft?»

«Ich verstehe Sie nicht.»

«Sie haben ‹wir› gesagt. *Wir* haben dafür gekämpft.»

«Ach so, ja.» Hendriks fuhr sich mit der Hand über das Kinn. «Eine gute Freundin von mir, die als Hebamme arbeitete. Sie hatte mich damals begleitet und ist mit mir bis zum Schluss geblieben.»

«Und wer hat das finanziert?»

«Freunde, Bekannte, später dann auch eine Stiftung. Immerhin setzten wir uns für eine gute Sache ein.»

«Und während der ganzen Zeit arbeiteten Sie als Geburtshelfer?»

«Ursprünglich bin ich Chirurg. In Lima arbeitete ich als Frauenarzt. Vorher habe ich in der Schweiz den Facharzt für Frauenheilkunde gemacht. Frauenärzte müssen sich heute in zwei Gebieten auskennen, in der Gynäkologie und in der Geburtshilfe. Ich war da, wenn es zu Komplikationen kam. Für die Schwangeren und Wöchnerinnen war hauptsächlich Lotti Blättler zuständig. Sie und ihre Kinderschwestern. Ich hatte mit allem andern genug zu tun. Ich operierte mehrheitlich. Gynäkologe ist nicht nur ein erfreulicher Beruf.»

Max griff nach dem Kristallglas. Auf der Scheibe spiegelte sich das behagliche Interieur, das die exquisite Architektur zur Geltung brachte. «1988 kehrten Sie also in die Schweiz zurück.»

«Das ist richtig.»

«Was war der Grund?»

«Ich hatte das Bedürfnis, wieder in meiner Heimat zu wirken. Die Klinik war so weit saniert, dass das Pflegepersonal eigenständig weitermachen konnte. Ich stehe noch heute in Kontakt mit den Ärztinnen und Ärzten, die meine Philosophie weiterführen.»

«Die Philosophie der Adoptionen.» Max setzte das Glas an die Lippen. Während er trank, liess er Hendriks nicht aus den Augen. Der Mann blieb erstaunlich gelassen.

«1988 gründete ich die Stiftung ‹Papillon›, eine Herzensangelegenheit.»

«Und seither», Max suchte nach dem richtigen Ausdruck, «bieten Sie kinderlosen Eltern Neugeborene an.»

«Das klingt, als wäre das eine Sünde.» Als Max nichts erwiderte, fuhr Hendriks fort. «Ich habe mit meiner Arbeit in Bezug auf Adoptionen aufgehört. Es wurde immer schwieriger. Aber ...» Hendriks fuhr sich mit den Händen über das schüttere Haar. «Jedes Ehepaar hat das legitime Recht auf ein Kind. Ich bin jedoch kein Freund von künstlicher Befruchtung. Das gebe ich offen zu. Weder von Hormontherapien noch von In-vitro-Fertilisation oder gar Leihmüttern. Es gibt viele Kinder in Drittweltländern, Waisen oder solche, die von ihren Müttern abgeschoben werden, weil sie arm sind. Diese Kinder landen auf der Strasse. Früher oder später werden sie sterben, wenn nicht Händlerringe sie aufspüren und sie in der westlichen Welt für die Prostitution feilbieten. Doch auch dann entkommen die meisten nicht dem Tod. Oder, was noch schlimmer ist, man benutzt sie für illegale Organspenden. – Es war ein winziger Tropfen auf den heissen Stein. Aber meine Kinder bekamen eine Chance und die kinderlosen Ehepaare ihr grosses Glück. Hinter dem stehe ich nach wie vor.»

«‹Papillon› existiert aber nicht mehr.»

«Dieses Kapitel ist abgeschlossen.» Hendriks wandte seinen Blick ab. «Es ist zu kompliziert geworden. Und ich habe die Nerven nicht mehr ...»

«Und das Haus unterhalb des Hammetschwand-Lifts?»

Hendriks schlug das linke über das rechte Bein. «Ach, das Haus. Das hätte ich fast vergessen. Es ist noch immer in meinem Besitz. Früher dachte ich, dass daraus etwas wirklich Grosses entstehen könnte. Ich hatte Visionen. Aber damit eckte ich an. Die Idee, die abgeschobenen und verwaisten Kinder in die Schweiz zu holen und ihnen von hier aus ein neues Zuhause zu organisieren, scheiterte an der Behörde. In Obwalden zum Beispiel laufen die Gesuche jetzt über die Kindes- und Erwachsenenschutzbehörde, in Nidwalden über den Sozialdienst.»

«Die ersten Kinder haben Sie jedoch in die Schweiz geholt und sie von hier aus vermittelt, ist das richtig?»

Hendriks drehte sein Glas in den Händen. «Dürfte ich vielleicht erfahren, warum Sie so neugierig sind? Milagros warnte mich zwar vor Ihren Fragen. Aber geht das nicht zu weit?»

Max blieb dabei, dass er sich mit der Wahrheit auf dem richtigen Weg befand. «Es geht um Roberto Lombardi. Vielleicht haben Sie davon gelesen. Er nahm sich vor zwei Monaten das Leben. Seine sterblichen Überreste wurden im Kernwald gefunden.»

«Das … das war Roberto Lombardi?»

Max versuchte herauszufinden, ob Hendriks' Reaktion echt oder gespielt war. Immerhin war Robertos Vater Chefarzt in der Hirslandenklinik. Das dürfte einem Mann wie Hendriks nicht entgangen sein.

«Erinnern Sie sich an ihn?»

«Roberto war das erste Kind, das ich vermittelt hatte. Selbstmord, sagten Sie?»

«Davon geht die Polizei aus. Mein Job ist es, das Gegenteil zu beweisen und dass Roberto möglicherweise Opfer einer Gewalttat wurde.» Max drehte sich so im Sessel, dass er Hendriks' Gesicht studieren konnte. Seine Mimik hatte sich verändert. Zwischen seinen Brauen erschienen steile Falten. «Ich möchte Sie darauf aufmerksam machen, dass Sie auf Ihrer alten Website auf den Kontakt, den Sie mit den Adoptivfamilien pflegen, grossen Wert legen. So mutet es doch etwas sonderbar an, wenn Sie von diesem Todesfall nichts vernommen haben.»

«Sie können es drehen und wenden, wie Sie wollen.» Hendriks tat entrüstet. «Ich habe nichts davon gewusst. Aber das ist signifikant für die Lombardis und spricht für sie oder gegen sie, je nachdem.»

«Inwiefern?» Würde allenfalls etwas Wichtiges zum Vorschein kommen, was Max über die Lombardis noch nicht erfahren hatte?

«Unsere Institution vermittelte Kinder. Ich bin jedoch noch immer da, sollten Fragen oder Probleme auftauchen. Aber ich dränge mich nicht auf. Roberto war von Anfang an hundert Prozent in die Familie integriert. Mitunter ein Grund, weshalb ich mein Augenmerk nicht mehr auf die Lombardis gerichtet habe.»

Das klang einleuchtend. «Ihre Telefonnummer existiert nicht mehr.»

«Diejenigen, die mich brauchen, wissen, wie sie mich erreichen.»

«Fällt Ihnen sonst noch etwas ein?» Max erhob sich. «Wenn ich mich hier so umsehe, so scheint ‹Papillon› sehr lukrativ gewesen zu sein.»

«Sie sprechen mich auf die Suite hier an?» Hendriks deutete ein Lachen an. «Sagen wir es mal so: Bei fast vierzig Jahren uneigennütziger Arbeit im Rahmen des Wohlwollens für Kinder darf man sich getrost etwas gönnen.»

SIEBEN

Am Morgen lag ein Umschlag im Briefkasten. Rosa mit einer gezeichneten Rose am unteren linken Rand. Max riss das Couvert auf. Ein Dreizeiler kam zum Vorschein.

«Muss dich sehen.

Habe Sehnsucht nach dir.

Kommst du heute vorbei?»

Kein Name, kein Absender. Trotzdem wusste Max gleich, von wem der Text stammte.

Erst noch hatte sie ihn versetzt. Bewusst wahrscheinlich, weil sie damit gerechnet hatte, er würde gestern Abend im «Pilatuskeller» vorbeischauen.

Femme fatal!

Bäuerin!

Rosenkind?

Mit welchen Rollen würde Fede ihn in Zukunft konfrontieren?

Mit der Genugtuung, dass sie einfach mit dem Finger schnippen und er wie ein zahmes Kaninchen angehoppelt kommen würde, wollte er sie nicht erfüllen. Aber nicht hinzugehen war auch keine Option.

Nach dem Frühstück fuhr Max nach Sarnen.

Den Besuch bei Melanie Lombardi konnte er nicht länger hinausschieben. Er folgte verschiedenen Strängen, die Richtung Roberto Lombardi wiesen. Hendriks würde er nicht auf Eis legen, solange er nicht herausgefunden hatte, wie es zu dieser ersten Adoption gekommen war. Vielleicht steckte Max den Radius für seine Ermittlungen zu weit. Doch er wurde das Gefühl nicht los, dass es da Verbindungen gab, die er noch nicht durchschaut hatte.

Auf dem Weg nach Sarnen ging er alle Wahrscheinlichkeiten noch einmal durch. Eine davon hatte sein ganzes Denken eingenommen. Max erinnerte sich an Giorgia Lombardis Aussage, dass Roberto der Sohn einer minderjährigen Peruanerin gewesen sei. Was, wenn diese Mutter plötzlich Anspruch auf ihr Kind anmeldete? Das Gesetz war die eine, Emotionen die andere Seite der Medaille. Interessant war auch die Frage, ob die junge Mutter genötigt worden war, ihr Kind herzugeben, und ob die Entscheidung dafür von deren Eltern hätte getroffen werden müssen.

Möglicherweise trug Hendriks keine so weisse Weste, wie er sie präsentierte.

Ob das alles relevant war? Max suchte einen Mörder, der bis anhin nur in Giorgia und Mauro Lombardis Phantasie existierte.

***

Melanie Lombardi war wieder Diva, ganz die unnahbare Schlossherrin.

Diesmal hatte sie die Tür selbst geöffnet. «Ihre Besuche werden langsam zur Gewohnheit», sagte sie. «Aber kommen Sie herein. Ich bin allein heute.»

Ihre kühle Extravaganz, die angeboren zu sein schien, war einer latent netten Art gewichen. Heute trug sie ein schwarzes Kleid, dessen Saum über dem Knie endete. Max bemerkte erst jetzt, wie dünn sie war. Trotzdem ging eine unterschwellige Erotik von ihr aus. Den lasziven Gang hatte sie bis anhin nicht gehabt.

«Wollen wir uns ins Wohnzimmer setzen?» Sie fuhr sich mit den Händen in ihre hochgesteckten Haare und deutete ein Nicken an.

«Wo es Ihnen am wohlsten ist.» Max folgte ihr zu den Sesseln beim Cheminée. «Ich habe geglaubt, dass ich mein Mandat ablegen kann. Aber so, wie die Dinge im Moment stehen, zwingen sie mich zum Weitermachen.»

«Sie sprechen in Rätseln.» Melanie Lombardi liess sich auf einem der Sessel nieder. «Verstehe ich es richtig, dass Sie neue Erkenntnisse haben, was den Tod meines Gatten angeht?» Zu Max' Verwunderung war sie heute ziemlich neugierig.

Er hatte nicht vor, um den heissen Brei herumzureden, jedoch bei Fede vorbeizuschauen. Viel Zeit wollte er bei Melanie Lombardi daher nicht investieren. Diplomatie war seines Erachtens nicht angebracht. «Haben Sie Kenntnis davon, dass Ihr verstorbener Mann eine Affäre hatte?»

Die leicht weicheren Züge auf ihrem Gesicht machten der gewohnten Kälte Platz. «Wenn er eine hatte, so hat er sie gut zu tarnen verstanden.» Ihr linker Mundwinkel zitterte kaum wahrnehmbar.

«Sagt Ihnen der Name Sabrina Odermatt etwas?»

«Selbstverständlich. Bei ihr gehe ich regelmässig einkaufen.» Sie zögerte. Ihre Gesichtszüge blieben versteinert. «Sie meinen, Sabrina könnte mit meinem Mann etwas … gehabt haben? Das ist ein Scherz. Sie ist noch ein Kind. Ihr Papa hat ihr die Boutique in Stans finanziert. Aber auch Kinder sollte man unterstützen. Vielleicht wird ja mal etwas Grosses aus ihnen.» Das kurze Lächeln wirkte fast makaber.

«Diese Boutique, Frau Lombardi, hat vermutlich Ihr Mann gekauft.» Max' Augen blieben auf ihrem Gesicht haften. Keine Regung. Keine Emotionen. Entweder hatte sie gelernt, mit solchen Tiefschlägen umzugehen, oder die Nachricht, dass sie eine Betrogene war, war ihr völlig gleichgültig.

«Noch einmal: Haben Sie davon gewusst?»

«Ach, Unsinn», wiegelte sie ab. «Mein Mann und ich führten eine glückliche Ehe. Sabrina …» Sie sprach den Namen aus, als wäre er Schokolade auf ihrer Zunge. «Junge Frauen haben einstweilen eine blühende Phantasie, sollten Sie das von ihr haben.» Ihre Züge wurden milder. «Haben Sie etwas, das relevant ist?»

Bewiesen war es nicht, dass Roberto Lombardi die Boutique finanziert hatte. Der Handelsregistereintrag lautete auf Sabrina Odermatt. Aber die Quittungen in Lombardis Schrank bezeugten, dass er die Möbel dazu gekauft hatte. Max vermutete, dass Melanie Lombardi von alldem keine Ahnung hatte. Andererseits konnte sich Max nicht vorstellen, dass sie über die finanzielle Situation ihres Mannes nichts wusste. Ihr mussten doch die Kontobewegungen aufgefallen sein. «Es geht auch um die Herkunft Ihres Mannes.»

«Sie sind also noch nicht durch damit.» Sie schüttelte den Kopf. «Bedauerlich, dass er nicht dabei sein kann, wenn von ihm die Rede ist.» Ihr spitzes Lachen verriet ein erstes Unbehagen.

«Tut mir leid.» Max sah sie unentwegt an. Lange würde sie ihre Maske nicht mehr aufgesetzt halten können.

«Es braucht Ihnen nicht leidzutun. Ich glaube, ich weiss, was Sie mir gleich sagen werden.» Ihre Augen hatten die Farbe von überreifen Kirschen angenommen, sprühten plötzlich Feuer. «Mein Mann war adoptiert. Ja und? Spielt es eine Rolle, wo ein Mensch herkommt, wenn man ihn liebt? Giorgia und Mauro hatten sich fast zwanghaft darum bemüht, sich nicht zu verraten. Egal …» Melanie Lombardi wedelte vor ihrem Gesicht herum, als wollte sie eine Fliege wegscheuchen. «Meinem Mann und mir war schon bei der Geburt von Anna aufgefallen, dass das Blut durchmischt sein muss. Wir haben das Kind deshalb nicht weniger geliebt. Ich weiss nicht, wie Roberto darüber gedacht hat. Wir haben uns nie eingehend darüber unterhalten. Für mich war es kein Thema. Ich stamme wohl aus einer Klempnerfamilie, aber meine Eltern zeigten mir die Welt. Nicht die sauberen Strände und tollen Hotels, die man in den Hochglanzprospekten ansehen kann. Nein, wir bereisten die Länder abseits der Touristenpfade. Oft blieb uns nichts anderes übrig, als bei den Einheimischen zu übernachten, sei es in Bolivien, in Zentralamerika oder in Indien. Solche Reisen machen demütig und gleichzeitig tolerant gegenüber den Menschen, welcher Nationalität und Hautfarbe sie auch sind. Und kommen Sie mir nicht mit einer vermeintlichen Hiobsbotschaft und meinen, mich erschrecken zu können, nur weil meine Schwiegereltern endlich mit der Wahrheit herausgerückt sind. Ich weiss nicht, an wem es gelegen hat, dass sie keine Kinder bekommen konnten. Wie auch immer, ich würde es genau gleich machen. Ein Adoptivkind ist doch keine Schande.»

Max zog es vor zu schweigen.

«Und falls Sie mich auf das Erbe ansprechen wollen», fuhr Melanie Lombardi leise fort. «... dann hätten wir das auch aus der Welt geräumt. Ja, meine Kinder und ich werden alles erben. Was ich allerdings nicht bekomme, ist die Lebensversicherung in Millionenhöhe, die mein Mann vor Jahren abgeschlossen hat. Da gibt es eine Klausel, dass bei Selbstmord *und* Mord sie nicht zum Tragen kommt.»

Max' Eindruck, sie würde schwanken und sogar die Nerven verlieren, verblasste im Angesicht ihrer stolzen Haltung. Die Frau schien über allem zu stehen.

«Ihre Ehe war vorherbestimmt.» Ein heikler Vorstoss.

Melanie Lombardi fuhr herum. «Wer sagt das? Ach ja, meine Schwiegereltern. Sie halten gern an dieser Idee fest. Roberto und ich gingen in dieselbe Klasse. Später verloren wir uns aus den Augen. Erst an einem Klassentreffen haben wir uns näher kennen- und lieben gelernt.» Sie holte tief Luft. «Ich habe getrauert, Herr von Wirth. Im Stillen. Das muss man nicht an die grosse Glocke hängen. Ich habe zwei kleine Mädchen. Dies bedingt, dass ich stark sein muss.» Sie hob abwehrend die Hand. «Sagen Sie jetzt nichts. Was immer mit Roberto geschehen ist ...» Sie hielt inne, und Max vermutete, dass die harte Schale doch einen kleinen Riss bekommen hatte. «Was immer ... mit Roberto geschehen ist ... eine höhere Macht hat entschieden, dass seine Zeit um ist.» Melanie Lombardi wandte sich zum ersten Mal ab.

Max war versucht, aufzustehen und sie in die Arme zu nehmen. Innerlich, dachte er, war sie schon längst zerbrochen.

***

Seit einer Ewigkeit sass Max im Wagen, unweit von Fedes Hof, nicht schlüssig, ob er aussteigen und sie besuchen wollte. Genauso lange regte sich weder vor dem Haus noch vor dem Stall etwas. Die Gegend hier war ausgestorben. Die Sonne versuchte, sich durch den bodennahen Nebel einen Weg zu bahnen, was ihr von Zeit zu Zeit gelang. Die Landschaft wirkte wie gezeichnet.

Max war an einem Punkt angelangt, an dem er nicht mehr weiterkam. Widersprüchlicher konnte alles nicht sein. Trotzdem hatte er noch kein Motiv für einen Mord gefunden, noch nicht einmal für Roberto Lombardis Suizid. Wenn ihm sein Leben über den Kopf gewachsen war, wie es seine junge Geliebte vermutete, warum hatte er ihr dann eine Boutique gekauft? Gemäss Anja Rohrer hatte sich Roberto Lombardi vor seinem Tod verändert, und Melanie Lombardi hatte nicht mehr im gleichen Zimmer geschlafen wie ihr Mann. Der gewöhnliche Wahnsinn des Alltags. Keine triftigen Gründe für Selbstmord. Max holte sein Portemonnaie aus der Hosentasche. Er suchte nach dem Fragment des Abschiedsbriefes, das er im Notenfach verstaut hatte. Er hatte es in einen Plastikumschlag gesteckt. Warum schrieb Lombardi einen Abschiedsbrief, den er an den Baumstamm heftete? Warum hatte er ihn nicht bei Melanie deponiert? Oder bei seinen Eltern? Hatte er gewollt, dass die Allgemeinheit den Brief findet oder zumindest derjenige, der ihn nach dem Tod entdeckte? Falls ein mutmasslicher Mörder den Brief geschrieben hatte, musste er Lombardi gut gekannt haben. Hauptsächlich die Eigenheit dessen Schrift.

Bei der Haustür rührte sich etwas. Max verstaute den Plastikumschlag. Er entdeckte eine Katze, die sich durch den Türspalt schob. Mehr als eine Handbreit stand die Tür nicht offen. Doch, da war jemand zu Hause. Max stieg aus. Auf dem Weg zum Haus begegnete er der Katze wieder, ein Tiger mit schwarzer Schnauze, ein selten schönes Exemplar. Über allem lag der Geruch nach Dung.

«Max!» Die Stimme kam aus einer andern Richtung.

Er drehte sich nach dem Stall um. Dort stand sie. Eine Figur wie aus Jeremias Gotthelfs Romanen.

«Fede!» Max verkniff sich ein Grinsen. Fast hätte er sie Federica genannt. Ihm fiel erst jetzt auf, dass sie in der linken Hand einen Kessel voll Milch trug.

«Du kommst genau richtig. Chrigi und ich wollten gerade frühstücken.»

Max warf einen Blick auf seine Uhr am Handgelenk. «Um halb zwölf?»

«Wir essen nicht nach Plan.» Fede nahm ihn beim Arm. «Es gibt Eier mit Speck.»

«Ich dachte, du isst kein Fleisch?»

«Ausnahmen bestätigen die Regel. Ein selbst geräuchertes Stück Speck ist nicht zu verachten. Die Eier stammen von unseren zehn Legehennen, mit denen du letzthin ja schon Bekanntschaft gemacht hast.»

«Wie geht es Rambo?» Den Namen der Kuh auszusprechen, reizte seine Lachmuskeln.

«Dass sie über den Winter im Stall bleiben muss, gefällt ihr nicht. Was soll's.» Sie öffnete die Haustür, schob ihn hinein und bat ihn, am Tisch Platz zu nehmen, als hätte sie auf ihn gewartet.

Damit hatte Max nicht gerechnet. Es war tatsächlich für drei Personen gedeckt. «Habt ihr jemanden eingeladen?»

«Dich.» Fede grinste. «Ich habe gerade eine Wette gewonnen.» Sie erwartete eine Bestätigung von Christian, der am Herd mit Pfannen hantierte.

«Ich rate dir, nie auf Wetten mit Fede einzugehen.» Christian drehte sich kurz um. «Du verlierst sie *immer*. Hi, Max. Freut mich, dich zu sehen.»

Ob er sich so freute, wie er sagte, liess er nicht durchblicken. Christian tat so, als sei er sehr beschäftigt.

«Setz dich», sagte Fede.

Max blieb stehen. «Ich muss dich unter vier Augen sprechen.» Er sah, dass es noch länger dauern konnte, bis Christian mit seiner Arbeit fertig war. Er war daran, die Eier erst aufzuschlagen.

«Wollen wir ins Büro gehen?»

«Wenn es dir recht ist.»

«Nur keine falsche Scheu. Warum willst du mich unter Chrigis Ausschluss sprechen?»

Im ersten Stock angekommen, erlaubte sich Max, sich umzusehen.

Die Türen zu den andern Zimmern standen offen. Max bekam einen Einblick in gemütliche Räume. Kein Möbelstück glich im Stil dem andern. Trotzdem wirkte alles harmonisch – und alt. Max verglich die Einrichtung mit seiner Vorzeigewohnung und musste sich eingestehen, dass Luxus nicht allein vom Geldbeutel abhing. «Ich stecke fest», sagte er.

«Ich gehe davon aus, nicht anatomisch.»

«Könntest du ernst bleiben?» Max schluckte sein Lachen hinunter.

Sie erreichten das Büro. Fede setzte sich ans Pult und schaltete den Bildschirm aus.

«Hast du dich wieder in fremde Systeme gehackt?»

«Das geht dich nichts an.» Fede verschränkte ihre Arme. «Solange keine Drittperson involviert ist, sehe ich nicht ein, was daran falsch sein könnte. Du schaust in fremde Schlafzimmer, ich auf fremde Daten und Mails. Wo ist der Unterschied?»

Max spürte den Stich in seiner Brust. Er hatte nie über seine Arbeit gesprochen, geschweige denn über Aufträge, bei denen Observationen anstanden. War es möglich, dass Fede seinen eigenen Computer oder seine Daten im Internet gehackt hatte?

«Du kannst den Mund wieder schliessen. Dich habe ich noch nicht angepeilt. Aber ich kann mir in etwa vorstellen, was ein Privatdetektiv so tut. Ich muss nur die Illustrierte aufschlagen und den Einzeiler bei den Inseraten lesen. ‹Max – diskret und anonym›. Wer könnte es sonst sein? Ich zum Beispiel kenne nur einen Max. Oder ‹Max, Ihr ganz persönlicher Sherlock Holmes›, was meiner Meinung nach etwas zweideutig klingt. Warum ‹persönlich›?»

Ihm fuhr es heiss und kalt über den Rücken. Er überlegte, ob er Fede, wie er das vorgehabt hatte, in seine Pläne einweihen sollte. Er brauchte eine gedankliche Stütze. Nach dieser Niederlage war er sich auf einmal nicht mehr sicher.

«Was also willst du mit mir besprechen?» Ihre Stimme klang sanft, passte nicht zur vorhergehenden Bemerkung. Die Spannung zwischen ihnen knisterte.

Max näherte sich dem Pult. «Wie geht eigentlich so ein Hackerangriff?»

Ihre Antwort war erneut ein Lachen. «Wir reden hier nicht von einem politischen Akt. Hackerangriff klingt nach einer weltweiten Lahmlegung von Rechnern oder der Entwendung von personenbezogenen Daten. Ich schleuse keine schädigenden Trojaner oder Malware ein. Noch einmal: Ich bin nicht kriminell. Schau, was ich tue, kann im Grunde genommen jeder. Nehmen wir zum Beispiel ein soziales Netzwerk. Ich kenne deine E-Mail-Adresse oder deinen Benutzernamen. Mit diesen Grundsatzinformationen, meinen Erfahrungen und den nötigen Tools zur Extrahierung der Zugangsdaten logge ich mich ein. Werde ich – simpel erklärt – nach dem Passwort gefragt, kann ich mir eines zusammenreimen, weil ich dich gut kenne und du keine genügend sicheren Kennwörter und Systeme verwendest. Wir haben uns am 16. Oktober kennengelernt. Du schreibst ‹fede1610›. Die meisten User sind so naiv und nehmen ihr eigenes Geburtsdatum als Passwort oder etwas, das ihnen am Herzen liegt. Wie schnell kann man das herausfinden, wenn das Opfer durchschaubar ist …»

Max hob die Brauen. «So würde man das in etwa einem Kind erklären.»

Fede schüttelte den Kopf. «Gemäss einer Statistik starten rund neunzig Prozent der erfolgreichen Cyberattacken mit einer Phishing-Mail oder einem gefälschten Webseiten-Link-Aufruf. Die Täter gelangen dadurch über gefälschte Webseiten oder E-Mails an persönliche Daten des Internetbenutzers. Gutgläubigkeit und Vertrauen der User werden dabei gezielt ausgenutzt in Form von sogenanntem Social Engineering … Ich vergesse, dass du dich in deiner Vergangenheit sicher auch schon damit hast auseinandersetzen müssen.» Sie liess ihn nicht zu Wort kommen. «Ich bin eine Bastlerin, eine Tüftlerin und –»

«Eine Denkerin», unterbrach Max sie.

«Ich kenne mich mit der Technik aus, ich spüre Sicherheitslücken in Computersystemen und Netzwerken auf. Ich bin zuständig für die Schwachstellen zum Beispiel bei personenbezogenen Daten. Aber ich bin kein bösartiger Hacker oder

Cracker, wie auch immer ihr diese auf der ‹dunklen› Seite der Macht nennt.»

«Und entsprechend kein Black Hat.» Max nahm sie sachte bei den Schultern.

«Ich bin ein White Hat oder ein Ethical Hacker.»

«Ich …» Max zögerte. Alles, was er sich ausgedacht hatte, begann zu bröseln.

«Ich weiss genau, woran du denkst.» Fede erhob sich. Ihre kühlen Hände fuhren an seine Wangen. «Du und ich … das ist es doch.»

«Keine Ahnung, wovon du redest.»

«Max, es ist noch nicht ganz in deinem Kopf angekommen … aber meine und deine Fähigkeiten … Überleg doch mal … Wir wären ein wunderbares Couple – Nick und Nora des 21. Jahrhunderts.» Sie schritt von ihm weg Richtung Fenster. «Ich mag das Landleben. Ich wollte unbedingt aussteigen. Aber das hier fordert mich zu wenig. Die Arbeit auf dem Hof erledigt Chrigi im Handumdrehen. Dazu braucht es mich nicht. Ich sehe dir an, dass du an einem Fall herumkaust. Dir sind die Hände gebunden. Du brauchst eine Person wie mich. Alles, was dir an Informationen fehlt, kann ich dir liefern. Und niemand erfährt davon.»

Er wollte nicht darüber nachdenken, welche Konsequenzen das nach sich zöge, wenn das auskam.

«Ehemaliger Anwalt umschifft die Justitia». Er sah bereits die Schlagzeilen in der Presse. Nicht er wäre die eigentliche Zielscheibe, sondern Milagros. Max ahnte, wie viele Neider sie hatte, die nur darauf warteten, sie zu verunglimpfen oder ihren Namen in den Schmutz zu ziehen.

Auf der andern Seite war er Detektiv. Ihm war wie der Polizei mehr erlaubt als andern, wenn es darum ging, die Wahrheit zu finden. Auf illegalem Weg hätte er womöglich mehr Glück.

Fede und er. Der Gedanke gefiel ihm.

Anstelle einer Antwort zog er sie an sich. «Wie lange, glaubst du, ist Christian mit sich selbst beschäftigt?» Er streichelte ihr über die Wange, schob eine losgelöste Locke von der Stirn. Sie erregte ihn.

«Das kommt darauf an, wie du ‹lange› interpretierst.» Sie beugte sich zurück.

Er packte sie um die Taille. Sie wand sich aus seinem Griff. Offenbar machte es ihr Spass, ihn hinzuhalten. «Ich bin ein sittsames Mädchen.»

«Das dachte ich mir.»

Sie riss sich los. «Das ist mein Ernst.»

«Und was ist mit der Frau aus dem ‹Pilatuskeller›?»

«Genau das meine ich.»

«Echt?» Max glaubte, sich verhört zu haben. «Du liebst Rollenspiele?»

«Nein.»

«Was dann?»

«Ich bin alle in einer …»

Was redete sie bloss? Er nahm Abstand von ihr. «Wie du willst. Ich lasse dich dann.» Er wandte sich der Tür zu. Zum Clown machen wollte er sich bestimmt nicht. «Eine Frau genügt mir.»

Sie holte ihn ein. «Und welche würdest du nehmen, wenn du wählen könntest?»

«Die echte …» Er verliess das Zimmer, stieg die Treppe hinunter in die Küche, wo noch immer Christian vor dem Herd stand. Mittlerweile hatte er sich Kopfhörer übergestülpt und bewegte sich zum Takt der brutzelnden Eier. Es roch nach angebranntem Speck.

Max erreichte die Tür. Sofort war die Tigerkatze mit der schwarzen Schnauze da.

«Max, bitte, ich habe es nicht so gemeint. Wie dumm von mir.» Die Stimme hinter ihm klang verzweifelt. Fede griff nach seinem Arm. «Ich werde dir helfen. Egal, ob wir zusammenarbeiten oder nicht.»

«Ich habe dich nicht danach gefragt.» Max bemühte sich, ruhig zu bleiben.

«Du kamst zu mir, das sagt doch alles. Du brauchst meine Hilfe.»

«Gedanken lesen kannst du auch?» Es sollte belustigt klingen. Ein Versuch, sich seine Enttäuschung nicht anmerken zu lassen. Das hier war ihm zu kompliziert.

«Gib mir ein Stichwort», bettelte Fede. «Ich werde meine Hausaufgaben machen, versprochen.»

«Erspar es dir.»

«Du rächst dich also.» Sie schniefte. «Okay, okay, das war nicht gerade ladylike. Gib mir die Gelegenheit, es wiedergutzumachen. Wen soll ich mir näher ansehen?» Sie liess nicht locker.

Max stand mit einem Fuss bereits draussen.

Das kam nicht in Frage. Sollte er von Fedes Talent profitieren und es kam aus, liefe er Gefahr, sein Anwaltspatent zu verlieren. Die Option, wieder in seinen ursprünglichen Beruf zurückzukehren, wollte er sich offenlassen.

«Max?» Sie hielt ihn am Arm fest. «Denk nicht daran, *wie* ich dir helfe, sondern *dass* ... Dann lasse ich dich gehen.»

Er ging bereits zu seinem Wagen. «Dr. Jan Hendriks.»

***

Seine Gedanken kreisten um Fede wie ein Adler um die Beute. Die Frau brachte ihn um den Verstand. Sie war da, wenn er erwachte, und nahm sein ganzes Denken ein. Seine kurzen, heftigen Affären der Vergangenheit blieben nicht einmal mehr in seinen Erinnerungen bestehen. Fede hatte in ihm etwas in Bewegung gesetzt, das ihm bis anhin völlig fremd gewesen war. Noch nie hatte er so viele Emotionen in eine Frau investiert. Er spürte auch, dass es ihn verletzlich machte und er eine ganz andere Seite an sich selbst kennenlernte. Plötzlich gab es ein Du.

Unkonzentriert studierte er die Akte Lombardi, die sich mittlerweile zu einer umfangreichen Dokumentation entwickelt hatte. Die Eltern hatten ihm den gesamten Ordner ausgehändigt, was sicher Milagros' Verdienst war. Mehr noch als die Lombardis war sie erpicht darauf, den Grund für Robertos Tod zu erfahren.

Den ganzen Nachmittag verbrachte Max damit, an Informationen über die Frauenklinik in Lima zu gelangen. Doch selbst die Tatsache, dass er Spanisch in Wort und Schrift beherrschte, half ihm nicht weiter. Das Ärzteteam machte Werbung auf verschiedenen Internetseiten für sanfte Geburten. Offenbar hatten sich Hendriks' Bemühungen gelohnt. Was sich vor 1990 ereignet hatte, war nicht dokumentiert.

Max rief Milagros an. Seine letzte Hoffnung, dass sie vielleicht doch etwas über Dr. Hendriks wusste, das ihm von Nutzen war.

«Mein lieber Maximilian. Ich bin soeben aus der Sauna gekommen.» Gemäss dem Pegel ihrer Stimme musste sie allein sein.

«Ist Ralph nicht bei dir?»

«Er hat Probe.»

«Schon wieder?»

«Die Advents- und Weihnachtskonzerte stehen an. Ich habe Freikarten bekommen.»

«Das dauert mehr als einen Monat bis dahin.»

«Die guten Plätze sind begehrt.» Sie zögerte. «Du rufst mich aber nicht deswegen an.»

«Dieser Dr. Hendriks geht mir nicht mehr aus dem Kopf ... seine Adoptionen, die Arbeit in Lima. Gut möglich, dass sich hier eine Spur findet. Roberto kam in dieser Frauenklinik zur Welt. ‹Esperanza› heisst sie. Wenigstens das habe ich herausgefunden. Ich müsste irgendwie an die Unterlagen aus dem Jahr 1988 herankommen. Aber das erweist sich schwieriger, als wenn ein Kamel durchs Nadelöhr geht.»

Milagros lachte laut heraus. «Den mit dem Kamel muss ich mir merken.» Wieder liess sie eine Pause verstreichen. «Ich überlege mir da gerade etwas.»

«Willst du mit Dr. Hendriks sprechen? Du hast ja Übung darin.»

«Ach, Maximilian, ich wollte dir nur den Weg ebnen. So ohne Weiteres hätte dir Jan kaum eine Audienz gewährt.»

«Ihr duzt euch?»

«Erst seitdem ich nicht mehr bei ihm in der Praxis bin.»

«Er war dein Arzt?»

«Hat sich so ergeben.»

Bei Milagros ergab sich immer etwas von Zeit zu Zeit. Und wenn man sie danach fragte, so beruhte es oft auf Zufall. Die Freundschaft zu den Lombardis, das wusste Max, hatte sie sich durch eine äusserst umstrittene Aktion erschlichen. Als sie die Hochzeit ihres Sohnes bekannt gegeben hatten, hatte sie sich an der Feier einfach zu den geladenen Gästen gesellt, obwohl sie nicht dazu eingeladen war. Später, als ihre Lüge aufgeflogen war, redete sie sich damit heraus, dass sie sich im Datum geirrt habe. Zudem habe sie in ihrer Nervosität das falsche Fest besucht. Max vermutete, dass die Lombardis sie aufgrund ihrer Originalität in ihren Freundeskreis aufgenommen hatten.

«Ich habe eine Idee!» Sie schrie es fast ins Telefon. «Ich könnte doch nach Lima reisen. Ich habe dir versprochen, dir zu helfen. Untätig herumsitzen bringt nichts. Zudem wollte ich da schon lange einmal hin. Ob es in einem Jahr oder heute ist, spielt keine Rolle –»

«Nein, tust du nicht!» Max spürte den Reflex, sie in ihre Schranken zu weisen.»

«Ich war mal Krankenschwester, ich könnte doch vorstellig werden. Im Gesundheitswesen gibt es immer Personalmangel, gerade in solchen Ländern …»

«Dazu braucht man ein Visum.» Max glaubte, sie machte Witze. «Zudem wird man dich in deinem Alter nicht einfach so einstellen.»

«Maximilian! Ich fühle mich nicht alt.»

Max war wieder einmal in ein Fettnäpfchen getreten. «Das ist unmöglich –»

«Dann reise ich als Touristin», fuhr sie ihm ins Wort, «und besuche eine Freundin, die dort liegt. Mir wird schon etwas einfallen.»

«Das erlaube ich dir nicht.»

«Willst du mich daran hindern? Ich habe es mir gerade eben in den Kopf gesetzt. Du kennst mich hoffentlich so gut, dass nichts mich mehr zurückhalten kann. Zudem habe ich Lunte gerochen. Ich werde dich nicht im Stich lassen. Es war meine

Idee, dich mit den Lombardis näher bekannt zu machen. Sie hätten leicht einen andern Privatdetektiv anheuern können.»

Jetzt übertrieb sie masslos.

«Maximilian. Ich werde nach Lima fliegen. Morgen schon. Ich sehe gerade auf meinem iPad, dass die Fluglinie Iberia noch Plätze frei hat.»

«Mam, das kannst du nicht tun.»

«Und ob ich das kann, mein Junge.» Sie räusperte sich. «Du kannst mir die Adresse mailen. Ich gehe mal davon aus, dass du sie hast.»

Max überlegte. Unmöglich, seine Mutter allein dorthin zu schicken. Lima war nicht Zürich. Die Stadt hatte fast neun Millionen Einwohner. Milagros würde dort untergehen. Andererseits war sie eine selbstbewusste Frau, die Spanisch sprach und sich zu wehren wusste. Sein Einwand brachte nichts. Es ärgerte ihn bloss, dass der Fall Lombardi ein Ausmass annahm, mit dem er nie gerechnet hatte.

Als er auflegte, ahnte Max, dass er den Lauf der Dinge nicht würde beeinflussen können.

ACHT

Der penetrante Klingelton seines iPhones brannte sich wie ein Metallstift in sein Bewusstsein und riss ihn aus dem Tiefschlaf. Knapp fünf Uhr, was Max mit einem Auge auf dem Display erkannte, nachdem er sich stöhnend aufgesetzt hatte. Wer, zum Henker, war ein solcher Sadist?

Max strich über den Touchscreen. Die Nummer kannte er nicht.

«Ich habe da etwas.» Fede!

Sofort beschleunigte sich Max' Herzschlag. «Es ist noch mitten in der Nacht.»

«Ich dachte, du hättest durchgearbeitet. In deiner Wohnung brennt Licht.»

Max schwang die Beine über den Bettrand. Mit dem iPhone in der Hand ging er zur Schlafzimmertür. Er öffnete diese und warf einen Blick Richtung Wohnzimmer. Er hatte vergessen, die Lampe über dem Salontisch auszumachen. «Wo bist du?» Max schritt zum Fenster.

«Unten, hallo ... Ich kann dich sehen.»

«Spionierst du jetzt hinter mir her?» Es sollte lustig klingen. Obwohl ihm die Störung in der frühen Morgenstunde gehörig auf den Keks ging, durchströmte ihn ein warmer Schauer, als er aus dem Fenster sah. Fede stand vor einem Kleinwagen, nach Max' Einschätzung ein Austin Mini. Der passte zu ihr.

Sie winkte ihm zu. «Darf ich hochkommen?»

Lieber nicht!

«Wie bist du an meine Adresse gekommen?»

«Franco hat sie mir verraten.»

Den Tisch vor dem Fernseher drapierte der zerschlissene Karton mit einer bis auf einen Viertel aufgegessenen Pizza Napoli. Es roch nach kaltem Gewürz. Vier leere Bierdosen lagen herum, daneben zwei Packungen Chips, einmal mit Paprika, einmal mit Wasabi, sowie eine angebrochene Biskuitrolle. Der

Boden glich einem Schlachtfeld mit Kleidungsstücken, die Max auf dem Weg ins Badezimmer liegen gelassen hatte. Nicht das, was man von ihm erwartete. Nachdem er aber spät am Abend noch einmal Milagros gesprochen und sie ihm mitgeteilt hatte, dass sie bereits auf dem Flughafen in Zürich sei und da auch übernachten werde, hatte er sich seine Freiheit herausgenommen, etwas legerer zu sein. Er hatte nicht damit rechnen müssen, dass Milagros auf einmal in seiner Wohnung stand und seine Unordnung kritisierte. Er hatte ein Hockeymatch geschaut und war im letzten Drittel eingeschlafen.

Konnte es schlimmer werden?

Max befürchtete es. Fede war da.

«Ich komme runter.»

«Keine Zeit für einen Kaffee? Ich habe ofenfrische Brötchen mitgebracht.»

«Welche Bäckerei hat denn um die Zeit schon offen?»

«Die sind selbst gebacken.»

Max spurtete ins Badezimmer. «Lass mir zwei Minuten.» Er schmiss das iPhone auf das Frotteetuch am Boden. Eine Dusche lag nicht drin. Er suchte Jeans und Hemd zusammen. Auf dem Weg zurück ins Wohnzimmer zog er sich an. Es blieb noch Zeit, die Pizzaschachtel und den Rest in den Abfalleimer zu werfen und das Fenster zu öffnen.

Wenig später stand er unten, ausser Atem mit hoher Pulsfrequenz. «Du kannst jetzt hochkommen.»

«Ich hätte den Weg auch allein gefunden.»

Fede in Trainingshosen und Sportjacke zu sehen, vermittelte Max ein warmes Gefühl. Ihre Haare hatte sie hochgesteckt, in der Eile, wie es schien. Ein paar Locken spielten wild um ihr Gesicht. In ihrer Hand schwenkte sie einen Papiersack.

Schweigend fuhren sie mit dem Lift nach oben. Fedes Körper in seiner Nähe erregte Max erneut. Er fasste sie nicht an, aus Angst, sie könnte wieder komisch reagieren. Oben angekommen, stiess er sie sanft in seine Wohnung.

Sie sah sich kurz um, als müsste sie checken, dass sich niemand sonst hier aufhielt. Sie ging schnurstracks zum Sofa, zog ihre Boots und die Socken aus und schwang sich auf die Liegefläche.

«Fühle dich wie zu Hause.» Max verkniff sich ein Grinsen, obwohl er sich die Begegnung mit Fede in seiner Wohnung anders ausgemalt hatte – mit Kerzenlicht und sinnlicher Musik. Er hätte sogar für sie gekocht.

Fede griff nach Lombardis Ordner, schlug ihn auf und sah sich die Berichte und die mit einem gelben Marker gekennzeichneten Stellen an. «Darum geht es also. Jetzt verstehe ich …»

Max hantierte an der Bar und liess zwei Tassen Voluto-Kapselkaffee aus der Maschine.

Er brachte den Kaffee und die Brötchen zum Salontisch. Fede hatte die Beine angezogen und blätterte konzentriert im Ordner. Sie sah kurz auf. «Roberto Cervantes Rodrigues, das war sein ursprünglicher Name, bevor er von Giorgia und Mauro Lombardi adoptiert wurde. Seine leibliche Mutter heisst Jara Cervantes Rodrigues. Ihren Sohn gebar sie in Lima, am 24. Januar 1988. Mitten im peruanischen Sommer.»

«In der Klinik Esperanza», sagte Max und setzte sich neben sie. «Wie bist du so schnell darauf gekommen?»

«Die Klinik der Hoffnung.» Fede löste ihren Haarknoten und drapierte ihn neu. «Robertos Name taucht ein paarmal in den Unterlagen von Dr. Hendriks auf.»

«Du hast also schon etwas herausgefunden?» Nur der Gedanke daran brachte ihn ins Schwitzen.

«Nicht über die Klinik, so doch etwas über den Arzt und, wie gesagt, auch über Roberto.»

«Kennst du Hendriks' E-Mail-Adresse? Ich jedenfalls habe sie nicht gefunden.»

Fede schenkte ihm ein Lächeln. «Um auf seinen Computer zu gelangen, braucht man keine E-Mail-Adresse. Profis gehen über sogenannte Hackertools … Habe ich dir erst kürzlich erklärt.»

Max wollte schon intervenieren.

Fede schnitt ihm das Wort ab. «Ich arbeite nur manchmal im Graubereich.»

«Wenn das auskommt ...»
«Jan Hendriks wanderte 1983 nach Lima aus», sagte Fede unbeeindruckt. «Das fand ich jedoch auf anderem Weg heraus.»
Max nahm es kommentarlos auf. «Für fünf Jahre.»
«Er startete mit dem Projekt ‹Esperanza›, später entstand daraus ‹Papillon›. Aber erst kurz bevor er in die Schweiz zurückkehrte. Hendriks bezeichnet sich als Pionier auf dem Gebiet der Adoption. Warum dem so ist, habe ich nicht herausgefunden. Aber in den frühen neunziger Jahren hatte ‹Papillon› Sitz in einem Haus auf dem Bürgenstock. Hendriks wurde vorgeworfen, illegal Kinder von Peru in die Schweiz gebracht zu haben ...»
«Aber dann hätte er die Approbation als Arzt verloren, wenn das auskam.»
«Er scheint gute Anwälte gehabt zu haben. Das Haus wurde im Jahr 2000 geschlossen. Hendriks hatte eine Stiftung gegründet, die irgendwann gelöscht wurde.»
«Also nichts Illegales mehr.»
«Auf den ersten Blick.» Fede lächelte, während sie ihre Beine in Max' Richtung ausstreckte. «Während ich erzähle, könntest du mir die Füsse massieren.» Sie kicherte. «Also, dieser Hendriks scheint ein Ordnungsfanatiker zu sein. Sämtliche Dokumente, die bis ins Jahr 1983 zurückreichen, sind sauber eingescannt und abgelegt worden. Willst du nicht?»
«Was?»
Max starrte auf ihre Zehen und die schwarz lackierten Nägel. «Du bist nicht zufällig ein Fussfetischist?»
Sie schlug aus. «Untersteh dich! Es gibt da etwas, das mich stutzig machte.»
Max griff nach ihren Füssen, knetete sie leicht. Sie fühlten sich kühl an. «Er hat doch Dreck am Stecken?»
«Das tust du nicht zum ersten Mal ...»
«Was?»
«Füsse massieren.»
«Doch. Brauchst du meinen Laptop?»
Fede tippte sich an die Stirn. «Alles hier drin.» Sie rekelte

sich in eine bequemere Position. «Jara Cervantes Rodrigues war erst fünfzehn, als sie Mutter wurde. Sie bekam Zwillinge.»

Max liess Fedes Füsse los. «Zwillinge! Warum hast du das nicht gleich gesagt?»

Fede zog die Knie an. «Zwei Söhne. Roberto und José. Eineiige Zwillinge. Dr. Jan Hendriks entband sie per Kaiserschnitt.»

«Das wird ja immer abenteuerlicher.»

«Fragt sich, wo der zweite Zwilling ist.» Fede kuschelte sich näher an Max. «Glaubst du, er ist bei der Geburt gestorben? Ich meine, das wäre ja ein Skandal, eineiige Zwillinge auseinanderzureissen, Zwillinge überhaupt ...»

In Max' Kopf drohten die Gedanken zu explodieren. «Ich habe keine Ahnung von eineiigen Zwillingen.» Er streichelte jetzt über Fedes Gesicht.

«Eineiige Zwillinge, wie es der Name schon sagt, stammen aus *einer* Eizelle. Sie haben identisches Erbgut, das gleiche Geschlecht und dieselbe Blutgruppe und sehen einander sehr ähnlich, oder sie sehen sogar gleich aus. Teilt sich die Eizelle bei eineiigen Zwillingen vier bis sieben Tage nach der Befruchtung, das ist bei den meisten der Fall, haben die Föten eine gemeinsame Plazenta. Das nennt man monochorial. Solche Zwillinge haben ein sehr enges Verhältnis zueinander.»

«Könnte es sein, dass dem einen Zwilling ohne den andern immer ein Teil fehlt?»

«Du bist niedlich.» Fede lächelte ihn fast gütig an.

Max winkte seltsam berührt ab. «Du weisst offenbar eine Menge darüber.»

«Es interessiert mich. Ich lese viel.» Fede setzte sich auf. «Das ist noch nicht alles. Hendriks war in den darauffolgenden Jahren auffallend oft dabei, wenn Zwillinge auf die Welt kamen.»

«Wurden sie zur Adoption freigegeben?»

«Das weiss ich nicht. Leider komme ich nicht an diese Daten heran. Sie sind verschlüsselt.»

«Gibt es eine Möglichkeit, diese Daten ... zu entschlüsseln?» Max vergass seine Vorsätze.

«Dazu bräuchte ich mehr Zeit.»

«Wir sollten in erster Linie herausfinden, was mit Robertos Bruder geschehen ist. Ob er tot ist oder noch lebt. Und wenn er lebt, wo er sich heute aufhält.» Max warf seinen Oberkörper auf die Sofalehne zurück und verschränkte die Arme. «Ich muss noch einmal mit Hendriks sprechen.»

«Das ist keine gute Idee. Falls er die Zwillinge mutwillig voneinander getrennt hat, wird er dafür sorgen, dass mögliche Spuren beseitigt werden. Noch fühlt er sich sicher, denke ich zumindest.»

«Milagros ist auf dem Weg nach Peru.»

«Wer ist Milagros?»

Meinte Max es nur, oder hatte sich Fedes Körper versteift? Über ihre Augen legte sich ein Schatten.

«Meine Mutter. Sie hilft mit, den Fall zu lösen.»

«Was tut sie?» Fede juckte vom Sofa auf. «Du hast deine eigene Mutter engagiert, um dir zu helfen? Du ... ich höre wohl nicht richtig.»

Max wollte nichts auf seine Mutter kommen lassen. «Keine Angst, sie ist nicht die geborene Schwiegermutter.» Erst jetzt merkte er, dass er schon zu viel gesagt hatte. «Sie ist zwar sechzig, hat aber einen vierzigjährigen Freund.»

«Nicht dein Ernst! Könnte ja glatt dein Bruder sein.»

Max fand es nicht lustig. «Sie steht auf lateinamerikanische Musik. Merengue und Salsa. Sie ist eine echt coole Frau.»

«Und hat wohl noch immer einen knackigen Körper.» Fede stand jetzt neben dem Sofa und schaute auf Max hinunter. «Das höre ich selten, dass Männer in deinem Alter so von ihrer Mama schwärmen.»

«Sie ist Spanierin, hat das Herz am rechten Fleck und eine ungebremste Lebensfreude. Ich wollte, ich hätte nur den Bruchteil ihres Temperaments. Du müsstest sie kennenlernen. Ihr würdet euch sicher auf Anhieb verstehen.»

«Was tut sie in Peru?»

«Sie will sich die Frauenklinik in Lima näher ansehen.»

«Die Klinik Esperanza?»

«Genau die.»

«Und was verspricht sie sich davon?» Fede sah sich um. «Hast du irgendwo Musik?»

Max erhob sich, froh darüber, sich Fedes bohrenden Fragen zu seiner Mutter zu entziehen. Er suchte nach seinem iPhone und fand es im Badezimmer. Er vergewisserte sich, wie spät es war, und bemerkte dabei eine Nachricht von Milagros: «Um 07.30 Uhr Abflug nach Madrid. Ich melde mich, sobald ich gelandet bin.» Aller Wahrscheinlichkeit nach hatte sie bereits eingecheckt und das iPhone ausgeschaltet. Max wusste, dass sie seit Vaters Tod unter Flugangst litt. Im Gegensatz zu ihm war sie jedoch in den letzten zwei Jahren öfter geflogen. Sie müsse den inneren Schweinehund überwinden, argumentierte sie jeweils. Sie wolle sich nicht wegen einer Angst unfrei machen. «Milagros ist überzeugt, dass sie in der Klinik etwas findet, das mir bei den Recherchen hilft.»

Fede stellte die Kaffeetassen auf die Theke. Sie holte die Brötchen und setzte sich damit auf einen der Hocker. «Vielleicht solltest du mich darüber aufklären, was Sache ist, bevor ich mich weiter aus dem Fenster lehne. Dr. Jan Hendriks … grundlos hast du mich nicht beauftragt, in seinen Akten zu stöbern.»

Max installierte das iPhone mit der Verstärkerbox und startete die Musik. «Hendriks ist mir nicht geheuer.»

Beim ersten Ton schoss Fede in die Höhe. «Thomas Bergersen? Du fährst auf Thomas Bergersen ab?» Sie setzte sich wieder, halbierte ein Brötchen und klaubte den Weichteil heraus. «Endlich eine Gemeinsamkeit.» Sie schob sich Brot in den Mund und kaute ausgiebig. «Wir könnten einmal ein Konzert besuchen … Die Polizei ging davon aus, dass es Selbstmord war.»

Max versuchte, ihrem Themenwechsel zu folgen. «Es ist belegt. Wenn die Staatsanwaltschaft den Fall als geschlossen sieht, wurde nichts ausgelassen, um das Gegenteil von Suizid zu beweisen. Die Fakten dürften klar gewesen sein.»

«Aber du zweifelst auch?»

«Ehrlich gesagt, reizen mich die Gründe, warum es dazu gekommen ist.»

«Warum er sich selbst umgebracht hat? Oder glaubst du an Mord?»

«Ich denke nach wie vor daran, dass es Suizid war.»

«Und dein Bauchgefühl?»

Max konnte sich ein Grinsen nicht verkneifen. «Das ist etwas für Frauen.»

«So ...» Fede lachte mit. «Wir sollten uns über mein Honorar unterhalten.» Sie boxte ihn in die Seite. «Ich denke, die Lombardis lassen sich nicht lumpen. Falls es doch Mord war ... hast du denn Verdächtige im Kopf?»

Klar dachte er an die schwarze Witwe. «Lombardis Frau. Gleich alt wie ihr Mann, zwei kleine Töchter, eine Herrschaftsvilla, gut situiert – sie hinterlässt mir den Eindruck einer eiskalten Lady, wollte mir das Gegenteil weismachen. Sie spielt ihre Rolle gut, würde ich mal behaupten. Dass sie nichts von einer Nebenbuhlerin gewusst haben will, geht mir nicht in den Kopf.»

«Lombardi hatte eine Geliebte?»

«Ein engelhaftes Wesen, blond und zart. Bei Roberto Lombardi muss so etwas wie ein Beschützerinstinkt erwacht sein.»

«Und wie sieht es bei dir aus?»

«Ich stehe nicht auf Lolitas.» Max versuchte, auf Fedes Gesicht zu lesen. Sie gab sich völlig unbeteiligt. «Sie ist etwas über zwanzig. Er hatte ihr eine Boutique im Zentrum von Stans gekauft. Ich war letzthin bei ihr. Sabrina Odermatt war völlig verstört. Der Tod ihres Geliebten muss ihr sehr zugesetzt haben. Wenn es nach ihr geht, so wollte sich Lombardi von seiner Frau scheiden lassen.»

«Melanie weiss natürlich von nichts», mutmasste Fede.

«Falls sie dahintergekommen ist, warum hätte sie ihren Mann umbringen sollen?»

«Stimmt. In der Regel killt man dann die Geliebte.» Fede tunkte die zweite Hälfte des Brötchens im Kaffee.

«Ich habe sie letzthin mit dieser Tatsache konfrontiert. Es liess sie kalt.»

«Wie sieht es im Umfeld von Sabrina Odermatt aus? Wer sind ihre Eltern?»

«Sie leben in Wolfenschiessen. Habe es gegoogelt. Sabrina hat ihre Familie auf Instagram ‹vorgestellt›.» Max deutete Anführungs- und Schlusszeichen an. «Der Vater ist Elektromonteur, die Mutter arbeitet Teilzeit in einer Bibliothek. Vier Kinder. Sabrina ist die Älteste. Es sieht nicht danach aus, als hätte ihr der Vater die Boutique finanziert.»

«Also hat sie diese aller Wahrscheinlichkeit nach doch von Lombardi junior.»

«Man müsste Einblick auf seine Konti haben», sagte Max beiläufig.

«Nee, Max, das ...» Fede trank den Kaffee aus. «Vergiss es. Konten knacken ist zudem etwas vom Schwierigsten überhaupt. Solch heikle Daten sind mehrmals gesichert, stell dir vor.»

«War ja nur ein Scherz.»

Fede atmete entspannt auf. «Was schaut eigentlich für mich dabei heraus?»

«Ich könnte dich auf Erfolgsbasis entlohnen ...» Als er Fedes verdattertes Gesicht sah, musste er laut lachen. «Sollten wir in Zukunft miteinander arbeiten, müssten wir das vertraglich regeln. Schliesslich ist meine Einmannfirma im Handelsregister als GmbH eingetragen. Du wärst dann quasi meine Angestellte.»

«Angestellte? Kommt nicht in Frage. Ich beteilige mich gern zur Hälfte am Geschäft. Die Hälfte oder nichts. Das würdest du nicht bereuen.»

Als ehemalige Programmiererin ging es Fede sicher nicht schlecht. Aber wollte er das? Geliebte und Geschäftspartnerin unter einem Dach? Sie kannten sich noch nicht einmal eine Woche, und sie wollte bereits Partnerin werden. Das ging definitiv zu schnell.

Fede wechselte wieder zum Sofa. «Was weisst du über Melanie?»

«Als Kind und Jugendliche muss sie in der Welt herumgekommen sein. Wie sie mir erzählte, meistens mit dem Fuhrwerk.»

«Was bitte bedeutet das?»

«Abseits der Touristenwege, hat sie gesagt. Ich kann sie allerdings nicht damit in Verbindung bringen. Die Frau musste schon früher mit dem Luxus in Berührung gekommen sein. Das Einzige, was ich weiss, ist, dass ihr Vater Spengler ist und heute ein gut florierendes Geschäft besitzt.»

«Hm … und Roberto? Was denkst du über den Toten?»

Max wusste, was man über ihn erzählte. «Reiches Herrensöhnchen aus gutem Haus.»

«Woher, glaubst du, hatte er das viele Geld, dass er auf die Schnelle und ganz nebenbei eine Boutique kaufen konnte? Glaubst du, seine Eltern unterstützten ihn finanziell, die junge Familie überhaupt?»

«Möglich, aber ob er das gewollt hat? Keine Ahnung.»

Fede kroch an ihn heran. «Wollen wir dort weitermachen, wo wir vorher aufgehört haben?»

«Füsse massieren?» Oder dachte sie etwa an eine weitere Akteneinsicht?

Sie warf ihm einen schmachtenden Blick zu. «Weiter oben …»

***

Als Max am Mittag erwachte, war Fede nicht mehr da. Dort, wo sie erst noch gelegen hatte – zumindest glaubte er das –, blinkte sein iPhone. Er hatte es leise gestellt. Er rollte sich auf die andere Bettseite und griff danach.

«Maximilian. Wo steckst du denn? Ich habe schon zigmal angerufen.»

Zigmal hiess bei ihr dreimal. «Sorry, ich war beschäftigt.»

«Ich bin schon längst in Madrid. Um zwanzig nach eins geht der Flug nach Lima. Ich wollte dir nur sagen, dass du zwölf Stunden nichts mehr von mir hören wirst, vielleicht auch länger, wenn man das Auschecken und die Passkontrolle miteinberechnet … Oh, bin ich aufgeregt.»

«Hast du schon ein Hotel gebucht?»

«Ja sicher, und Businessclass im Flugzeug … die Venen, weisst du. Ich will da nicht unbedingt Blutverdünner einnehmen.» Pause. «Du, die haben zum Boarding aufgerufen. Ich setze mich schon mal in die Maschine, bestelle Champagner und schlucke vielleicht eine Schlaftablette. Ich liebe dich, Maximilian.»

«Ist alles okay bei dir?»

«Ja, ja, es ist ja ein Tagesflug … Zwölf Stunden in der Luft sind das Limit für mich.»

«Du wirst es verkraften. Hast du etwas zum Lesen?» Max machte sich ernsthaft Sorgen. Und bewunderte ihren Mut. Er selbst hätte sich niemals in dieses Flugzeug gesetzt.

«Ich habe mir ein paar Dokumente aus dem Internet ausgedruckt.»

«Was für Dokumente?»

«Von der Klinik Esperanza.»

«Du hast Informationen gefunden?»

«Ja, mein Lieber. Ganz hinten in der Suchmaschine. Ich weiss jetzt, wie ich dort am besten reinkomme …»

«Milagros?» Max vernahm nur noch den Piepton. Sie war weg. Als er zurückrief, meldete sich die Combox. Er hätte ihr noch berichten wollen, dass Roberto einen Zwillingsbruder hatte. Er liess sich auf die Matratze sinken. Noch breitete sich Fedes Geruch auf dem Kissen aus. Das war ein Vormittag gewesen, den Max nicht so schnell vergessen würde. Einer der Vorteile als Selbstständigerwerbender. Er konnte seine Zeit selbst einteilen. Ihm passte aber überhaupt nicht, dass sich Fede heimlich davongemacht hatte. Nach einem ausgiebigen Erkunden ihrer Körper war er auf einmal eingeschlafen. Trotz seiner vielen Fragen, die ihm auf der Zunge gelegen hatten. Noch nie zuvor hatte er einen solchen Rücken gesehen. Max' erster Schock verebbte, während er die grossflächigen Tattoos betrachtete. Er hatte sich vorgenommen, Fede bei späterer Gelegenheit darauf anzusprechen.

Max schritt zum Fenster und schaute auf den Parkplatz. Der Austin Mini war verschwunden.

Er ging mit dem iPhone in die Küche, wo er den Inhalt des Kühlschranks begutachtete. Der gab ausser Bier und zwei Cervelats nicht viel her. Den letzten Rest des Smoothies hatte er weggeleert, Karotten und Gurken auf dem Kompost entsorgt. Ein Nachtessen mit Fede war genau das, was ihm fehlte. Er würde sie anrufen und ihr den Vorschlag unterbreiten sowie noch einmal in den Erinnerungen an die gemeinsamen Stunden mit ihr schwelgen. Nein, er hatte sie nicht gefragt, ob es ihr gefallen hatte. Ihre Töne hatten für sich gesprochen. Er griff nach dem iPhone. Jemand, dessen Nummer er nicht kannte, hatte ihn gesucht.

Ein Auftrag? Ihm war nicht danach. Bevor er eine neue Herausforderung annahm, wollte er die alte abschliessen. Er wählte die Nummer von Fede, als die fremde Nummer auf dem Display erneut erschien.

Max meldete sich.

«Melanie Lombardi am Telefon. Störe ich Sie?»

Mit ihr hatte er nicht gerechnet. Fedes letzter Zauber verflüchtigte sich. «Nein, tun Sie nicht.» Max setzte sich an die Theke, wo Block und Schreibstift lagen. Melanie Lombardis Stimme erinnerte ihn daran, dass er einen Auftrag hatte.

«Ich habe mir den Kopf zerbrochen», sagte Melanie Lombardi, «ob ich darüber sprechen soll oder nicht. Ich … muss Ihnen etwas gestehen.»

In den nächsten Sekunden jagten Bilder durch Max' Kopf. Vielleicht würde die Witwe ihm heute verraten, dass sie von der Liebschaft ihres Mannes gewusst hatte. Möglicherweise hatte es ihr keine Ruhe gelassen.

«Erinnern Sie sich an den Tag, als Sie zum ersten Mal bei uns waren?»

«Das ist noch nicht so lange her.»

«Bevor Sie den Garten erreichten, kamen Sie noch einmal zurück …»

Max führte sich die Szene vor Augen.

«Sie fragten mich, ob ich die Einzige nebst meiner Haushälterin sei, die sich im Haus befinde.»

«Möglich …» Klar erinnerte er sich. «Worauf wollen Sie hinaus?»

«Ich ging in den oberen Stock, als Sie weg waren. Mir fiel auf, dass … dass …» Melanie Lombardi kämpfte um eine gefasste Stimme.

«Was fiel Ihnen auf?»

«Im Badezimmer sah es anders aus. Ich … es kam mir so vor, als wäre jemand dort gewesen. Dann sah ich Robertos Portemonnaie auf dem Boden, das hatte ich, als ich es von der Polizei zurückerhielt, in seinem Sekretär versorgt. Seine EC- und die Kreditkarte waren weg. Das muss ja nichts bedeuten … Sonderbar war es trotzdem …»

Der Fremde am Fenster! Max hatte jemanden am Fenster stehen sehen. Vermutlich dort, wo Roberto Lombardis Zimmer lag. Die Aussage der Witwe weckte in ihm eine neue Ermittlerlust. Noch lagen die Puzzleteile verstreut, und er vermochte nicht, daraus ein ganzheitliches Bild zu sehen. «Frau Lombardi, haben Sie die Karten nach dem Tod Ihres Mannes sperren lassen?»

«Das … das hat, glaube ich, die Polizei veranlasst», kam es leise zurück.

Max kratzte sich am Kinn. «Noch etwas: Als man Ihren Mann fand, was hatte er bei sich?»

«Was er bei sich hatte?» Es klang wie ein Aufschrei. «Sie meinen, ob er angezogen war … Er trug seinen Jogginganzug. Roberto war oft im Wald unterwegs. Er mochte es, nach der Arbeit zu rennen. Manchmal ging er zum Vita-Parcours –»

«Das meinte ich nicht. Was hatte er bei sich? Ein iPhone, ein –»

«Sein Portemonnaie», unterbrach ihn Melanie Lombardi.

«Nur das Portemonnaie? War das Geld weg? Ein Personalausweis oder sonst etwas?»

«Das Geld war noch da … auch seine EC-Karte, die Kreditkarten … Seinen Führerausweis trug er immer im Portemonnaie.» Melanie Lombardi holte tief Luft. «Die Polizei hat alles nach Fingerabdrücken gecheckt … Warten Sie, die Versicherungskarte fehlte. Jetzt erinnere ich mich. Ich sehe mal in seinem Sekretär nach.»

«Sie wollen ins Büro gehen?»

«Einmal muss ich mich wohl überwinden.»

«Ich gehe davon aus, dass Ihr Mann einen Schlüssel mit sich getragen hat.»

«Ja, diesen hat man gefunden, den Hausschlüssel und den Schlüssel zu seinem Wagen.»

«Würde man seinen Schlüsselbund und das Portemonnaie mitnehmen, wenn man sich umbringen will?» Diese Frage stellte Max vor allem sich selbst.

«Er hatte diese Dinge immer bei sich.» Melanie liess einen tiefen Seufzer vernehmen. «Die Macht der Gewohnheit. Warten Sie mal ...» Max vernahm ein raschelndes Geräusch. «Da sind keine Versicherungsausweise ...»

«Ich müsste Einblick in die Polizeiakte bekommen.»

«Da kann ich Ihnen nicht helfen.» Sie zögerte, was Max an ihrem schweren Atmen erkannte. «Haben Sie eine Erklärung?»

Trotz ihres Anrufs hatte Max noch keine Vertrauensbasis zu ihr aufgebaut. «Warum haben Sie mir bei meinem zweiten Besuch nichts über diesen Vorfall erzählt?»

«Ich war mir nicht sicher. Seit Robertos Tod bin ich sehr unkonzentriert. Ich dachte, es sei bloss Einbildung ...»

«Ist Ihnen in den letzten Tagen sonst noch etwas aufgefallen, das ungewöhnlich war? Wurde Ihr Mann erpresst?»

«Nein, er hat nie etwas gesagt. Ich ... andererseits, wenn er eine Freundin hatte, wie Sie sagen, hat er es vielleicht mit ihr besprochen ...»

Genau diese Freundin musste in Lombardis Leben eine wesentlich grössere Rolle gespielt haben, als Max bis anhin vermutet hatte. Melanie Lombardi hatte Sabrina Odermatt wohl als ein Hirngespinst gesehen, vermutlich um sich selbst zu schützen. Oder aber sie hatte sich der Wahrheit gestellt, dass ihr Mann sie betrogen hatte.

«Haben Sie Kenntnis davon, ob Ihr Mann vor seinem Tod Geld abgehoben oder überwiesen hat?»

«Ich weiss nicht. Wir verfügten jeder über ein eigenes Konto. Nur für den Haushalt, die Versicherungen und alles, was übers Jahr so anfällt, hatten wir ein gemeinsames.»

«Könnten Sie abklären, wie die Kontenbewegungen des letzten halben Jahres aussehen?»

«Da müsste ich mit dem Notar sprechen. Er regelt das.»

Das klang etwas unbeholfen.

Max hatte bei seinem Besuch in Roberto Lombardis Zimmer keine Bankunterlagen gefunden, was sonderbar anmutete. Musste er noch einmal dorthin? Er hatte kein Verlangen, obwohl er gerade jetzt einen Grund gehabt hätte. Melanie Lombardis Hilferuf.

Doch dieser konnte auch inszeniert sein. Melanie Lombardi wollte ihn von etwas ablenken. Für Max war es nicht nachvollziehbar, weshalb sie sich seit gestern um hundertachtzig Grad gekehrt hatte. Sie hatte nichts an sich herankommen lassen. War die eiskalte Lady gewesen, die ihre Trauer, wenn sie denn da war, in sich verschloss. Auf einmal zeigte sie doch Emotionen, sogar Angst, wenn er ihre Nervosität richtig interpretierte.

Sie hatte *ihn* angerufen.

«Da ist noch etwas ...» Wieder schnappte Melanie Lombardi nach Luft. «Ich arbeitete heute Mittag am Computer. Ich schreibe manchmal Geschichten für meine Töchter auf. Da hat sich der Cursor plötzlich verselbstständigt und das angezeigte Fenster wechselte kurz auf dem Desktop. Ich glaubte, ich würde verrückt ... und in diesem Haus spukt es.»

Fede! Verdammt! Sie war in Melanie Lombardis System gewesen. Wenn er es richtig verstanden hatte, konnte sie mit den angewandten Tools und der eingeschleusten Malware-Software auf einem entfernten Rechner im Hintergrund unbemerkt Aktionen und Dienste ausführen oder den ganzen Computer letztlich fernsteuern. Max musste das zuerst verdauen.

Obwohl er Melanie Lombardis Gemütszustand nur erahnen konnte, hatte er ein verweintes Gesicht vor Augen. Eine Frau, die sich einsam fühlte in einem riesigen Haus, in dem sie nie wirklich eine Heimat gefunden hatte. Sie erinnerte ihn an ein verwirrtes Tier, das vergeblich nach dem Revier sucht, das es schon längst verloren hat.

«Soll ich Ihnen helfen, müssen Sie ehrlich sein mit mir.» Max brachte es ihr schonend bei. «Bis anhin hatte ich das Gefühl, dass Sie mir ausweichen. Dass Sie etwas zurückhalten, das wichtig wäre. Ich frage Sie noch einmal: Hatten Sie Kenntnis von der Liaison Ihres Mannes?» Falls sie ihm nicht ins Gesicht sehen musste, würde es ihr vermutlich leichter fallen, es zuzugeben.

«Eine solche Frage beweist doch, dass Sie mich verdächtigen. Zudem finde ich sie anmassend. Ich habe *Sie* angerufen, nicht umgekehrt. War wohl ein Trugschluss, dass ich von Ihnen Hilfe bekommen könnte ...»

«Warten Sie!» Max befürchtete, sie könnte den Anruf beenden. «Sie haben es mir bis heute nicht leicht gemacht.»

«Das stimmt.» Melanie Lombardi stiess einen Seufzer aus. «Weil alles wieder an die Oberfläche zu kommen droht. Ich habe gelernt, mich mit Robertos Tod zu versöhnen ... habe einiges vonseiten meiner Schwiegereltern einstecken müssen. Bevor Mauro und Giorgia Ihre Dienste in Anspruch nahmen, hatten sie es nicht für nötig gehalten, mich darüber zu informieren. Als würden sie mich verdächtigen, etwas mit dem Tod ihres Sohnes zu tun zu haben. Das schmerzt, verstehen Sie?»

«Ich muss Sie korrigieren: Ihre Schwiegereltern sind sich sicher, dass Ihr Mann ermordet wurde.»

«Und Sie?

«Beantworten Sie bitte zuerst meine Frage von vorhin.»

«Wegen Sabrina? Noch einmal: Ich kann es mir nicht vorstellen. Sabrina passt vielleicht ins Beuteschema eines betuchten Herrn in der Midlife-Crisis, aber nicht zu Roberto.»

NEUN

«Ich bin pünktlich in Lima gelandet nach einem äusserst ruhigen Flug. Der Check-out dauerte über eine Stunde. Jetzt bin ich im Hotel Belmond in Miraflores direkt am Pazifik. Die Sonne habe ich hier noch nicht gesehen. Na ja, es ist schon zu dunkel. Maximilian? Hörst du mir überhaupt zu?»

Max wälzte sich im Bett. Nachdem er den Abend allein hatte verbringen müssen, war er früh schlafen gegangen. Der Klingelton des iPhones hatte ihn unsanft aus dem Schlaf geweckt. «Milagros, es ist drei Uhr morgens.»

An den Rollläden rüttelte der Wind mit brachialer Kraft.

«Ach, du meine Güte. An die Zeitverschiebung habe ich doch nicht mehr gedacht. Ich wollte dir nur sagen, dass ich gut angekommen bin. Um zwanzig Uhr Lokalzeit sind es hier noch immer fünfundzwanzig Grad. Jetzt werde ich mal ein Bad nehmen und danach an die Bar gehen. Und morgen gehe ich shoppen. In Miraflores hat es, was ich auf der Fahrt vom Flughafen hierher gesehen habe, riesige Kaufhäuser, schicke Bars, etwas europäisch angehaucht eben. Dann sehe ich weiter.»

«Danke, Milagros, pass auf dich auf.»

Nach dem Anruf gelang es Max nicht mehr, zur Ruhe zu kommen. Fünfundzwanzig Grad in Lima. Und wieder hatte er vergessen, Milagros von den Zwillingen zu berichten. Er nahm sich vor, sie über WhatsApp darüber zu informieren. Möglicherweise würde sie es selbst herausfinden. Er ging zur Bar und machte Kaffee. Noch waren Fedes Spuren allgegenwärtig. Er hatte sie nicht erreicht. Auch auf die Nachricht, die er auf der Combox hinterlassen hatte, gab es keine Reaktion. Nach dem gestrigen Vormittag war er davon ausgegangen, dass zwischen ihnen alles geklärt war. Da hatte er sich wohl getäuscht. Fedes Wesen war nicht fassbar und ebenso wenig kalkulierbar. Falls er sie halten wollte, musste er sich auf ihre Unberechenbarkeit einstellen.

Was ihm allerdings nicht gefiel, war ihre Vorgehensweise. Dass sie Melanie Lombardis Computer gehackt hatte, ohne ihn darüber zu informieren, ärgerte ihn. Andererseits war es besser, wenn er nicht alles wusste, was hinter seinem Rücken geschah. Er setzte sich mit dem Kaffee auf die Couch im Wohnzimmer und schlug den Ordner auf, den er von den Lombardis erhalten hatte. Mauro Lombardi hatte zwar jeden Schritt notiert, den er und seine Frau gegangen waren, bevor sie Roberto bekamen. Doch dies war nach Max' Dafürhalten nicht objektiv genug. Entweder hatten sich die Lombardis von Hendriks blenden lassen oder des dringenden Wunsches nach einer Adoption wegen die Rechtsgrundlage verdrängt. Seit 1993 galt nach schweizerischem Recht, dass die Adoptiveltern mindestens achtundzwanzig Jahre alt, nicht älter als sechsunddreissig sein und seit drei Jahren einen gemeinsamen Haushalt führen mussten. Zudem mussten sie die Gewähr bieten, dass sie sich um das Kind kümmern, es erziehen und für dessen Unterhalt aufkommen konnten. Wie die gesetzlichen Richtlinien für eine Adoption 1988 ausgesehen hatten, wusste Max per se nicht.

Eine Adoption bedurfte heute der Zustimmung des Vaters und der Mutter des Kindes. Diese Zustimmung durfte nicht innerhalb der ersten sechs Wochen nach der Geburt des Kindes erteilt werden.

Max stolperte über den Satz, dass Roberto bereits als zwei Wochen altes Baby den Lombardis versprochen worden war. Die fünfzehnjährige Mutter hatte allein die Zustimmung für die Adoption gegeben. Ein Vater war nicht eingetragen. Dr. Hendriks hatte nach Max' Ansicht nicht richtig gehandelt. Er hätte das Einverständnis der Eltern des Mädchens haben müssen. Oder aber, was Max befürchtete, eine Adoption war in Peru 1988 tatsächlich andern gesetzlichen Grundlagen unterstellt gewesen.

Warum stand jedoch nirgends, dass die Mutter Zwillinge entbunden hatte? Max hatte nur eine Erklärung dafür: Entweder war der andere Zwilling bei der Geburt gestorben, oder

Dr. Hendriks hatte ihn von andern Eltern adoptieren lassen. Je mehr Max darüber nachdachte, umso sicherer war er sich, dass José lebte.

Allein die Vorstellung machte Max nervös. Niemand anderer als Dr. Hendriks konnte ihm die Antwort auf seine Fragen liefern. Max musste ihn noch einmal sprechen.

Mittlerweile war es vier Uhr, und Max sass noch immer im Wohnzimmer, hatte den fünften Kaffee intus und dachte nicht mehr daran, sich schlafen zu legen. Der Sturm vor dem Fenster hatte etwas nachgelassen. Jetzt peitschte Regen an die Rollläden. Max hätte sich für die frühe Störung am gestrigen Morgen rächen und Fede auf dem Hof besuchen können. Bis er vor Ort war, wäre es fünf Uhr. Die Idee kam ihm idiotisch vor. Er setzte sich vor den Laptop und checkte die Mails. Keine neuen Anfragen, keine andern Aufträge. Ihm wurde bewusst, dass er ohne Lombardis Mandat auf verlorenem Posten stand. Er musste sich entscheiden: für das unstete Leben, das er seit zwei Jahren führte, oder für die Sicherheit, die ihm im Beruf als Anwalt zuteil gewesen war. Fede hatte ihn aus seiner Lethargie geweckt. Auf einmal existierte wieder eine Zukunft.

Um halb sechs fuhr Max auf den Feldweg, der die Hauptstrasse mit Fedes Hof verband. Noch lag alles im Dunkeln. Nasses Laub leuchtete im Scheinwerferlicht auf. Der Sturm hatte die Bäume zur Hälfte kahl gefegt.

Max parkte, stieg aus und versuchte, an der schwarzen Fassade etwas auszumachen. Die geschlossenen Fenster starrten ihn wie tote Augen an. Alles still. Er begab sich zur Stalltür, drückte dort sein Ohr auf die Holzplatte. Von drinnen hörte er ein Schnauben. Er stiess sachte die Tür auf. Der warme Geruch nach Milch und Heu wehte ihm entgegen. Der Stall musste penibel gereinigt sein. Ein Rascheln schreckte ihn auf, ein Fauchen ganz in seiner Nähe. Max gelang es nicht zurückzuweichen. Die Katze war schneller. Sie rannte zwischen seinen Beinen hindurch nach draussen. Im Stall gackerten plötzlich die Hühner.

«Du hast sie alle aufgeweckt.»

Max erstaunte es nicht, wie ruhig er dabei blieb. Er hatte es nicht anders erwartet. Fede trat ins Licht, das sie angemacht hatte. In ihrem karierten Hemd und den geblümten Gummistiefeln wie neulich. «Schläfst du eigentlich nie?» Geblendet von der Lichtquelle rieb Max sich die Augen.

Fede mit dem Rechen, die Haare wild in ihrem Gesicht: Sofort war dieses Verlangen wieder da.

«Wenn man Tiere hat, muss man sich nach ihnen richten.»

«Dann waren sie bereits wach.» Max zog Fede an sich. Ihr Haar roch nach Stroh und Shampoo. «Warum bist du gestern abgehauen?»

«Du hast so herrlich tief geschlafen. Und ich hatte noch zu tun.»

Wider Erwarten wand sie sich nicht aus seiner Umarmung. Sie kuschelte sich an ihn. Es fühlte sich gut an. Max hob ihr Kinn an, versuchte, in ihren Augen zu lesen. «Du bist mir ein Rätsel.»

«Das du als Detektiv sicher zu lösen weisst.» Sie machte eine Vierteldrehung. «Komm, ich muss dir etwas zeigen.» Sie stellte den Rechen an die Wand.

Draussen zog sie die Stalltür zu und verriegelte sie. Allmählich begann der Morgen zu dämmern. Über dem östlichen Horizont erschien ein Leuchtstreifen hellen Graus.

«Wir haben uns noch nicht über meine Funktion in deiner GmbH unterhalten.» Auf Fedes Gesicht erschien ein Lächeln, während sie neben Max über die Wiese zum Haus stakste. «Dein Fall hat mich nicht ruhen lassen.»

«Sag jetzt nicht, dass du die ganze Nacht daran getüftelt hast.» Max zog sie näher an sich heran. Sie liess es ohne Kommentar geschehen. «Melanie Lombardi hat mich angerufen. Sie glaubt, jemand habe sich Zutritt in ihre Villa verschafft.»

«Traust du ihr?» Fede öffnete die Haustür. Sie zog die Stiefel aus. «Ich habe –»

«Ich weiss, was du sagen willst. Du hast ihren Computer gehackt.»

«Wahrscheinlich zu einem denkbar ungünstigen Moment. Ich konnte ja nicht ahnen, dass sie genau zu der Zeit am Rechner sitzt.»

«Du hättest es nicht so offensichtlich tun sollen.»

«Hat sie etwas gesagt?»

«Ich glaube nicht, dass ihre blossen Vermutungen ausreichten, um ein Eindringen in ihre digitale Privatsphäre zu erkennen. Wer denkt denn an so etwas?»

«Sie ist nicht das, was sie von sich vermittelt.»

Max trat in die Küche, nachdem er die Schuhe abgestreift hatte. Chérie-Bibi, die Tigerkatze, sass auf der Chaiselongue, wo sonst Christian lag und sich Trickfilme ansah, und hatte nur ein müdes Schnurren für Max bereit. Er fuhr ihr durch das glänzende Fell. «Du meinst, ich sollte mir die Witwe näher ansehen?»

«Es genügt, wenn ich dir verrate, dass sie einen virtuellen Lover hat. Sie haben sich über eine Chatseite kennengelernt. Aus dem Schriftwechsel geht hervor, dass sie sich noch nie gesehen haben. Und jetzt halt dich fest: Melanie weiss sehr wohl, dass ihr Mann fremdging. Sie hat bei diesem Unbekannten ihr Herz ausgeschüttet. Sie hinterlässt mir aber nicht den Eindruck, dass ihr das viel ausmacht.»

Waren Max' Befürchtungen also doch nicht aus der Luft gegriffen?

«Die bilderbuchmässige Ehe der Lombardis war wahrscheinlich bloss eine Zweckehe, warum auch immer.»

«Vielleicht wegen der Eltern», vermutete Max.

«Oder wegen des Erbes.»

«Würdest du dann Kinder haben wollen?»

«Die machen doch eine Ehe erst perfekt nach aussen.» Fede setzte eine Pfanne mit Milch auf den Herd und schaltete ihn ein. «Melanie und Roberto haben ihren Eltern etwas vorgelebt, das diese von ihnen erwartet hatten. Ich denke schon, dass der Grund das viele Geld ist. Melanies Vater hat auch ganz schön etwas auf der hohen Kante.»

«Du hast aber nicht ...» Max fiel die Kinnlade nach unten.

«Noch einmal: Ich komme nicht an Bankdaten heran, kapiert? Ich habe andere Quellen.»

«Das fühlt sich unheimlich an.» Max setzte sich an den Küchentisch. «Ist Christian nicht da?»

«Nein, er ist an der Uni.»

«Und was macht er dort?»

«Er unterrichtet Philosophie.»

«Ich dachte …» Er hatte ein völlig falsches Bild von Christian. «Ich dachte, dass er nur auf dem Hof arbeitet.»

«Er unterrichtet nur gelegentlich, wenn eine Lehrkraft aussteigt», hielt Fede dagegen. «Der Hof gibt nicht so viel zu tun. Es muss einfach immer jemand hier sein … Fitzcarraldo ist gestorben.»

«War das nicht der Mann, der mit dem Schiff einen Berg bezwang?»

«Brian Sweeney Fitzgerald», sagte Fede mit einer Selbstverständlichkeit, als wäre sie mit dieser Figur bestens vertraut. «Mit Hilfe der peruanischen Ureinwohner gelang es ihm, sein Frachtschiff über den kurzen Abschnitt zwischen zwei Flüssen zu ziehen. Der Film kam im März 1982 erstmals in die Kinos, die Hauptrolle spielte Klaus Kinski.» Sie lachte so laut, dass Chérie-Bibi von der Chaiselongue die Flucht ergriff. «Dies beruht auf keiner Geschichte, es ist ein Film. Die Peruaner nannten Fitzgerald ‹Fitzcarraldo›, und ich nannte meinen kleinen Kläffer so.»

«Macht es dich sehr traurig?»

«Ich hatte ihn in mein Herz geschlossen.»

«Aber er war nur ein Hund.»

Fedes Augen blitzten ihn an. «Hunde sind manchmal menschlicher …» Sie stellte zwei Tassen mit heisser Milch auf den Tisch. «Ich habe noch Ovomaltine, wenn du möchtest.»

«Nein, danke.» Max war mit seinen Gedanken bei Melanie Lombardi. Warum spielte sie ihm ein solches Theater vor? Ahnte sie, dass er ihr auf die Schliche kommen könnte? War das eine Flucht nach vorn? Am Ende gab es gar keinen Eindringling. Sie wollte es ihm nur weismachen, um von sich abzulenken. Wenn erst einmal der Verdacht da war, dass ein Fremder in der Villa etwas suchte, würde die Spur nicht zu ihr, so doch zu ihrem Mann führen. Max war sich sicher, dass Melanie Lombardi ihm häppchenweise das auftischen würde, was er zu erwarten gedachte. Dass, und daran hatte er bislang geglaubt, ihr Mann unter Druck gestanden hatte, womöglich erpresst worden war, und dass eventuelle Beweise zum Verschwinden gebracht werden mussten. Aber, und da setzte Max ein Fragezeichen: Weshalb hatte man zwei Monate gewartet? Und um welche Beweise ging es, wenn es sie denn gab?

Fede setzte sich. «Nachdem ich dich gestern verlassen hatte, war ich in Stans.»

«Ich kann mir vorstellen, bei wem. Du hättest mich wecken können. Ich hätte dich begleitet.»

«Mich kennt die Kleine ja nicht.»

«Du nennst sie ‹Kleine›? Immerhin hat sie Lombardis Herz erobert.» Max nahm einen Schluck von der Milch. «Hast du sie ausgefragt?»

«Warum hätte ich das tun sollen? Sie kennt mich nicht. Aber ich konnte mir ein Bild von ihr machen. Sie schien zu trauern. Ihre geschwollenen Augen verrieten mir ihr persönliches Drama.»

Max ahnte einen andern Grund. «Was hast du dort wirklich getan?»

«Mich ein wenig umgesehen.»

«Und wie hast du das angestellt?» Er erinnerte sich an die Verkaufsfläche, an die Nischen und an einen kleinen Raum hinter dem Korpus, wo das Büro lag. Alles wirkte transparent.

«Sabrina hatte Kundschaft. Sie war mit ihr beschäftigt. Ich fragte, ob ich zur Toilette gehen könne ... ganz lieb, wie es sich gehört. Die liegt zufällig hinter dem Büro. Ja ... der Computer war in Betrieb, das iPhone lud mich geradezu ein ... Ich musste nicht lange suchen, um das zu sehen, was ich wollte. Roberto Lombardi hatte eine Message an Sabrina geschickt. Wenn ich zurückrechne, war das kurz vor seinem Tod.»

«Und was schrieb er?»

Fede suchte nach seiner Hand. «Max, bevor ich weitere Einzelheiten verrate, möchte ich wissen, was Sache ist. Sind wir nun Partner oder nicht?»

«Es liegt dir wohl viel daran, dich an meiner ...», er überlegte einen Augenblick, wie er es benennen wollte, «... Detektei zu beteiligen.»

«Ja.» Fede sah ihn fast treuherzig an, ein Blick, den er noch nie an ihr bemerkt hatte. «Mein Erspartes wird irgendwann aufgebraucht sein. Die kleinen Aufträge von Firmen werfen kaum etwas ab. Zurück in meinen alten Job möchte ich nicht, und im Hof hier sehe ich zwar eine Zukunft, aber nur eine halbe.»

«Die andere Hälfte siehst du als meine Partnerin.»

«Warum nicht? Wir verstehen uns.»

Wenn sie unter «verstehen» die ständigen Szenenwechsel sah, mit denen sie ihn forderte, konnte er sich auf einiges gefasst machen. «Etwas kommt mir schleierhaft vor. Warum zeigst du ein solches Interesse an dem Fall? Du hast dich innert kürzester Zeit in ihn hineingelesen. Weisst schon im Voraus, welches meine nächsten Schritte sein werden ... Die Begegnung im ‹Pilatuskeller› war doch kein Zufall, oder?»

«Max, du denkst zu viel.» Sie liess seine Hände los.

«Du etwa nicht?»

«Ich kann zwischen Ratio und Instinkt unterscheiden. Manchmal nimmt das Bauchgefühl überhand.»

«Und was sollte *mein* Bauchgefühl deiner Meinung nach spüren? Ich bringe den Verdacht nicht los, dass dein Intermezzo in Hergiswil bewusst geschehen ist.»

«Schätzt du mich so ein?» Fede warf lachend ihren Kopf nach hinten. «Glaubst du, nur Männer können sich die Freiheit herausnehmen, eine Frau herumzukriegen? Das war ein Quickie, mehr nicht.»

«Es gab noch einen zweiten ...»

«Was?» Fede lachte ihn an.

«Ach, nichts.» Max hatte keine Lust auf eine solche Diskussion. Er schluckte leer. «Und du denkst, daraus könnte eine geschäftliche Partnerschaft werden?» Er liess die Schultern hängen. «Das … das glaube ich jetzt nicht!» Er sah sie an. Sie hielt seinem Blick stand, während sie ihre Locken um den Finger wickelte. «Du kennst die Lombardis, nicht wahr? Sie haben dich, genau wie mich, angeheuert, an diesem Fall zu arbeiten. Hat es einen persönlichen Grund, weshalb du eingestiegen bist?»

«Max, nein. Du siehst Gespenster.»

«Dein schnelles Auffassungsvermögen ist mir suspekt. Ich meine, ich bin auch sehr schnell im Denken. Aber wie du das anstellst, du musst einfach Vorkenntnisse haben.»

Fede stand auf, kam um den Tisch herum und schlang ihre Arme um Max' Schultern. «Mit dieser Eigenschaft stehe ich mir sehr oft selbst im Weg. Glaube mir, ich habe von alldem nichts gewusst. Den Namen Lombardi habe ich zwar schon gehört, wie man Müller oder Meier hört, aber ich hatte keine Ahnung, wer dahintersteckt.» Sie liess ihn wieder los, ging zu ihrem Platz zurück und setzte sich. «Du musst mir glauben.»

Leichter gesagt als getan. «Es fällt mir schwer, aber ich werde es versuchen.»

«Ich werde die Hälfte des Betrags, den du bei der Gründung der GmbH investiert hast, übernehmen. Du siehst, es ist mir ernst.»

Max konnte sich mit der Idee nicht richtig anfreunden. Und sein Bauch, dem er zu vertrauen versuchte, lieferte ihm keine Antwort. «Mit Probezeit», sagte er und beobachtete Fedes Reaktion.

«Einverstanden.»

«Du wolltest mir sagen, was Roberto Lombardi seiner Geliebten geschrieben hat.»

«Über WhatsApp …» Fede hielt inne.

«Was also schrieb Roberto?»

«Dass … dass er mit Melanie gesprochen habe und die Trennung möchte.»

«Aber warum hat Sabrina Odermatt mir nichts davon mitgeteilt? Oder Melanie Lombardi?»

Fede hob ihre Augenbrauen. «Ich habe keinen blassen Schimmer.»

***

Den frühen Nachmittag verbrachte er allein in seiner Wohnung. Aus der Distanz, sagte sich Max, würde er den besseren Überblick haben. Obwohl die Sehnsucht nach Fede ihn fast zerriss, hatte er sie nicht angerührt. Auch sie war zurückhaltend gewesen, nachdem sie per Handschlag ihre Zusammenarbeit besiegelt hatten. Als er das Haus verlassen hatte, war er noch immer nicht sicher, ob nicht alles eine Inszenierung war. «Abwarten und Tee trinken», hätte Milagros ihm den Tipp gegeben.

Milagros! Ein schneller Gedanke an sie. Er fragte sich, ob es Sinn machte, wenn sie für den Fall recherchierte. Alles zielte darauf hin, dass der Grund für Lombardis Tod in der eigenen Familie zu suchen war.

Letztendlich waren zwei junge Menschen dazu gezwungen worden, einander zu heiraten. Möglicherweise hatten sie es selbst nicht als Zwang angesehen, denn vielmehr als eine Tradition. Wusste der Kuckuck, welche Vorstellungen die Lombardis wie auch die Lussis über die Ehe vertraten.

Dem Versuch, eine mögliche Liebe wachsen zu lassen, hatten Melanie und Roberto Lombardi vorerst standgehalten, bis zu dem Zeitpunkt, als er sich verliebte und Melanie sich des gleichen Rechts bediente. Oder aus Trotz, denn noch wusste Max nicht, was Lombardi mit dem Wunsch nach einer Trennung in seiner Frau ausgelöst hatte.

Aber warum war Roberto Lombardi tot?

Die Eheleute hätten ihren Entscheid untereinander aushandeln können. Falls Sabrina Odermatt sich aus der Beziehung zu Lombardi mehr gewünscht hatte, als bloss eine Nebenfrau zu sein, hätte sie Melanie eliminiert und nicht Roberto. Sabrina schied schon mal aus. War die Frage, wer der grosse Unbekannte war, den Fede als Cyberfreund bezeichnete. Hatten sich Melanie und dieser Fremde etwa doch getroffen?

Milagros rief an.

Max hatte auf diesen Anruf gewartet.

«Maximilian, ich bin seit einer halben Stunde in der Klinik Esperanza.»

«Wie bist du bloss so schnell dort reingekommen?»

«Ich liess mich einliefern. Ich hatte plötzlich diese Unterleibsschmerzen.»

Max spürte den Stich in der Brust. Er hätte Milagros doch nicht allein nach Lima reisen lassen sollen. «Ist es schlimm?»

«Nein, nein, stell dir vor, ich habe simuliert. Der Arzt hier nahm es mir ab und behält mich mal zur Beobachtung auf der Station.»

Max hatte seine Mutter unterschätzt.

«Die Klinik liegt zwar in der Pampa, also ausserhalb von Lima, aber sie scheint mir auf den ersten Blick sehr gepflegt und sauber zu sein. Dr. Hendriks' Stempel ist eindeutig zu spüren. Sobald ich die Gelegenheit habe, werde ich mich hier mal umsehen. Auf der Notfallstation, wo man mich zuerst hinbrachte, habe ich bereits herausgefunden, wo die Wöchnerinnenabteilung liegt. Da lag nämlich eine junge Mutter in den Wehen. Ich hörte, wie sie davon sprach, dass es ihr fünftes Kind sei und sie nach der Geburt in den Trakt B gebracht würde ...»

«Milagros, du wirst mir aber nicht zu übermütig.»

Sie seufzte. «Du, ich muss auflegen, der Arzt kommt. Ich muss meine Schmerzensmiene aufsetzen.»

Max starrte auf das verstummte iPhone. Er konnte es nicht fassen: seine Mutter undercover auf der andern Seite der Erde. Er sah auf die Uhr. In Lima war es erst sieben in der Früh. Nachdenklich betrachtete er das Display, als erneut ein eingehender Anruf angezeigt wurde. Fede! Er hatte ihre Nummer endlich gespeichert.

«Ich habe Neuigkeiten», sagte sie, kaum hatte er sich gemeldet.

Die Frauen, überlegte Max, überforderten ihn. Zuerst Milagros, jetzt Fede. Trotzdem freute er sich, sie zu hören.

«Ich weiss jetzt, mit wem Dr. Hendriks in Lima zusammengearbeitet hat. In deinen Unterlagen stand etwas von einer Hebamme.»

«Ich erinnere mich. Hendriks sprach davon, dass sie ihm während der Dauer von fünf Jahren beigestanden habe.» Max ging mit dem iPhone ins Wohnzimmer. Dort durchsuchte er die Dokumente auf der Theke, um sicherzugehen, dass er sich nicht irrte. Er fand seine Notizen. «Sie war von 1983 bis 1988 ebenfalls in Peru. Hat Hendriks geholfen, die Klinik auf Vordermann zu bringen. Was ist mit ihr?»

«Richtig. Sie hat kurz nach der Rückkehr aus Peru geheiratet und heisst jetzt Aschwanden. Und rate mal, wo sie heute lebt.»

«Du wirst es mir sicher gleich erzählen.»

«Auf der Älggi-Alp.»

«Liegt dort nicht der Mittelpunkt der Schweiz?»

«Warum fragst du? Du als Innerschweizer solltest das wissen.» Fede liess ein Kichern vernehmen. «Es gibt eine Kapelle, ein Restaurant und ein paar Alphütten, die über den Sommer bewohnt sind. Die Familie Aschwanden lebt dort übers ganze Jahr. Das geht aus der Gemeinde Sachseln hervor. Sie bewirtschaftet einen kleinen Hof, was immer das heissen mag. Ist eher ungewöhnlich. Ich kenne die Alp.»

«Du hast dich bereits über sie informiert?» Wieder einmal staunte er über Fedes schnelles Arbeiten. Ihr war es wirklich ernst. «Und was hast du herausgefunden?»

«Nichts weiter als das. Aber das ist doch schon mal ein Ansatz.»

«Du meinst, wir sollten mal hochfahren?» Max hätte Erbaulicheres im Sinn gehabt.

«Es kann nichts schaden. Lotti Aschwanden alias Lotti Blättler könnte uns vielleicht Auskunft über das Projekt ‹Papillon› geben. Schliesslich war sie einst die rechte Hand von diesem Hendriks.»

«Nicht gerade Ausflugswetter.» Max ging zum Fenster und warf einen Blick nach draussen. Die Grautöne dominierten.

«Die Alp liegt, soviel ich weiss, auf über tausendfünfhundert Meter über Meer.»

«Tausendsechshundertfünfundvierzig, wenn du es genau wissen willst.»

«Wo hast du das schon wieder her?»

«Das gehört zum Allgemeinwissen.»

«Du bluffst.»

Fede lachte.

«Dort liegt bestimmt schon Schnee.»

«Drückst du dich?»

«Ich könnte mir Romantischeres vorstellen als eine Fahrt auf dieses Hochplateau. In dieser Jahreszeit, bei diesem Wetter.» Es ärgerte ihn, dass ihm selbst nicht eingefallen war, sich näher mit der Hebamme zu befassen. Das hätte er bereits nach dem Treffen mit Hendriks tun sollen.

«Komm schon, muss ich dich jetzt für deine Arbeit motivieren?» Fede klang ungeduldig.

«Wir könnten sie auch ganz einfach anrufen.»

«Du Witzbold. Die haben keinen Telefonanschluss, eine Handynummer finde ich nicht.» Fede pfiff leise in die Leitung. «Wir könnten via Sachseln fahren und die Route über Flüeli-Ranft nehmen. Die andere Variante wäre via Edisried. Ich weiss nicht, wie du Kurven verträgst.» Sie kicherte. «Aber dort hat es ein paar.»

«Na, hör mal ...»

«Ich weiss, dein Sportbolide. Der klebt in den Kurven wie Leim, habe ich recht? Aber ich muss dich enttäuschen. Mein Austin möchte auch wieder mal eine Bergfahrt machen. Ich hole dich in einer halben Stunde ab.»

Zwei Frauen gegen ihn. Das war eine ungerechte Verteilung. Und als Beifahrer in einer kleinen Kiste mitzureisen, konnte er sich nicht vorstellen. Zudem kannte er Fedes Fahrstil nicht. Sollte sie so fahren, wie sie tanzte, dann musste er sich in Acht nehmen.

Max war klar, dass er jetzt nicht zurückkrebsen konnte. «Ich werde unten auf dich warten», sagte er, nachdem er in Gedanken alle Möglichkeiten durchgegangen war, wie er Fede doch noch überzeugen könnte, seinen Wagen zu nehmen.

***

Bestimmt war es Milagros langweilig. Kaum hatte Fede Max abgeholt, meldete sie sich wieder. Zwischen ihrem letzten Anruf und dem aktuellen waren kaum zwei Stunden vergangen.

«Maximilian, das wirst du nicht glauben, was ich soeben herausgefunden habe.»

Max nahm das iPhone vom Ohr und flüsterte Fede zu, dass das Gespräch länger dauern könnte. Sie schraubte die Musik zurück. Thomas Bergersen in ihrem Mini zu hören, war wie eine Ohrfeige für sein musikalisches Gen. «Ich baue dir eine neue Stereoanlage ein», hatte er kurz nach der Wegfahrt vorgeschlagen. «Schade um den Komponisten. So etwas hat er nicht verdient.» Sie hatten beide gelacht, und Fede hatte den Sound mit der Lautstärke verbessern wollen. Dabei war sie auf den Mittelstreifen gelangt, und Max hatte ihr ins Lenkrad greifen müssen. Immerhin hatte sie das Tempo gedrosselt. Entspannt war Max deswegen noch lange nicht.

«Erzähl schon», forderte er Milagros auf, während er die Fahrbahn vor sich im Auge behielt.

«Langer Rede kurzer Sinn: Im Wöchnerinnentrakt bin ich auf eine Pinnwand gestossen, auf der sicher fünfzig Mütter nach ihren Kindern suchen. Sie hatten alle in der Klinik Esperanza entbunden. Wie es scheint, wurden ihnen die Kinder gleich nach der Geburt weggenommen.»

«Bist du sicher?» Max kannte seine Mutter. Sie übertrieb gern.

«Eine der ersten Anzeigen stammt aus dem Jahr 1998 von ... jetzt rate mal, von wem.»

«Mach es nicht spannend.»

«Von Jara Cervantes Rodrigues. Zehn Jahre nach der Geburt ihres Sohnes fing sie an, nach ihm zu suchen. Klingelt bei dir etwas?»

«Du hast dich sicher getäuscht. Zudem hat Jara Zwillinge geboren.»

«Was?» Jetzt war Milagros baff. «Maximilian!» Ihre Stimme erreichte eine höhere Tonlage. «Ist das wirklich wahr? Dann wurde die junge Mutter buchstäblich über den Tisch gezogen. Sie sucht nur nach *einem* Kind.» Milagros seufzte. «Ich hätte für Jan die Hand ins Feuer gelegt, gebe ich zu. Doch jetzt sieht es ganz danach aus, als hätte er kriminelle Handlungen vollzogen. Möglicherweise waren diese Mütter bei der Geburt ihrer Kinder alle noch minderjährig. Jan muss das ausgenutzt haben.» Milagros enervierte sich von Neuem. «Er hat die Kinder in die Schweiz verkauft und wahrscheinlich eine Menge Geld kassiert. Kein Wunder, kann er sich eine Luxussuite auf dem Bürgenstock leisten.»

«Er war immerhin über mehrere Jahre Gynäkologe. Da wird er auch einiges verdient haben.» Max wollte sich nicht auf Milagros' Recherche behaften. «Das ist nicht so einfach. Um Kinder von Peru und überhaupt vom Ausland in die Schweiz zu holen, bedarf es einiger Abklärungen und gesetzlicher Hürden, auch wenn die betroffenen Kinder von den Eltern zur Adoption freigegeben worden sind.» Andererseits erinnerte er sich an Hendriks' Aussage, dass er nach der Gründung von «Papillon» Probleme mit der Behörde bekommen habe.

«Maximilian. Das hier sind Schicksale von jungen Müttern. Ausgerechnet in der Klinik Esperanza, wo Hoffnung an oberster Stelle steht. Wenn diese Mütter wüssten, dass ihre Kinder in der Schweiz sind, würden sie doch nicht in Lima nach ihnen suchen.»

Das leuchtete Max ein.

«Ich werde nun versuchen, Jara Cervantes Rodrigues ausfindig zu machen. Die Telefonnummer, die sie angefügt hat, ist leider nicht mehr lesbar. Ich melde mich wieder. *Hasta luego.*» Und weg war sie.

Sofort drehte Fede die Musik wieder lauter. «Hat doch nicht eine Stunde gedauert», frotzelte sie. «Wer war es?»

«Milagros.»

«Deine Mutter.» Fede sah ihn spöttisch an.

«Konzentrier dich bitte auf die Fahrbahn», bat Max. Nach dem Verlassen des Loppertunnels fuhren sie jetzt auf der Geraden nach Sarnen.

«Warum nennst du sie Milagros und nicht Mam oder Muitti?»

«Wenn du sie kennenlernst, wirst du sehen, warum.» Max verstaute das iPhone in der Jackentasche. «Wo leben eigentlich *deine* Eltern?» Bis anhin hatte er wenig über Fede erfahren. Nichts Persönliches, was er sich gewünscht hätte.

«Ach, nicht der Rede wert.» Fedes Mimik verriet, dass sie ungern darüber sprach. «Vater hat sich nach Deutschland abgesetzt, Mutter lebt in der Algarve. Seit einiger Zeit bereits.»

«Und was tun sie so?»

Fede schaltete einen Gang runter und setzte zum Überholen an.

Max vergewisserte sich geistesgegenwärtig, ob die linke Spur frei war, und schaute kurz zurück. «Pass auf! Hast du das Motorrad nicht gesehen?»

«Ooops, toter Winkel ...» Fede lenkte den Mini mit einem Schwenker zurück. «Mama ist Künstlerin. Sie malt und stellt Collagen her. Als ich siebzehn war, fand sie, sie müsse auswandern. Die Schweiz falle ihr auf den Kopf. Ihr Entscheid ...»

«Und dein Vater?»

«Ein Jahr nach Mamas Auszug ging auch er weg, wegen der Arbeitsstelle, nach Stuttgart. Er ist Physiker.»

«Hast du Geschwister?»

«Nein, verwöhntes Einzelkind wie du.» Sie warf ihm erneut einen spöttischen Blick zu. «Nur musste ich mir mein Studium selber verdienen.»

«Wer sagt denn, dass ich mir meines habe finanzieren lassen?»

«Das ist offensichtlich. Du hättest sonst den Anwalt nicht einfach so hingeschmissen. Ich weiss, wie hart das Studium in Rechtswissenschaften ist. Wenn man denn mal so weit ist, lässt man es nicht einfach schlittern, ausser der Herr Papa hat finanziell dafür gesorgt, dass du es bis zum Schluss durchziehst. Selbst Erworbenes wirft ein anderes Licht auf seine Arbeit, als wenn die Moneten zum Pflücken an den Bäumen hängen.»

«Diesen Vergleich höre ich heute zum ersten Mal.» Max schluckte leer. «Moneten von den Bäumen pflücken. Du irrst dich. Es spielten ganz andere Faktoren mit, die mich zum Pausieren veranlasst haben.»

«Aber du möchtest nicht darüber sprechen.»

«Nicht heute.»

«Verstehe. Aber wenn wir zusammen arbeiten, bedingt es gegenseitiges Vertrauen. Dann sollte man alles über den andern wissen.»

«Du weisst mehr von mir als ich von dir.» Max zeigte nach vorn. «Dort ist die Ausfahrt nach Sachseln. Wenn du sie nicht verpassen willst, musst du abbremsen.»

«Vollbremse?» Fede lächelte. «Mein Leben ist mit einem Satz gesagt: Aufgewachsen in Stans, Gymnasium in Zürich, Studium in Zürich, Job in Pfäffikon, bevor ich mich selbstständig gemacht habe.»

«Ein Workaholic, also.»

«Eine Frau mit Hof und zwei Kühen, die gelegentlich für Firmen arbeitet, denen es um die Sicherheit im Internet geht.»

«Das sind bereits zwei Sätze.»

«Was?»

«Schau geradeaus.» Max fuhr sich theatralisch mit der Hand über die Stirn. «Wollen wir tauschen?»

«Was tauschen?»

«Ich übernehme das Lenkrad.»

«Schmink dir das gleich ab. An meinen Mini lasse ich keinen ran. Vater hatte ihn schon gefahren. War ein Abschiedsgeschenk von ihm, bevor er nach Stuttgart zog.»

Max spürte, wie sich seine Kehle zusammenzog. Offenbar hatte auch Fede eine gute Beziehung zu ihrem Vater gepflegt, so, wie sie von ihm sprach.

«Wir haben einen Auftrag», sagte Fede versöhnlich. «Wir sollten uns darauf konzentrieren. Und keine Angst, ich besitze seit über sechzehn Jahren meinen Führerausweis. Mit achtzehneinhalb habe ich die Prüfung gemacht. So, und jetzt kennst du auch mein Alter. Ich nehme an, das wäre deine nächste Frage gewesen …»

ZEHN

Die Fahrt von Sachseln über Edisried zur Älggi-Alp hatte mehr als dreissig Minuten gedauert. Das lag weniger an der Distanz als an Fedes Fahrstil. Die Strasse, die mehrheitlich durch den Wald führte, war offensichtlich nicht nach ihrem Gusto gebaut. Sie liebte ihren Wagen so sehr, dass sie um die gelegentlichen Risse im Asphalt herumfuhr und sie als Schlaglöcher bezeichnete.

Max hatte auf der Hinfahrt etwas gelernt: Augen schliessen und durch. Er hatte es sich abgewöhnt, die Fahrt zu kommentieren. Als sie das Plateau erreichten, war ihm, als würde er von einer Zentnerlast befreit. Er hatte sich jedoch darüber gefreut, dass Fede sein neulich gekauftes Outfit trug: Mütze, Schal und Handschuhe. Sie sah umwerfend aus.

Fede stoppte vor dem Berggasthaus. «Wenn wir Pech haben, ist es geschlossen. Soll ich mal nachsehen?»

«Ich dachte, wir suchen die Familie Aschwanden.»

«Hast du nicht Hunger?» Sie stellte den Motor ab und stieg aus, bevor Max das Angebot machen konnte, sich darum zu kümmern. «Ich bin gleich zurück.»

Max sah ihr nach, wie sie in saloppem Schritt zum Weg ging, der zum Haus führte. Das Wetter zeigte sich noch immer von seiner unfreundlichsten Seite. Die umliegenden Berge lagen im Nebel. Die Sicht reichte knapp bis zum Wald. Bald würde der Schnee kommen und die Älggi-Alp unter sich begraben. Der Gedanke war berechtigt, wie eine Familie es hier oben über den Winter auszuhalten vermochte. Sie war von der übrigen Welt abgeschnitten. Was für lange Tage für die Betroffenen.

Fede kam abwinkend zurück. «Seit zwei Tagen geschlossen. Niemand mehr da.» Sie setzte sich ins Auto. «Tja, wir hätten ein Sandwich mitnehmen sollen. Egal, vielleicht tischen uns die Aschwandens etwas auf.» Sie drückte die Kupplung, liess den Motor an und gab Gas. «Dort hinten bei den Felsen müssten sie sein. Siehst du die Häuser?»

«Mit Müh und Not erkenne ich ein paar Hütten.» Max sah über das Feld. «Und wo ist jetzt die Landesmitte?»

«Du warst tatsächlich noch nie hier?» Fede fuhr langsamer. «Wenn du rechts nach oben schaust zu den Baumgruppen, dort ist sie – die Schweiz in Kleinformat ... die Mitte der Mitte ...»

Hoffentlich kam ihr nicht in den Sinn, einen Spaziergang dorthin zu machen. «Vielleicht sehen wir uns diesen Teil der Schweiz ein andermal an.»

Sie lachte. «Wanderst wohl nicht gern.»

«Nicht unbedingt. Ich fahre lieber Rad, wenn es denn sein muss, mich in der Natur zu bewegen.»

Die Alphütten verwandelten sich, je näher Fede an sie heranfuhr, zu ansehnlichen Häuschen, in denen sich bestimmt leben liess. Nach Max' Gutdünken jedoch nur während der Sommermonate. Bei einem einzigen Haus, bei Weitem nicht beim grössten, standen die Fensterläden offen, und aus dem Kamin stieg weisser Rauch auf.

«Was meinst du?» Fede bremste ab. «Haben sie uns kommen sehen?»

Max linste durchs Fenster. «Es rührt sich nichts.»

Fede schleuderte ihre Locken in seine Richtung. «Komm, wir gehen. Mehr als eine Abweisung wird es nicht geben.» Sie stieg aus.

«Wer so lebt, ist sicher sehr eigen.» Auch Max verliess den Wagen.

«Max, seit wann nimmst du Rücksicht auf eine mögliche Eigenart? Wenn wir nicht hingehen, werden wir es nie erfahren.» Fede ging voraus zur Tür. Sie klopfte an.

Es dauerte eine Weile, bis die Tür aufging und eine Frau in dunklem Gewand und Turban erschien. Max schätzte sie auf zwischen fünfzig und sechzig, mit fülliger Hüfte und schmalem Oberkörper. Er wusste nicht, weshalb er an eine Birne denken musste. Um ihren Hals hatte sie einen Strang Ketten gelegt, die bei jeder Bewegung klimperten. Eine seltsame Gestalt, ging Max durch den Kopf. Dass sie einmal Hebamme gewesen war, wollte er nicht glauben. Ein Mann erschien unwesentlich später – das pure Gegenteil von ihr. Unten dünn und oben wie der Abklatsch von Arnold Schwarzenegger. Ein ungleiches Paar, aber äusserst freundlich. Kaum hatte sich Fede vorgestellt, baten sie nicht nur sie, sondern auch Max ins Haus.

«Sicher wollten Sie ins Restaurant. Aber das ist seit Anfang Woche geschlossen. Bei uns bekommen Sie immer etwas.» Lotti Aschwanden ging voraus in einen Wohnraum, in dem mehrere kleine Tische mit je vier Stühlen standen. Zwei waren gedeckt. In einem Holzofen brutzelte ein Feuer. «Bitte nehmen Sie Platz. Wir haben eine kleine Speisekarte.»

Offenbar glücklich darüber, dass sich an diesem diesigen Mittwochabend doch noch jemand auf die Älggi-Alp verirrt hatte, brachte Aschwanden eine Flasche Rotwein an den Tisch, entkorkte sie und stellte sie ab.

Fede warf Max einen fragenden Blick zu. Er nickte und setzte sich. Er griff nach der Karte. «Älplermagronen nach Obwaldner Art» war genau das, wonach es ihn gelüstete.

«Leben Sie das ganze Jahr über hier?», fragte Fede, die genau das im Vorfeld abgeklärt hatte. Max fragte sich dagegen, *wovon* sie lebten. Möglicherweise warteten sie täglich auf Gäste, die bei ihnen einkehrten. Draussen hatte er weder Kühe noch Rinder entdeckt.

Lotti Aschwanden schenkte Wein ein. «Ja, ein halbes Leben lang. Ich war bis 2008 kantonale Hebamme, pendelte zwischen hier und den umliegenden Gemeinden, aber es ging irgendwie.»

«Wie machten Sie es denn im Winter?»

«Meine Frau fuhr mit dem Schneetöff ins Tal.» Aschwanden brachte Brot an den Tisch.

Max und Fede sahen sich nur an.

«Haben Sie Kinder?», fragte Fede.

«Einen Sohn», sagte Lotti Aschwanden.

«Der musste doch sicher zur Schule.»

«Mein Mann war Lehrer, bevor er sich zum Förster ausbilden liess. Er hat den Jungen unterrichtet.»

«Und später?» Max vermochte nicht, es sich vorzustellen, wie man mit einem Kind auf dieser Alp leben konnte. Ohne soziale Kontakte. Die Touristen im Sommer reichten nicht aus, um die Einsamkeit auf diesem Hochplateau zu überwinden. Die Aschwandens waren wirklich eigen.

«Sie haben sicher den Eindruck, wir würden uns vor der Welt abschotten», sagte Aschwanden, als hätte er Max' Gedanken gelesen, und setzte sich zu ihm an den Tisch. «Bereits mein Vater war Gemeindeförster. Nach seinem Tod bin ich in seine Fussstapfen getreten. Wenn alles gut geht, wird auch unser Sohn einst diesen Beruf ausüben. Doch noch verdient er seine Sporen in der Hotellerie ab.» Es schien, als hätte er ein grosses Bedürfnis zum Reden. «Und Sie? Wollten Sie eine Wanderung machen? Heute sieht man ja kaum etwas. Und die Pilzsaison ist auch vorbei. Und bald wird es dunkel.» Er schlug sich lachend auf die Knie.

«Wir sind aus einem andern Grund hier», sagte Max, nachdem er und Fede die Älplermagronen bestellt hatten.

«Ich werde dann mal die Magronen zubereiten», sagte Lotti Aschwanden und war daran, in die Küche zu gehen, die hinter dem Esszimmer lag. Der Grund für die Anwesenheit ihrer Gäste schien sie nicht zu interessieren.

Fede hielt sie zurück. «Sie haben von 1983 bis 1988 in der Klinik Esperanza in Lima gearbeitet.»

Max beobachtete, wie sich Lotti Aschwandens Gesichtszüge veränderten. Erst noch hatte ein Lächeln auf ihren Lippen gelegen, das nun einem bitteren Zug wich.

«Das ist Jahre her.» Lotti Aschwanden blieb stehen. «Wer sind Sie überhaupt?»

Auch Aschwanden hatte seine Freundlichkeit verloren. Beide sahen sich schweigend an.

«Max von Wirth und Federica Hardegger», sagte Fede. «Wir sind Privatdetektive und forschen nach dem Grund von Roberto Lombardis Suizid.»

«Sie haben sicher davon gehört», sagte Max. Ein Gefühl der Zusammengehörigkeit bemächtigte sich seiner. Er und Fede. Dazu ihre Aussage von vorhin. Wenn der Grund für ihr Dasein keinen so ernsten Hintergrund gehabt hätte, hätte er sie auf der Stelle umarmt.

Als sich weder Lotti noch Aschwanden äusserten, legte Fede der Frau die Hand auf den Arm. «Dr. Hendriks hat uns von Ihrem Einsatz in Lima erzählt, nicht ohne Stolz. Auch von Ihrem gemeinsamen Projekt ‹Papillon› und den Bemühungen, die verwaisten und abgeschobenen Kinder von Peru geeigneten Eltern zuzuführen. Eine wahre christliche Tat.» Aus ihrer Stimme war der pure Sarkasmus zu hören.

«Wir kennen auch Dr. Hendriks' Einstellung in Bezug auf die künstliche Befruchtung», fügte Max an.

«Er war schon immer dagegen.» Lotti Aschwanden trat einen Schritt zurück, ohne Max und Fede aus den Augen zu lassen. «Ich verstehe nicht, warum Sie extra auf die Alp gekommen sind. Mit Jan …», sie räusperte sich, «… mit Dr. Hendriks habe ich seit meiner frühzeitigen Pensionierung nichts mehr zu tun.»

Max wunderte sich über ihre sichtbare Nervosität. Sie zerknüllte den Saum ihres Gewandes. Ihre Pupillen bewegten sich hin und her.

«Aber Sie waren dabei, als Dr. Hendriks die ersten Kinder in die Schweiz holte und sie zur Adoption freigab.» Fede liess nicht locker.

Erst jetzt setzte sich Lotti Aschwanden, als hätte sie eine grosse Müdigkeit ergriffen. «Selbstverständlich war ich dabei. Ich kümmerte mich um die Kleinen, sah zu, dass es ihnen an nichts fehlte, und half, sie hierhin zu bringen.»

«Es ist nicht üblich, dass Neugeborene gleich nach der Geburt ihren Müttern entrissen werden, auch wenn diese die Zustimmung zu einer Adoption gegeben haben», sagte Fede.

«Es wurde alles legal abgewickelt.» Lotti Aschwanden faltete ihre Hände und legte sie auf den Tisch. «Ich weiss noch immer nicht, weshalb es Sie so interessiert.»

«Roberto Cervantes Rodrigues war das erste Kind, das Dr. Hendriks und *Sie* in die Schweiz gebracht haben», fuhr Fede unbeeindruckt fort. «Möglicherweise zusammen mit seinem Zwillingsbruder.»

Max beobachtete Lotti Aschwanden, die mit jedem weiteren

Wort mehr in sich zusammensackte. Ihr Mann griff über den Tisch nach ihren Händen und drückte sie.

Max verspürte das Bedürfnis einzugreifen. «Jara Cervantes Rodrigues hat im Januar 1988 Zwillinge zur Welt gebracht. Wir fragen uns natürlich, was mit dem zweiten Kind geschehen ist. Deshalb sind wir hier, weil wir dachten, dass Sie uns einen Hinweis auf seinen Verbleib geben könnten, falls es lebt.» Max überlegte, ob er Milagros' Tipp, die leibliche Mutter sei auf der Suche nach einem ihrer Kinder, zur Sprache bringen sollte.

«Das geht entschieden zu weit. Wer schickt Sie überhaupt hierher?» Lotti Aschwanden war aufgebracht.

«Robertos Adoptiveltern», flunkerte Max.

«Aber sie haben doch keine Ahnung davon, dass Roberto einen Zwillingsbruder hat.» Lotti Aschwanden hielt sich erschrocken die Hände vor den Mund.

«Das ist uns bekannt», sagte Fede. «Aber Sie, Frau Aschwanden, wissen sicher, wo sich José aufhält, zu welcher Familie er gekommen ist.»

Als der Name «José» fiel, war es Aschwanden, der sich schnaubend erhob und in der Folge vom Tisch zum Ofen und wieder zurück tigerte. «Lotti, sag's ihnen.»

Lotti Aschwanden richtete sich an ihren Mann. «Ich wüsste nicht, was es sie angeht.» Sie erhob sich. «Ich werde die Magronen machen. Sie bleiben doch zum Essen, oder?», fragte sie an Fede gewandt. Ihr Gesinnungswandel überraschte einmal mehr. Sie wies zum Fenster. «Draussen nachtet es ein. Wir haben auch Zimmer.» Sie machte den Eindruck, als wären sie auf jeden Franken angewiesen.

Max fand die Idee vernünftig. Schon Fedes Fahrweise wegen musste er den Vorschlag annehmen. Morgen war ein neuer Tag. Bis dahin würde es ihm vielleicht gelingen, Fede zu überzeugen, dass es besser wäre, wenn *er* zurückfuhr.

«Was immer diesen beiden Kindern angetan wurde», sagte Fede, «unseres Erachtens hat es José verdient, wenigstens nach Robertos Tod zu erfahren, dass er einen Bruder hatte.»

«Auch den Grund, weshalb die beiden Jungs auseinandergerissen wurden …»

«Das war damals nicht einfach.» Lotti Aschwanden hatte sich wieder gefasst. Sie machte auf dem Absatz kehrt und kam an den Tisch zurück. «Die Lombardis hatten darauf beharrt, nur ein Kind zu adoptieren.»

«Hatten die Lombardis denn gewusst, dass es einen Zwilling gab?»

«Nein. Wir wollten einfach einen guten Platz für den einen Jungen. Den andern, dachten wir, würden wir ebenso gut unterbringen können.»

«Das aber klappte nicht.»

Aschwanden bekam einen Hustenanfall. «Lotti, bitte …»

«*Wir* haben José adoptiert. Ich bin zwar Hebamme, selber jedoch war mir nie ein eigenes Kind vergönnt. Das ist die Ironie des Schicksals.» Daraufhin verschwand Lotti Aschwanden definitiv in der Küche.

Max musste es zuerst verdauen, und wenn er Fede beobachtete, hatte auch sie ihre grosse Mühe mit Aschwandens Geständnis.

«Das heisst», wagte Max einen ersten Vorstoss, «dass die beiden Zwillinge jahrelang im gleichen Kanton gelebt und trotzdem keine Ahnung voneinander hatten …»

«Eineiige Zwillinge», enervierte sich Fede offensichtlich mit grosser Empörung. «Das ist, als fehlte dem Yin das Yang.»

Trotz des traurigen Themas brachte Fedes Vergleich Max innerlich zum Schmunzeln. Es schien, als wäre sie mit Leidenschaft dabei.

Max ging in die Küche. Lotti Aschwanden stand am Herd und war daran, Wasser aufzusetzen.

«Hat es Ihnen nicht das Herz gebrochen, die beiden kleinen Jungen zuerst von der Mutter, dann voneinander zu trennen?»

Lotti Aschwanden wandte sich zu ihm um. «Ja, bei Gott, mir hat es das Herz gebrochen. Aber damals war ich jung. Die Arbeit und Ansichten eines Arztes hatten mehr Gewicht als die einer Hebamme. Wir waren der Überzeugung, dass unsere Arbeit richtig ist. Die jungen Mütter hätten den Kindern niemals ein normales Leben bieten können. In diesem Winkel der Erde herrschte bittere Armut. Die Mütter waren damit einverstanden ... Sie waren selbst noch fast Kinder, oft auch Vergewaltigungsopfer. Es waren nicht die einzigen Zwillinge, die voneinander getrennt wurden. In den Jahren danach geschah es noch viermal. Es betraf immer nur die eineiigen Zwillinge. Jan ... also, Dr. Hendriks nannte es ‹Experiment›.»

«Experiment?» Fede war unbemerkt in die Küche gekommen.

«Was wollte er damit bezwecken?», fragte Max.

«Davon habe ich keine Kenntnis, glauben Sie mir. Dr. Hendriks arbeitete zwar fünfzig Prozent im Sarner Spital, und ich war als Hebamme im ganzen Kanton unterwegs. Wir hatten jedoch selten miteinander zu tun.»

«Sie haben Dr. Hendriks immerhin im Haus ‹Papillon› assistiert.» Eine Vermutung.

«Die ersten vier Jahre nach der Rückkehr in die Schweiz», sagte Lotti Aschwanden. «Das ist richtig. Doch ich konnte mich mit seiner Philosophie nicht mehr länger identifizieren. Ab 1992 arbeitete ich nicht mehr für ihn. Acht Jahre bevor Dr. Hendriks das Haus auf dem Bürgenstock schloss, nachdem er die Kinder, die bis dahin dort gelebt hatten, bei ihren neuen Familien unterbringen konnte.»

«Und José? Lebt er noch immer bei Ihnen?»

«Wir haben ihn seit mindestens drei Monaten nicht mehr gesehen.» Lotti Aschwanden nahm den Turban vom Kopf. Er war kahl. «Das ist die Konsequenz meines Tuns. Aber es gibt keinen Weg zurück.»

Max liess sich seinen Schrecken nicht anmerken. «Wo lebt José jetzt?»

«Er hat eine Stelle als Kellner auf dem Bürgenstock.»

ELF

«Sollte sich am Ende Roberto Lombardi doch selbst erschossen haben», sagte Max schlaftrunken, «so sind wir zumindest Hendriks' illegalen Machenschaften auf den Leib gerückt.»

Sie hatten auf der Älggi-Alp übernachtet, obwohl Fede es vorgezogen hätte, noch in der Nacht zurückzufahren. Max hatte sie überzeugen können zu bleiben, nachdem sie mit Aschwandens zwei Flaschen Rotwein getrunken hatten. Der Alkohol hatte vor allem Lotti Aschwanden die Zunge gelöst. Als ihr Mann schon längst im Bett gewesen war, hatte sie über die Jahre in Peru berichtet. «Sie können sich gar nicht vorstellen, wie viele minderjährige Mütter in die Klinik gekommen sind, um zu entbinden», hatte sie erzählt. «Alles Schicksale, denen wir entgegenzuwirken versuchten. Oftmals kamen die Mädchen oder deren Eltern schon während der Schwangerschaft mit dem dringenden Wunsch zu uns, das Kind abzutreiben oder es gleich nach der Geburt zur Adoption freizugeben. Wir konnten alle davon überzeugen, das Kind zur Welt zu bringen, und nach der Geburt wollte man weitersehen. Die Frauen entschieden sich gegen das Kind und für das Geld, das sie bekamen, um ihre Familie zu ernähren.»

«Ein moderner Sklavenhandel», murmelte Max, während er sich an Fedes warmen Körper kuschelte.

«Was hast du gesagt?» Sie blinzelte ihn an.

«Das Gespräch gestern geht mir nicht aus dem Kopf. Hendriks hat den Müttern die Neugeborenen abgekauft und für das Zigfache in der Schweiz *ver*kauft. Die Kosten für eine internationale Adoption heute belaufen sich auf zwischen zehn- und fünfzigtausend Schweizerfranken. Hendriks wird sich damals nicht unwesentlich daran bereichert haben.»

«Vielleicht sollten wir ihn anzeigen.»

«Weswegen? Hast nicht du gesagt, dass er schon einmal eine Anzeige am Hals hatte? Für dasselbe kann man nicht zweimal belangt werden. Da braucht es neue Fakten. Und diese haben wir nicht. Hendriks hat sich aktuell nichts zuschulden kommen lassen.» Er küsste Fedes Haar. Es war schön, neben ihr zu liegen und sie zu spüren. Er wollte den Moment geniessen, da er nicht wusste, wie lange der Zustand ihrer Zweisamkeit anhalten würde. Mittlerweile hatte er sich an Fedes Unberechenbarkeit gewöhnt. War sie jetzt das anschmiegsame Kätzchen, konnte sie in den nächsten Minuten ihre Krallen zeigen.

«Wir müssen José suchen.» Fede setzte sich auf, streckte sich und warf ihre Locken nach hinten. Durch das kleine Zimmerfenster drang etwas Licht, das ihr Profil in scharfem Schnitt davor abzeichnete. «Ich kann mir nicht vorstellen, dass ihm nicht aufgefallen ist, wie sehr er sich im Aussehen von seinen Eltern unterscheidet. Sieh dir die beiden doch an.

«Frau Aschwanden wird ihm sicher schon mitgeteilt haben, dass er adoptiert wurde und einen Zwillingsbruder hat.»

«So, wie ich sie einschätze, wird sie ihm von seinem Bruder nichts berichtet haben. Wenn man jahrelang etwas verschweigt, muss man sich zuerst darauf vorbereiten und nach den richtigen Worten suchen, glaub mir.»

Max dehnte sich. «Riechst du das?»

«Ja, es riecht nach Kaffee und frischem Brot. Zeit zum Aufstehen.»

Max knipste die Nachttischlampe an und sah Fede nach, als sie Richtung Tür ging. Dusche und Toilette befanden sich nebenan. Er konnte sich an ihrem Körper kaum sattsehen. Sie hatte wohlproportionierte Formen. Jedes Gramm perfekt verteilt. Ihre Sommersprossen fand Max süss und zog sie ihrem Make-up, das sie im «Pilatuskeller» aufgepinselt gehabt hatte, vor. An das Tattoo, das einen Teufelskopf mit seitlich angelegten Flügeln darstellte, hatte er sich noch nicht gewöhnt.

«Du starrst mich an», gluckste Fede und wandte sich zu ihm um. «Habe ich es mir doch gedacht.»

«Macht es dir Spass?»

«Was?»

«Dich stechen zu lassen.»

«Ich verzehre mich nach dem Schmerz.» Sie zog lachend die Tür auf. «Bin gleich zurück. Werde mich nur schnell erfrischen gehen.»

Max sank ins Kissen. Wenn die Arbeit als Detektiv daraus bestand, am Morgen auf einer Alp neben der Frau seiner Träume zu erwachen, war sein Job gut gewählt, auch wenn er sich ihrem seltsamen Faible beugen musste.

Die Realität holte ihn jedoch rasch ein. Von nebenan vernahm er lautes Sprechen, das sich nicht nach einem harmonischen Gespräch anhörte. Mit einem Satz sprang Max aus dem Bett. Er zog Hose und Hemd an, riss die Tür auf und trat auf den Flur. Der Duft nach Kaffee stieg ihm erneut in die Nase, intensiver. Links von ihm lag die Küche, dahinter das Wohnzimmer mit den Tischen. Unter dem Türrahmen hatte sich Lotti Aschwanden mit in die Seiten gestemmten Händen gestellt. «Nein, ich erreiche ihn nicht. Sag du's mir, wo er ist. Seit Tagen meldet er sich nicht mehr.»

Offenbar hatte Lotti Aschwanden versucht, José anzurufen, denn von niemandem sonst konnte die Rede sein.

«Guten Morgen.»

Lotti Aschwanden wandte sich zu Max. «Habe ich Sie geweckt? Tut mir leid.»

Er sah ihr an, dass sie sich erst noch aufgeregt hatte. Auf ihrem Gesicht, diesmal mit einer Kurzhaarperücke umrahmt, erschienen rote Flecke. Sie trug einen dunklen Hausanzug, der ihre füllige Hüfte unvorteilhaft betonte.

«Frühstück ist fertig. Entschuldigen Sie. Wir haben uns gestritten. Mein Mann nimmt José immer in Schutz. Aber es regt mich auf, wenn er sich lange nicht meldet.»

Max setzte sich an den Tisch, auf dem Brot, Butter und Konfitüre bereitstanden. «Haben Sie sich jemals nach Roberto erkundigt? Sie hätten es doch in der Hand gehabt, die beiden Brüder bekannt zu machen.»

Einen Moment lang sah es so aus, als würde Lotti Aschwanden kommentarlos in der Küche verschwinden. Auf der Schwelle drehte sie sich um. «Ich hatte Dr. Hendriks das Versprechen geben müssen, dass alles, was er ihm Rahmen der Adoptionen tat, unter uns bleiben würde.»

«Wäre es möglich, dass José und Roberto einander trotzdem kennengelernt haben?»

«Das hätte ich erfahren.» Lotti Aschwanden ging in die Küche. Später kam sie mit Kaffee und Milch zurück.

«Hat sich Ihr Sohn nie darüber beklagt, dass Sie ihm die Zukunft verbaut haben?»

«Er war glücklich. Er liebt die Berge, die Alp, die Arbeit hier. Mein Mann wollte unbedingt, dass er einen andern Beruf ausübt, bevor er die Ausbildung zum Förster macht. Wir haben ihm nichts verbaut. Er kann noch immer machen, was er will.»

«Wo und was für eine Lehre hat er gemacht oder wo das Gymnasium besucht?»

Lotti Aschwanden zögerte. «Mein Mann …»

«… hat ihm alles beigebracht», fuhr Max ihr ins Wort. Sie wusste genau, dass er ihr das nicht abnahm. Um die Ausbildung zum Förster zu machen, brauchte er eine abgeschlossene Lehre, eine Berufs-, Fach- oder gymnasiale Matura. Das konnte nicht alles hier oben auf der Alp passiert sein. «War er auch mal im Ausland?»

«Nein, wozu auch?»

«Und Sie haben ihm seine Herkunft nie verraten?»

Lotti Aschwanden räusperte sich. «Nein.»

«Hat er nie Fragen gestellt über sein Aussehen?»

«Tonis Vater hatte schwarze Augen und schwarze Haare. Es gab keinen Grund … Zudem war es besser so.»

Ob es besser war, konnte Max nicht nachvollziehen. Hatten sie wie die Lombardis Angst, ihren Sohn zu verlieren?

«Ich lasse Sie dann. Frühstücken Sie jetzt. Das weckt die Lebensgeister. Und sollten Sie Fragen haben, so müssen Sie sich an Dr. Hendriks richten.»

***

Nach dem Frühstück hielt Max hier nichts mehr zurück. Fede hatte sich mit einer Tasse Kaffee begnügt. Nachdem sie die Rechnung für Kost und Logis beglichen hatten, fuhren sie weg, ohne Aschwanden noch einmal gesehen zu haben. Ihr Mann sei unterwegs im Wald, hatte seine Frau durchblicken lassen. Max vermutete, dass er dem heiklen Problem ausgewichen war.

«Ich fahre direkt auf den Bürgenstock», schlug Fede vor. «Du kannst dich entspannt zurücklehnen. Und sollte dir meine Fahrweise nicht passen, den Weg ins Tal schaffst du in dreieinhalb Stunden.» Ihr Lachen steckte an.

Max versuchte dennoch, sich von dem Unvermeidlichen abzulenken, indem er die Augen schloss und seinen eigenen Gedanken nachhing. Falls José Aschwanden tatsächlich in einem der Bürgenstock-Restaurants servierte, war es möglich, dass Milagros ihn kannte, sie, die seit einiger Zeit jedem Mannsbild hinterherblickte, das zwischen zwanzig und vierzig Jahren alt war. Wenn José seinem Bruder wie aus dem Gesicht geschnitten war, wäre er Milagros aufgefallen. Roberto war ein schöner Mann gewesen. Max hätte Lotti Aschwanden nach einem Foto von José fragen müssen. Jetzt war es zu spät. Umkehren wollte er nicht und schon gar nicht Fede den Vorschlag unterbreiten, nochmals auf die Alp zurückzufahren. Als sie Sachseln unbeschadet erreichten, suchte er auf seinem iPhone nach Roberto Lombardis Bild. Er betrachtete es nachdenklich. Die südländischen Züge herrschten vor. Mit viel Phantasie erkannte Max einen indigenen Einschlag. Er wandte sich an Fede, die entspannt am Lenkrad sass, den Arm seitlich auf das Fensterbord abgestützt. «Was meinte Hendriks mit ‹Experiment›?»

Fede krauste ihre Nase. Max sah ihr an, dass sie nicht willens war, darüber zu sprechen. Zudem setzte sie gerade zum Überholen an, was sie jedoch wieder aufgab, weil sich von hinten ein schnelleres Vehikel näherte. «Vielleicht im Zusammenhang mit der Zwillingsforschung», mutmasste sie. «Sie untersucht mit Hilfe der Analysen von Zwillingen die Konstanz sowie den Einfluss von Genen und der Umwelt auf bestimmte Merkmale.» Fede warf Max einen schnellen Blick zu. «Man spricht auch von der sogenannten Zwillingsmethode. In ihrem Rahmen werden eineiige wie auch zweieiige Zwillinge beobachtet. ‹Experiment› dürfte das falsche Wort sein.»

«Nicht bei Hendriks. Wenn er eineiige Zwillinge nach der Geburt auseinanderreisst und sie in unterschiedlichen sozialen Umgebungen platziert, wird er das Ziel gehabt haben, ihre Entwicklung zu studieren. Welche Einflüsse die Umwelt hat, wie weit sie genetisch bedingt ist ...»

«Wäre es Hendriks mit diesem ... Experiment ernst gewesen, so hätte er José nicht in der Nähe seines Bruders aufwachsen lassen. Mögen die familiären Verhältnisse, die Möglichkeiten der Ausbildung und der Lebensstandard noch so unterschiedlich sein, so sind sie doch in einer ähnlich behüteten Umgebung gross geworden. Hätte der Doktor wirklich experimentieren wollen, so hätte er José nicht in einer Familie untergebracht. Er hätte ihn vielleicht eingesperrt oder gleich in Lima gelassen.»

«Du hättest es so gemacht?», entrüstete sich Max.

Fede schüttelte lachend den Kopf. «Ich versuche nur, mich in einen Arzt zu versetzen, der eine gütige wie auch eine kriminelle Seite an sich hat. Ich möchte wissen, wie dieser Hendriks tickt. Was genau bei ihm an erster Stelle steht. Möglicherweise ist er in etwas hineingeraten, das er so nicht wollte. Menschen mit einer überdurchschnittlichen Intelligenz sind manchmal nicht zu bremsen und erkennen die Grenzen nicht mehr.»

«Jetzt nimmst du ihn auch noch in Schutz?» Max enervierte sich. «Hendriks ist ein selbstherrlicher, arroganter Typ. Das hat mit gütig nichts zu tun. In was auch immer er ‹hineingeraten› ist, wie du das nennst, er hat es selbst zu verantworten.» Max beobachtete Fede erwartungsvoll. Als sie nichts darauf erwiderte, entschied er sich, eine Weile nichts mehr zu sagen.

«Hast du eigentlich wieder einmal etwas von deiner Mutter gehört?», fragte Fede, als wäre nichts gewesen. «Immerhin sind schon mehr als zwanzig Stunden vergangen, oder irre ich mich?»

«Falls du mich mit dieser Bemerkung zum Muttersöhnchen abstempeln willst, muss ich dich enttäuschen.» Max wusste nicht, ob er lachen oder Trübsal blasen sollte.

«So schätze ich dich nicht ein.» Klang es wie eine Entschuldigung? «Ich hätte gern eine solche Beziehung zu meiner Mutter gepflegt.»

«Bei Frauen ist das was anderes.» Max hatte kein Bedürfnis, darüber zu sprechen. Zumal das Thema leicht auf die Vaterfigur hätte übergreifen können.

Fede musste sein Zögern bemerkt haben. Max wählte Milagros' Nummer. Sie meldete sich nicht. Die Combox war eingeschaltet. Max bat um einen Rückruf.

«Was schlägst du vor?»

«Was?»

«Immer noch Richtung Bürgenstock?»

«Das war *dein* Vorschlag.»

«Ich möchte dein Einverständnis.»

«Jetzt plötzlich?»

«Wo fangen wir an? In welchem Hotel?»

«Selbstverständlich im ‹Bürgenstock Hotel & Alpine Spa›. Ich gehe davon aus, dass sämtliche Mitarbeiter von der Zentrale aus gemanagt werden.»

Sie erreichten Stansstad. Es regnete. Der goldene Herbst hatte sich endgültig verabschiedet. Auf der Strasse nach Obbürgen lagen abgebrochene Äste und Laub. Ein Sturm musste erst noch über die Landschaft gefegt sein. Auf der Älggi-Alp hatte man von alldem nichts bemerkt.

***

«Das ist ja luxuriös.» Fede blieb hinter dem Eingang stehen und machte den Eindruck, sich nicht genug sattsehen zu können.

«Du bist noch nie hier gewesen?»

«Nicht, nachdem die Hotels hier neu errichtet wurden.» Sie drehte sich einmal um die eigene Achse. «Und du? Bist du Stammgast hier?»

«Milagros geht hier ein und aus. Sie hat im Resort ein Appartement gekauft.»

«Milagros, ja klar.» Fede schritt zur Fensterfront. Max folgte ihr. «Da sieht man ja nichts», sagte sie enttäuscht.

«Ich verspreche dir, dass wir das nächste Mal hierherkommen, wenn die Sonne scheint.» Max nahm sie beim Arm. «Wir wollten uns nach José Aschwanden erkundigen.»

«Hier kehrt also die betuchte Gesellschaft ein.»

«Nicht nur ...» Max zog Fede zum Empfang. «Gäste und Einheimische. Das Hotel bietet allen Platz.»

«Wenn man denn eine Sitzgelegenheit findet», giftete Fede. «Die Loungesessel sind alle belegt.»

Hinter dem Tresen stand die gleiche junge Frau wie neulich. Max lehnte sich über die Tischplatte. «Sie können uns sicher helfen. Wir haben gehört, dass in einem der Restaurants des Resorts ein Mann namens José Aschwanden arbeitet. Haben Sie Kenntnis davon?»

«Tut mir leid, ich arbeite noch nicht so lange hier. Da müssten Sie die Personalabteilung kontaktieren.»

«Und wer ist dort der Chef?», fragte Max.

«Eine Chefin.» Die Praktikantin schenkte ihm ein Lächeln. «Sie waren erst kürzlich hier, nicht wahr?»

«Sie haben ein gutes Gedächtnis.» Max bemerkte in seinem rechten Augenwinkel, dass jemand auf sie zukam.

«Kann ich Ihnen behilflich sein?» Das Alphamännchen von letzthin. Er schien seinen Lehrling rund um die Uhr zu beobachten. «Ah, Herr ...»

«Max von Wirth, und das ist meine ...» Er zögerte. «Geliebte» konnte er unmöglich sagen. «... meine Kollegin Federica Hardegger.» Während er ihren Namen aussprach, fand er, wie wunderschön er klang. Federica. Er würde sie Milagros genau so vorstellen. «Wir würden gern José Aschwanden sprechen. Er soll hier arbeiten.»

«Haben Sie schon mit der Personalabteilung –»

«Nein, mit der haben wir nicht gesprochen», fiel Max ihm ins Wort.

Der Empfangssekretär sah auf den Bildschirm seines Rechners. Max ging nicht davon aus, dass der erforderliche Ordner geöffnet war.

«Aschwanden, sagten Sie?»

«Soll ich den Namen buchstabieren?», fragte Max ungeduldig.

Fede fuhr ihm mit der Hand über seinen Rücken. «Sch...», flüsterte sie an sein Ohr. «Bleib nett.»

«Aschwanden», wiederholte der Mann. «Ja, ein José Aschwanden arbeitet bei uns. Heute ist er nicht eingeteilt.» Er stutzte. «Ich sehe gerade, dass er in letzter Zeit ziemlich oft gefehlt hat. Möglicherweise ist er krankgeschrieben.»

«Kennen Sie ihn persönlich?»

«Ja, ich wohne eine Etage unter ihm.»

Max holte sein iPhone hervor, suchte nach Roberto Lombardis Bild und zeigte es dem Mann. «Ist er das?»

Der Mann kniff die Augen zusammen, worauf Max das Bild vergrösserte. «Ja, ich denke schon. Aber diesen Anzug würde er nie tragen.»

«Und weshalb nicht?»

«Zu stark Schickimicki.»

«Wenn er bei Ihnen im Service arbeitet, wird er sich ja auch gepflegt anziehen müssen», mutmasste Fede.

«Ja, aber keine Designerkleider.»

«Hat er hier ein Zimmer?», fragte Max.

«In einem der Personalhäuser. Sie liegen in Richtung Honegg ...»

«Zimmernummer?»

«Sorry, aber ich habe keine Ahnung.» Der Mann hinter dem Tresen setzte eine Miene des Bedauerns auf. «Wenn Sie möchten, so lasse ich Frau Illi kommen. Sie ist unsere Personalchefin.»

Max stiess Luft aus. «Machen Sie sich keine Mühe.» Er wandte sich vom Tresen ab.

«Das war nicht gerade nett», fand Fede, als sie draussen vor dem Hotel standen.

«In diesem Hotel hat es mir zu viele Chefs», fand Max. «Aber niemand scheint wirklich Kompetenzen zu besitzen.» Er hängte sich bei Fede ein. «Komm, lass uns José suchen.»

Fede blieb stehen.

«Warum zögerst du?»

«Ach, es ist mir jetzt wirklich peinlich. Aber ich habe doch glattweg einen Termin vergessen, den ich nicht verschieben kann.»

«Und um mir das zu sagen, sind wir hier hochgefahren?» Max vermochte ihre Rundumschläge überhaupt nicht nachzuvollziehen. «Es war deine Idee, dass wir hier sind.»

«Sorry, ich weiss. Ich muss nach Beckenried fahren.»

«Und was gibt es so Interessantes in Beckenried?»

«Ich werde mir heute ein weiteres Tattoo stechen lassen ...»

Max glaubte, sich verhört zu haben. «Es geht mich zwar nichts an, aber hast du nicht das Gefühl, dass die Zeichnung auf deinem Rücken reicht?» Fedes Bemerkung neulich, dass sie den Schmerz brauche, flösste ihm ein Unbehagen ein. «Und wie komme ich nach Hergiswil?» Es war das Letzte, dass er sich so unbeholfen aufführte, aber der Tick mit den Tattoos wollte ihm nicht mehr aus dem Kopf.

«Es gibt sicher eine Busverbindung.» Fede lächelte ihn an.

«Das war jetzt auch nicht nett.»

«Du kannst mit mir zurückfahren», schlug sie vor und setzte sich in Bewegung. «Ich hole den Wagen. Überleg es dir.»

Max vergewisserte sich auf dem iPhone, wie spät es war. Er musste sich ablenken. Milagros hatte noch nicht zurückgerufen. Allmählich machte er sich wirklich Sorgen. Sollte sie, wie sie es vorgehabt hatte, allein nach Jara Cervantes Rodrigues suchen, musste sie die Klinik verlassen. Dort hatte Max sie in Sicherheit gewähnt. Oder im Hotel. Aber dort war sie auch nicht mehr. «Ich bleibe», sagte er. «Wenn ich hier fertig bin, melde ich mich.»

Fede schien nicht enttäuscht zu sein. Sie winkte ihm zu. Max sah ihr nach, bis sie im Parkhaus verschwunden war. Er wusste genau, wie sehr sie ihre Freiheit brauchte. Sollte er sich zu stark an sie klammern, würde es ihr sehr zusetzen. Er hatte keinen Anspruch auf sie. Sie kannten sich gerade mal gut eine Woche. Ihm kam es dennoch unendlich lange vor. Er schüttelte den Kopf. So perfekt, wie er dachte, war Fede nicht. Sie besass eine ziemliche Macke, mit der er zuerst fertig werden musste. Sie war süchtig nach Tätowierungen, nach Schmerzen.

Er schlug den Weg Richtung Villa Honegg ein, denselben Weg, den er vor zwei Tagen bereits gegangen war. Vielleicht sollte er sich auch noch einmal Hendriks' Haus ansehen – von innen diesmal. Wenn er Jimmy vom Fernsehen richtig einschätzte, so hatte der die Barrikade entfernt und sich Zutritt verschafft. Max überlegte, welche Priorität er setzen wollte, als ihm ein dunkel gekleideter Mann auffiel, den er bereits im Hotel gesehen hatte. Max hätte ihn weiter nicht beachtet, wenn er sich nicht so auffällig benommen hätte. Jedes Mal, wenn Max stehen blieb, tat er es ihm gleich. Ein komischer Kauz, der wahrscheinlich nichts anderes vorhatte, als Leute zu imitieren. Max beschloss, zuerst nach Aschwanden zu suchen.

Er fand zwei moderne Personalhäuser am Waldrand. Zwei Residenzen, die mit «Titlis 1» und «Titlis 2» beschriftet waren. Die Eingangstüren waren geschlossen. An den Sonnerien gab es keine Namen. Max ging um das zweite Haus herum und entdeckte daneben ein älteres Gebäude, welches in ein Baugerüst gepackt war. Auf den ersten Blick wirkte es unbewohnt und ungemütlich. Die dunkelbraune Fassade, die sich über vier Stockwerke zog, sah verwaschen und fleckig aus. Ein Kennel hing schräg vom Dach. Offenbar bestand Bedarf, das Haus zu renovieren. Max hielt wiederum Ausschau nach der Sonnerie, fand auch ein paar Namen darauf. Nach Aschwanden suchte er vergebens. Er läutete trotzdem.

Oben ging ein Fenster auf, und der Kopf einer jungen Frau erschien zwischen den Gerüsten. In ihre Haare hatte sie Lockenwickler eingedreht. «Haben *Sie* geläutet?»

«Bitte entschuldigen Sie die Störung», sagte Max. «Ich suche José Aschwanden.»

«Der ist nicht hier. Soll ich ihm etwas ausrichten?»

«Aber er wohnt hier?»

«Ja, obwohl es eigentlich ein Privathaus ist, das die beiden Personalhäuser nebenan ergänzt. Aber dort gab es keine freien Zimmer mehr.»

«Im Hotel sagte man mir, dass er krank sei.»

«Es geht ihm nicht besonders gut, das ist richtig. Wahrscheinlich ist er beim Arzt.»

«Wann haben Sie ihn zum letzten Mal gesehen?» Max bekam allmählich die Genickstarre vom Hochschauen.

«Heute Morgen.»

«Ist Ihnen an ihm etwas aufgefallen? Hat er sich in den letzten Tagen verändert?»

«José?» Die Frau zögerte. «Warum wollen Sie das wissen?»

Max wartete. Er brauchte sich nicht zu rechtfertigen; der Erzähldrang der jungen Dame war grösser als angenommen.

«Ich kenne ihn bereits seit vier Monaten», sagte sie und löste eines ihrer Bigoudis. «In den letzten Wochen ist er etwas merkwürdig geworden ... stimmt ... aber hier oben werden alle früher oder später merkwürdig. Vielleicht hat er ja den Höhenkoller.» Sie lachte schrill auf. «Kommen Sie doch morgen wieder.» Sie trat aus Max' Blickfeld und schloss das Fenster.

Immerhin wohnte Aschwanden in diesem Haus und war heute Morgen noch hier gewesen.

Max wählte noch einmal Milagros' Nummer. Wieder musste er auf die Combox sprechen. Er schrieb eine SMS, dann eine Mail, bat um dringenden Rückruf. Möglicherweise war sie an einem Ort, wo sie weder eine Verbindung mit dem Handy noch Zugang zum Internet hatte. Ein schwacher Trost, fand Max. Er würde mit ihr ein Wörtchen reden müssen. Anstatt zurück zu den Hotels zu gehen, schlug er den Weg Richtung Haus «Papillon» ein.

Seit dem Mittag hatte sich der Nebel verdichtet. Die Tannen wirkten grau wie Schemen. Der Weg führte ins Nirgendwo. Max verliess sich auf seinen Orientierungssinn, als er eine kleine Anhöhe erreichte. An dieser Stelle hatte er letzthin Jimmy abgefangen. Er gelangte auf den Schotterweg, als vor ihm das Haus auftauchte, unheimlich, fast bedrohlich. Max vermochte sich nicht vorzustellen, dass Hendriks hier über mehrere Jahre gewirkt hatte. Das Haus schien gelitten zu haben. Max ging über zwei Stufen auf eine leicht erhöhte Veranda. Aus den Ritzen zwischen den Steinplatten entdeckte er verdorrtes Unkraut, der untere Teil der Hausmauer war von Moos überwachsen.

Wie erwartet, war die Barrikade entfernt, die Tür nur angelehnt. Dort, wo die Vorrichtung für ein Schloss hätte sein müssen, klaffte ein Loch. Max stiess die Tür nach innen auf. Ein Geruch nach Feuchtigkeit und Moder streifte seine Nase. Er gelangte in einen Korridor, an dessen hinterem Ende er eine Treppe entdeckte. Rechts befanden sich Türen. Max stiess eine nach der andern auf. Die erste Tür führte in einen Aufenthaltsraum, wo man auch gegessen hatte. Dies bezeugten zwei einfache lange Tische und ein paar defekte Stühle. Max durchforstete eine Küche und fand nebst den üblichen Geräten zwei Hochstühle. Vermutlich hatte Hendriks nicht nur Neugeborene hier gehabt. Hinter dem Essraum befanden sich die sanitären Einrichtungen in einem desolaten Zustand. Die Wände waren mit Graffiti verschmiert, Boden und WC-Schüsseln verschimmelt, die Waschtröge aus der Verankerung gerissen. Offensichtlich waren hier Vandalen am Werk gewesen, Hausbesetzer, wie Jimmy gesagt hatte, die vor ihrer Vertreibung ihren unverkennbaren Stempel aufgesetzt hatten. Hinter den Waschräumen erreichte Max die Treppe, die nach oben führte. Ein einziges Bild, auf welchem der Hammetschwand-Lift abgebildet war, hing noch da, vergilbt und verblasst. Oben befanden sich die Schlafräume. Auf den Betten lagen verschmutzte Matratzen. In einem andern Zimmer standen eine Anzahl Kinderbetten und zwei Stubenwagen. Nach Max' Ermessen waren die Kleinkinder alle in einem Raum untergebracht worden, oder man hatte im Nachhinein alle Betten hierher verfrachtet. Nebenan lagen zwei weitere, jedoch komplett leere Zimmer. Aller Wahrscheinlichkeit nach hatte Hendriks alles weggeräumt, was in irgendeiner Weise an ihn erinnerte. Weder in den Schränken im

Flur noch in den Räumen gab es liegen gebliebene Unterlagen, so doch Rückstände von Drogenbesteck, was auf die Art der letzten Bewohner schliessen liess.

Max stand unschlüssig auf einer der Türschwellen, als er von unten ein knarrendes Geräusch vernahm. Es hörte sich so an, als würde jemand eine Tür langsam öffnen wollen, was ihm nicht lautlos gelang. Damit, dass sich noch jemand anderer für das Haus interessieren konnte, hatte Max nicht gerechnet. Er wartete und rührte sich nicht von der Stelle.

Im Parterre war jemand. Das war keine Einbildung. Max überlegte. Er hatte keine Befugnisse, hier zu sein. Trotz der fehlenden Barrikade und der aufgebrochenen Tür. Er musste sich zu seiner Verteidigung etwas einfallen lassen. Er schlich zur ersten oberen Treppenstufe, von wo aus er in den Flur darunter sah. Im schwachen Licht, das durch die Türöffnung fiel, bewegte sich ein Schatten. Max wartete, bis er den Fremden oder das, was sich dort unten befand, in einem hinteren Teil des Hauses vermutete. Langsam stieg er die Treppe hinunter, darauf bedacht, keinen Laut von sich zu geben, was in Anbetracht der Tatsache, dass die Stufen aus Holz bestanden, ein schwieriges Unterfangen war. Auf halbem Weg hörte er eindeutig Schritte, dann ein Räuspern. Im Haus befand sich also noch ein weiterer Mensch. Mit dem Gedanken an ein Tier hätte sich Max nicht anfreunden können. Er ging weiter. Unten angekommen, warf er schnell einen Blick in Richtung Essraum. Der war leer. Max vergewisserte sich, dass niemand in der Küche war.

Seine Mission war erfüllt, wenn auch nicht befriedigend ausgefallen. In diesem Haus würde er keine Antwort auf seine Fragen finden. Im Gegenteil: Er musste sich eingestehen, wie er sich verzettelte, und entschied sich zur Rückkehr.

Kaum auf der Veranda angelangt, klingelte sein iPhone. Er hätte es auf lautlos stellen sollen. Der Fremde wusste jetzt, dass er nicht allein war. Es war Mauro Lombardi. Max liess das Haus «Papillon» hinter sich und nahm den Anruf entgegen.

«Herr von Wirth, seit Tagen lassen Sie mich in der Ungewissheit schmoren. Keine Benachrichtigungen mehr, kein Update zum Stand der Dinge. Wenn Milagros Sie mir nicht empfohlen hätte, müsste ich Ihnen jetzt sagen, wie enttäuscht ich bin.»

Wenn Sie wüssten, was ich alles herausgefunden habe, dachte Max. Es war zu früh, um es Lombardi zu erzählen. Er zog es vor, ihm die Neuigkeiten persönlich mitzuteilen. «Ich komme gut voran», sagte er nur.

«Was heisst das konkret?» Lombardi klang ungeduldig.

«Ich schlage Ihnen vor, dass wir uns morgen sehen.» Max war nicht erpicht darauf, Lombardi zu schockieren. Wenn er von der Existenz von Robertos Zwillingsbruder berichten musste, so wollte er dem alten Herrn in die Augen schauen können.

«Schlagen Sie eine Zeit vor.»

«Am Nachmittag um zwei.»

«Giorgia fragt gerade, ob Sie zum Mittagessen kommen wollen.»

«Nein, danke.» Max verabschiedete sich. Danach checkte er die Mails. Noch keine Nachricht von Milagros. Langsam wurde er nervös. Seit ihrem letzten Telefonat war mehr als ein Tag vergangen. Milagros war manchmal an Naivität grenzend unbeschwert. Furcht kannte sie nicht. Sie sei nicht Opfer, war ihre Ansicht, sie habe keine Angst. Wer selbstbewusst durchs Leben gehe, brauche nichts zu befürchten. Tatsächlich war ihr noch nie etwas Gravierendes passiert. Sie hatte sogar einmal einen Bankräuber überreden können, den Überfall auf die Filiale zu lassen, in der ihr Mann Direktor gewesen war. Später hatte sie den Kleinkriminellen nach draussen geführt und der Polizei übergeben. Dennoch war sich Max nicht sicher, ob es ihr in diesem Moment gut ging. Sie war keine dreissig mehr, nicht gerade ein Muskelpaket, das sich bei einem Übergriff auf sie zur Wehr hätte setzen können. Peru war nicht mit der Schweiz vergleichbar, die Kriminalitätsrate hoch.

Der Nebel war stärker geworden. Kaum zwanzig Meter Sicht. Max kam es vor, als irrte er ziellos durch den Wald, vielleicht sogar im Kreis herum. Allmählich frass sich die nasse Kälte durch seine Kleider. Es war total bescheuert, was er hier tat. Es hatte nichts mit seinem Job als Detektiv zu tun, zumal er von seiner eigentlichen Aufgabe abdriftete. Er lehnte sich an einen Baumstamm, versuchte, in der undurchdringlichen Brühe etwas auszumachen. Doch da war nichts als Grau, aus dem wie Gespenster Bäume wuchsen.

Hinter ihm ertönte ein Rascheln. Vielleicht von einem aufgescheuchten Tier. Max fragte sich, ob es hier Wölfe gab. Er drückte sich näher an den Baumstamm, blickte vorsichtig zur linken Seite, von wo er das Geräusch vernommen hatte. Dort war nichts. Trotzdem hatte er plötzlich das Gefühl, nicht mehr allein zu sein. Er zog den Zipper seiner Jacke bis zum Anschlag hoch, steckte seine Hände in die Tasche und stiess sich vom Stamm ab.

Er wusste nicht, was er zuerst wahrnahm: den hechelnden Atem oder den Schlag auf seinen Kopf. Ein Blitz schlug in seinem Schädel ein, begleitet von einem furchtbaren Schmerz. Dann war da auf einmal nichts mehr.

Seine Gedanken wurden federleicht, bis sie ganz verschwanden.

ZWÖLF

«Hallo! Hören Sie mich? Sie können da nicht liegen bleiben … Hallo …»

Die Stimme klang verzerrt.

«Können Sie aufstehen?»

Jemand griff ihm unter die Arme. Max vermochte nicht, die Augen zu öffnen.

«Der scheint sturzbetrunken zu sein.» Eine andere Stimme.

«Nein, der riecht nicht nach Alkohol. Der ist bestimmt gestolpert und dann gestürzt. Sieht übel aus.»

«Hallo! Ich sehe, dass Sie atmen.»

Nein, tot war er nicht. Wie beruhigend. Max spürte ausser einem wilden Pochen in den Schläfen gar nichts. Arme und Beine, wenn sie noch dran waren, schienen gefühllos zu sein. Es war, als gäbe es seinen Körper nicht mehr.

Ein Lichtstrahl traf ihn. Vor seinen Lidern wurde es hell. Max blinzelte.

«Er öffnet die Augen», hörte er jemanden sagen.

«Haben Sie Schmerzen?»

Nur im Kopf.

«Wir sollten die Ambulanz rufen. Hast du dein Handy dabei?»

«Bis die hier ist, dauert es. Wollen wir ihn nicht ins Haus bringen?»

«Und wenn er etwas gebrochen hat?»

«Hol doch José. Ich habe ihn vorhin gesehen, als er zurückkam. Er wird uns bestimmt helfen. Zu dritt schaffen wir das.»

José! Ein Stichwort.

Max gelang es nicht, sich zu bewegen. Was sein Kopf befahl, brachte keine Reaktion hervor. Zumindest konnte er nun die Augen öffnen. Zwei Gesichter tauchten aus dem Dunkel auf.

«Hallo. Nennen Sie uns Ihren Namen?»

Max von Wirth. Ich bin Max von Wirth, wohnhaft in Hergiswil.

Er brachte keinen Ton heraus. Plötzlich war da wieder diese Schwere, als tauchte er ab in eine unbekannte Welt. Alles um ihn herum versank in einer tiefschwarzen Nacht. Auch die Stimmen verstummten.

***

Als er wieder zu sich kam, spürte er eine Wärme, die zuerst den Rumpf, dann alle Extremitäten einnahm.

«Maximilian von Wirth», sagte jemand. «Ihrem Ausweis entnehmen wir, dass Sie Maximilian von Wirth sind. Sie befinden sich in einem der Personalhäuser des Bürgenstock-Resorts. Wärmen Sie sich richtig auf. Sie waren völlig durchfroren, als wir Sie fanden.»

Diesmal gelang es Max, nicht nur die Augen, sondern den ganzen Körper zu bewegen. Er griff sich instinktiv an den Kopf und befingerte einen Einband. «Was ... haben Sie ... mit ... mir gemacht?»

«Der kann ja reden.» In sein Blickfeld trat ein junger Mann. «Ich bin Floh, alle nennen mich so. Mein Kollege und ich haben Sie vor einer halben Stunde im Wald gefunden. So, wie es aussieht, sind Sie auf den Kopf gefallen. José hat Ihnen einen Verband angelegt. In ein paar Augenblicken wird die Ambulanz hier sein.»

José! In seinem Kopf begannen die ersten Alarmlichter zu leuchten. Allmählich kehrten die Bilder zurück. Max hatte wahrscheinlich vor diesem Haus gestanden, in dem er jetzt auf einem durchgesessenen Sofa lag. Er hatte nach José gesucht. Dies war vermutlich noch nicht zu ihm durchgedrungen. Die Frau mit den Lockenwicklern hatte sich nicht weiter darum gekümmert. Später war Max im Haus «Papillon» gewesen. Daran erinnerte er sich. An die mit Gewalt geöffnete Tür, an das Durcheinander im Innern, die zerborstenen Waschtröge ... Ein heftiger Schmerz schoss erneut in seinen Kopf. Max versuchte, ihn zu beherrschen. «Du musst ihn einfach wegdenken», hätte Milagros gesagt. Max hatte sie nicht erreicht. Sie war wie vom Erdboden verschluckt worden. In Peru. In Lima. In der Klinik Esperanza. Die Erinnerung kehrte in kleinen Fragmenten zurück.

«Ich habe hier heissen Tee.» Der Mann neben ihm reichte ihm eine Tasse.

Max nahm sie dankbar an. Seine Hände zitterten. Allmählich kehrte Leben in seine bis anhin gefühllosen Körperteile zurück. Der Mann setzte sich neben ihn. Max hätte sich bei dessen Anblick beinahe verschluckt. Er sah Roberto Lombardi auf dem Foto so verdammt ähnlich. Es schien, als wäre er von den Toten auferstanden.

Max' Gedanken jagten durch seinen hämmernden Kopf. Er hatte José Aschwanden gefunden. Den Zwillingsbruder. Fast nicht zu glauben, dass die beiden Männer nichts voneinander gewusst hatten. Max überlegte sich, ob er ihn darauf ansprechen sollte, hielt es aber für unklug. In seiner misslichen Lage kam er sich auf verlorenem Posten vor. Er wusste auch nicht, was er ihm hätte erzählen sollen. Seine Vorsätze gerieten ins Wanken. Ob er ihn bitten sollte, mit ihm zu den Lombardis zu fahren? Unmöglich. Die hätten einen Schock. Max trank vom Tee. Er musste zuerst in die Gänge kommen, bevor er etwas unternahm. Möglicherweise hatte er sich eine Gehirnerschütterung eingehandelt.

Ein Sturz war das aber nicht gewesen. Jemand hatte ihm eines über den Schädel gezogen.

Jemand hatte ihn zudem verfolgt. Ein Mann in dunklem Anzug. Die Erinnerung an den Fremden, der ihm bereits im Hotel aufgefallen war, liess ihn im Stich. Doch er war sich sicher, dass er denselben Mann auf dem Weg Richtung Honegg wiedergesehen hatte. Gut möglich, dass er im Haus «Papillon» gewesen war und ihm aufgelauert hatte.

Max schwebte in Gefahr.

Erst jetzt dämmerte es ihm. Jemand wollte ihm einen Denkzettel verpassen. Einer, der sich in seinen Handlungen gestört fühlte. Es war kein Zufall gewesen, dass er ihn ausgerechnet in Hendriks' verfallenem Haus abgepasst hatte. Jemand, der wahrscheinlich nicht wollte, dass die Wahrheit um Roberto Lombardis Tod ans Licht kam.

Max gab sich einen Ruck. Seit dem Moment, als er niedergeschlagen worden war, waren mehr als zwölf Stunden vergangen. Ein Glück, dass man ihn gefunden hatte.

«Der Rettungsdienst ist da», vernahm er.

Gleich waren ein Mann und eine Frau in rot-gelben Anzügen zur Stelle.

Die Frau beugte sich über das Sofa, auf dem Max lag und sich nicht zu bewegen wagte. «Wer hat ihn verbunden?» Sie sprach nicht ihn, sondern José Aschwanden an.

«Ich», sagte dieser. «Er hatte eine Platzwunde am Hinterkopf. Ich habe sie gereinigt, desinfiziert und verbunden.»

Das hat er sicher auf der Älggi-Alp bei seinem Vater gelernt, sinnierte Max.

«Erinnern Sie sich, wie es dazu gekommen ist?» Die Frau widmete sich jetzt ganz Max.

«Ich glaube, ich bin gestolpert.»

«Im Wald? Man hat uns gesagt, Sie seien in der Nähe des Hauses gefunden worden.»

«Ja, ich musste mich verirrt haben. Die Sicht war so schlecht gestern. Man sah ja kaum die eigenen Füsse.» Wenn er zugab, dass er niedergeschlagen worden war, würde die Dame die Polizei einschalten. Das konnte er nicht zulassen.

«Wie fühlen Sie sich?»

Miserabel. «Geht so. Mir ist ein wenig schlecht.»

«Sie haben eine Gehirnerschütterung. Sie sollten vor allem eines: sich ausruhen. Wo wohnen Sie?»

«In Hergiswil.»

«Wir werden Sie zur Beobachtung nach Stans ins Spital fahren.»

Max wollte intervenieren. Das hiess, dass er vor morgen Vormittag nicht draussen sein würde. Er erinnerte sich an das Treffen mit Lombardi und wurde nervös. «Ich kann aufstehen», sagte er und versuchte, auf die Beine zu kommen. Es gelang ihm nicht gleich.

«Seien Sie vernünftig.» Die Frau half ihm beim Aufstehen. «Und bitte ganz langsam. Mein Kollege wird Sie stützen.»

Max sah sich nach José Aschwanden um. Er musste eine Gelegenheit bekommen, irgendeinen Gegenstand, den er berührt hatte, einzupacken. Noch besser wäre eine Tasse oder ein Glas gewesen, an denen sich seine Fingerabdrücke befanden. «Ist das Ihr Zimmer?», fragte Max, nachdem er Aschwanden neben der Küchentür gesichtet hatte.

«Ja, man hat Sie in mein Zimmer gebracht, weil es das grösste ist. Zudem verfügt dieses Zimmer als einziges in der Wohnung über ein eigenes Badezimmer.»

«Darf ich Ihre Toilette benützen?»

«Von mir aus.» Aschwanden schien ihn mit seinem Blick zu löchern.

Max ging gebückt zum Klo. Der Kopf tat ihm höllisch weh. Auch seine Glieder schmerzten. Er musste in einer ziemlich unbequemen Haltung auf dem Boden gelegen haben, bevor man ihn fand. Der Mann von der Ambulanz begleitete ihn bis zur Tür.

Max schloss sich ein. Er suchte nach einer Zahnbürste. Es lag nur eine da. Wenn diese fehlte, würde es Aschwanden auffallen. Er besah sich den Toilettenschrank. Der übliche Mannskram: Rasierer, Rasierwasser, Wattestäbchen, Seife, ein Deo, eine Haarbürste mit dem Rückstand langer Haare, Shampoo, eine Packung Präservative, Mundwasser, Augentropfen. Aber nichts, das Aschwanden im Mund gehabt haben könnte. Max suchte nach einem Abfallkübel und fand ihn neben der Kloschüssel. Er drückte den Deckel auf. Obwohl ihm grauste, griff er hinein und beförderte ein erstarrtes Kleenex zutage. Wenn da mal keine DNA drauf ist, dachte Max, fresse ich einen Besen. Mit spitzen Fingern wickelte er das Papiertaschentuch in WC-Papier und liess es in seiner Jackentasche verschwinden. Dann nahm er noch einen Plastikbeutel aus dem Eimer – für die Fingerabdrücke – und packte auch diesen in Papier ein. Zufrieden über diesen gelungenen Coup betätigte Max die Spülung.

Wieder auf dem Flur, vergewisserte er sich, wer ihn in der Zeit seines Blackouts angerufen hatte. Fede hatte ihn zweimal gesucht, ohne eine Nachricht zu hinterlassen. Max fragte sich, ob sie während des Tätowierens Zeit zum Telefonieren hatte, ob dies der besondere Kick war. Bei Milagros herrschte noch immer Funkstille.

«Melden Sie sich, sobald es Ihnen besser geht», sagte Floh.

Aschwanden dagegen blieb von da an wortkarg. Ob er etwas bemerkt hatte?

Max verabschiedete sich. Man begleitete ihn zum Ambulanzwagen vor dem Haus. Der Nebel hatte sich seit gestern gelichtet. Die Landschaft nahm Konturen an.

Max war noch nie in einem Krankenwagen gefahren. Er lag auf der Liege. Die Frau sass bei ihm und kontrollierte den Blutdruck. Es mutete tröstlich an. Die Strecke zwischen dem Bürgenstock und seinem Zuhause wollte Max dazu verwenden, um sich auszuruhen. Noch blieb eine Stunde bis zum vereinbarten Treffen mit Lombardi. Er wollte es nicht verschieben.

***

Fünf Minuten nach zwei drückte Max den Finger auf Lombardis Klingel.

Die Leute von der Ambulanz hatten ihn tatsächlich bis nach Hergiswil gefahren, was ihm ein Taxi ersparte. Er hatte die Zusicherung geben müssen, dass er mindestens achtundvierzig Stunden zu Hause und im Bett blieb, wollte er in Zukunft keine chronischen Kopfschmerzen davontragen. Max hatte unter grösster Anstrengung geduscht, sich angezogen, sich in seinen Wagen gesetzt und unterwegs an einer Tankstelle ein Sandwich gekauft. Nach dessen Verzehr fühlte er sich unwesentlich besser.

Lombardi öffnete.

«Fünf Minuten zu spät», sagte Max. «Tut mir leid.»

«Geht es Ihnen nicht gut?», fragte Lombardi, als er Max anschaute. «Sie machen mir einen … etwas mitgenommenen, fast möchte ich behaupten, zerknitterten Eindruck.»

«Nett ausgedrückt. Sagen Sie doch einfach, dass ich beschissen aussehe.»

Lombardi liess ihn eintreten. «Muss ich ein schlechtes Gewissen haben? Hängt Ihre momentane Verfassung mit dem Auftrag zusammen?»

«So kann man es wohl sagen.» Max folgte Lombardi ins Wohnzimmer, wo Giorgia Lombardi bereits auf einem der Sofas sass. Bei Max' Eintreten erhob sie sich. «Ich wurde hinterrücks zusammengeschlagen», fügte Max an.

«Sie wurden zusammengeschlagen?» Lombardi blieb mitten im Raum stehen. «Deshalb das Pflaster auf Ihrem Hinterkopf.»

«Ihnen entgeht wohl gar nichts.» Max hatte vor dem Duschen den Verband entfernt und sich mit jeglichen Verrenkungen im Spiegel seitlich von hinten betrachtet. Dort klaffte eine grosse Wunde. Er hatte sich, als die Frau von der Ambulanz die Verletzung hatte begutachten wollen, vehement dagegen gewehrt und ihr daraufhin das Versprechen geben müssen, sich bei seinem Hausarzt zu melden.

«Darf ich mir die Wunde einmal ansehen?», fragte Lombardi. «Sie blutet noch. Vielleicht sollten Sie sie nähen lassen.»

Max musste sich an einer der Stuhllehnen abstützen. Nach dem Betrachten des Lochs – er musste davon ausgehen, dass er eines hatte – war ihm schlecht geworden. «Nähen?» Das kam nicht in Frage.

«Bitte setzen Sie sich doch. Mein Mann möchte sich nur davon überzeugen, dass er nichts vernachlässigt.» Nun hatte er sogar Giorgia Lombardi gegen sich.

Max war froh, als er sich setzen durfte. Allein der Gedanke an seine Schramme liess ihn taumeln.

Lombardi entfernte das Pflaster. «Das hätten Sie einem Arzt zeigen sollen», schalt er ihn.

«Jemand hat die Wunde gereinigt und desinfiziert», sagte Max.

«Sie können von Glück reden, dass er dies beinahe professionell gemacht hat. Die Wunde hätte sich entzünden können.» Lombardi wandte sich an seine Frau. «Könntest du mir ein paar Einweghandschuhe holen? Ich muss mir das genauer ansehen.» Er legte Max die Hand auf die Schultern. «Und jetzt erzählen Sie mir, was in aller Welt passiert ist.

Max musste sich sammeln. «Kann ich ein Glas Wasser haben?»

«Sie scheinen mir wirklich neben den Schuhen zu stehen.» Lombardi rief seiner Frau nach, sie solle, wenn sie mit den Handschuhen zurückkam, eine Flasche Mineral mitbringen. «Was haben Sie herausgefunden? Vielleicht fällt es Ihnen leichter, darüber zu sprechen als über den Angriff.»

Max hatte nicht den blassen Schimmer, wo er beginnen sollte. Alles, was er zu sagen gedachte, würde eine Schockwirkung nach sich ziehen.

Giorgia Lombardi kehrte zurück, mit Vinylhandschuhen und einer Karaffe Wasser. Sie räumte Max unbewusst Zeit ein.

Lombardi zog sich die Handschuhe über, während seine Frau ein Glas mit Wasser füllte.

«Ruhig sitzen bleiben.» Lombardi tastete um die Wunde herum und strich die Haare weg. «Das hätte man nähen sollen. Jetzt ist es zu spät. Die Blutgerinnung ist fortgeschritten. Einzig eine kleine Stelle blutet noch. Sie werden eine ziemliche Narbe davontragen.»

«Das sieht ja keiner.»

«Sind Sie gegen Starrkrampf geimpft?»

«Das wüsste Milagros. Den Impfausweis habe ich bei ihr deponiert.»

«Dann rate ich Ihnen, sobald als möglich zu checken, ob Sie in den letzten fünf Jahren eine Tetanus-Impfung hatten.» Lombardi wandte sich an seine Frau. «Oder wir unternehmen lieber gleich etwas dagegen.»

Max sah Giorgia Lombardi nach, als sie in den Flur ging und er kurz darauf das Geräusch einer sich öffnenden Schranktür hörte. «Das kann ich nicht checken. Milagros hält sich in Lima auf, und ich erinnere mich beim besten Willen nicht daran, wann ich die letzte Impfung hatte.»

Lombardi, der bis anhin hinter Max gestanden hatte, machte einen Schritt vor ihn. «Was tut sie in Lima?»

Ebenso, wenn nicht noch überraschter war Giorgia Lombardi, die mit einem Ersthilfekasten ins Wohnzimmer zurückkam. Sie stellte eine rote Box auf den Tisch. «Milagros ist in Lima?»

«Hat das etwas mit Roberto zu tun?» Lombardi öffnete die Box, entnahm ihr eine Einwegspritze und entfernte die Plastikhülle, in die sie eingepackt war. «Sie müssen den Arm frei machen.»

Max vermochte nicht abzuwägen, was schlimmer war, die bevorstehende Injektion oder zuzugeben, weshalb sich Milagros in Peru befand. Er ahnte, dass er sich weder vor dem einen noch vor dem andern drücken konnte. Er öffnete den linken Manschettenknopf und schob den Hemdärmel nach oben.

Lombardi griff nach seinem Arm. «Bleiben Sie locker. Es gibt einen kleinen Piks. Den werden Sie doch ertragen, oder?» Er schenkte ihm ein kurzes Lächeln. «Warum in Lima?»

Max lag es auf der Zunge zu sagen, dass Milagros auf die Idee gekommen sei, weil letzthin die Rede von Peru gewesen war, und dass sie immer solche spontanen Entscheidungen treffe. Doch Max wurde nicht fürs Lügen bezahlt. Sein Auftraggeber hatte ein Anrecht auf die Wahrheit, und sollte sie noch so schmerzen. Er biss die Zähne zusammen, während Lombardi ihm die Injektion verpasste.

«Sie können die Augen wieder öffnen.»

Max atmete erleichtert aus. «Was ist mit der Wunde am Kopf?»

«Ich werde sie noch einmal gründlich desinfizieren, damit wir eine Infektion verhindern, und ein neues Pflaster draufkleben. Wie gesagt, zum Nähen oder Kleben ist es zu spät.» Lombardi sah ihn ernst an. «Was haben Sie herausgefunden? Raus mit der Sprache.» Das Interesse an Milagros' Reise hatte er verloren.

«Es wird Ihnen nicht gefallen.» Max druckste herum.

«Schlimmer, als es ist, kann es nicht werden», sagte Lombardi. Seine Frau reichte ihm ein Desinfektionsmittel. Er träufelte es auf die Wunde.

Max zuckte zusammen. «Dr. Hendriks, kennen Sie ihn näher? Haben Sie noch Kontakt zu ihm?»

«Nachdem wir Roberto zu uns geholt hatten und die Formalitäten erledigt waren, hörten wir nie wieder etwas von ihm. Es war unser Wunsch, dass er uns in Ruhe lässt, auch wenn er das Gegenteil lieber gesehen hätte. Es war ihm wichtig, dass es den Kindern gut geht, die er bei den Familien platziert hatte. Aber er sah davon ab, uns regelmässig zu besuchen, wie er das zuerst vorgehabt hatte.»

«Er war also nie hier? Oder in der Villa? Ich gehe davon aus, dass Sie früher in der Villa lebten.»

«Wir hätten uns in einem Notfall an Dr. Hendriks wenden können. Aber den hat es nie gegeben.»

Max erinnerte sich an Lotti Aschwandens Aussage, dass Hendriks die Trennung der Zwillinge als Experiment gesehen habe. Worin hatte das Experiment bestanden? Hätte er die Entwicklung der eineiigen Zwillinge beobachten wollen, hätte dies eines Vergleichs bedurft. Hatte Hendriks womöglich Roberto Lombardi aufgegeben? Die Cervantes-Rodrigues-Zwillinge waren nicht die einzigen eineiigen Zwillinge gewesen. In der Schweiz mussten noch mindestens vier weitere getrennte Pärchen leben, nebst den andern Kindern, die zur Adoption freigegeben worden waren.

Lombardi riss Max aus den Gedanken. «Sie sind uns eine Antwort schuldig.»

Max räusperte sich. «Ich möchte, dass Sie sich setzen.»

«Herrgott noch mal, Sie machen es einem nicht leicht.» Lombardi so zu sehen, war sich Max nicht gewohnt. Der Mann hatte Stil und Manieren, die ihm im Moment jedoch abhandenzukommen schienen. Er bemerkte es selbst und bat um Entschuldigung. «Bei Vertragsabschluss haben wir uns darauf geeinigt, dass Sie alles, wirklich alles, offen auf den Tisch legen.

Nun stellen wir fest, dass Sie uns wahrscheinlich schon einiges vorenthalten haben. Aber so geht das nicht, Herr von Wirth. Sie werden auch fürs Reden bezahlt.» Das Ehepaar setzte sich.

Max sah ein, dass er mit der Wahrheit herausrücken musste. «Ihr Sohn Roberto hat einen Zwillingsbruder.»

Seltsamerweise gaben weder Giorgia noch Lombardi einen Laut von sich. Im Wohnzimmer war es so still wie in einer leeren Kirche.

Max fuhr fort: «Er lebt und arbeitet in Ihrer Nähe, auf dem Bürgenstock.» Er beobachtete die beiden. Sie sassen da wie festgefroren. «Aufgewachsen ist er auf der Älggi-Alp.»

«Wie heissen seine Eltern?» Es war Giorgia Lombardi, die als Erste die Worte fand.

Max sah ihr an, dass das, was er zu ihr gesagt, sie noch nicht richtig erreicht hatte. «Lotti und Toni Aschwanden.»

«Noch nie gehört.» Lombardi rückte mit seinem Stuhl näher an seine Frau heran. Er griff nach ihrer Hand.

«Aber Lotti Blätter sollte ein Begriff für Sie sein», sagte Max. «Sie war die Hebamme, die Ihnen Roberto überbracht hat.»

Giorgia Lombardi blendete es offensichtlich aus. «Sieht er unserem Sohn sehr ähnlich?» Ihre Stimme zitterte, als sie es fragte.

«Er ist ihm wie aus dem Gesicht geschnitten.»

«Oh, mein Gott … eineiig …» Giorgia Lombardi schluchzte auf.

«Das sind doch nur Äusserlichkeiten.» Lombardi versuchte, seine Frau zu beruhigen, die nun nervös an der Unterlippe herumkaute.

«Eineiig bedeutet», sagte sie wenig später, «dass sie in vielen Dingen gleich denken, gleich handeln … vielleicht zur selben Zeit die gleiche Krankheit hatten … oh, mein Gott.»

«Dr. Hendriks hat es Ihnen verheimlicht», sagte Max.

«So ist es.» Lombardi machte, im Gegensatz zu seiner Frau, einen beherrschten Eindruck. Als er sich erhob, schien er dennoch um Jahre gealtert. «Das heisst, dass Roberto doch Opfer eines Gewaltverbrechens wurde. Es könnte sein, dass nicht er, sondern sein … sein …», er tat sich schwer damit, «… sein Bruder gemeint war. Die beiden wurden verwechselt.» Er liess Max nicht mehr aus den Augen. «Haben Sie in diese Richtung schon geforscht?»

Max hatte diesen Verdacht gehegt. Doch bis anhin wusste er über Josés Vergangenheit und seine Gegenwart nicht mehr als das, was seine Adoptiveltern über ihn erzählt hatten. Die Möglichkeit bestand, dass jemand José hatte umbringen wollen. Aber warum hatte man am Tatort Robertos Abschiedsbrief gefunden? Der Täter, wenn es denn einen gab, musste Roberto *und* José gekannt haben. Wer ausser Dr. Hendriks und Lotti Aschwanden hätte es sein können? «Da wäre noch etwas.» Max holte das Fragment des Abschiedsbriefes aus seiner Jackentasche und legte dieses auf den Tisch. «Ihre Schwiegertochter hat darauf die Handschrift Ihres Sohnes wiedererkannt. Es ist der Abschiedsbrief Ihres Sohnes. Ich habe das Original für eine grafologische Analyse eingeschickt. Ein Vergleichsschreiben habe ich von Ihrer Schwiegertochter bekommen.»

Lombardi nahm den Zettel in seine Hand. «Eine Schrift, die leicht nachzumachen ist», sagte er überzeugt.

Giorgia Lombardi dagegen beharrte darauf, dass es Robertos Schrift war. «Hat er sich doch selbst umgebracht?» Ihre Worte waren kaum zu verstehen, so leise sprach sie. «Der Brief beweist doch –»

«Unmöglich!» Lombardi enervierte sich. «Roberto war nie in irgendeiner Weise suizidgefährdet.»

Max überlegte, die Polizei zuzuschalten. Er wusste, auf welch fragilen Stelzen seine Arbeit an diesem Fall stand. Doch es gab keine neuen Indizien. Der Abschiedsbrief erhärtete nur die Aktenlage.

Lombardi runzelte die Stirn. «Damit Sie merken, dass es mir ernst ist, habe ich heute einen beträchtlichen Betrag auf Ihr Konto überwiesen, egal, wie viele Stunden Sie bereits für mich gearbeitet haben.»

«Ich habe die Stunden selbstverständlich aufgeschrieben», wich Max aus. Es war ihm nicht recht, für eine Arbeit zu kassieren, die er noch nicht zu Ende geführt hatte. «Die Abrechnung erfolgt Ende Monat wie vereinbart.»

«Erachten Sie meine Überweisung als Motivation. Ich lasse Ihnen weiterhin freie Hand. Unternehmen Sie alles, was im Rahmen Ihrer Möglichkeiten steht. Sollte ich Sie vorhin mit meiner Aussage schockiert haben, tut es mir leid. Benachrichtigen Sie mich, wenn Sie es für nötig halten.»

Max steckte den Brief wieder ein. «Auch mit dem Ergebnis, dass sich Ihr Sohn doch selber umgebracht hat?»

Lombardi schluckte leer. «Auch für diesen Fall, aber ich glaube nicht daran.»

***

Als sich Max verabschiedet hatte, war es bereits acht Uhr am Abend gewesen. Giorgia Lombardi war am späten Nachmittag in der Küche verschwunden und hatte ein Dreigangmenü gekocht. Während dieser Zeit hatte sich Max weiterhin mit Lombardi unterhalten. Allmählich hatte er einen besseren Einblick in die Familie erhalten, und es sickerte durch, weshalb die Lombardis zu den reichsten Sarnern gehörten. Mauro Lombardis Eltern hatten diverse Grundstücke in der Toskana gehört, die sie an Hotelketten teuer verkaufen konnten. Sie hatten sich entschieden, in der Zentralschweiz zu leben und zu wirken, und daraufhin die Villa gekauft, in der nun Melanie und ihre Kinder lebten. Max ging davon aus, dass auch Roberto einiges an Vermögen hatte anlegen oder investieren können. Wie gross dieses Vermögen war, blieb ein Geheimnis.

Um halb neun erreichte Max den Parkplatz vor dem Hotel Pilatus in Hergiswil. Auf dem Weg dorthin hatte er sich zwei Paracetamol eingeworfen, nachdem er die Kopfschmerzen fast nicht mehr ausgehalten hatte. Noch wusste er nicht, wer ihn niedergeschlagen hatte. Doch er war sich je länger, desto sicherer, dass der Angriff mit seinem Fall zu tun hatte.

Kleenex und Plastikbeutel hatte er zusammen mit einem Nageletui, das er aus Roberto Lombardis Badezimmer entwendet hatte, fein säuberlich eingepackt und in ein Couvert geschoben, dazu einen Brief geschrieben und sein Anliegen erörtert. Den Briefumschlag, adressiert ans Labor Dr. Fankhauser, hatte er beim Bahnhof in den Briefkasten geworfen.

Franco hantierte bereits hinter dem Tresen, als Max das Dancing betrat.

«Hi, du bist früh dran.» Er füllte Süssgetränke in die Regale, während er Max mit zusammengekniffenen Augen musterte. «Meine ich es nur, oder siehst du heute lädiert aus?»

«Hätte ich mir solche farbigen Fummel angezogen, wie du sie trägst, würde es von meinem Gesicht ablenken.» Max bestellte eine Stange.

«Bist du unter einen Zug gekommen?»

«So ähnlich.» Max ertrug heute keine solchen Witze. «Ist Fede gestern hier gewesen?» Er hatte, seit sie vom Bürgenstock weggefahren war, nichts mehr von ihr gehört. Zwar hatte sie ihn gesucht. Er hatte auf ihre Combox gesprochen, ohne den Überfall auf ihn zu erwähnen.

«Gestern Abend war sie kurz da, hat Champagner getrunken und ist nach einer halben Stunde wieder gegangen.»

«Wie sah sie aus?»

Franco verdrehte die Augen. «So schön wie immer. Die Frau hat Klasse.»

Wenn du wüsstest, ging Max durch den Kopf. Offenbar hatte Franco keine Ahnung von Fedes Doppelleben. Und noch weniger von ihren Tattoos. «Hat sie gesagt, dass sie heute wiederkommt?»

«Nein. Ich schätze sie als sehr unberechenbar ein.» Wenigstens da hatte Franco sie durchschaut.

«Um welche Uhrzeit war sie gestern da?»

«Um halb zehn. Das ist früh. Normalerweise kommt sie nicht vor elf.»

Max sah sich zwei Stunden warten. «Hat sie etwas gesagt?»

«Nichts, was dich betrifft.» Franco reichte das Bier über den Tresen. «Das geht auf mich.»

Max setzte sich endlich. Er kam sich genauso vor wie die

gelangweilten Typen, denen er hier ab und zu begegnete. Abendelang hingen sie an der Bar, tranken Bier oder Hochprozentiges und glotzten vor sich hin. Manchmal auch zur Tanzbühne oder Frauen hinterher. Vereinsamte Männer, denen zu Hause wahrscheinlich die Decke ob der Einsamkeit auf den Kopf fiel. Max dachte, dass er vor nicht allzu langer Zeit genau daran vorbeigeschrammt war. Seine Aufreissertouren hatten ihn vor Schlimmerem bewahrt, jedoch nie befriedigt.

Federica Hardegger hatte sein Leben verändert.

Fede, auf die er heute Abend warten wollte.

Nach zweiundzwanzig Uhr trafen allmählich die Freitagabendgäste ein. Die Band hinter der Tanzbühne musizierte seit einer Stunde. Das Afrolockenwunder hatte die Haare heute hochgesteckt. Alle vier Musiker trugen schwarze Overalls und dazu passende Caps, wusste der Kuckuck, was sie mit diesem Outfit darstellen wollten.

Max hatte das vierte Bier intus, als sich seine Sitznachbarn beide gleichzeitig zur Tür wandten. Max folgte ihren Blicken. Beim Eingang erschien Fede. Sofort war diese Aura da, die sie nur in diesem Lokal zu umgeben schien. Das Warten hatte sich gelohnt. Sie sah umwerfend gut aus. Max erhob sich, ging auf sie zu und nahm sie beim Arm. «Ich habe einen Platz für dich reserviert.»

«Keine Umarmung? Kein Kuss?» Sie sah ihn kokett an und warf ihre Locken über die Schultern nach hinten.

«Ich wusste nicht, ob dir das recht ist.»

«Wir haben nichts zu verbergen.» Fede lächelte. «Schön, dich zu sehen.»

Max glaubte ihr. «Schön, *dich* zu sehen.»

Sie trug ein knöchellanges, schmales Kleid, das Max an die Mode der vierziger Jahre erinnerte. Eine Stilrichtung, für die auch Milagros schwärmte. Er erschrak über seine eigenen Gedanken. Von Milagros hatte er noch immer nichts gehört.

Fede musste es ihm angesehen haben. «Bedrückt dich etwas?»

«Ich mache mir Sorgen wegen Milagros.»

«Sie ist eine erwachsene Frau.» Fede setzte sich unter dem erstarrten Blick zweier Männer an die Bar. «Vielleicht recherchiert sie ... wie ich ...» Sie lächelte süffisant. «Und du?» Sie strich Max über die Wange. «Du siehst aus, als würde dich etwas sehr stressen.»

In seinem Kopf schwirrten zu viele Fragen. Er wollte sich jedoch keine Blösse geben. Wenn Fede ihn über ihr unmögliches Hobby aufklären wollte, sollte sie den ersten Schritt tun.

«Ich wurde gestern überfallen und niedergeschlagen. Ausser einem Loch im Kopf und einer Gehirnerschütterung geht es mir gut.»

«Was! Warum hast du mir nicht davon berichtet?»

«Ich wollte nicht aufdringlich sein.»

«So ein Bullshit.» Fede tat entsetzt. «Ich mag zwar meine Macken haben, aber das hättest du mir mitteilen sollen. Dann hätte ich meine Arbeit sofort abgebrochen.»

«Was für eine Arbeit? Ich dachte, du wärst im Tattoostudio?»

«Nicht den ganzen Tag.» Sie schmunzelte. «Wenn ich am PC arbeite, vergesse ich oft die Zeit. Dann kommt manchmal etwas Unvorhergesehenes dazwischen. Gestern Abend zum Beispiel war Chrigi weg. Mit Rambo stimmte etwas nicht. Ich musste den Veterinär kommen lassen. Und Chérie-Bibi war auf einen Baum geklettert, hatte sich im Geäst verfangen. Ich musste sie im Dunkeln runterholen, eine Aktion, die mich fast eine Stunde gekostet hat.» Max stellte es sich plastisch vor, wie Fede auf den Baum gekraxelt war. «Heute hatte ich dann endlich Zeit, mich José Aschwanden zu widmen.» Sie lächelte ihn erneut an. «Nun zu dir. Erzähl. Was ist da genau vorgefallen?»

Max hatte nicht vor, viele Worte darüber zu verlieren. Er schloss damit, dass er im Personalhaus Bekanntschaft mit José Aschwanden gemacht habe. «Er gleicht Roberto wie ein Klon.»

«Hm, das ist übel.» Fede machte ein verdriessliches Gesicht. «Geht es einigermassen?»

«Gut wäre übertrieben. Aber deine Anwesenheit lässt mich den Schwindel und die Schmerzen vergessen.»

«Du Schmeichler. Welchen Eindruck hattest du von José?»

«In meinen Augen ist José ein ganz normaler Dreissigjähriger. Der Unterschied zu seinem Bruder besteht wohl darin, dass er in einfacheren Verhältnissen aufgewachsen ist. Er hat wohl auch keine spezielle Schulbildung genossen. Ich frage mich überhaupt, wie er zu der Stelle im Hotel Bürgenstock gekommen ist. Soviel ich weiss, muss man da zumindest einen Abschluss in der Hotelfachschule haben.»

«Toni Aschwanden, sein Adoptivvater, war zwar Lehrer, das stimmt mit seiner Aussage überein, bevor er Förster wurde. Aber das heisst nicht, dass er seinen Sohn die ganze obligatorische Schulzeit unterrichten durfte. Das sogenannte Homeschooling, soviel mir bekannt ist, ist auch für ein Einzelkind eher fragwürdig. Die Matura oder die Lehrabschlussprüfung musste er auf jeden Fall auswärts ablegen.»

«Was die Vermutung aufkommen lässt, dass es vielleicht doch einen Zusammenhang gibt zu einem möglichen Experiment. Der eine Zwilling kommt in eine reiche, gebildete Familie, der andere in eine einfache, minderbemittelte –»

«Ach, die Schöne und das Biest», unterbrach Franco. «Was darf ich bringen?»

Fede bestellte ein Glas Rosé-Champagner.

«Die Lombardis haben Hendriks verboten, sich in ihr Leben einzumischen», sagte Max.

«Irgendwo muss die Geschichte einen Haken haben.»

Fede stützte die Ellenbogen auf der Theke ab. «José Aschwanden ist kein so unbeschriebenes Blatt, wie seine Eltern es uns weismachen wollten. Als Sechzehnjähriger sass er in der Jugendstrafanstalt. Wegen eines Einbruchs in einer Tankstelle. Er hatte dort den Besitzer niedergeschlagen und wollte mit einer Beute von knapp tausend Franken flüchten. Ein beherzter Automobilist, der den Überfall beobachtet hatte, konnte ihn überwältigen.» Fede griff nach dem Burgunderkelch, den Franco serviert hatte. «Davon haben uns Aschwandens nichts berichtet.»

«Hat er dem Opfer womöglich eines über den Schädel gezogen?» Max fasste sich instinktiv an den Hinterkopf. «Dann hatte er schon Übung darin.»

Fede tippte ihm anstelle einer Antwort auf die Schulter. «Da will offenbar jemand zu dir.»

Max wandte sich um. Sein letztes Observierungsziel stand neben ihm, der in die Jahre gekommene Herr. Bei dessen Anblick kam Max die Galle hoch.

«Ich habe mir gedacht, dass ich Sie hier finde.» Der Mann fauchte ihn an. «‹Max, der persönliche Sherlock Holmes›. Ihretwegen habe ich meine Frau und meinen Job verloren. Ich wollte mich nur bedanken.» Seine Stimme wurde fast lautlos. «Sie fieses, kleines Arschloch …»

«War das soeben eine Drohung?» Max erhob sich. Er überragte den anderen um Kopflänge.

Der Mann lachte auf. «Ich hoffe, Sie haben Ihren Denkzettel verpasst bekommen.» Er machte auf dem Absatz kehrt.

Fede hielt Max zurück, als er dem Typen nachgehen wollte. Die Vorstellung, dass dieser Clown mit der jungen, doch hübsch aussehenden Frau mehr als ein Verhältnis pflegte, liess Max dennoch schaudern. Manchmal fragte er sich, wo die Frauen hinsahen.

«Was war das denn? Habe ich etwas verpasst?»

«Mein letzter Auftrag.»

«Lass mich raten: Seine Frau hat dich damit beauftragt. Ungetreuer Gatte?» Fede schmunzelte.

«Mit allen Konsequenzen.» Max begriff erst jetzt, dass es auch welche für ihn hatte, und überlegte sich, den Mann anzuzeigen. «Möglicherweise hat er mich niedergeschlagen oder den Auftrag dazu gegeben.» Er schüttelte angewidert den Kopf, worauf ein stechender Schmerz zurückkehrte. «Ich habe nur meinen Job gemacht.»

«Wenn der Typ verärgert ist, so hat das rein gar nichts mit dir zu tun. Es ist sein Problem. Dich sieht er lediglich als Ventil.»

«Du redest ihn schön?»

«Regel Nummer acht: Denke nie in Schubladen. Stelle Verbindungen her. Leuchte alles aus. Nicht alles endet so, wie es begonnen hat.» Fede lächelte vor sich hin.

«Das … das könnte meine Philosophie sein.»

«Du hast letzthin dein Notizbuch bei mir liegen lassen, mit all deinen Regeln.» Sie griff in ihre Handtasche und holte das Buch hervor. «Vielleicht solltest du sie mit der achten Regel ergänzen. Möglicherweise hat der Angriff auf dich nichts mit unserem Fall zu tun.»

«Und wenn doch?»

«Das wird sich sicher herausstellen. Mach es aber nicht zu deinem Lebensinhalt. Wahrscheinlich hat das eine nichts mit dem andern zu tun. Du bist jetzt Privatdetektiv und angreifbar …»

DREIZEHN

Unter anderen Umständen wäre er enttäuscht gewesen, als Fede ihn allein in seine Wohnung hatte zurückfahren lassen. Nach dem Besuch im «Pilatuskeller» hatte er jedoch nur ein Bedürfnis verspürt, so schnell wie möglich in die Horizontale zu kommen, und das allein. Er hatte nochmals zwei Schmerztabletten geschluckt und war darauf sofort eingeschlafen.

Als er am nächsten Tag erwachte, zeigte sein iPhone halb zwölf an. Und: Milagros hatte endlich angerufen. Sie hatte jedoch weder eine Benachrichtigung auf der Combox noch eine SMS hinterlassen. Für einen Rückruf war es in Lima zu früh. Sieben Stunden Zeitunterschied. Ab morgen nur noch sechs Stunden, denn dann würde hier die Sommer- auf die Winterzeit wechseln.

Max war ungeduldig. Er wusste im Moment nicht, wie er am Fall weitermachen wollte. Fede hatte eine Observierung von José Aschwanden vorgeschlagen. Möglicherweise war dies die einzige Option, die Sinn machte. Sie mussten auch herausfinden, wie José an den Job auf dem Bürgenstock gekommen war. Ob Hendriks die Finger im Spiel hatte.

Max duschte, zog sich an und setzte sich an seine Bar. Er liess einen Kaffee aus dem Automaten und schaute aus dem Fenster. Der Lopper wirkte heute bedrohlicher als üblich. Obwohl Max seine Kindheit in diesem Dorf verbracht hatte – mit dem gewaltigen Felsen hatte er sich noch nie anfreunden können. Das lag jedoch an Milagros' Schauergeschichten darüber. Sie hatten sein Verhältnis zum Berg geprägt. Im Winter vermochte die Sonne nicht über den Lopper zu steigen. Der südlich gelegene Dorfteil hinter der Kirche lag während Monaten im Schatten. Im Mattquartier ging zwar die Sonne früh unter; umso mehr genoss Max den Morgen, wenn der Himmel klar war.

Er lebte gern in diesem Dorf. Von seiner Wohnung aus sah er nicht nur auf den See, sondern direkt an den Bürgenstock.

Es vermittelte ihm das Gefühl, dass er seine Mutter zumindest via Luftlinie in seiner Nähe hatte. Er fühlte sich für sie verantwortlich.

Um halb eins wählte er ihre Nummer. Wider Erwarten nahm sie den Anruf entgegen.

«Maximilian!» Die gewohnt theatralische Ansprache. «In was für einer Herrgottsfrühe rufst du denn an?»

«Ich bin mir nicht gewohnt, dass du Tage auslässt, bis du mich über dein Befinden informierst. Wärst du in der Schweiz, würde ich mir weniger Sorgen machen.»

«Wie reizend.» Milagros räusperte sich. «Okay, das war ein Fehler. Tut mir leid. Aber deswegen suchst du mich nicht. Du hast etwas. Ich kenne doch deine Stimme, wenn dir etwas auf dem Herzen liegt.»

«Du hast es erraten. Ich möchte dich um etwas bitten. Aber stelle keine Fragen.»

«Ich versuche es.»

«Ich habe gestern Beweismaterial an das Labor von Dr. Fankhauser geschickt. Du kennst ihn.»

«Julius, klar.»

«Ich bitte dich, ihn anzurufen. Er soll die Gegenstände auf ihre DNA prüfen und einen Abgleich machen.»

«Aber das geht doch nicht ohne richterliche Verfügung.»

«Das weiss ich auch. Darum frage ich ja dich.»

«Was du wieder verlangst ...»

«Also», lenkte Max ab. «Warum hast du dich nicht gemeldet?»

«Ich war auf einer Reise und hatte keine Verbindung. Und bevor du motzt, ich tat diese Reise aus Recherchezwecken.» Sie lachte und schien trotz der frühen Tageszeit in Hochform zu sein. «Ich war in Cusco ...»

«Wie, mit der Eisenbahn oder mit dem Bus?»

«Nein, geflogen. Aber ich musste mich zuerst an das Klima gewöhnen. Cusco liegt auf über dreitausendvierhundert Meter über Meer. Ich hatte Mühe mit der Atmung.»

«Du hattest die Höhenkrankheit», sagte Max. Er erinnerte

sich an eine Expedition im Himalaja, die er mit seinem Vater unternommen hatte. Max hatte unter dem sinkenden Luftdruck und Sauerstoff-Partialdruck gelitten.

«Gut möglich. Aber es ging dann irgendwie. Ich habe es sogar bis nach Machu Picchu geschafft. Diesmal mit der Eisenbahn und nochmals eine Herausforderung. Zum Glück war eine Krankenschwester mit an Bord. Ich ertrage die Höhe nicht mehr so gut, das stimmt. Aber die Inka-Ruinen sind eine Reise wert, überhaupt Peru ... Hier ist alles so ursprünglich ...»

«Milagros ... was hast du herausgefunden?» Max spürte den Schmerz im Kopf wieder stärker. Er entschied, Milagros nichts vom Überfall auf ihn zu erzählen. Sie hätte sonst einen Düsenjet gemietet und wäre nach Hause gekommen.

«Ich weiss, ich weiss. Ich bin wegen der Ermittlungen hierhergereist. Grundlos wäre ich nicht nach Cusco geflogen. Jara Cervantes Rodrigues lebt seit Jahren in diesem Ort in den Anden. Mit Müh und Not habe ich ihre Mutter gefunden, die ihr Zuhause noch immer am Rande von Lima hat. Aber das ist eine lange Geschichte ...»

Max bat sie darum, sie solle endlich auf den Punkt kommen.

«Ich habe sie in einer Herberge aufgegriffen.»

«Wen?»

«Jara. Sie arbeitet dort. Eine bodenständige Peruanerin. Sehr fleissig. Sie ist jetzt fünfundvierzig Jahre alt, ledig, ohne Kinder.»

«Hast du ihr von den Zwillingen erzählt?»

«Was hätte ich ihr erzählen sollen? Dass einer ihrer Söhne tot und der andere verschollen ist?»

«Ich habe José gefunden.»

«Vielleicht hätte Jara das Recht, wenigstens ihn kennenzulernen.» Milagros stiess zischend Atem aus. «Sie weiss nicht, dass sie Zwillinge geboren hatte. Sie sprach nur von einem Kind, das man ihr gleich nach der Geburt weggenommen hatte. Als sie aus der Narkose erwachte, sei da nur die Rede von einem Jungen gewesen. Sie hat ihn für umgerechnet fünfhundert Schweizerfranken zur Adoption freigegeben. Dies sei der Wunsch ihres eigenen Vaters gewesen.»

«Aber, das ist ...»

«Eine Menge Geld für damalige peruanische Verhältnisse.»

«Trotzdem ist das kriminell.»

«Ich sehe es auch so. Ich glaube aber nicht, dass hier das Motiv für einen möglichen Mord an Roberto liegt.»

«Dort, wo du dich befindest, sicher nicht. Aber es kristallisiert sich heraus, dass dein feiner Dr. Hendriks bis zum Hals in der Scheisse steckt. Doch ich bezweifle, dass man ihn jemals dafür zur Verantwortung zieht.»

Milagros hatte aufgehängt. Max rief nicht zurück. Er würde sie im Verlaufe des Tages sicher noch einmal erreichen können. Er legte das iPhone neben die Kaffeemaschine, als es zu läuten begann. Fedes Nummer. Max' Herz begann zu rasen. Er hätte sie gestern doch nicht laufen lassen sollen. Er meldete sich.

«Ich habe da etwas herausgefunden, das dich interessieren dürfte», sagte sie grusslos.

«Gehackt?»

«Nein, das tue ich nur im äussersten Notfall.» Fede liess ein Kichern vernehmen. «Ich habe da auch so meine Freunde, die mir etwas schulden.» Wieder kicherte sie.

«Ich höre ...»

«Ich weiss jetzt, wo die Zwillinge aus der Klinik Esperanza platziert wurden. Ich habe da verschiedene Adressen aus der ganzen Schweiz.»

«Die du über ‹Papillon› bekommen hast?»

«Nein, indirekt von der Kindes- und Erwachsenenschutzbehörde.»

«Wie denn das?»

«Es ist besser, du erfährst nicht alles. Es könnte dich ...»

«... in Teufels Küche bringen.» Max schniefte. Fede! Nicht zu glauben, wie raffiniert sie war.

«Genau. Mittlerweile hat die Kesb ebenfalls Nachforschungen angestellt. Dr. Hendriks muss denen schon länger ein Dorn im Auge gewesen sein. Auffällig daran ist, dass jeweils einer der Zwillinge bei einer reichen und gebildeten Familie untergekommen ist, der andere aber in einer sozial schwächer gestellten. Das sind Grenzfälle, würde ich mal behaupten. Es ist nicht üblich, dass Adoptivkinder an ‹arme› Leute vermittelt werden. Diese können sie sich ja gar nicht leisten. Du siehst, auch hier fehlt es an Gerechtigkeit. Es sieht ganz danach aus, dass Hendriks mit den Zwillingen experimentiert hat. Er steht auch heute noch in engem Kontakt zu den Adoptivfamilien, insbesondere zu denen, bei denen die eineiigen Zwillinge platziert wurden.»

«Das bringt uns aber Robertos Mörder nicht.»

«Vielleicht hat Roberto Lombardi herausgefunden, wie Hendriks früher sein Geld verdiente.»

«Aber dann hätte er seine leibliche Mutter in Peru aufgespürt, um es zu beweisen. Jara Cervantes Rodrigues weiss aber nicht einmal, dass sie Zwillinge geboren hat. Ich habe mit Milagros gesprochen.»

Auf der andern Seite der Leitung blieb es verdächtig ruhig.

«Was schlägst du vor?», fragte Max.

Keine Reaktion.

«Fede? Was ist der nächste Schritt?»

«Josés Observierung. Wir sollten die andern Zwillinge vergessen.»

Max sah sich ungern in seinem Mustang sitzen und Leute beobachten. Noch schlimmer war es, hinter ihnen herzufahren und jeden Schritt zu dokumentieren. Von solchen Nachforschungen hatte er genug. Der Fall Lombardi hatte neue Perspektiven eröffnet. Er sah sich sogar dazu berufen, Rätsel zu lösen, Geheimnisse zu lüften und entsprechend mutig zu agieren. Der Schlag auf den Hinterkopf hatte sein müssen. Milagros hätte dies als «Schlag ins Bewusstsein» kommentiert. Künftig musste er mit solchen Angriffen rechnen, müsste sie aber besser frühzeitig erkennen können. Jede Niederlage war dazu da, um von ihr zu lernen. Max war sich bewusst, dass sein Beruf weder ein Kinderspiel noch ein Vergnügen war und schon gar kein Lückenfüller gegen Langeweile. Seine Aufträge, sollte es in der

Art noch weitere geben, waren Knochenarbeit und erforderten Konzentration.

«Wirst du ihn observieren?», fragte Max. Wenn er Fede beschäftigte, würde sie nicht wieder auf die Idee kommen, nach Beckenried zu fahren. «Dich kennt er nicht.»

«Und was tust du in der Zeit?»

«Ich werde auf die Älggi-Alp fahren, mit meinem Wagen.»

«Und wenn ich mitfahre?» Fede liess nicht locker.

«Wir sollten uns die Arbeit teilen.»

«Aber das macht nur halb so viel Spass.»

***

Auf der Alp lag Schnee. Offenbar hatte es über Nacht aus dem Nebel geschneit. Gegen Mittag schien die Sonne durch und verzauberte das Hochplateau in ein Kunstwerk. Nicht die kleinste Spur eines Gefährts war zu erkennen, als Max über die Strasse zwischen akkurat aufgestellten Stangen fuhr. Hier oben hatte man sich offenbar für einen harten Winter gerüstet.

Aus Aschwandens Haus stieg Rauch auf. Neben dem kleinen Stall, den Max beim letzten Besuch nicht beachtet hatte, gab es eine Spur von einem Traktor. Sie führte zum Fels dahinter.

Max hielt an und wartete. Auf dem Weg hatte er noch einmal mit Milagros gesprochen. Sie hatte tatsächlich vor, Jara Cervantes Rodrigues in die Schweiz mitzunehmen. Sie werde ihr das Flugticket und eine Unterkunft bezahlen. Man sei es ihr schuldig. Fazit war, dass es zwischen Max und Milagros fast zu einem Streit gekommen war. Er hatte ihr vorgeworfen, dass sie es mit ihrer sozialen Ader wieder einmal masslos übertrieb, sie hatte dagegengehalten, wie kaltschnäuzig er doch geworden sei. Sie habe ihn zudem nicht zur Arroganz erzogen. «Sollte José am Ende etwas mit Robertos Tod zu tun haben», hatte Max versucht, sie umzustimmen, «ist es besser, seine Mutter erfährt es nicht.» Milagros hatte zugegeben, der gebeutelten Mutter ein Bild von Roberto gezeigt zu haben. Max hatte keine Ahnung, woher sie es hatte.

Die Zeit verstrich, ohne dass sich vor dem Haus etwas rührte. Max entschied sich auszusteigen. Er klopfte an die Tür, wartete. Vergeblich. Die Herrschaften schienen ausgeflogen zu sein. Max stakste um das Haus herum, das für eine Alphütte, wie Fede ihm es hatte weismachen wollen, zu gross und zu geräumig gebaut war. Max sah durch die Fenster ins Innere. Doch ausser dem gespiegelten Himmel mit der Wolkenformation konnte er nichts erkennen. Er ging zum Stall und schaute hinein. Er entdeckte einen Kleinwagen, und dort, wo vermutlich der Traktor stand, war der Platz leer. Tiere gab es hier keine. Die Betreibung des Hofes, wie Max es in Erinnerung hatte, bestand darin, Feld und Wald zu pflegen. Max wunderte sich, wie ein halbwegs wissbegieriges Kind es in dieser Einöde ausgehalten hatte, und kehrte zum Haus zurück. Er folgte der Spur des Traktors. Diese verlor sich bei den Felsen. Vielleicht gab es noch einen zweiten Weg ins Tal, doch Max sah davon ab, ihn zu gehen oder zu fahren.

Er wollte sich gerade in seinen Wagen setzen, als die Tür zum Haus aufging und Lotti Aschwanden auf der Schwelle erschien. «Schnüffeln Sie herum?» Doch dann erkannte sie ihn. «Herr von Wirth. Was für eine Überraschung! Sind Sie schon lange hier?» Sie wartete seine Antwort nicht ab. «Ich mache um die Zeit immer ein Mittagsschläfchen. Mein Mann ist ins Melchtal gefahren. Er muss Lebensmittel besorgen … wenn man nicht weiss, wann der Winter hereinbricht. Bitte, kommen Sie ins Haus.»

Max reichte ihr die Hand. «Gestern bin ich Ihrem Sohn begegnet.»

Auf Lotti Aschwandens Gesicht erschien ein Lächeln. «Das beruhigt mich. Geht es ihm gut?»

«Es hiess, dass er seit einiger Zeit herumkränkle. Auf mich übte er jedoch einen gesunden Eindruck aus.»

«Tja, ich glaube, das liegt eher an seiner Arbeit. Er war nie ehrgeizig genug.»

Kein Kunststück, dachte Max, wenn man ihn gefangen hält.

«Er mag die Natur. Er kann stundenlang in den Bergen

wandern. Setzen Sie sich. Darf ich Ihnen einen Kaffee machen?»

«Ein Glas Wasser reicht.»

«Das ist hier oben besonders gut. Wir holen das Wasser aus unserer eigenen Quelle.»

Max setzte sich an den Tisch, an dem er mit Fede gefrühstückt hatte.

«Letzthin sagten Sie, dass Sie privat den Kontakt zu Dr. Hendriks abgebrochen haben, seit sie nicht mehr für ihn arbeiteten, und zwar 1992. Hat er sich nie nach José erkundigt?»

«Nein. Es hätte ja auch wenig Sinn gemacht, weil Lombardis nicht wollten, dass er sich in ihren Familienalltag einmischte. Und ich weiss genau, worauf Sie hinauswollen. Ich nehme an, Sie haben herausgefunden, wo die andern Zwillinge sind, die Jan ... ehm ... Dr. Hendriks in die Schweiz geholt hat. Er wollte ihre Entwicklung vergleichen.»

«Sein Experiment, ich weiss.»

Lotti Aschwanden brachte das Wasser an den Tisch. «Genauso ist es.» Vergessen war ihr Gelübde, das sie Hendriks gegeben hatte.

«Letzthin sagten Sie, dass Sie nichts Konkretes über diese Experimente wussten.»

«Mein Mann mag es nicht, wenn ich darüber rede.»

«Aber Sie wissen eine Menge mehr, als Sie zugeben wollen.»

«Angefangen hat es mit diesem Mädchen aus der Pampa. Ihr Vater brachte es kurz vor ihrer Niederkunft zu uns. Den Namen weiss ich jetzt nicht mehr. Aber es wusste nicht, dass es Zwillinge erwartet. Es war völlig aufgelöst. Kurz vor dem operativen Eingriff musste Dr. Hendriks sich dazu entschlossen haben, dem Mädchen die Babys wegzunehmen. Das arme Kind war einverstanden, hat sogar während der Wehen einen Wisch unterschrieben. Es waren gesunde Jungen. Die Mutter erfuhr nicht, dass es zwei waren –»

«Sie weiss es auch heute noch nicht», sagte Max. «Sie sucht aber nach ihrem Kind. Sie sucht es in ganz Peru. Wahrscheinlich hat Hendriks sie angelogen, und sie hat nie erfahren, was mit ihrem Kind respektive ihren Kindern geschieht.»

«Item», Lotti Aschwanden machte eine wegwerfende Handbewegung, «als ich jung war, waren Ärzte für mich die Götter in Weiss. Fünf Jahre lang hatte Dr. Hendriks die Klinik Esperanza aufgebaut. Sie gehört noch heute zu den fortschrittlichsten Geburtshäusern in Lima. Irgendwann muss es ihm in den Kopf gestiegen sein. Dann kam ihm die Idee mit den Adoptionen. Er fand, dass er den jungen Müttern von Lima und Umgebung eine einmalige Chance geben würde. Sie bekämen Geld, damit sei für sie lange Zeit gesorgt –»

«Fünfhundert Schweizerfranken», fiel Max ihr ins Wort. Er konnte es nicht fassen.

Lotti Aschwanden ging nicht darauf ein. «Und die Kinder würden in der Schweiz aufwachsen, zur Schule gehen, eine optimale Bildung geniessen und später einen gut bezahlten Beruf ausüben können. Die Realität sah jedoch anders aus. Er hatte ihnen verschwiegen, dass nur die Hälfte der Kinder die Chance bekommen würde. Als wir in die Schweiz zurückkehrten, hatte Dr. Hendriks das Haus ‹Papillon› durch einen befreundeten Architekten einrichten lassen. Im Mai 1988 zogen wir auf dem Bürgenstock mit Roberto und José sowie vier weiteren Babys ein. Die Zwillinge waren damals vier Monate alt.»

«Wie kommt es, dass er mit so vielen Kindern in die Schweiz einreisen konnte?» Max kam die ganze Sache äusserst suspekt vor.

«Da haben Sie mich überfragt. Dr. Hendriks genoss ein paar besondere Privilegien. Er muss bei den Verantwortlichen wohl jemanden gehabt haben, der ihm und seinem Projekt gutgesinnt war.» Lotti Aschwanden strich sich über die Perücke. «Heute wäre das unmöglich. – Zwei Monate später brachte ich Roberto zu den Lombardis. Sie hatten die Zusicherung für eine Adoption früh erhalten. Von da an holten wir regelmässig Kinder aus Peru. Alles legal, sagte zumindest Dr. Hendriks. Ich fragte nicht nach. Im darauffolgenden Jahr heiratete ich Toni. Wir wollten

Kinder … Den Rest kennen Sie. José kam im Alter von zwei Jahren zu uns, nachdem wir vergeblich nach einer geeigneten Familie gesucht hatten.»

Gemäss Hendriks' Aussage waren die Ehepaare auf ihn zugekommen. Max wusste nicht, wem er glauben sollte. «Wann haben Sie Ihren Sohn das letzte Mal gesehen?»

«Das kann ich Ihnen auf den Tag genau sagen. Es war am 1. August dieses Jahres. Er hatte freigenommen und verbrachte den Abend des Nationalfeiertags bei uns. Auf der Alp gibt es immer ein wunderbares Höhenfeuer.»

«Wie ist José zu seinem Job als Kellner gekommen?»

Max sah Lotti Aschwanden an, dass ihr die Frage nicht passte. Sie zupfte am Saum des Tischtuches und hatte ihre Augenlider gesenkt.

«Dr. Hendriks hat sich für ihn eingesetzt. Er hat sich mit seinem Büro im Hotel Bürgenstock eingemietet. Er kennt die Personalchefin sehr gut. José durfte daraufhin eine Anlehre machen.»

«Also keine Hotelfachschule», bemerkte Max.

«Learning by doing», rechtfertigte sich Lotti Aschwanden. «José ist ja nicht blöd.»

«Wann hat er mit der Arbeit als Kellner begonnen?»

«Das war Ende Juni.»

«Ende Juni dieses Jahres?»

«Runzeln Sie nur die Stirn. José fand, dass er auch mit dreissig einen neuen Job erlernen kann. Unter uns gesagt, er war nie der grosse Reisser. Er hat viel begonnen und nicht beendet. Ich liebe ihn trotzdem.»

Max vermied eine despektierliche Bemerkung. «Welchen Eindruck hatten Sie von Ihrem Sohn, als er am 1. August bei Ihnen war?»

«Wie immer. Etwas aufgedreht …», Lotti Aschwanden krauste ihre Stirn, «fast überdreht. Aber das lag am Alkohol, der an diesem Abend reichlich floss.»

«Hat er nie durchblicken lassen, dass er sich mit seinem Bruder getroffen hat?»

«Nein, nein, unmöglich. Aber das sagte ich doch schon. Mich hätte er zuerst darüber informiert.»

«José ist dreissig. Er wird seinen eigenen Weg eingeschlagen haben. Da gehört doch auch dazu, dass er nicht alles erzählt.»

«Mir hat er immer alles berichtet», sagte sie fast trotzig.

«Und trotzdem haben Sie ihn nie auf dem Bürgenstock besucht?»

«Nein, das dort ist nicht meine Welt. Für Toni eher, obwohl er bei Ihnen sicher nicht diesen Eindruck erweckt hat. Aber er glaubte, José würde in der Hotellerie ein paar Manieren lernen.»

«Womit hat er sich die zehn Jahre vorher beschäftigt?»

«Hauptsächlich mit Arbeit auf der Alp. Ab und zu half er in einem Lebensmittelgeschäft im Melchtal aus.»

Auf dem Weg zurück nach Sachseln überlegte sich Max, was er übersehen hatte. Wenn José Ende Juni im Hotel Bürgenstock als Kellner eingestellt worden war, war nicht auszuschliessen, dass er dort seinem Bruder begegnet war. Max erinnerte sich an die Quittungen des Hotels, die er im Geheimfach der Villa Lombardi gefunden hatte. Die letzte war vom Freitag, dem 13., bis Sonntag, dem 15. Juli, ausgestellt. Sie mussten wohl ein verlängertes Wochenende gebucht haben, aus welchem Grund auch immer. Die Ähnlichkeit der beiden Männer musste doch aufgefallen sein. Max war sich sicher, dass Hendriks am Ende doch noch zu seinem Ziel gelangt war: die beiden Brüder zu vereinen und zu beobachten, was sie aus dieser Situation machten.

Max nahm sich vor, noch einmal bei Melanie Lombardi vorbeizuschauen. Er müsste nicht einmal einen Umweg machen.

Die Strasse, in der die Villa lag, wirkte ausgestorben. Max parkte ausserhalb des Quartiers und ging den Weg bis zum Tor zu Fuss. Er läutete und hielt sein Gesicht Richtung Videoüberwachung. Der Türöffner surrte. Max trat aufs Grundstück. Er marschierte über die knirschenden Kieselsteine, bis er die Villa vor sich sah. Fremd wie eh und je. Ljubica stand bereits unter der geöffneten Tür, ihre Hände hatte sie in die Seite gestemmt. Ihr Blick war grimmig. Diese Mimik haftete ihr an wie etwas, das sie nicht mehr loswurde.

«Ist Frau Lombardi da?», fragte Max höflich.

Ljubica sah ihn weiterhin abschätzig an. «Treten Sie ein.» Sie wandte sich von ihm ab und rief nach ihrer Chefin.

Max wartete im Entrée. Der Raum wirkte genauso steril wie bei seinem ersten Besuch. Alles war blitzblank gereinigt. Der Geruch nach einem Scheuermittel war so intensiv, dass er niesen musste. Er sah nach oben, wo Melanie Lombardi wie gewohnt über die Treppe zu schweben schien. Doch diesmal stützte sie sich am Geländer ab. Ihr schwarzes Outfit hatte sie durch ein graues ersetzt, ohne die Dramatik zu verlieren. Fede hatte ihm erzählt, sie habe die Grande Dame mit ihrem Porsche in Stans vorfahren sehen, und hatte ihm gleich unter die Nase gerieben, was sie von solchen Gestalten hielt. «Sie gehört zu den magersüchtigen Frauen der Upperclass, die durch ihr Aussehen signalisieren, zu was sie es gebracht haben. Reich, schön und dünn.» Daran musste Max jetzt denken.

Auf dem untersten Treppenabsatz angekommen, sah Melanie Lombardi demonstrativ auf ihre Uhr, die sie vornehmlich an einer überlangen Kette trug. «Es ist Samstag und bald sechs. Wie kommen Sie dazu, mich heute zu stören?»

Max ging längst nicht mehr auf ihr theatralisches Gebaren ein, doch fiel ihm ihr gläserner Blick auf, und als er näher trat, roch er, dass sie getrunken hatte. Er entschied sich dafür, sein Anliegen gleich zur Sprache zu bringen. «Ihr Mann Roberto hat einen Zwillingsbruder.»

Melanie ging schwankend und ohne eine Miene zu verziehen an Max vorbei ins Wohnzimmer. Dort setzte sie sich auf den Sessel neben dem Cheminée. Um Haaresbreite hätte sie die Sitzfläche verfehlt. «Ihre Botschaft, Herr … von Wirth, erschreckt mich nicht einmal.» Sie schlug die Beine übereinander und liess Haut durch einen langen Rockschlitz aufblitzen. Einen Moment lang starrte sie darauf, als müsste sie sich überlegen, den Rock züchtig darüberzuziehen. «Es ist eine

Tatsache, dass ... das Böse oft in der ... Doppelpackung daherkommt.»

Das Böse? Hatte Max da etwas missverstanden?

«Wie soll ich das verstehen?» Max setzte sich unaufgefordert und betroffen.

«Vielleicht sollte ich Ihnen heute reinen Wein einschenken.» Melanie hielt die Hand vor den Mund und hauchte hinein. Ihr entglitt ein Schluckauf. «Ich wusste ... schon lange, dass Roberto mich betrügt. Mit dieser ... dieser kleinen Schlampe aus Stans.»

Fede hatte mit ihrer Vermutung also recht gehabt.

«Warum erzählen Sie mir das erst jetzt?»

«Bilden Sie sich bloss nichts darauf ein. Im Grunde geht es Sie nichts an.» Sie lächelte in sich hinein. «Aber so, wie ich Sie kenne, hätten Sie es früher oder später herausgefunden, Sie sind nämlich ein ganz Gescheiter ... oder Sie wissen es bereits. Ich wollte mich ... mich selbst schützen. Wie schnell wird man als Verdächtige abgestempelt. Mann betrügt Frau.» Sie zog an ihrem Rockteil, das noch immer über ihrem Knie aufklaffte. «Sie rächt sich. Aber ...» Sie hielt inne, während ihre Augen auf dem flackernden Feuer im Cheminée ruhten. «In diesem Fall hätte ich seine Geliebte umgebracht und nicht ihn.» Sie machte eine Halsabschneiderbewegung und streckte ihren Rücken durch. «Oder?», kam es wenig später. Sie seufzte. «Mein Mann hat also einen Zwillingsbruder.»

Die Schwiegereltern hatten ihr diese Neuigkeit offenbar noch nicht mitgeteilt. Vermutlich mussten Giorgia und Mauro Lombardi sie selbst zuerst verdauen.

«Er wuchs auf der Älggi-Alp auf», sagte Max und beobachtete die Witwe, wie sie immer wieder ihre Brauen hob, als wäre es ein Versuch, ihre müde wirkenden Augen offen zu behalten.

«Der Tod meines Mannes scheint nur die Spitze des Eisbergs gewesen zu sein. Aber mich verwundert nichts mehr. Giorgia und Mauro waren, bevor Roberto starb, sogenannte Schönredner. Wissen Sie, was ein Schönredner ist? Alles war immer heiter Sonnenschein. ‹Think positive› war ihr Credo. Oder, wie sie es sagten: ‹Pensa positivo›. Es lebe der Op… Optimismus.» Sie kicherte. «Es gab keine Probleme, oder sie wurden von Anfang an unter den Tisch gewischt. Ja, ja, mit der Zeit sah ich mich gezwungen, mich gegenüber meinen Schwiegereltern zu verschliessen. Klappe zu, verstehen Sie? Mit Robertos Tod wird man nun genötigt, das anzuschauen, was sich unter dem Wasserspiegel befindet, um es poetisch auszudrücken. Sie lieben doch Poesie. Ich sehe es Ihnen an.» Sie hielt inne, schaute ernst, als wäre ihr die Tragweite der Situation erst jetzt bewusst. «Er hat also einen Zwillingsbruder. Ich weiss echt nicht, ob es mich schockieren soll …»

Max glaubte, den Zugang zu Melanie Lombardis Herz gefunden zu haben, obwohl der Alkohol, den sie intus hatte, es ihm erleichterte. «Erzählen Sie mir, was Ihnen vor dem Tod Ihres Mannes aufgefallen ist.»

Sie sah ihn mit fiebrigen Augen an. «Nach der Geburt meiner zweiten Tochter fiel ich in eine schwere Depression, von der ich mich bis heute nicht richtig erholt habe», sagte sie anstelle einer Antwort auf Max' Frage. «Anstatt an meiner Seite zu stehen … und mich zu stärken, zog sich mein Mann von mir zurück. Wir haben uns bei der Hochzeit versprochen, wir haben uns … bei … der … Hochzeit versprochen, in guten wie in schweren Zeiten einander beizustehen. Ich liebte ihn, das müssen Sie mir glauben. Ich hätte mehr als er einen Grund gehabt, Selbstmord zu begehen. Aber uns Frauen verlangt man manchmal alles ab.»

Max schluckte leer. Melanie Lombardis plötzliche Offenheit erstaunte ihn.

«Ich habe nun Zugang zu den Konten meines Mannes», sagte sie aus dem Nichts heraus und so klar, als hätte sich ihr Rausch verflüchtigt. «In den letzten zwei Jahren hat er jeden Monat eine grössere Summe bar abgehoben.»

«So lange war er mit Sabrina Odermatt liiert.»

Beim Namen Sabrina verfinsterte sich ihr Blick. «Das könnte hinkommen. Ich gehe davon aus, dass er sie und ihre Boutique finanziert hat. Eigentlich gönne ich es diesem Mädchen, dass ihr Geliebter nun tot ist … hicks …»

«Es war Ihr Mann.» Max entrüstete sich ob ihrer Aussage.

«Ja, er war mein Mann. Ich hätte ihn niemals aufgegeben. Auch wenn ich dazu gezwungen war ... Nur noch eine platonische Liebe ... ein getrenntes Schlafzimmer, wer hat das nicht? Tage- und nächtelang allein. Mit der Zeit gewöhnt man sich daran.» Sie schluchzte auf. «Meine Töchter brauchten ihren Vater.»

Max sah, wie sich Tränen aus ihren Augen gelöst hatten. Es war, als zeigte sie zum ersten Mal Gefühle. Er erhob sich, ging zum Sessel, auf dem sie sass, und strich ihr tröstend über den linken Arm. «Kann ich etwas für Sie tun?»

Sie sah mit verweinten Augen auf. «Ja, suchen Sie nach dem Grund, weshalb sich Roberto umgebracht hat. Ich glaube, dass er in grossen Schwierigkeiten steckte. Ich ahne es. Was immer er getan hat, er hat es trotzdem verdient, dass die Gründe für seinen Tod geklärt werden.»

***

Max hatte sich Melanie Lombardis Gesichtsausdruck eingeprägt, als er am Abend die Villa verliess. Versteinert war er gewesen, nachdem ihre Tränen versiegt waren. Ihre Aussagen, als sie sich zum ersten Mal begegnet waren, hatte sie in der Zwischenzeit revidiert und seinen Verdacht, dass sie eine einsame, unglückliche Frau war, bestätigt. Max hatte keine Ahnung, wie er weitermachen wollte. Priorität hatte das grafologische Gutachten. Bislang hatte er keinen Bericht erhalten. Forderten Giorgia und Mauro Lombardi die Aufklärung eines Mordes, war Melanie Lombardi erpicht darauf, die Ursache für den Suizid herauszufinden. Ihre anfängliche Gleichgültigkeit hatte sie abgelegt, was einer normalen Reaktion auf den Tod ihres Mannes Platz machte.

Max fuhr nach Stans und von dort auf den Bürgenstock. Er hatte sich mit Fede im Restaurant «Spices Kitchen & Terrace» verabredet. Zum ersten Mal seit Tagen hatte sich der Nebel verzogen. Es wurde eine sternenklare und kalte Nacht.

Max schraubte die Musik lauter. «Immortal» von Thomas Bergersen – unsterblich. Eine Metapher für die Situation, ein Fingerzeig vielleicht, hätte Max an solche Dinge geglaubt. Durch José war Roberto unsterblich geworden. Er war sein Abbild, sein Klon, sein Seelenverwandter.

Die Brüder *mussten* sich getroffen haben. Max war davon überzeugt.

Er parkte vor dem Hotel Bürgenstock und liess seinen Wagen von einem Türsteher in die Tiefgarage fahren. Bevor er ins Hotel ging, checkte er die Mails auf seinem iPhone. Eine Anfrage für eine Observierung, die Bitte um Rückruf auf die Nummer einer Frau Melliger, diverse Werbungen von Möbeln bis zu Kunstgegenständen. Max stiess auf die Mail seines Kollegen, an den er erst noch einen Gedanken verschwendet hatte. Er bestätigte ihm in zwei Sätzen, dass die Schrift auf dem Abschiedsbrief mit der Schrift des Vergleichschreibens identisch war. Das gesamte Gutachten werde er ihm zusenden.

Der Beweis lag vor, dass Roberto Lombardi den Abschiedsbrief geschrieben hatte. Schade nur, dass das Wesentliche fehlte. Es war mitsamt dem Cannabis verbrannt.

War es möglich, dass Roberto Lombardi erpresst worden war? Hatte er den Brief unter Zwang geschrieben? Eine Erpressung hatte Max zwar in Erwägung gezogen. Doch es existierten keine triftigen Gründe. Alles schien undurchsichtig. Die ganze Familie Lombardi war es.

Max betrat die Hotellobby. Es machte den Anschein, als wäre sein ganzer Aufwand umsonst gewesen. Morgen, wenn nicht heute, würde er Giorgia und Mauro Lombardi gegenübertreten und sie darüber informieren müssen. Sollte Lombardi die Angelegenheit als erledigt sehen, würde Max nicht nach einem Grund für die Selbsttötung suchen, ausser Melanie Lombardi würde ihm den Auftrag erteilen. Er musste ja Geld verdienen. Max kennzeichnete die beiden ersten Mails. Vielleicht wurde er an etwas Neues herangehen müssen. Beim Gedanken an die Observierung eines Betrügers oder einer Betrügerin stiess es ihm sauer auf.

Er fand Fede vorn bei den Panoramafenstern. Sie sass da und liess es sich bei einem Glas Champagner gut gehen. Max küsste sie ins Haar. Sie roch nach Aprikose.

«Hi, Darling.» Das hatte sie ihm noch nie gesagt. Dass sie auch in Jeans, Pullover und Lederjacke eine gute Falle machte, stand ausser Zweifel. «Du bist spät dran. In einer Viertelstunde wollten wir essen.»

«Eigentlich bin ich zu früh, denn wir haben uns um acht im Restaurant verabredet.» Max schwang sich neben sie. Er zeigte ihr die Mail. «Ich glaube, unser Auftrag ist beendet. Roberto hat den Abschiedsbrief geschrieben. Wir sollten uns nach einem andern Job umsehen.»

«Das heisst gar nichts.» Fede drehte sich seitlich nach ihm um. «Unter Zwang würdest auch du deine eigenen Abschiedsworte schreiben.»

«Das war der letzte Strohhalm, an dem ich mich festgehalten habe», gab Max zu. «Ich sehe nirgends ein Motiv für einen Mord. Ich war heute noch einmal bei Melanie Lombardi. Sie sagte, dass ihr Mann innerhalb von zwei Jahren von seinem Konto monatlich Geld bar abgehoben hatte. Sie ist der Ansicht, dass er es für seine Geliebte getan hat.» Max erzählte von ihrer Hundertachtziggrad-Kehrtwende und dass sie über die Affäre Bescheid gewusst habe.

«Und sie? Hat sie keinen Lover? Ich erinnere dich an den Eintrag auf ihrem PC. Das könnte doch ein Mordmotiv sein. Sie bringt ihren Mann um, um an dessen Vermögen zu kommen. Sie macht auf traurige Witwe. Dabei ist alles genau geplant. Wenn Gras darüber gewachsen ist, wird sie sich in die Arme des Unbekannten werfen. Haben nicht die Lombardis gesagt, du solltest Melanie unter die Lupe nehmen? Sie ist eine Schauspielerin. Ich habe über sie gelesen. Im Sarner Theater besetzte sie stets die Hauptrollen …»

«Der Klassiker.» Max wollte Letzteres nicht gehört haben. «Es geht immer um Beziehungen …»

«Und Geld.» Fede küsste ihn auf die Wange. «Wollen wir bei einer feinen Tom-Yam-Gung-Suppe mit unserem Gespräch fortfahren? Ich habe einen Mordshunger. Den Champagner habe ich bereits bezahlt. Ich werde ihn auf die Spesenabrechnung stellen.» Sie fuhr mit ihrem Finger über Max' Gesicht. «Apropos Rechnung: Wir sollten unsere Zusammenarbeit noch vertraglich regeln. Ich schätze zwar den Handschlag. Er hat so etwas Freundschaftliches an sich.» Sie schmunzelte verheissungsvoll. «Aber ich mag es gern schriftlich.»

Max lehnte sich zurück. «Ich habe es nicht vergessen.» Er hatte jedoch an die Abzüge gedacht, die auf ihn zukommen würden. An die Beiträge für die Alters- und Hinterlassenen-, an die Invaliden- und Nichtberufsunfallversicherung sowie für die berufliche Vorsorge. Doppelte Arbeit hiess in seinem Fall nicht gleich doppelt verdienen, so doch doppelte Gehaltsabgaben.

Fede erhob sich. «Komm, lass uns essen.» Sie zog ihn vom Sessel hoch, indem sie sich nach hinten lehnte. «Schon müde? Die Nacht hat erst begonnen.»

Man führte sie nach oben ins Restaurant, wo Max erst noch mit Milagros gegessen hatte.

«Ich habe uns einen Fensterplatz reserviert», sagte er.

«Man sieht nicht viel, ein paar Lichter ...» Fede setzte sich lachend. «... und uns im Spiegelbild.»

«Ist doch ein wunderschöner Anblick.»

Fede bestellte Jasmintee, Max ein Bier. Sie vertieften sich in die Speisekarte, die drei verschiedene asiatische Destinationen vereinte – ein fernöstliches Feuerwerk, das Fede sprachlos machte. Sie entschied sich für die Thai-Küche, Max zog die japanische vor. Sie warteten, bis der Kellner die Bestellung der Speisen aufgenommen hatte, und kosteten derweil von dem Amuse-Bouche, das aus zwei überbackenen Crevetten in Chilisauce bestand. Max rümpfte nach dem ersten Bissen die Nase und reichte sein Schälchen Fede.

«Was hast du herausgefunden?», fragte er, nachdem er Fede nur angesehen hatte. Ihre fröhliche Art imponierte ihm.

«Ich war im Personalhaus und traf dort auf José. Ich sagte ihm, dass ich deine Freundin sei, und bedankte mich für seine vorzügliche Erstversorgung.»

«Das hast du tatsächlich getan?» Max wusste nicht, ob er lachen oder schmollen sollte. «Das war nicht so abgemacht.»

«Nein, Scherz, wo denkst du hin! Ich wartete vor dem Haus, bis er es verliess, und folgte ihm unbemerkt.»

«Wohin ging er?» Max spürte seine Ungeduld wachsen. «Muss ich jeden Satz aus dir herausquetschen?»

Fede trank vom Tee und verdrehte amüsiert die Augen. «Er ging den Weg hierher. Ich dachte zuerst, er würde im Hotel arbeiten gehen. Aber er fuhr mit dem Lift in die fünfte Etage. Du errätst sicher, wohin ...»

«Zu Hendriks! Logisch. Er wohnt im fünften Stock.»

«Vermutlich ist er noch immer bei ihm.»

«Vermutungen helfen uns nichts.» Max überlegte. Musste er auf das Nachtessen verzichten und sich Hendriks vorknöpfen, oder sollten sie bis morgen warten?

«Woran denkst du?» Fede griff nach seiner Hand. «Du machst einen nervösen Eindruck.»

«Wenn Aschwanden noch oben ist, sollten wir auch dorthin gehen.»

«Aber ...» Fede liess sich ihre Enttäuschung anmerken.

«Überlasse es mir. Du kannst ja schon mit dem Essen beginnen.»

«Sehr romantisch.» Fede schüttelte den Kopf. «Ich habe mich so auf dieses Dinner gefreut, zusammen mit dir. Wenn ich allein essen will, kann ich es auch zu Hause tun.»

«Job ist Job.» Max erhob sich. «Ich werde mich beeilen.» Er entfernte sich vom Tisch, blieb stehen und kehrte noch einmal zurück. «Und bitte nicht weglaufen.» Er küsste sie auf die Stirn. «Du hast gewusst, worauf du dich einlässt.»

«Nein, habe ich nicht.» Sie lächelte ihn an. «Geh, bevor ich es mir anders überlege.»

***

Hendriks befand sich allein in seiner Suite. War abzusehen gewesen. Trotzdem war Max enttäuscht. Er stand vor dem Fenster mit dem Rücken gegen das Tal und beobachtete den Arzt, wie er an seinem schweren Pult sass und sich die Ohren knetete. Eine Verlegenheitsgeste. Offenbar hatte er jemand anderen erwartet, als er Max die Tür öffnete.

«Was wollen Sie?», hatte er barsch gefragt und ihn dennoch eintreten lassen. «Ich erwarte noch Besuch heute Abend.»

«Die Wahrheit», hatte Max geantwortet, bevor er die Suite durchschritt.

Hendriks hatte sich daraufhin auf den Bürostuhl gesetzt.

«Warum erzählen Sie mir, dass Sie von den Cervantes-Rodrigues-Zwillingen in der Gegenwart keine Ahnung hätten?»

Hendriks starrte vor sich hin. «Ich habe klar gesagt, dass ich keinen Kontakt mehr mit den Lombardis pflege.»

«Aber es mutet etwas sonderbar an, wenn Robertos Zwillingsbruder José bei Ihnen ein und aus geht.»

«Wie kommen Sie darauf?»

«José Aschwanden wurde heute gesehen, als er Sie besuchte.»

Hendriks wandte seinen Blick von Max ab. «Muss ich Ihnen jetzt Rechenschaft ablegen, wer mich besucht? Sie mögen zwar Milagros' Sohn sein, das gibt Ihnen jedoch noch lange nicht das Recht, sich in meinen vier Wänden wie ein Berserker aufzuführen und in meinem Privatleben zu schnüffeln.»

Max fand den Vergleich unangebracht. «Ich ermittle im Todesfall von Roberto Lombardi.»

«Ha, Sie Angeber. Die Polizei hat seinen Tod als Suizid ad acta gelegt. Eine traurige Angelegenheit. Sie tangiert mich aber nicht.»

«Ich denke schon, dass es Sie etwas angeht. Sie haben die Zwillinge der Mutter weggenommen und die Kinder auseinandergerissen.»

«Sie nehmen den Mund zu voll. Sie haben ja keine Ahnung. Vor dreissig Jahren sah es in Lima ganz anders aus. Zudem waren die Mütter damit einverstanden.»

«Die *Mütter*? Sie geben also zu, dass es *nicht* bei diesem einen Fall blieb?»

Hendriks verlor einen Moment seine Selbstsicherheit. «Tun Sie nicht so, als wüssten Sie das nicht.»

Max ahnte, dass er sich im Ton vergriffen hatte. «Was können Sie mir über José Aschwanden erzählen?», fragte er gemässigt.

Auch Hendriks schien es sich überlegt zu haben. Er hatte sich beruhigt. «Ich weiss, wie Roberto aufgewachsen ist. In einem wohlbehüteten Umfeld. Er hat es zu etwas gebracht. Allerdings ist es ihm auch zum Verhängnis geworden. Sein Erfolg muss ihn ... in den Tod getrieben haben ... so, wie es aussieht. José dagegen wuchs auf der Älggi-Alp auf, zugegeben, unter ähnlich wohlbehüteten Verhältnissen, aber er hatte wenige Möglichkeiten für eine gute Ausbildung. Das hat mich interessiert. Wie gesagt, zu Roberto hatte ich keinen Kontakt, zu José nur sporadisch. Aber auch erst, als er respektive sein Vater sich bei mir meldete und mich bat, ihm bei der Suche nach einer Kellnerstelle im Hotel Bürgenstock behilflich zu sein. Das ist jetzt ein halbes Jahr her.»

Max stiess sich vom Fenster ab. «Man erzählt sich, dass Sie mit den eineiigen Zwillingen Experimente durchgeführt haben.» Er wagte einen heiklen Vorstoss. «Worin bestanden diese Experimente?»

Hendriks schluckte leer. «Experiment klingt so, als hätte ich etwas Verbotenes getan. Ich wollte die Entwicklung der getrennt aufgewachsenen und in unterschiedlichen Familien untergebrachten Kinder beobachten.»

«Aber darüber gibt es schon genügend Literatur. Die Zwillingsforschung ist nicht neu.»

«In unseren Breitengraden ist sie es nicht, das stimmt. Aber was ist mit der indigenen Bevölkerung, habe ich mich gefragt? Sie leben anders als die Europäer, was sich auch auf die Gene auswirkt. Ich forsche schon lange auf dem Gebiet der Genetik.» Hendriks fuhr sich mit der Hand über die Stirn, auf der sich Schweisstropfen gebildet hatten. «Experiment klingt nicht gut. Ich habe nie experimentiert. Es war eher ein Beobachten.»

«Ich dachte, Sie wären Frauenarzt?»

«Kann ein Gynäkologe keine Hobbys haben?»

«Sie geben also zu, dass Sie noch andere Zwillingspärchen auseinandergerissen haben.»

«Wer sagt das?»

«Ich weiss es.»

«Das ist nicht möglich. Alle bezüglichen Dokumentationen stehen unter Verschluss.» Hendriks wischte sich wiederholt über die Stirn. «Sie sind also draufgekommen … Ich kann Ihnen aber versichern, dass es den Zwillingen gut geht, obwohl sie getrennt sind. Und ja, ich habe Kontakt zu den Familien. Treffe sie auch ab und zu. Die Kinder haben sich gut entwickelt. Sie sind heute zwischen achtzehn und dreissig Jahre alt.»

«In Lima suchen die Mütter nach ihren Kindern.» Max stellte sich vor dem Pult auf und stützte die Hände auf die Kante. «Ich glaube nicht, dass alle Mütter einverstanden waren. Sie haben ihnen die Kinder entrissen.»

«Aber ich bitte Sie.» Hendriks, falls er sich in die Enge getrieben sah, fixierte Max mit stechendem Blick. «Woher wollen Sie das wissen?»

Max erzählte ihm von Milagros und darüber, was sie in der Klinik Esperanza herausgefunden hatte.

Hendriks erhob sich abrupt. Er stellte seine Hände ebenfalls auf der Tischkante auf, um seiner Präsenz Nachdruck zu verleihen. Ihre Gesichter waren jetzt so nahe, dass Max die Härchen in Hendriks Nasenlöchern bemerkte. Hendriks schnaubte bloss. Max richtete sich auf. Er würde diesen Hendriks im Auge behalten müssen. «Sie haben damals widerrechtlich gehandelt und müssten zur Verantwortung gezogen werden. Sie sollten sich stellen … Ich aber möchte erfahren, ob Ihnen an José Aschwanden etwas aufgefallen ist, ob er sich in letzter Zeit verändert hat.»

«Als er hierherkam, war er rüpelhafter.» Hendriks setzte sich wieder. Max' Bemerkung liess ihn offensichtlich kalt. «Die Anlehre als Kellner hat ihn geformt und sanfter gemacht.»

«Weiss er, dass er einen Zwillingsbruder hat?»

«Nein.»

«Nein? Roberto war regelmässig in diesem Hotel zu Gast. Er müsste seinem Bruder begegnet sein.»

Hendriks verzog den Mund. «Hier gibt es so viele Gäste, dass ein Einzelner untergeht.»

«Aber nicht, wenn sich zwei Männer ähneln, zumal sie auch noch gut aussehen.»

«Glauben Sie mir», sagte Hendriks fast belustigt, «heutzutage nimmt man kaum mehr etwas von andern Menschen wahr. Es geht vielen nur darum, sich selbst in Szene zu setzen.»

VIERZEHN

Max hatte es sich so sehr gewünscht, am Morgen neben Fede aufzuwachen. Doch sie war nach dem gestrigen Abend nicht gut auf ihn zu sprechen gewesen. Die Hälfte des Nachtessens hatte sie allein im «Spices Kitchen & Terrace» verbracht, und als Max von Hendriks zurückgekommen war, war sie verständlicherweise sauer gewesen. «Es ist Samstagabend», hatte sie ihm vorgeworfen. «Zeit, um abzuschalten.» Wenn sie gewusst hätte, dass er so lange oben blieb, hätte sie das Restaurant verlassen. Sie war nicht mehr zum Kaffee geblieben, hatte sich kurz angebunden von Max verabschiedet und war gegangen.

Max' Motivation befand sich im Keller. Er blieb liegen und starrte zur Decke. Die Begegnung mit Hendriks war unbefriedigend gewesen. Er hatte geglaubt, José Aschwanden anzutreffen und ihn mit der Existenz seines Bruders zu konfrontieren. Er hatte sich bloss lächerlich gemacht. Sollte er mit seiner Aktion einen schlafenden Hund geweckt haben, würde wohl noch einiges auf ihn zukommen. Einen Augenblick lang war die Idee da, die Polizei einzuweihen und sie über die illegale Arbeit des Arztes aufzuklären. Andererseits musste er sich seinem Auftrag widmen. Da hatte die Polizei keinen Platz.

Regel Nummer neun: Bleibe deiner Aufgabe treu und verfolge sie, bis alle Ungereimtheiten aus dem Weg geräumt sind.

Ja, es gab Ungereimtheiten. Max erinnerte sich an das Gespräch mit Anja Rohrer von der Versicherung. Sie hatte ausgesagt, dass sich Roberto Lombardi vor seinem Tod verändert habe. Etwas musste ihn aus der Bahn geworfen haben. Hatte er in dieser Zeit seinen Bruder kennengelernt? Sollte etwas an der Zwillingsforschung dran sein, dachte Max, mussten die zwei Männer bei ihrer ersten Begegnung etwas füreinander empfunden haben, was sich in der Realität nicht erklären liess. Das Yin hatte das Yang wiedergefunden, wie Fede erklärt hätte. Was war in diesem Moment, sollte er existiert haben, in ihnen vorgegangen? Hatten sie ihre unterschiedlichen Lebensumstände miteinander verglichen? Was war geschehen, falls sie sich öfter gesehen hatten? Roberto, der erfolgreiche Jurist, und José, der Älpler, dem all das verbaut gewesen war, was sein Bruder erreicht hatte.

Missgunst war oft genug Grund für Mord.

Hatte José seinen eigenen Bruder auf dem Gewissen?

Möglich war es. Doch warum befand er sich noch im Land? Hätte er einen Mord verübt, wäre er sicher über alle Berge verschwunden. Aber zumindest hätte er sich vorab an den Luxusgütern seines Bruders bereichert oder Geld von dessen Konto abgehoben, falls er an die Zugangsdaten gekommen war. Etwas ging da nicht ganz auf.

Max verliess endlich sein Bett. Obwohl Sonntag war, wollte er versuchen, über «Rohrer & Rohrer» Anja zu erreichen. Sie hatte ihm letzthin ihre Karte in die Hand gedrückt. «Sollten Sie sich überlegen, die Versicherung zu wechseln», hatte sie ihm geschmeichelt, «melden Sie sich. Auch sonntags.»

Während Max Kaffee zubereitete, rief er Anja Rohrer an. Mittlerweile war es elf Uhr. Er hatte viel zu lange geschlafen. Er hatte damit rechnen müssen, dass er nicht zu ihr durchkam. Er sprach auf die Combox und bat um raschen Rückruf. Danach wählte er Fedes Nummer. Bei ihr hatte er noch weniger Erfolg. Ihr Handy war ausgeschaltet.

Max sah sich gezwungen, heute eine Pause einzulegen.

Er schaffte es nicht. Kurz nach Mittag setzte er sich in seinen Wagen und fuhr noch einmal auf den Bürgenstock.

***

Der Berg wurde von den Sonntagsausflüglern in Beschlag genommen. Max brauchte eine Weile, bis er einen freien Parkplatz gefunden hatte. Der leicht bewölkte und für die Jahreszeit milde Tag hatte die Menschen in die Höhe gelockt.

Max ging den Weg Richtung Honegg. Falls er José Aschwanden nicht im Personalhaus antreffen würde, hätte er genügend

Zeit, am Nachmittag, wenn die Mittagsgäste verschwunden waren, sich im Hotel Bürgenstock nach ihm zu erkundigen. Menschen jeden Alters begegneten ihm. Familien mit Kindern, Ehepaare mit Hund, Jogger, Radfahrer – die reinste Völkerwanderung. Max sehnte sich zurück an die Nebeltage.

Beim gerüstverkleideten Personalhaus angekommen, schlüpfte Max hinein, nachdem eine Frau beim Verlassen die Tür offen gelassen hatte. Er ging die Treppe hoch bis in den dritten Stock. Er läutete. Es dauerte eine Weile, bis Floh öffnete, begleitet von einem Schwall Knoblauchduft, der sich in der Wohnung dahinter ausbreitete. Er strich sich die schwarzen Haare aus dem Gesicht, sah zufrieden und aufgedreht aus. Er hatte wohl Zimmerstunde und genoss sie mit seinen Arbeitskollegen.

«Ach, schau an, schau an. Sie kommen gerade richtig. Wir essen.»

Max war es nicht recht. «Entschuldigen Sie ... ich ... es dauert nicht lange. Ich wollte mich nur für neulich bedanken. Ohne Sie wäre ich wahrscheinlich erfroren.»

Floh grinste ihn an. «Sie hatten Glück. Die Temperaturen lagen in besagter Nacht noch immer über der Null-Grad-Grenze. Wie geht es, Kumpel?» Er deutete auf den Kopf. «Alles wieder im grünen Bereich?»

«Unkraut vergeht nicht.» Max versuchte, witzig zu sein. «Ist José Aschwanden zufällig hier?»

«Nein, ich habe ihn seit gestern nicht mehr gesehen.»

«Ist er nicht in seinem Zimmer?»

Floh lachte ihn aus. «Nein. Das wüsste ich. Sie können gern nachsehen.»

Max sah davon ab. «Wissen Sie, wo er sich aufhält?»

«Nein, das hat Frau Illi, die Personalchefin vom Hotel Bürgenstock, schon gefragt. Sie hat extra jemanden hergeschickt, weil José ihre Anrufe nicht entgegennimmt.»

«Kommt es öfter vor, dass er einfach verschwindet?»

«Ein komischer Vogel, manchmal. Als er vor vier Monaten hier einzog, war er ein umgänglicher Typ, immer zu einem

Spass aufgelegt. Das änderte sich plötzlich. Er zog sich zurück, verschanzte sich in seinem Zimmer oder blieb nächtelang unserer Kommune fern. Im Hotel liess er sich krankschreiben ...»

«Hat er denn kein Arztzeugnis gebraucht?»

«Doch, so eines hatte er immer auf Lager, wenn's nötig war. Ich weiss es von einer Freundin, die mit ihm im Service arbeitet.»

«Glauben Sie, er hat diese Zeugnisse gefälscht?»

«Wäre ihm echt zuzutrauen. Er kann hervorragend Schriften imitieren.»

Hatte er auch die Schrift seines Bruders nachgemacht? Max' Puls raste. Möglicherweise hatte er ein erstes Indiz gefunden. «Erinnern Sie sich, wann seine Veränderung begonnen hat?»

Floh verschränkte die Arme. «Können wir das nicht bei einem Kaffee besprechen?» Er hielt die Tür ganz auf. «Kommen Sie rein.»

Am Küchentisch sassen drei junge Männer und zwei Frauen unterschiedlicher Nationalität.

Floh stellte sie mit Namen vor, die Max gleich wieder vergass. Er gesellte sich zu ihnen. Die lockere Atmosphäre erinnerte ihn an seine eigene Jugend, als er in Zürich studiert und die Wohnung mit drei Kollegen geteilt hatte. Es fühlte sich an, als wäre es hundert Jahre her.

«Kaffee?», fragte Floh. Er nahm eine Kanne vom Herd, eine Tasse aus dem Schrank und kam an den Tisch. «Feinster italienischer Filterkaffee.»

«Nein, danke, lieber ein Bier», sagte Max.

«Klar doch, endlich jemand, der Bier trinkt.» Floh stellte die Kanne zurück und entnahm darauf dem Kühlschrank eine Flasche Brisenbräu. Er reichte sie an Max weiter. «Sie haben nach Josés Veränderung gefragt. Das ist nicht nur mir aufgefallen, dass er sich verändert hat.» Floh warf die Frage «Ist doch so?» in die Runde, um sich seine Feststellung bestätigen zu lassen. Bis auf einen nickten alle. «Am 1. August war er zum ersten Mal anders als sonst. Ich weiss es so genau, weil wir zuvor abgemacht hatten, dass er für das Bier zuständig ist. Nachdem wir uns das Feuerwerk angesehen hatten, trafen wir uns im Garten vor dem Haus. Wir hatten einen Grill aufgestellt.»

«Moment», Max öffnete den Verschluss an der Flasche, «ihr habt an diesem Abend nicht gearbeitet?»

Floh lachte in die Runde. «Wir haben Schichtbetrieb wie anderswo auch. Wir hatten an diesem Abend frei.»

«Ich habe Sie unterbrochen.» Max entschuldigte sich und genehmigte sich einen Schluck Bier.

«José kam später», fuhr Floh mit seinen Ausführungen fort, «aber ohne Bier. Das hat dann ziemlich Zoff gegeben.»

«Sind Sie sicher, dass er hier war?»

«Was!» Floh reagierte mit gespielter Empörung. «Wir haben ihn uns nicht eingebildet.» Daraufhin gluckste er vor Lachen. «Wo hätte er sonst sein sollen?»

Alle am Tisch lachten mit.

«Das war also am Schweizer Nationalfeiertag?»

«Klar doch.» Floh sah seine Kollegen mit tränenden Augen der Reihe nach an. «Das ist ja ein Ding. Warum fragen Sie?»

Max zögerte. «Weil er zu selben Zeit auf der Älggi-Alp war.»

«Unmöglich!» Floh sprang vom Stuhl auf, ging im Flur nach seinem iPhone suchen und kam damit zurück in die Küche. «Hier ist der Beweis.» Er brauchte eine Weile, bis er das hatte, wonach er suchte. «Hier, diese Aufnahmen stammen vom 1. August. Und das hier ...», er zeigte auf ein Bild mit einer Menschengruppe, «ist José, als er schon ziemlich betrunken war. Anstelle von Bier mussten wir uns mit dem begnügen, was wir auf Vorrat hatten ... mit Hochprozentigem.»

«Können Sie mir dieses Bild bitte auf meine Handynummer senden?»

«Wenn's weiter nichts ist. Darf ich fragen, weshalb Ihr Interesse an José so gross ist?»

Max fand es unklug, Floh und die ganze Truppe einzuweihen. Falls José doch noch auftauchen sollte, würden sie es ihm erzählen, und er würde ahnen, dass Max hinter ihm her war.

«Kennen Sie ihn denn?», fragte Floh.

«Nein.» Max druckste herum. «Noch etwas ...» Er versuchte, sich aus der Sache herauszureden. «Wie ist er denn heute so drauf?»

Floh bekam einen Hustenanfall. Max hätte ihm beinahe auf den Rücken geklopft. «Wie gesagt, José gibt sich in letzter Zeit sehr verschlossen. Dass er Sie letzthin verarztet hat, war schon sehr merkwürdig. In der Regel weicht er Fremden aus. Möglicherweise liegt es daran, dass wir ihn überrumpelt hatten, uns zu helfen.»

***

Max befand sich auf dem Weg auf die Älggi-Alp. Floh hatte das Bild mit José an ihn weitergeleitet. Danach war Max aufgebrochen. Es liess ihm keine Ruhe. Entweder hatte sich Lotti Aschwanden im Tag verrechnet und ihr Sohn hatte den Abend des 1. August nicht auf der Alp verbracht, oder, und davon war Max überzeugt, nicht José, sondern Roberto war auf dem Bürgenstock gewesen oder, was auch möglich war, auf der Alp.

Die Brüder hatten einander schon früher kennengelernt. Möglicherweise hatten sie ihre Ähnlichkeit zum Anlass genommen, etwas nachzuholen, was sie als Kinder nicht hatten tun können – die Rollen zu tauschen. Vielleicht hatte man Roberto doch ermordet, nachdem er mit José verwechselt worden war. Immerhin hatte José eine kriminelle Vergangenheit. Gut möglich, dass er sich wieder etwas hatte zuschulden kommen lassen, von dem niemand wusste. Max hätte viel darum gegeben, einen Einblick in die Polizeiakte zu erhalten. Das zu erfahren, was zwischen den Zeilen stand. Die Pistole hatte neben dem Toten gelegen. Vom Mörder hingelegt, sinnierte Max. Es gab einen Abschiedsbrief. Melanie hatte ihren Mann nicht vermisst. Es gab so viele Ungereimtheiten, die Max gern schnell aus dem Weg geräumt hätte, um dem Wesentlichen Platz zu machen. Er grübelte. Sollte er sich besser um Josés Vergangenheit bemühen? Vielleicht würde er beim lebenden Bruder mehr erfahren.

Auf der Alp lag noch wenig Schnee, der mit der zunehmenden Sonneneinstrahlung wegschmolz. Lotti Aschwanden hängte Wäsche auf. Sie hatte von der Scheune bis zum Haus eine Leine gespannt. Daran hingen Hemden und Hosen.

«Ich muss die Sonne nutzen, solange sie noch die Kraft dazu hat, meine Wäsche zu trocknen», sagte sie, als Max auf gleicher Höhe angelangt war. «Hallo, Herr von Wirth. Was führt Sie schon wieder zu uns?» Sehr überrascht war sie nicht.

Max holte sein iPhone aus der Jackentasche, tippte die Foto-App an und suchte nach Josés Bild. «Sie sagten doch, dass José am 1. August auf der Alp war.»

Lotti Aschwanden liess die Wäsche in den Zuber zurückfallen. «Ja, das ist richtig.»

Max zeigte ihr das Bild. «Warum hält er sich dann zur gleichen Zeit rund fünfundzwanzig Kilometer Luftlinie entfernt auf dem Bürgenstock auf?»

Lotti Aschwanden starrte auf das Foto. «Das ist nicht José. Ich kenne doch meinen Sohn.»

«Er sieht ihm aber verflixt ähnlich. Übrigens bestätigten seine Kollegen, mit denen er zusammenarbeitet, auch, dass er es ist.»

«José? Unmöglich. Er war hier.» Lotti Aschwanden griff nach dem iPhone. «Das muss Roberto sein. Ähnlichkeiten haben sie schon, das gebe ich zu. Man sieht ihnen die Zwillinge an.» Sie starrte lange auf das Bild. «Das also ist Josés Zwillingsbruder. Es ist ein seltsames Gefühl. Ich habe ihn nie mehr gesehen, seit er adoptiert wurde. Sie ähneln einander sehr, wirklich sehr.»

Max steckte das iPhone wieder ein. Sollten Roberto und José die Rollen getauscht haben, weshalb dann im Umfeld von José und nicht gänzlich?

«Lotti!» Die Stimme kam aus dem Stall. Bald darauf erschien Toni Aschwanden unter der Tür, die er mit dem Oberkörper in der Breite ausfüllte. «Mit wem sprichst du?» Als er Max sah, verfinsterten sich seine Gesichtszüge. «Aha, der Schnüffler. Jetzt wagt er sich sogar an einem Sonntag zu uns. Ich habe mich in der Zwischenzeit erkundigt. Sie sind tatsächlich Detektiv von Beruf, früher Anwalt. Aber damit können Sie uns nicht beeindrucken, damit das für allemal klar ist. Was wollen Sie überhaupt von Lotti?» Aschwanden näherte sich ihm. In seinen Händen hielt er eine Axt, als wollte er damit den unerwünschten Eindringling aus seinem Revier verscheuchen.

Lotti Aschwanden hielt ihn zurück. «Die Sache hat sich geklärt.» Sie sandte Max einen bittenden Blick zu.

Aschwanden stellte die Axt an die Hausmauer. «Ich gehe jetzt in mein Haus. Wenn ich wieder rauskomme, sind Sie weg. Verstanden?» Ohne sich noch einmal umzudrehen, verschwand er im Innern.

Max liess sich nicht einschüchtern. Er half Lotti Aschwanden beim Aufhängen der Wäsche. «Ist Ihr Sohn in irgendwelche kriminellen Machenschaften verwickelt?»

Lotti Aschwanden liess das Unterhemd, das sie in der Hand gehalten hatte, fallen. «Was bilden Sie sich ein? Nein, natürlich nicht. Er konnte keiner Fliege etwas zuleide tun. Und bitte, sollte es dennoch so sein, dass sich die Brüder kennengelernt haben und Roberto jetzt tot ist, lassen Sie José aus dem Spiel. Ich lege für ihn meine Hand ins Feuer.»

«Ihr Sohn, Frau Aschwanden, war als Jugendlicher in der Strafanstalt, nachdem er eine Tankstelle ausgeraubt und dort den Verkäufer niedergeschlagen hatte.»

«Das war ein Lausbubenstreich. Waren Sie als Jugendlicher immer artig?»

«Ich habe nie gestohlen und niemanden zusammengeschlagen.»

«Ach, dann sind Sie vielleicht die einsame Ausnahme.» Lotti Aschwanden lachte verächtlich.

Max sah ein, dass er hier nicht weiterkam. «Gut, ich werde Sie in Ruhe lassen.» Er hob das Unterhemd auf. «Ich hätte nur noch eine Bitte: Rufen Sie José an.»

«Das versuche ich seit Tagen. Er antwortet nicht.»

***

Etwas war faul an der ganzen Sache. Warum war Roberto im August in Josés Haut geschlüpft? Er, der renommierte Jurist, der sich seine Freizeit anders hätte gestalten können. Er hatte eine Freundin in Stans gehabt und war trotzdem auf den Bürgenstock gefahren. Max musste noch einmal mit Sabrina Odermatt sprechen.

Auf dem Weg zurück nach Sachseln rief er zum wiederholten Mal Anja Rohrer an. Nachdem sich wieder die Combox eingeschaltet hatte, gab er es auf. Sein nächster Anruf galt Fede. Hier bekam er nur die Ansage, dass ihr Anschluss vorübergehend ausser Betrieb sei.

Der ganze Sonntag war gegen ihn.

Es dämmerte, als Max Hergiswil erreichte. Es war erst halb sechs. Er erinnerte sich, dass die Sommer- auf die Winterzeit gewechselt hatte. Demzufolge hatte er eine Stunde länger geschlafen. Der Tag war dahin, Max' Laune schlug um.

Nachdem er über den Kurierdienst eine Pizza Napoli bestellt hatte, holte er eine Dose Bier aus dem Kühlschrank. Er ging damit ins Wohnzimmer und schwang sich aufs Sofa. Die Unterlagen von Lombardi lagen noch auf dem Salontisch. Max breitete die Dokumente aus. In vager Voraussicht, etwas Wichtiges übersehen zu haben, das er nun finden würde, sah er die Blätter durch. Er spürte, wie nahe er an einer Lösung war. Durch Fede liess er sich zu oft ablenken. Sie sah die Dinge anders als er, auch Zusammenhänge, wo er oft keine erkannte. Max wühlte im Stoss einiger Zeitungen, unter denen er die Notiz über den Psychiater Väli Minder zu finden gedachte. Dabei fiel ihm auf, dass Milagros wieder eine beachtliche Zeit nichts von sich hatte hören lassen. Er verspürte kein Bedürfnis, sie anzurufen. Sollte sie Neuigkeiten oder etwas Gravierendes entdeckt haben, würde sie ihn schon informieren.

Väli Minder. Unter anderem Psychiater für die Leute der Versicherung «Rohrer & Rohrer». Max wollte die Option nicht auslassen, dass er womöglich bei ihm etwas über Roberto Lombardi erfahren könnte. Nur war offen, wie er in die Praxis kam, ohne sich als Detektiv erkennen geben zu müssen. Max startete den Laptop auf. Es dauerte eine Weile, bis er hochgefahren war. Er öffnete die Bierdose, als es an der Wohnungstür läutete.

Max sah auf die Uhr, als er die Tür öffnete. «So schnell waren Sie noch nie hier.» Er nahm den Karton mit der Pizza entgegen, suchte in seiner Jeans nach Geld und reichte es dem Kurier. «Der Rest ist für Sie.»

Wieder im Wohnzimmer riss er die Schachtel auf und vermochte nicht, ein Fluchen zu unterdrücken. Der Mann hatte ihm die falsche Pizza geliefert. Zudem war sie nur lauwarm. Mit einem Viertelstück in der einen griff er mit der andern Hand nach Schreibstift und Block und skizzierte seine neuen Erkenntnisse im Fall Lombardi.

Seit heute Nachmittag meinte er, der Beweis liege vor ihm, dass sich Roberto und José kennengelernt hatten. Sie mussten sich schätzungsweise im Juli zum ersten Mal getroffen haben. Max versuchte, ihre Gefühle zu ergründen. Was war in ihnen vorgegangen, als sie ihrem Ebenbild begegneten? Was hatte es in ihnen ausgelöst? Andererseits hatte José aber von alldem nichts gewusst. Genau da kamen wieder die Zweifel.

Roberto Lombardi dürfte, nach Max' Einschätzung, die Tatsache, dass er einen Zwillingsbruder hatte, nicht einfach akzeptiert haben. Er musste ein neugieriger Mann gewesen sein, jemand, der der Sache auf den Grund ging. Nach dem heutigen Stand der Dinge hatte er seine Adoptiveltern nicht eingeweiht. Er musste also heimlich nach seinen Wurzeln geforscht haben. Zusammen mit José?

Genau da gab es erneut Fragen. Wenn Josés Vater bei Hendriks um Hilfe gebeten hatte, musste sein Sohn erfahren haben, weshalb sein Vater den Arzt zurate zog. Obwohl die Brüder in unterschiedlichen sozialen Umgebungen aufgewachsen waren, in ihrem Denken und Fühlen hatten sie ähnlich getickt.

Max war genau dort am Anschlag, wo Hendriks ins Spiel kam. Hatten die Brüder ihn womöglich genötigt, die Wahrheit über ihre Herkunft zu verraten, oder hatten sie diese sogar aus ihm herausgeprügelt? In diesem Fall musste sich Hendriks arg in Bedrängnis, sogar in Gefahr gesehen haben, dass seine illegalen Aktionen in Bezug auf die Adoptionen auskommen würden. Wahrscheinlich hatte Hendriks José davon überzeugt, dass er nichts Falsches getan hatte. Roberto aber – der Jurist und Verfechter der Gerechtigkeit – hatte diese Tatsache nicht einfach im Raum stehen lassen können. Das Résumé war, dass Hendriks Roberto Lombardi aus dem Weg hatte räumen müssen. José aber hatte er damit geködert, dass er ihm eine tolle Arbeitsstelle auf dem Bürgenstock beschaffte. Womöglich hatte er ihm sogar mit Geld den Mund gestopft.

Keine Fremd-DNA bei der Leiche.

Hendriks wusste, wie man sich steril kleidete.

Hatte er für die Zeit ein Alibi, als Roberto Lombardi gestorben war?

Je länger Max darüber nachdachte, dass Hendriks etwas mit Roberto Lombardis Tod zu tun hatte, umso stärker wurde sein Drang, tiefer in dessen Vergangenheit zu graben. Für Hendriks wäre nach all dem, was er erreicht zu haben glaubte, das Aufdecken seiner kriminellen Handlungen der Todesstoss. Er war kein Mann, der sich sein sogenanntes Lebenswerk durch einen kleinen Juristen zerstören liess. So dachte Hendriks. Max war sich sicher. Hendriks hatte nur nicht mit der Hartnäckigkeit der Lombardis gerechnet.

Der Gedanke an Milagros liess ihn schaudern. Hendriks wusste jetzt, was seine Mutter in Lima tat. Hatte Max sie unbewusst in Gefahr gebracht? In seiner Sorge um sie rief er sie an. Er erreichte sie nicht.

Er musste José Aschwanden finden.

Nicht mehr fähig, einen klaren Kopf zu behalten, liess er alles auf dem Tisch liegen. Den kalten Rest der Pizza legte er in den Kühlschrank. Die Schmerzen rund um seine Wunde waren zurückgekehrt, ebenso ein latenter Schwindel, den er nicht bloss auf den Schlag zurückführte. Er hätte sich gern an Fede gekuschelt, ihre weiche Wärme gespürt und wäre abgetaucht in eine Traumwelt, die er sich vor dem Einschlafen ausmalte. Seit drei Tagen hatte er keinen Sex mehr mit Fede gehabt. Es erfüllte ihn mit einer grossen Sehnsucht.

Kaum unter der Dusche, läutete die Glocke an der Wohnungstür. Max schnappte sich ein extragrosses Frotteetuch und schlang es sich um den Bauch. Er spurtete ins Wohnzimmer und warf dort einen Blick aus dem Fenster. Unten stand Fedes Mini.

Im Flur öffnete er die Tür. «Gott sei Dank, dich gibt's noch …» Max zog Fede in die Wohnung, bevor sie es sich anders überlegte. Sein Anblick schien sie zu amüsieren. «Immer noch sauer wegen gestern?»

«Du kennst meine Einstellung, das ist schon lange her.»

«Zudem bist du nicht nachtragend.» Max ging Richtung Schlafzimmer. «Ich werde mir rasch etwas anziehen.»

«Dein Ernst?» Fede machte keinen Hehl daraus, dass ihr seine Aufmachung gefiel. «Dein Body ist ganz schön trainiert. Ist mir noch gar nicht aufgefallen. Machst du etwas dafür?»

«Schaue in mein drittes Zimmer. Dort findest du ein paar Geräte, falls du einmal Lust haben solltest.»

«Hm, ich bin ganz zufrieden mit meinem Körper. Ich brauche weder Hanteln noch Kraftmaschinen, um mich in Form zu halten. Ich ziehe all dem Yoga vor.»

Max überraschte nichts mehr. «Den Sonnengruss vor dem Frühstück?»

«Den mache ich auch abends.» Fede ging zur Theke und schaltete die Kaffeemaschine ein. «Yoga fördert die Balance zwischen Körper und Geist.»

«Das ist was für Frauen.» Er sah sie an. «Willst du tatsächlich Kaffee trinken?»

«Nein, nur die Maschine aufwärmen. Ich habe etwas anderes vor.» Sie grinste ihn so unverschämt an, dass er nicht anders konnte, als sie zu packen und ihr den Mund mit seinen Lippen zu verschliessen.

Das Frotteetuch hielt den Bewegungen nicht mehr stand. Fede liess ihre Hände auf seinem Gesäss kreisen, bevor sie in die vorderen Körperregionen gelangte. «Ich finde», sagte sie ausser Atem, «dass wir anatomisch richtig gut zueinander passen. Was du in der Höhe, mache ich in der Breite wett.» Sie liess ihn nicht aus den Augen. «Scherz …»

«Mir gefällst du so, wie du bist, kein Gramm zu viel oder zu wenig.»

«Das will ich doch hoffen.» Sie zog ihn ins Schlafzimmer. Sie stiess ihn aufs Bett. In ihren Rundungen steckte eine geballte Ladung Kraft.

Max vermochte nicht, sich vorzustellen, woher sie die hatte. «Yoga, sagtest du?»

Sie legte sich auf ihn. «Und jetzt nicht bewegen …»

FÜNFZEHN

Gegen Morgen erst war Max in einen tiefen Schlaf gefallen. Bis dahin hatten sie im fliegenden Wechsel miteinander geschlafen, Kaffee getrunken, Schokolade genascht, gemeinsam gebadet, sich wieder geliebt, über ihren Fall gesprochen. Doch Letzteres hatte unter allem andern gelitten.

Fede war schon auf, als Max aus dem Bett kroch. Es ging ihm noch immer nicht in den Kopf, warum sie mit so wenig Schlaf auskam. Sie sah umwerfend aus. Ihre roten Locken waren verwuselt und vom Duschen noch feucht. Wie sie auf dem Sofa sass, eine Tasse Kaffee in der Hand, die Beine im Schneidersitz angezogen. Max hätte sich an dieses Bild gewöhnen können.

Ihr Schalk in den Augen entging ihm nicht. «Du redest im Schlaf», sagte sie. «Leider habe ich es nicht verstanden.»

Max erwiderte nichts, schmunzelte nur. Dass Fede hier war, fühlte sich gut an. Er reichte ihr die Notiz mit Väli Minders Adresse. «Kennst du ihn? Er praktiziert in Stans, in der Nähe des Kantonsspitals.»

Fede hob die Augenbrauen. «Nein, nie etwas von ihm gehört. Aber ich habe in meinem ganzen Leben noch nie einen Seelenklempner gebraucht.» Sie streckte ihre Beine. «Was ist mit ihm?»

«Roberto Lombardi war möglicherweise Patient bei ihm.»

«Du vermutest es?»

«Ja. Ich möchte einfach nichts auslassen. Ich bin überzeugt, dass sich die Brüder im Sommer dieses Jahres kennengelernt haben oder noch früher. Anja Rohrer von der Versicherung sagte mir, dass sich Lombardi nach der Telefonnummer erkundigt habe. Und auch, dass sich Roberto verändert habe, zu seinem Nachteil.»

«Aha, und nun glaubst du, dieser Dr. Minder gäbe dir einfach so Auskunft über ihn?» Fede tat so, als lachte sie ihn aus. Dann stutzte sie. «Ich verstehe. Du willst zu ihm …»

«Wir sollten gemeinsam dorthin. Oder hast du einen andern Vorschlag? Könntest du vielleicht seine Patientenakten hacken?» Max verkniff sich ein Grinsen, während er Fedes erstaunten Gesichtsausdruck registrierte.

«Es wundert mich, dass gerade *du* auf diese Idee kommst.» Sie kicherte. «Sollte das auskommen, so würde ich in den Knast wandern. Oder wie siehst du das?»

«Es beruhigt mich, dass du in dieser Hinsicht ein Gewissen hast. Ich machte mir bereits Sorgen.»

«Was ist dein Plan? Soll ich mich als Patientin ausgeben?»

«Nein, brauchst du nicht. Du könntest lediglich die Praxisassistenz ablenken.»

«Und in der Zeit brichst du in den Aktenschrank ... Du bist ja so was von frech geworden.» Fede überlegte stirnrunzelnd. «Du hast sicher ein paar Inbusschlüssel, Ahlen oder sonst welches Werkzeug.»

«Das war etwas vom Ersten, was ich mir angeschafft habe.»

«Also doch ein verkannter Sherlock Holmes.» Fede warf mit einem Zierkissen nach ihm. «Ganz schön dreist. Aber ja, ich komme mit, was immer wir dort anstellen werden. Aber», sie krauste die Stirn, «wir sollten uns trotzdem anmelden.»

***

Dr. Minders Praxis lag in einem unscheinbaren Mehrfamilienhaus, wo auch eine Beratungsstelle für Paare und Familien untergebracht war. Ein kleines Schild neben der Eingangstür wies auf die beiden Fachstellen hin.

Max und Fede betraten das Haus, als ihnen eine Horde Kinder entgegengerannt kam. Es war kurz nach dreizehn Uhr und bald wieder Zeit für den Schulunterricht. Fede und Max gingen über eine Treppe ein Stockwerk höher.

«Der Seelendoktor hat's wohl nicht so mit einem einladenden Empfang», bemerkte Fede, kaum hatten sie geläutet. Sie folgten der schriftlichen Aufforderung einzutreten, was auf einem elektronischen Schild ersichtlich wurde, und landeten in einem engen Flur. Nicht das, was sich Max unter einer modernen Praxis vorstellte. Wohnung und Beratungsraum schienen unter demselben Dach zu sein. Es roch nach Gekochtem. Bislang war ihnen niemand begegnet.

«Und wo siehst du Aktenschränke?», flüsterte Fede, die ungeniert eine angelehnte Tür öffnete. «Ups, das ist ein Schlafzimmer.» Sie zog die Tür zu. «Haben wir richtiggelesen?»

«Ja, das haben Sie.» Die Stimme kam aus entgegengesetzter Richtung und gehörte einem schlanken, hoch aufgeschossenen Mann um die fünfzig. Er trug Jeans und Strickweste, was einen etwas alternativen Touch vermittelte. «Sie sind sicher Frau Hardegger und Herr von Wirth. Ich bin Väli Minder.»

«Ja», sagte Max, «wir haben miteinander telefoniert.»

«Sie haben Glück, dass ich Zeit habe», sagte Dr. Minder. «Eine Patientin hat sich kurzfristig abgemeldet.» Er öffnete eine Tür. «Bitte, setzen Sie sich auf die Sessel dort.»

Das Wohnzimmer war in ein Beratungszimmer umfunktioniert worden. Trotzdem überraschte es mit der Schlichtheit und den wenigen Möbeln, die darin standen. Eine Couch beim Fenster, in der Mitte ein kleiner Tisch, umgeben von einem Sofa und zwei Sesseln. An der Wand der Aktenschrank, die Hälfte davon waren offene Regale, mit einer Reihe von schwarzen, alphabetisch sortierten Ordnern. Daneben diverse Fachbücher und eine Enzyklopädie über psychische Erkrankungen und Störungen. Max setzte sich auf einen der Sessel. Fede liess sich neben ihm nieder.

«Sie sagten mir, dass Sie wegen eines möglichen Patienten hier sind.» Dr. Minder blieb stehen. «Ich mache Sie darauf aufmerksam, dass ich mich an das Arztgeheimnis halte.»

Das würde schwierig werden, überlegte sich Max, sah dennoch die grösste Chance, etwas aus dem Arzt herauszubekommen, wenn er bei der Wahrheit blieb. «Wir sind Privatdetektive.» Das hatte ihm letzthin gefallen, als Fede ebendies sagte. «Wir ermitteln im Todesfall Roberto Lombardi. Er dürfte Ihnen bekannt sein.»

Dr. Minder setzte sich aufs Sofa. «Ja, der Name sagt mir etwas.»

Diese Antwort liess Max hoffen. Lombardi hatte in Sarnen gelebt und gearbeitet und dürfte demzufolge hier in Stans in Therapie gewesen sein.

Fede schob sich auf die Sesselkante nach vorn. «Er hat laut Polizei und Staatsanwaltschaft Suizid begangen. Können Sie uns etwas über ihn erzählen?»

«Da muss ich Sie leider enttäuschen. Roberto Lombardi war nicht mein Patient.»

«Aber Sie kennen ihn?» Max wollte sich nicht zufriedengeben.

«Oder seine Witwe Melanie?» Fede übte auf Max einen zerknirschten Eindruck aus, als sie dies fragte.

«Hm ...» Dr. Minder kratzte sich am Kinn, das ein Dreitagebart überwucherte. «Wie vorhin schon erwähnt –»

«Eine kleine Ausnahme, nur für uns?», fragte Fede scheinheilig. Zu theatralisch. Max kannte sie mittlerweile. «Möglicherweise ist Lombardi ermordet worden. In so einem Fall zählt es nicht.»

Dr. Minder schenkte ihr ein Lächeln. «Dazu müssten Sie mir eine richterliche Bescheinigung aushändigen.»

Max hielt Fede zurück, als sie verbal Dampf ablassen wollte. «Da haben Sie völlig recht. Sie würden uns jedoch sehr helfen, wenn Sie uns ein Stichwort liefern oder unsere Fragen mit Ja oder Nein beantworten könnten. Ist es möglich, dass Melanie Lombardi bei Ihnen in Behandlung war?»

Dr. Minder nickte.

Deswegen hatte Roberto Lombardi Anja Rohrer gefragt. Es ging um seine Frau.

«Ist sie es noch immer?», fragte Fede.

Dr. Minder senkte den Kopf. Diesmal antwortete er mit seinen Augen.

Max ahnte, dass sie bald wieder vor der Tür stehen würden. Sie hatten keine Handhabe, um Dr. Minder mit weiteren Fragen zu torpedieren. Trotzdem wollte er nicht aufgeben. «Trauen Sie Melanie Lombardi einen Mord zu?»

«Wenn es so wäre, müsste ich meine Schweigepflicht wohl verletzen. Oder zumindest der Polizei einen Hinweis liefern.

Aber ich kann Sie beruhigen. Sie suchen am falschen Ort.» Dr. Minder erhob sich. «Somit wäre Ihre Audienz bei mir zu Ende. Darf ich Sie nach draussen begleiten?»

Max ärgerte sich. Sie hatten es ungeschickt angestellt. Die falschen Fragen zur falschen Zeit. Somit hatte er die Chance, etwas von Dr. Minder zu erfahren, vertan. Max und Fede standen gleichzeitig auf. Max sah ihr an, dass sie etwas umtrieb. Ihre Augen suchten den Aktenschrank ab. Kurz trafen sich ihre Blicke. Nein, dachte Max, ein Ablenkungsmanöver kam nicht in Frage. Auch wenn er es Fede durchwegs zutrauen würde, den Arzt abzulenken, während er sich am Aktenschrank zu schaffen machte. Zu unsicher das Ganze. Sie konnten sich keine Anzeige leisten. Er berührte sie sachte am Arm. «Komm, lass uns gehen.»

Sie bewegte sich von ihm weg in den Flur, wo sich Dr. Minder aufhielt. «Darf ich kurz Ihre Toilette benutzen? Ich muss heute zu viel Kaffee getrunken haben.»

Max verkniff sich ein Grinsen. Der Arzt wies ihr den Weg. Max wusste, dass er nun an der Reihe war, wollte er Fede in ihrer mutmasslichen Aktion unterstützen. Er ging Richtung einer Tür, wo er die Küche vermutete. Er griff sich an den Hinterkopf, torkelte ein wenig. Dr. Minder machte sich sichtbar Sorgen. Damit hatte Max den Köder ausgeworfen.

Dr. Minder biss an. «Ist Ihnen nicht gut? Sie sehen ganz blass aus.»

Max lehnte an die Wand. «Ich wurde am letzten Donnerstag niedergeschlagen. Das sind die Auswirkungen der Gehirnerschütterung.»

Dr. Minder stiess die Küchentür auf. «Sollten Sie nicht im Bett sein?»

«Das hole ich nach, wenn unser Fall gelöst ist.»

Dr. Minder liess Wasser aus dem Hahnen und füllte damit ein Glas.

«Wohnen Sie hier?» Max setzte sich an den Küchentisch. Er musste den Psychiater in ein Gespräch verwickeln. Eine bessere Option gab es nicht.

«Ja, seit der Trennung von meiner Frau. Ich musste mich

behelfsmässig einrichten. Sie lebt mit unseren drei Kindern in unserem Haus. Vorübergehend, bis ich eine andere Lösung gefunden habe.»

Sehr gesprächig war er nicht. Er reichte ihm das Wasserglas. Max nahm es dankbar an und wollte Zeit schinden. Fede musste die Toilette schon längst verlassen haben. Wenn sie sich jetzt im Behandlungsraum aufhielt, hatte sie eine verdammt gute Gabe, keine Geräusche zu verursachen. Max klammerte sich am Wasserglas fest. Er merkte, wie schwer es ihm fiel, Dr. Minder hinzuhalten. Irgendwann würde der Arzt merken, dass man ihn veralberte. Max hätte die Rollen tauschen sollen. Fede hätte mit ihrem Charme die besseren Trümpfe in der Hand gehabt, Dr. Minder davon abzuhalten, dass er in den Behandlungsraum zurückkehrte. Max hatte keine Ahnung, worüber er mit ihm noch hätte reden sollen. Seine Kopfschmerzen, die sich seit gestern verringert hatten, waren kein gutes Thema, zumal er nicht als Memme dastehen wollte.

Eine gefühlte halbe Stunde verstrich, in der Max auf dem Küchenstuhl klebte und Dr. Minder mit banalen Geschichten über Peru berieselte. All das, was Milagros ihm über Machu Picchu erzählt hatte. Eigentlich wusste er wenig darüber, denn ihre Berichte waren beschränkt gewesen.

«Geht's wieder?» Dr. Minder musste Mitleid mit ihm haben.

Max stellte das Wasserglas zurück. «Könnten Sie die Wunde an meinem Kopf einmal ansehen? Sie sind ja Mediziner.»

Dr. Minder hob die Augenbrauen. Seine in Falten liegenden Augen wurden so gross, dass Max die Farbe seiner Iriden erkannte. Schiefergrau. «Haben Sie Ihre Krankenversicherungskarte da?»

Max kniff die Lippen aufeinander. Damit hatte er rechnen müssen. Jede Konsultation kostete Geld, auch wenn sie nur zwei Minuten dauern würde.

Aus Richtung Flur hörte er die Toilettenspülung. Ein gutes Timing. Länger hätte er dem Druck nicht standgehalten. «Danke für das Wasser. Ich werde dann wohl meinen Hausarzt aufsuchen.»

«Keine Ursache.» Dr. Minder stellte das Glas in die Spüle, ging in den Flur und sprach mit Fede ein paar Worte, die Max der geringen Lautstärke wegen nicht verstand.

Er liess die Küche hinter sich, trat draussen auf Fede zu. Ihre Augen glitzerten verdächtig.

«Das war knapp», sagte sie, als sie das Haus verlassen hatten. «Zum Glück war der Schrank nicht abgeschlossen. Sonst hätte ich ein Problem gehabt. Weder Roberto Lombardi noch José Aschwanden waren hier. Aber Melanie Lombardi ist Dr. Minders Patientin. Es gibt ein umfangreiches Dossier. Alles konnte ich nicht durchsehen. Was meines Erachtens wichtig war, habe ich mit der Kamera auf dem iPhone festgehalten.» Sie legte eine kurze Pause ein. «Milagros von Wirth … ist ebenso eine Patientin von ihm.»

«Das weiss ich. Nach Vaters Tod war es nicht zu umgehen.» Max spürte erst jetzt, wie ihm der Schweiss über den Rücken rann. «Du hast Nerven gekostet», gestand er, trotzdem zufrieden, dass Fede nicht umsonst ein solches Kino veranstaltet hatte. «An dir ist eine Schauspielerin verloren gegangen.» Er legte seinen Arm um ihre Schultern. «Lass uns auf den Bürgenstock fahren. Vielleicht haben wir heute mehr Glück, José anzutreffen.»

«Ist das dein Ernst? Hast du eigentlich nie genug?» Fede wand sich aus seinen Armen. «Können wir nicht mal eine ruhige Nummer schieben? Ich habe Hunger.»

«Wir könnten uns vor den Panoramafenstern des Hotels Bürgenstock verköstigen.» Max griff nach seinem iPhone. «Lass mir schnell ein paar Sekunden. Ich will sehen, ob ich Milagros erreiche.» Er wählte ihre Nummer.

«Maximilian!»

Max stiess erleichtert Luft aus. «Wo steckst du?»

«Ich bin wieder zurück im Hotel in Miraflores.»

«Allein?» Max wollte sichergehen, dass Jara Cervantes Rodrigues nicht bei ihr war, und atmete zum zweiten Mal auf, als sie bejahte.

«Ich fliege heute Abend um neun von Lima weg und werde um halb drei mitteleuropäische Zeit in Madrid sein. Mein Flug in die Schweiz geht dann um zwanzig Uhr dreissig. Das heisst, ich wäre morgen Abend wieder in Kloten. Falls es dir in den Sinn kommen sollte, mich auf dem Flughafen abzuholen, erspar dir die Mühe. Ich nehme ein Taxi.»

«Und? Hat deine Reise etwas gebracht?» Max entfernte sich von Fede, die unterwegs zum Parkplatz war, wo sein Mustang stand.

«Ich glaube schon. Auf jeden Fall habe ich mir fest vorgenommen, den Verbleib der Kinder abzuklären und sie mit ihren leiblichen Müttern zusammenzuführen.»

Der Stich in Max' Brust übertünchte den Schmerz in seinem Kopf.

«Ich werde eine Stiftung gründen.»

Genau so etwas hatte er befürchtet. «Können wir uns, wenn du zurück bist, darüber unterhalten?»

Milagros wollte nicht darauf eingehen. «Dieses Haus ‹Papillon›, du weisst schon, könnte man vielleicht wieder instand stellen. Ich werde mit Jan sprechen. Er ist uns noch etwas schuldig, dieser alte Narr.»

«Ich schätze deine soziale Ader sehr, aber das ist keine so gute Idee.» Wie sollte Max seiner Mutter beibringen, dass Hendriks unter seinem Verdacht stand, etwas mit Roberto Lombardis Tod zu tun zu haben?

«Warum nicht? Ich bin zuversichtlich.» Milagros schmatzte durchs Telefon. «Ralph wäre auch einverstanden.»

«Ralph, ja, dein Cellist –»

Milagros brach die Verbindung ab. Max betrachtete das verstummte iPhone.

«Könntest du mal die Autotür öffnen?» Fede winkte ihm zu.

Max betätigte den elektronischen Knopf auf seinem Autoschlüssel und ging ausholenden Schrittes auf Fede zu.

«Und, lebt sie noch?»

Und wie! «Sie will eine Stiftung gründen. Das ist wieder einmal typisch für sie. Sie hat immer so verrückte Ideen …»

«Das ist doch wunderbar.» Fede setzte sich auf die Beifahrerseite. «Eine aktive Frau!»

«Sie ist sechzig!»

«Ja und? Ich kenne Dreissigjährige, die sind weit entfernt von so einer Power.»

«Du nimmst sie in Schutz?»

«Sie ist mir sympathisch.»

Max startete den Motor. «Bürgenstock?»

«Bürgenstock.»

***

«Haben Sie gewusst, dass über achthundert Angestellte in den Hotels des Bürgenstock-Resorts arbeiten?»

Max und Fede standen in der Nähe der Rezeption und lauschten dem Gespräch zweier älterer Männer in weissen Bademänteln.

«Ja, in hundertfünfzig Berufsgattungen …»

Max zog Fede von den Herren weg. «Wir müssen uns noch einmal nach José Aschwanden erkundigen. Übernimmst *du* das?»

«Und was soll ich, deiner Meinung nach, fragen?» Fede sah aus, als schmollte sie. «Ich habe seit heute Morgen nichts mehr gegessen. Eine Tasse Kaffee und zwei Buttergipfel reichen mir nicht. Jetzt ist es halb vier, ich weiss auch nicht, wie du das machst, so ohne Futter …»

«Wir werden nachher essen gehen, versprochen.» Max verriet nicht, dass er sich heimlich ein Sandwich und einen Donut einverleibt hatte, als er bei der Tankstelle an der Autobahn Benzin auffüllte. Fede war im Wagen geblieben, hatte am Radio herumgeschraubt und nichts davon mitbekommen. Er hätte ihr auch etwas mitbringen können. Der Gedanke an das Nachtessen hatte ihn davon abgehalten. Nach seinem Ermessen und den Erfahrungen assen Frauen dann nichts zwischendurch. Bei Fede musste er seine Meinung revidieren. Sie hatte einen gepflegten Appetit.

«Ich kann mich nicht nur von Wasser ernähren.» Sie schien zu überlegen. «Okay, ich übernehme das. Aber dann ist Schluss für heute. Und bevor du auf andere Gedanken kommen solltest, ich werde heute in Stans übernachten.»

«Das trifft sich gut. Ich wollte morgen noch einmal bei Sabrina Odermatt vorbeischauen.»

Fede hieb ihm sanft in die Seite. «Allein.»

Max wandte sich von ihr ab und wusste nicht, ob er enttäuscht sein sollte. Ob ihre Sprunghaftigkeit daran lag, dass sie Hunger hatte? Er überliess es ganz Fede, was sie in den nächsten Minuten tun würde. Während sie im Empfangsbereich stehen blieb, machte Max sich auf den Weg in die entgegengesetzte Richtung, wo die Säle lagen. Im Verbindungskorridor zum neu renovierten Trakt sah er sich die Fotogalerie aus vergangenen Zeiten an. Milagros würde darin schwelgen, ging ihm durch den Kopf. Wahrscheinlich erinnerte sie sich an die eine oder andere Zeit, wo die Damen in schicken Kostümen und Hüten durch die Gärten flaniert waren.

Im Hotel Palace angekommen, betrat Max die Terrasse, von der aus er einen nicht minder eindrücklichen Ausblick als von der Hotellobby aus auf den Vierwaldstättersee genoss. Aus dieser Sicht erkannte er erst das ganze Ausmass des Resorts. Alt und Neu verschmolzen ineinander.

Als kleiner Junge war er oft hier oben gewesen. Nicht nur auf Milagros, auch auf seinen Vater hatte der Bürgenberg eine Anziehungskraft ausgeübt. An lauen Sommernächten hatten sie von Hergiswil aus einen Ausflug mit dem Schiff unternommen, waren in Kehrsiten auf die Bürgenstock-Bahn umgestiegen und auf den Berg gefahren. Die alte Bahn war in der Zwischenzeit einer neuen gewichen, das Nostalgische hatte sie behalten. Max erinnerte sich an die erste Wanderung über den Felsenweg zum Hammetschwand-Lift. Vater hatte ihn dazu eingeladen, mit dem Lift die über hundertfünfzig Meter Höhendifferenz zu fahren. Max fand den Lift aus der Belle Époque noch heute eine Attraktion, obwohl ihm als Kind alles viel grösser vorgekommen war.

Wie gern hätte Max seine Empfindungen mit seinem Vater geteilt. Als Kaspar von Wirth von dieser Welt gegangen war, hatte sich das Bürgenstock-Resort im Rohbau befunden. Max inhalierte die kühle, feuchte Abendluft. Durch die Nebelschwaden erkannte er hie und da den Vierwaldstättersee, Rudimente des Harmonischen, das ihn bei klarem Wetter noch immer faszinierte. Max liebte seine Heimat. In der Innerschweiz war er aufgewachsen, hatte hier die Schulen besucht und studiert. Der Wechsel nach Zürich hatte ihm zwar den Horizont geöffnet; er war in seiner seltenen Freizeit immer wieder gern zurückgekommen. Jede freie Minute hatte er mit Dad am Himmel verbracht. Gemeinsam hatten sie die vier Waldstätten aus der Vogelperspektive betrachtet. Die Terrasse des «Palace» übte eine ähnliche Wirkung auf Max aus. Dass er festen Boden unter den Füssen hatte, beruhigte ihn.

Nachdenklich verliess er den Aussichtspunkt und kehrte zurück ins Hotel, das noch immer das Flair einer vergangenen Zeit verströmte.

Wieder bei der Rezeption angekommen, hielt er nach Fede Ausschau. Sie sass schon vorn bei den Panoramafenstern und studierte die Snack-Karte. Es beruhigte Max, dass sie nicht auf die Idee gekommen war, wieder im Restaurant «Spices Kitchen & Terrace» zu dinieren. Allmählich musste er sich überlegen, seinen früheren gehobenen Lebensstandard seinem aktuellen Einkommen anzupassen.

Max schwang sich neben Fede. Sie hatte eine halbe Schale mit gerösteten Mandeln schon geleert. Auf dem Tisch stand ein Glas Champagner. «Hattest du Erfolg?» Max küsste sie auf die Wange.

«Nein, leider nicht. Das heisst, eigentlich schon. Ich sprach mit der Personalchefin, Frau Illi, eine zuvorkommende Frau und so höflich. Sie sagte, dass José Aschwanden seit zwei Tagen unauffindbar sei. Sie meinte sogar, dass sie beabsichtige, es der Polizei zu melden. Dass sie sich über den gewissenlosen Mann ausliess, war vermutlich nicht beabsichtigt. Der Name Jan Hendriks fiel und dass er sie in diese Misere reingeritten habe. Er und der Hoteldirektor, der mit dem Arzt eng befreundet sei. Suihäfili, Suideckili ...» Fede lachte. «Sie bedauerte, dass sie sich von einem Hotelgast habe überreden lassen, einen ungelehrten Kellner anzustellen. Das sei eine Ohrfeige an alle andern, die einen intensiven Ausbildungsweg beschritten hätten, et cetera, et cetera.»

«Dann sollten wir uns weiter um Hendriks kümmern. Hast du die Personalchefin auch über ihn ausgefragt?»

«Natürlich. Aber da kam nichts weiter, als dass Hendriks seit dem Frühling diese Suite gemietet habe. Anscheinend gäbe es Kaufinteressenten. Hendriks wird früher oder später sein Büro räumen müssen.» Fede pickte die letzten Nüsse aus der Schale. «Schluss, Punkt! Jetzt essen wir. Es gibt eine ganze Palette von feinen Snacks.»

«Dann sollten wir uns deinen Bildern widmen, die du in Minders Praxis gemacht hast.» Trotz der Aussicht auf ein entspanntes Essen vermochte Max nicht, seine Ungeduld in den Griff zu bekommen. Schliesslich hatte er für deren Beschaffung fast Blut geschwitzt.

Fede lächelte ihn gütig an. «Alles zu seiner Zeit. Ich muss sie erst auf den PC kopieren. Ich werde sie heute Nacht an dich senden.»

SECHZEHN

Unter einer Beziehung verstand Max etwas anderes, als er sie im Moment mit Fede pflegte. Ihm wäre am liebsten gewesen, er hätte seine Freundin Tag und Nacht bei sich gehabt. Obwohl er sich gerade überlegte, ob sie Freundin oder doch eher ein schöner Zeitvertreib war. Dass sie nun offiziell zusammenarbeiteten, was sie am Ende des gestrigen Tages schriftlich vereinbart hatten, wollte noch nicht richtig in seinem Kopf ankommen. Jetzt befassten sie sich zwar beide mit einem Fall, der bereits Geld eingebracht hatte, bevor er abgeschlossen war. Max hatte sein Geschäftskonto überprüft. Mauro Lombardi hatte mehr als vereinbart überwiesen. Doch was kam nachher? Würde sich dann herumsprechen, mit welcher Erfolgsquote Max von Wirth und Federica Hardegger die Fälle lösten?

Er glaubte, sich in einem Viereck zu bewegen. Dessen Fixpunkte waren Hendriks, Lombardi und Aschwanden. Und Melanie Lombardi, die den vierten Eckpfeiler darstellte. Ihre Rolle war undurchschaubar. Trotz ihrer Offenheit neulich war sie für Max noch immer wie ein geheimnisvolles Buch, dessen Inhalt er zu entschlüsseln versuchte.

Warum war José Aschwanden verschwunden? Steckte am Ende Hendriks dahinter? Hatte Aschwanden ihm gedroht, die Wahrheit über «Papillon» publik zu machen? Was würde geschehen, wenn Milagros zurück war? Sie würde nicht schweigen können und alle ihre Verbindungen zu den einflussreichen Leuten in Unterwalden ausnutzen, um Hendriks zu zerschlagen. Max kannte seine Mutter. Die Idee mit der Stiftung war so dahingesagt gewesen. Die Hilfe in deren Realisierung von Hendriks zu erbetteln, eine Provokation. Milagros verfolgte konsequent ihre Ziele, auch wenn sie Gefahr lief, Freunde zu verlieren oder ehemalige Freunde zu Feinden zu machen.

Max befand sich auf dem Weg nach Stans. Vergeblich hatte

er am vergangenen Abend versucht, Fede zu überreden, dass er bei ihr übernachten könne. Weder seine mitleidheischenden Worte noch etwelche Versprechen hatten sie weich gemacht. Am Morgen waren die Bilder noch nicht auf seinem Rechner erschienen, und als er Fede anrufen und ihr einen guten Morgen wünschen wollte, war das iPhone ausgeschaltet. Es ärgerte ihn. Wenn sie schon mit ihm zusammenarbeiten wollte, musste sie für ihn erreichbar sein und umgekehrt.

Eine Schülergruppe hatte sich auf dem Platz vor dem Winkelrieddenkmal versammelt. Der Lehrer versuchte, eine Horde von kreischenden Teenagern im Zaum zu halten. Max stellte seinen Wagen ab, stieg aus und ging Richtung Dorfplatz. Er zweigte in die Gasse ab, in der die Boutique «Moonlight» lag. Auf dem Trottoir stand ein weisser Camion eines Umzugsunternehmens. Männer in blauen Overalls räumten Kleinmöbel aus dem Geschäft. Von den Auslagen in den Vitrinen war nichts mehr zu sehen als ein paar nackte Schaufensterpuppen. Eine Kleiderstange neben der Tür war mit Stoffsäcken behängt. Max glaubte, im falschen Film zu sein.

Er rempelte einen der Männer an. «Was ist denn hier los?»

«Geschäftsaufgabe», sagte dieser und liess ihn stehen.

Max betrat den Verkaufsraum, aus dem die Hälfte des Mobiliars schon nach draussen getragen worden war. Anstelle von Sabrina Odermatt traf er auf eine Frau mit einem Messband in der Hand. Sie war schätzungsweise um die vierzig und gehörte zu den aufgetakelten Zeitgenossinnen, die mit Schminke zubetoniert, Silikonbrüsten und falschen Fingernägeln durch die Gegend strauchelten. Er stellte sich mit seinem Namen vor. «Wissen Sie, wo ich Frau Odermatt finde?»

«Ich nehme an, zu Hause.» Die Dame tat geschäftig, wollte sich nicht um Max kümmern.

«Was entsteht hier?» Er blieb mitten im Raum stehen.

Um ihn herum schwirrten die Möbelmänner, die Frau erteilte Order: «Das hier kommt hierher und der Schrank dort neben die Tür zum hinteren Bereich.» Sie wandte sich an Max. «Am 2. November eröffne ich einen Massagesalon, also in genau drei Tagen. Bis dahin muss der unbrauchbare Kram hier weg sein, um meinem Inventar Platz zu machen.»

«Unbrauchbarer Kram?» Max verstand zwar nicht viel von Kleidern, aber sie befanden sich in einem oberen Preissegment. «Die Kleider dort», er zeigte auf die Säcke an der Stange, «wohin kommen die?»

«Alles, was sich im Transporter befindet, kommt in ein Lager.»

«In Ihr Lager?»

«Nein, in das der Vorgängerin. Den Laster hat *sie* organisiert.»

«Haben Sie den Laden gekauft?» Massagesalon? Max ahnte, was hier entstand. Sicher keine medizinischen Behandlungsräume.

«Ja, das habe ich. Ging verdammt schnell. Wie Sie sehen, stehe ich unter Strom. Mir bleibt wenig Zeit, um mich hier einzurichten.»

«Ist das nicht ein wenig zu nahe an der Strasse?»

«Wie meinen Sie das?»

«‹Moonlight› würde passen, oder?» Max verkniff sich ein Grinsen.

«Sie erraten es. Ich werde den Namen behalten. Das erspart mir Kosten. Aber», sie musterte ihn keck, «bevor Sie Ihre schmutzigen Gedanken weiterspinnen, lade ich Sie am 2. November zum Eröffnungsapéro ein. Wenn Sie Glück haben, gewinnen Sie einen Gutschein für eine Massage.»

Max war amüsiert. «Und die Vorgängerin?»

«Was soll mit der sein? Ich habe ihr den Laden abgekauft. Sie hatte es verdammt eilig.» Die Frau strich sich die Haare aus dem Gesicht. «Ich auch. Das traf sich gut. Und jetzt lassen Sie mich weitermachen.»

Max dachte nicht daran, das Geschäft zu verlassen. «War die Boutique zum Verkauf ausgeschrieben?»

«Was?»

«Ich fragte, ob –»

«Unter der Hand», warf die Frau ein und wandte sich erneut

an einen der Umzugsmänner. «Die Kommode kommt raus, der Stuhl darf bleiben.» Sie sandte Max einen belustigten Blick zu. «Ich bekam den Tipp von einem Freund, der ihn wiederum von einem Freund hatte. Zufrieden?»

Wenig später fand sich Max auf dem Trottoir wieder. Er ging ein paar Schritte, überlegte es sich anders und kehrte um. Er wandte sich erneut an einen der Männer. «Wohin bringen Sie die Sachen?»

«Das geht Sie nichts an», sagte dieser.

«In ein Lager nach Zürich», sagte sein Kollege.

Max schätzte ab, wie lange die Räumung dauern würde, und entschloss sich, auf dem Parkplatz zu warten. Einige Möbel blieben vor Ort. Die Kleider und Schaufensterpuppen müssten noch verräumt werden. Der Kleinlaster war bis auf wenige Kubikdezimeter gefüllt.

Max kehrte zu seinem Wagen zurück. Er verliess das Parkfeld und positionierte sich in der Nähe des Restaurants Linde. Er blieb sitzen und dachte darüber nach, was Sabrina Odermatts Geschäftsaufgabe zu bedeuten hatte. Erst noch hatte sie ihm mitgeteilt, dass sie bis Frühling warten und sich dann entscheiden würde, was mit der Boutique geschah. Max kam auf keinen tieferen Sinn ausser dem, dass Sabrina Odermatt sich wegen finanzieller Schwierigkeiten gezwungen gesehen hatte, das Vermächtnis ihres Geliebten aufzugeben. Es musste ein Blitzentscheid gewesen sein. Möglicherweise war sie auch emotional und aus gesundheitlichen Gründen nicht mehr in der Lage, die Boutique weiterzuführen. So, wie sie letzthin geweint hatte, litt sie sehr an Roberto Lombardis Verlust.

Max wusste im Moment nicht, wo er Sabrina Odermatt finden würde. Eine Privatadresse war ihm nicht bekannt. Er musste herausfinden, wo sie wohnte. Er erinnerte sich daran, dass die Eltern in Wolfenschiessen lebten. Dass Sabrina Odermatt eine eigene Wohnung hatte, schloss Max aus, denn sonst hätte sie sich mit Roberto Lombardi nicht auf dem Bürgenstock getroffen.

Max holte sein iPhone hervor und suchte unter search.ch

nach Odermatts Adresse. Über dreissig Telefoneinträge, lautend auf den gesuchten Namen in Wolfenschiessen, machten es ihm nicht leicht. Max versuchte es mit Albin Odermatt, mit dem ersten Namen auf der Liste, und rief auf die Nummer an.

Eine Frau meldete sich. Max erläuterte sein Anliegen.

«Sabrina wohnt nicht mehr bei uns.»

«Dann sind Sie ihre Mutter?», folgerte Max zufrieden.

«Was wollen Sie von meiner Tochter?»

«Ihr gehört doch die Boutique ‹Moonlight› in Stans. Ich wollte heute –»

«Die Boutique hat sie verkauft», fuhr Frau Odermatt ihm ins Wort. «Gestern hat sie uns unmissverständlich mitgeteilt, dass sie ihre Zelte hier abgebrochen habe.» Frau Odermatt räusperte sich mehrmals. «Ich verstehe das alles nicht. Sie hat es nicht einmal für nötig gehalten, uns ihren Freund vorzustellen, der jetzt tot ist. Ihren Schmerz hat sie in sich verschlossen. In letzter Zeit war Sabrina kaum mehr ansprechbar. Dass sie mit unbekanntem Ziel weggeht, macht uns sehr traurig. Was sollen wir tun?»

Da schüttete wer ganz offensichtlich das Herz aus. «Sie haben den Freund Ihrer Tochter wirklich nie kennengelernt?»

«Nein, sagte ich doch.»

«Sabrina und Roberto kannten sich mehr als zwei Jahre.»

«Wenn Sie es sagen.»

«Sie wussten nicht, wer er war?»

«Erst im Nachhinein haben wir es erfahren. Es stand ja in allen Zeitungen. Schliesslich haben wir eins und eins zusammengezählt, wenn Sie verstehen, was ich meine. Unverständlich ist es trotzdem, dass Sabrina uns nie von ihm erzählt hat. Heute verstehe ich es besser: Es war eine verbotene Liebe. Dieser Lombardi hatte Frau und Kinder. Mein Mann sagte, dass er es mit Sabrina unmöglich ernst gemeint haben konnte. Dass sie bloss das fünfte Rad am Wagen war, muss unserem Mädchen sehr zugesetzt haben. Die Boutique in Stans war ein Trostpflaster … für ihre Dienste an einem dieser Herrensöhnchen, die meinen, sich alles erlauben zu können. Sabrina hat sich wohl geschämt, über diese Amour fou zu erzählen.»

Max schluckte leer. Frau Odermatts Aussage warf ein völlig anderes Licht auf die Situation. «Wie würden Sie Ihre Tochter beschreiben?»

«Wie meinen Sie das?»

«Hat sie ein cholerisches Temperament?»

Auf der andern Seite der Leitung blieb es ruhig.

«Ist sie aufbrausend?»

«Wer sind Sie überhaupt?» Frau Odermatt schien sich erst jetzt Gedanken über den Anrufer zu machen.

«Ich bin Privatdetektiv. Ich versuche, den Suizid von Roberto Lombardi zu klären.»

«Dann sind Sie an der falschen Adresse.» Frau Odermatt brach die Verbindung ab.

Max glaubte dennoch, neue Erkenntnisse erlangt zu haben. An diese Option hatte er noch nicht gedacht, dass Sabrina Odermatt ihren Geliebten auf dem Gewissen haben könnte. Die zutiefst Verletzte, die damit leben musste, stets die zweite Geige zu spielen. Mit dieser Tatsache hatte sie nicht mehr umgehen können.

Aber wie war sie an die Pistole gekommen? Und vor allem: War sie die eiskalte Killerin?

Noch bevor Max den Motor startete, rief Fede an. Er unterliess es, ihr eine Standpauke zu halten.

«Sorry», sagte sie und liess Max dahinschmelzen. «Chrigi ist krank. Ich musste seine Arbeit übernehmen. Und Rambo hatte wieder ihre schwachen fünf Minuten.» Sie lachte. «Ich habe jedoch auch für uns gearbeitet.»

«Ach was.» Max glaubte, sich verhört zu haben.

«Sei nicht die beleidigte Leberwurst.» Fede kicherte. «Hendriks hat für Lombardis Todeszeit ein wasserfestes Alibi. Er war an einem Kongress. Das können mindestens zwei Dutzend Gynäkologinnen und Gynäkologen bezeugen, die seinen Ausführungen über das Für und Wider der Mammografie Folge geleistet haben.»

«Es gibt eine mögliche neue Verdächtige», sagte Max.

«Sabrina Odermatt?»

«Wie kommst du auf sie?»

«Du hast doch gesagt, dass du zu ihr fährst. Sie hat das Geschäft jedoch überschrieben respektive verkauft.»

Max hielt den Atem an. «Warum weisst du das?»

«Na ja, manchmal kommt man am Computer weiter, als wenn man sich die Mühe macht, ins Dorf zu fahren.»

«Eins zu null für dich», gab Max unumwunden zu. «Dann ist dir sicher auch bekannt, wo sich Sabrina Odermatt zurzeit aufhält.»

«Hellsehen kann ich nicht.»

Max zögerte. Fede kam ihm trotzdem unheimlich vor. «Was schlägst du vor?»

«Ich versuche, den Computer der Kleinen zu hacken, und hole das nach, was ich letzthin unterlassen habe. Vielleicht entdecke ich etwas, das uns weiterhilft. Eine geheimnisvolle Mail zum Beispiel, ein Tagebucheintrag ... Du kannst dir gar nicht vorstellen, was die Leute alles auf ihren Rechner laden. Kann ich heute Abend zu dir kommen? Wir sollten die Dokumente begutachten, die ich bei Minder fotografiert habe.»

In der Hitze des Gefechtes hatte Max nicht mehr an diese gedacht. «Ist dir etwas Verdächtiges aufgefallen?»

«Wie man's nimmt.» Fede seufzte theatralisch. «Aber lass uns darüber sprechen, wenn ich bei dir bin. Ich werde etwas zum Essen mitbringen.»

Das klang verlockend. Ausser den selbst gebackenen Brötchen hatte Max noch keine Gelegenheit gefunden, Fedes Kochkünste zu erproben. Wenn sie es fertigbrachte, nebst ihren anderen Qualitäten gut zu kochen, war sie wahrscheinlich mit einem Sechser im Lotto zu vergleichen.

Max entschied sich, noch einmal auf den Bürgenstock zu fahren. Warum, fragte er sich, liess ihn der Berg nicht mehr los? Würde das, was vor dreissig Jahren im Haus «Papillon» begonnen hatte, dort auch enden? Max fuhr nach Obbürgen. Er passierte das Dorf und gelangte auf die Gerade, die direkt in den Wald führte.

Im Bürgenstock-Resort angekommen, fuhr er ins Parkhaus

und stellte seinen Wagen ab. Er gelangte mit dem Lift auf den Platz vor dem Fünf-Sterne-Haus. Eine Reisegruppe aus dem arabischen Raum war eingetroffen, was Max an deren Bekleidung zu erkennen glaubte. Sie hatten die Bahn von Kehrsiten aus benutzt. Max nahm es zum Anlass, bei der Bergstation einen Blick auf den Vierwaldstättersee zu werfen. Er sah zum Hotel und versuchte, sich Roberto Lombardi mit Sabrina Odermatt hier vorzustellen. In den letzten Monaten waren sie mehrmals hier gewesen. Sie hatten sich heimlich getroffen und Pläne für die Zukunft geschmiedet, wollte er Sabrina Odermatt glauben. Dann mussten sie auf einmal mit José Aschwanden konfrontiert worden sein. Da setzte Max wieder ein Fragezeichen. Wenn es so gewesen wäre, hätte Sabrina es erwähnt. Warum hatte sie es nicht getan?

Max war überzeugt, dass das Verhängnis in diesem Sommer seinen Anfang genommen hatte.

Roberto und José.

Sie *mussten* einander hier begegnet sein.

Max ging zurück auf den Platz. Er betrat das Hotel und landete in einem Flur, auf dem er direkt zur Rezeption gelangte.

Geld, Gier, Macht, verletzte Gefühle, Neid, Eifersucht – die Palette der Gründe, um einen Mord zu begehen, war gross. Max schätzte José Aschwanden nicht dümmer ein als Roberto Lombardi. Es existierte eine Grundintelligenz, die bei beiden Zwillingen vorhanden war. Roberto hatte etwas daraus gemacht, José hatte sie zwangsläufig verkümmern lassen. Oder er war zu faul gewesen, um seinen Tramp zu ändern.

War Hendriks bis zum Letzten gegangen?

Beim Empfangstresen angekommen, überlegte sich Max, nach ihm zu fragen, unterliess es aber. Er fuhr mit dem Lift in die fünfte Etage. Er würde Hendriks einmal mehr überraschen. Er suchte nach der Zimmernummer und blieb, als er sie gefunden hatte, vor der Tür stehen. Seine Hand hatte er bereits auf das Türblatt gelegt. Er hielt inne, horchte, ob er von drinnen nicht etwas vernehmen würde. Stille. Nur von unten drang gedämpft Gelächter.

Max klopfte an. Unmittelbar darauf sah er sich Hendriks gegenüberstehen.

«Sie schon wieder?»

«Können wir uns unterhalten?» Max streckte die rechte Hand zum Gruss aus. «Wenn es möglich ist, in Ihrer Suite.»

«Ich glaube nicht, dass ich Ihnen helfen kann.» Hendriks wirkte fahrig, liess Max dennoch eintreten. «Die Aussicht kennen Sie ja schon.» Er lachte gehemmt. «Sonst hätte ich denken können, dass Sie ihretwegen hier sind.»

«Ich bin mir sicher, Sie wissen genau, weshalb ich hier bin.» Max steuerte auf die Sitzlandschaft neben dem Pult zu. Unaufgefordert nahm er Platz. «Letzthin haben wir unsere Diskussion nicht zu Ende geführt. Herr Dr. Hendriks ...» Max sprach ihn widerwillig mit dem Titel an.

Hendriks hatte sich mittlerweile ihm gegenüber niedergelassen. Er faltete die Hände und liess beide Daumen rotieren.

«Sie können mir nicht mehr durch fadenscheinige Ausreden ausweichen.» Max liess ihn nicht aus den Augen. «Spätestens im Juli dieses Jahres haben sich die Wege von Roberto und José hier auf dem Bürgenstock gekreuzt. José arbeitete als Kellner im Hotel, und Roberto traf sich mit seiner Flamme zum Schäferstündchen. Zwei ganze Nächte und schätzungsweise drei Tage mussten ausgereicht haben, dass sich die beiden Brüder begegneten. In diesem Hotel, Herr Dr. Hendriks. Und wenn Sie dieses Zusammentreffen nicht eingefädelt haben, so haben Sie es zumindest gutgeheissen. Ihr Experiment, das Sie bereits als verloren sahen, hat sich doch noch gelohnt. Möglicherweise haben Sie nicht ahnen können, was Sie damit in Gang bringen ... aber Sie haben die Katastrophe in Kauf genommen.»

Hendriks verzog keine Miene.

«In einem Luxushotel zu arbeiten und die betuchten Leute zu bedienen, muss einem gegeben sein. Da darf man sich nicht überlegen, dass ein Zimmer pro Nacht mehr kostet als ein durchschnittliches Monatsgehalt eines Serviceangestellten.»

In Hendriks' Mimik kehrte Leben ein. «Bringen Sie es auf den Punkt, Mister Detektiv.»

«Anders dürfte die Erfahrung bei José gewesen sein. Als angelernter Kellner verdient man bestimmt weniger, als wenn man den Abschluss der Hotelfachschule hat. José muss an einem dieser Tage im Sommer Dienst gehabt haben. Als sein Ebenbild auftauchte und sich von ihm bedienen liess, musste er sich arg in Bedrängnis gefühlt haben. Möglicherweise haben sich die beiden Brüder daraufhin getroffen und darüber diskutiert, weshalb sie sich so ähnlich sehen. Wenn nicht José, so musste Roberto darauf beharrt haben, es herauszufinden. José aber ist in seiner Not zu Ihnen gekommen ... und hat Sie um Rat gefragt.»

«Das sind doch blosse Vermutungen. Worauf wollen Sie hinaus?» Hendriks kam mit dem Oberkörper nach vorn.

«Sie haben José aufgeklärt. Sie mussten es tun. Sie haben ihm erzählt, woher er kam und dass er einen Zwillingsbruder hat. Den Kontakt zu den Lombardis haben Sie abgebrochen. Das bestätigten mir auch Herr und Frau Lombardi. Blieb Ihnen also nur José. Oder Lotti Aschwanden. Davon will sie aber nichts wissen. Seit 1992 war sie nie mehr auf dem Bürgenstock.»

«Ihre Anschuldigungen nehmen immer groteskere Formen an. Wollen Sie mir weismachen, dass ich mit Robertos Tod etwas zu tun habe?»

«Indirekt ja. Sie hätten ihn zumindest verhindern können.»

«Werden Sie nicht unverschämt!» Hendriks hatte seinen Ton verschärft.

«Sie wussten genau, dass, wenn Sie die beiden Brüder aufeinander loslassen, ein Unglück geschieht. Sie leben hier auf dem Bürgenstock. Als Toni Aschwanden Sie fragte, ob Sie sich um eine Lehrstelle für seinen Sohn kümmern könnten, war Ihnen Roberto Lombardi bereits begegnet. Damals wussten Sie aber nicht, dass er Josés Bruder war. Erst als José bei Ihnen auftauchte und Sie die Ähnlichkeit zwischen den beiden Männern feststellten, sahen Sie Ihre Zeit gekommen ...»

Hendriks hob die Hände. «Lassen Sie es gut sein.» Er erhob sich und ging zum Fenster, an das er sich lehnte. «Sie müssen mir glauben, ich hatte nie böse Absichten.»

War Hendriks bereit, seine Version der Geschichte zu erzählen?

«Mit José kam ich zuerst in Kontakt. Er begann im Juni mit der Anlehre. Und dann wollte es der Zufall, dass eines Abends, als ich mich im Restaurant ‹Spices Kitchen & Terrace› verköstigte, sein Klon an meinem Tisch vorbeischreitet. Ich dachte mir gleich, dass es niemand anders sein konnte als Roberto Lombardi. Er speiste mit einer jungen Frau keine zwei Meter von mir entfernt. Und ja, ich gebe zu, mein Puls beschleunigte sich. Aber nicht, weil ich mich am Ziel wähnte, sondern weil mir das Aufeinandertreffen der beiden Brüder Sorgen bereitete.» Hendriks ging vor dem Fenster auf und ab. Sein Haupt war gesenkt, er schien in sich gekehrt zu sein. «Man verändert sich, wenn man älter wird. Man sieht Fehler ein, die man als junger Mensch gemacht hat. Was vor dreissig Jahren als richtig galt, mag heute verdammt sein. Die Zeiten ändern sich genauso. Ich sehe mich als Opfer dieser Veränderung. Ich konnte den Lauf der Dinge nicht mehr aufhalten. Absolut zufällig bediente José genau an diesem Tisch, wo sein Bruder sass.» Hendriks schniefte theatralisch, hielt die Hand an die Nase und zog laut Rotz hoch. «Den Rest können Sie sich vorstellen. Ich verliess das Restaurant. Es hätte mich zu sehr aufgeregt. Sie müssen mir glauben, Herr von Wirth, es war das erste und letzte Mal, dass ich die beiden Brüder miteinander auf dem Bürgenstock gesehen habe. Ich denke, dass Ihnen die Frau, die Roberto an diesem Abend begleitet hat, Auskunft geben kann.»

«Wer war sie?»

«Ich kenne ihren Namen nicht.»

«Können Sie sie beschreiben?»

«Etwa zwanzig, blond, schlank. Sie erinnerte mich an Marlene Dietrich.»

«Sabrina!» Max glaubte, endlich das letzte Puzzleteil gefunden zu haben.

***

Es nachtete ein, als Max in Hergiswil ankam. Fede erwartete ihn vor der Wohnungstür. Sie hatte einen Korb voller Lebensmittel bei sich.

«Stehst du schon lange hier?» Max küsste sie auf den Mund.

«Fünf Minuten.»

«Entschuldige. Ich hatte ein erhellendes Gespräch mit Hendriks.»

«Ach, und er hat sich darauf eingelassen?»

Max öffnete die Tür. «Willst du wirklich kochen?» Er ging voraus, machte überall das Licht an.

«Warum nicht?» Fede stellte den Korb in die Küche. «Aber vorher möchte ich dir etwas zeigen. Startest du schon mal den Computer auf? Ich habe dir die Fotos geschickt.»

«Sabrina Odermatt muss José kennen.» Max streifte seine Schuhe von den Füssen.

«Wer sagt das?»

Während Fede Gemüse, Fisch und Reis aus dem Korb holte, lehnte Max an die Bartheke und erzählte von seinem Treffen mit Hendriks. «Ich dachte nicht mehr daran, den Arzt weichklopfen zu können. Ich muss ihm aber glauben», endete er seine Ausführungen.

«Und jetzt denkst du, dass Sabrina uns zum Mörder führen wird?» Fede legte den Fisch in den Kühlschrank. «Bevor du deine Gedanken weiterspinnst, solltest du den Bericht von Dr. Minder lesen. Er rückt Melanie Lombardi in ein ganz anderes Licht.»

Max ging ins Wohnzimmer, wo der Laptop auf dem Salontisch stand. Er öffnete die letzte Mail. Fede hatte die Bilddatei über einen externen Datenversand geschickt. «Wegen der Datenmenge», sagte sie, als sie ihm über die Schultern schaute.

Max lud die Daten herunter und speicherte sie im Ordner «RL» ab. Er setzte sich auf das Sofa und legte den Laptop auf seine Knie. Er tippte das erste Bild an.

«Das ist ein Auszug aus ihrer Krankenakte», sagte Fede. «Sie ist nicht vollständig.»

Er begann zu lesen. Viele Fachausdrücke in Latein waren

ihm nicht geläufig. Den Inhalt konnte er nur langsam verstehen. «Sie hat das … was steht hier?»

«Alles, was zu ihrer Unzufriedenheit beigetragen hat.» Fede legte ihre Hand auf seine. «Vergessen wir Melanie Lombardi. Sie ist nicht die Person, die wir suchen. Sie ist eine unglückliche, von Depressionen geschüttelte Frau, kaum fähig, ihre Kinder zu erziehen. Sie konstruiert sich ihre eigene Welt. Keine kriminellen Energien … das steht da. Konzentriere dich auf den letzten Anhang.»

«Ich dachte –»

«Ich war gestern bei einer guten Freundin in Stans. Sie führt ein Reisebüro.»

Max öffnete das Attachement. «Zwei Flugtickets?» Er sah Fede an. «Wie kommst du an diese? Du scheinst ja wirklich gut vernetzt zu sein.»

«Ich sagte doch, dass du nichts bereuen würdest.» Fede schmunzelte. «Und bevor du mir einen sechsten Sinn attestierst … ja, den habe ich. Nachdem ich gestern erfuhr, dass Sabrina Odermatt ihr Geschäft von einem auf den andern Tag aufgelöst hatte, setzte ich mich an den Computer und überlegte mir, was ausschlaggebend dafür gewesen sein könnte.»

«Der Verlust ihres Geliebten.»

«Dann hätte sie wohl kaum zwei Monate gewartet.»

Max versuchte, Fedes Gedanken nachzuvollziehen. «Du meinst, sie hat es schon früher geplant?»

«Schau an, auf wen die Tickets ausgestellt sind und wohin … zwei One-Way-Tickets …»

«Nach Cusco?» Max glaubte, sich verlesen zu haben. «Sabrina Odermatt und …» Der Name bohrte sich wie ein Schwert in seine Brust. Max juckte vom Sofa auf, hätte fast den Laptop auf den Boden geschmissen. «Das muss ein Versehen sein … ein Witz.»

SIEBZEHN

Trotz Fedes Nähe hatte Max schlecht geschlafen. Er hatte sich im Bett gewälzt und sich hintersinnt, was er übersehen hatte. Am Morgen in der Früh hielt er es nicht mehr aus. Leise stand er auf und schlich aus dem Schlafzimmer.

Auf dem Salontisch stand noch immer der Laptop und war in Betrieb. Max kniete nieder, fuhr mit dem Finger über den eingebauten Cursor. Die Kopie der beiden Tickets erschien. Was sich gestern wie ein schlechter Traum angefühlt hatte, wurde heute zur bitteren Realität, zum Beweis, dass selbst die sensibelsten Menschen zu etwas fähig sind, das man ihnen nie zutrauen würde.

Max vergrösserte den Namen auf dem zweiten Ticket, wollte es noch immer nicht glauben. «José Aschwanden» stand da, schwarz auf weiss.

«Sie hat sich offenbar ganz schnell in Robertos Bruder verguckt», hatte Fede die Bemerkung fallen lassen und angenommen, dass Sabrina bei ihm offenbar Trost gesucht hatte.

Warum aber diese Szene in der Boutique?

Die Tickets waren auf den 2. November ausgestellt. Am Freitag wollten sie fliegen. Nach Cusco, wo Josés leibliche Mutter lebte. José musste demzufolge herausgefunden haben, wo sie sich aufhielt. Max verdächtigte Hendriks, dass er in der ganzen Angelegenheit doch involvierter war als angenommen.

Ein Geräusch schreckte ihn auf. Unter der Tür erschien schlaftrunken Fede. Sie streckte sich wie eine Katze. Dabei rutschte ihr das Shirt über den Bauchnabel. Max starrte dorthin, und es erinnerte ihn daran, wie Fede ihn gestern Abend nach dem Essen ins Nirwana katapultiert hatte. Ihre Kochkünste dagegen waren bescheiden gewesen.

«Gut geschlafen?», fragte sie.

«Nicht so gut wie du.»

Fede setzte sich zu ihm.

«Ich habe deinem Atem gelauscht und gehofft, dass auch du im Schlaf redest.»

«Und?» Fede sah ihn erwartungsvoll an.

«Nichts ‹und›.» Max nahm sie in den Arm. «Du scheinst selbst im Schlaf ein Mysterium zu sein.»

«Wollen wir frühstücken? Ich habe Hunger.»

«Wann hast du *den* nicht?» Max küsste sie wiederholt, erhob sich und ging Richtung Küche. Er öffnete den Kühlschrank. «Es hat noch Reste von gestern.»

Fede überlegte es sich anders. «Sei mir nicht böse, aber ich fahre nach Hause. Chrigi geht's noch immer nicht besser. Ich sollte nach dem Rechten schauen. Sehen wir uns am Nachmittag?»

«Und was ist mit dem Frühstück?» Max war enttäuscht.

«Wenn du willst, kannst du mit mir kommen. *Mein* Kühlschrank ist immer voll.»

Max wog ab. Er hatte vorgehabt, noch einmal zu Melanie Lombardi zu fahren. Trotz Fedes Ermittlungen ging ihm die Witwe nicht aus dem Kopf. Es gab ungeklärte Fragen. Was wusste sie zum Beispiel über Sabrina Odermatt? Wer war der geheimnisvolle Fremde, mit dem sie angeblich in Kontakt stand?

Fede verschwand im Badezimmer. Max hörte, wie sie die Dusche anstellte. Er überprüfte sein iPhone. Milagros hatte ihn schon gestern angerufen. Er hatte vergessen, dass sie zurück war. Er las ihre SMS. Sie würde sich melden, stand da, und dass er schon mal für Donnerstagabend im «Spices Kitchen & Terrace» reservieren solle.

Milagros, wie sie leibte und lebte.

Er rief sie zurück, als Fede die Wohnung verlassen hatte.

«Maximilian!» Überbordend fröhlich und gut gelaunt. Der Jetlag schien ihr nichts auszumachen. «Das war ein Kurztrip mit vielen Eindrücken. Ich hoffe, dass ich dir aus der Ferne einige Inputs habe bieten können, was deinen Fall betrifft.» Sie liess einen lauten Lacher los. «Eine Woche war ich weg, und die Schweiz versinkt in Selbstmitleid. In der Politik sind die üblichen Verdächtigen wieder aktiv und debattieren über ihre Kinkerlitzchen, während über dem grossen Teich die wahren Probleme dieser Erde mir ins Bewusstsein drangen.»

«Und jetzt möchtest du auswandern?»

«Wenn ich nicht wüsste, wie sehr du mich brauchst, lieber Maximilian, würde ich es mir überlegen. Peru würde übrigens jedem Schweizer guttun. In diesem Volk steckt eine Lebensfreude, die wir hier schon längst verloren haben. Jammern auf hohem Niveau ...»

«Milagros!» Er hatte kein Bedürfnis nach ihren Sprüchen. Sie würden ins Unendliche führen. «Morgen auf dem Berg? Ich kann es richten. Ich werde dir jemanden vorstellen.»

«Habe ich es mir doch gedacht. Ich hoffe, dass es sich diesmal nicht um eine Eintagsfliege handelt.»

«Sonst würde ich sie dir nicht vorstellen ...» Max schüttelte den Kopf. Noch immer spürte er einen vagen Schmerz. «Ich glaube, ich habe mich bis über beide Ohren verliebt.»

«*Gracias a Dios.* Hoffentlich ist es etwas Ernstes. Es ist an der Zeit.»

«Ich weiss, ich bin schon siebenunddreissig.»

«Und wie alt ist *sie*?»

«Fünfunddreissig.»

«Das ist absolut perfekt. Die Hindus lehren, dass der Unterschied zwischen Mann und Frau nicht mehr als zwei Jahre betragen soll.»

«Ich erinnere dich gern an deinen Lover. Wie alt ist der schon wieder?» Max konnte sich ein Lachen nicht verkneifen.

«Ich will ihn ja nicht heiraten.» Zu seiner Erleichterung brach sie das Gespräch mit den Worten ab, dass sie sich nun schlafen lege.

Nach einem doppelten Espresso verliess Max die Wohnung. Über Hergiswil hatte sich eine konstante Wolkendecke gelegt. Der Lopper zeichnete sich wie ein Ungeheuer ab, das sich in dumpfem Grau verlor. Eine nicht enden wollende Wand, die den hinteren Teil des Dorfes einschloss. Grau und trüb war auch der See.

Max fuhr über die Seestrasse. Er mochte diesen Weg, auf dem er an diesem Vormittag lediglich ein paar Velofahrern und Fussgängern begegnete. Auf dem Wasser dümpelten Fischerboote, ein Motorschiff zog Furchen hinter dem Heck her. Das verblasste Bild eines beginnenden Spätherbstes. Der Anfang einer Nichtzeit. Morgen war November. Max mochte diesen Monat nicht.

Nach Stansstad setzte er die Fahrt dem Alpnachersee entlang fort. Zu seiner Rechten lag aufgeschürfter Fels, seit Jahren schon, von den Gezeiten oder von Maschinen abgetragenes Gestein, das eine tiefe Wunde im Berg zurückliess. Auch hier hinten schien der Tag zu versinken, in einem diffusen Licht, das auf Max' Gemüt niederdrückte. Er passierte die beiden Dörfer Alpnachstad und Alpnach.

Er konnte Melanie Lombardis Depression nachvollziehen. Allein in diesem riesigen Haus zu leben, in dem die Seelen der Ahnen noch wohnten, musste ihr Furcht einflössen. Die Risse in den Mauern der Villa als Sinnbild dafür, dass das erst noch Glänzende genauso dem Niedergang geweiht war wie die Menschen, die versuchten, sich darin zurechtzufinden.

Max fuhr bis zum Eingangstor. Vom Sturm verwehte Blätter bedeckten das Trottoir davor. Doch das Anwesen mit den imposanten Säulen war aus dieser Perspektive trotzdem nicht zu sehen. Max parkte, stieg aus und meldete sich über die Gegensprechanlage an.

Er betrat das Grundstück, ging über den Kiesweg – eine Ewigkeit lang, in der er die Bäume und das Niederholz wie drohende Gestalten wahrnahm. Und er erinnerte sich an die Gestalt hinter dem Fenster im oberen Stock und meinte, sie sich nicht eingebildet zu haben.

Unter dem Eingang stand schon Ljubica, eine Matrone von einer Frau, die man fürchten oder lieben musste, wollte man mit ihr unter dem gleichen Dach leben.

«Madame ist nicht da. Sie ist mit den Mädchen nach Luzern gefahren.» Ljubica füllte fast den ganzen Türrahmen aus und machte keine Anstalten, Max ins Haus zu lassen.

«Das trifft sich gut», sagte Max. «Ich wollte ein paar Worte mit Ihnen reden.»

«Ich werde auf Ihre Fragen nicht antworten.» Ljubica verharrte unter dem Türrahmen.

«Ich werde mich hüten, Sie etwas zu fragen.»

«Dann weiss ich nicht, weshalb Sie noch hier sind.»

«Sie kennen die Familie Lombardi sicher schon länger, als Ihnen lieb ist. Und wie mir Ihr Name verrät, sind Sie nicht von hier.» Er hob die Hand. «Nein, es interessiert mich auch nicht. Roberto Lombardi muss ein hervorragender Ehemann und Familienvater gewesen sein. Ein Mann, der seine Liebsten beschützte und seine Freizeit, wann immer es möglich war, mit ihnen verbrachte ...»

«Sie irren sich.» In Ljubicas Gesicht kam Bewegung. Und während sie sich an den linken Türrahmen drückte, winkte sie Max herein. «Was vergebe ich mir?», stellte sie sich selbst die Frage. «In einem Monat bin ich hier weg. Ich habe gekündigt. Und bevor Sie über die Herkunft meines Namens spekulieren: Ich bin eine waschechte Innerschweizerin. Meine Eltern stammen aus Lungern. Sie fanden den Namen schön. Und ja, ich kenne die Familie Lombardi in- und auswendig. Seit Annas Geburt bin ich hier angestellt. Das sind fünf Jahre. Und wenn ich zur Aufdeckung des Mordes an meinem Patron etwas beitragen kann, so kann ich mit ruhigem Gewissen gehen.»

«Sie glauben also auch an Mord?» Max betrat das Entrée. «Warum haben Sie es der Polizei nicht mitgeteilt?»

«Ich wurde nie danach gefragt.»

«Worin gründet Ihre Vermutung?»

«Herr Lombardi kam mir immer unheimlich vor. Er wich mir zudem aus, wo er konnte. Sprach kaum mit mir, ausser dann, wenn er mir Order erteilte. Ansonsten behandelte er mich, als wäre ich Luft. Anders Frau Lombardi. Ich begreife ehrlich gesagt nicht, weshalb sie es bei diesem Mann so lange ausgehalten hat. Ich bete für sie, dass sie endlich zur Ruhe kommt. Sie war so oft allein mit ihren Kindern. Wenn ich nicht gewesen wäre, hätte sie es wohl kaum verkraftet, hierzubleiben. Das Haus ist mit einer traurigen Vergangenheit belastet.»

«Ich habe davon gelesen. Zwei Menschen sind innert kurzer Zeit gestorben.»

«Die Schwester von Mauro Lombardi und ihr Sohn. Lombardis Mutter starb an Krebs, aber im Spital. Aber auch sie hat hier gelebt. Noch geistert sie im Estrich umher. Die Lombardis ziehen das Böse an. Das war schon immer so. Lesen Sie nur über ihre Herkunft ...»

«Wer könnte Ihrer Meinung nach ein Interesse daran gehabt haben, Roberto Lombardi zu ermorden?»

«Ich weiss es nicht.» Ljubica verschränkte ihre Arme und wippte auf dem Absatz.

«Hat er sich in den Tagen vor seinem Tod verändert?»

«Ich habe ihn kaum gesehen. Er kam spät und ging früh wieder weg.»

«Hat Frau Lombardi einen Geliebten?»

«Nein! Wo denken Sie hin?» Ljubica verzog ihren Mund zu einer Schnute. «Sie hatte, soviel ich weiss, einen Mann über das Internet kennengelernt. Aber das ist bereits Schnee von gestern.»

Max erinnerte sich plötzlich an den pendenten Anruf an Anja Rohrer. Sie hatte ihn nicht zurückgerufen. Und er hatte es vergessen. Er warf einen Blick nach oben zur Galerie und bemerkte ein paar Kartonschachteln. «Sind Sie schon beim Packen?»

«Nein, Madame möchte, dass ich das Zimmer von ihrem Mann räume.»

«Könnte ich eventuell einen Blick hineinwerfen?»

«Ich weiss nicht, ob es richtig ist.» Trotz ihrer Skepsis gestattete Ljubica Max, ins Obergeschoss zu gehen. «Fünf Minuten, dann muss ich weiter entrümpeln. Madame ist nicht fähig, es zu tun.»

Max ging den Handlauf entlang über die Treppe. Kisten versperrten ihm den Weg zu Lombardis Zimmer. Er überging die Hindernisse, betrat den Raum. Bettdecke und Kissen waren verschwunden. Auf dem Bettgestell lag die nackte Matratze. Auch die Bücherregale gähnten ihm leer entgegen. Max öffnete den Schrank. Wider Erwarten war er noch nicht geräumt. Die Anzüge hingen drin, und auf dem Schrankboden standen die teuren Schuhe. Max bückte sich, schob die Schuhe beiseite und zog den Deckel des Geheimfachs auf. Alles lag noch da. Er holte den Ordner heraus und legte ihn vor sich auf den Boden. Er nahm jede einzelne Quittung zur Hand, checkte das Datum – und stutzte. Er musste es letzthin übersehen haben.

Mit dem befreienden Gefühl, endlich etwas Handfestes zu haben, was Roberto Lombardis Tod betraf, verabschiedete Max sich von Ljubica. Sie steckte ihm ein Stück Linzertorte zu. «Selbst gemacht», sagte sie voller Stolz. Max ahnte, dass das Eis zwischen ihnen gebrochen war.

***

Noch einmal in den Glaspalast beim Hexenturm zu gehen, hatte er nicht vorgehabt. Max stand auf der andern Seite der Sarneraa und war sich nicht schlüssig, ob er Anja Rohrer anrufen oder gleich zu ihr hochfahren wollte. Der bedeckte Himmel spiegelte sich an den Fassaden. Ab und zu schimmerte es aus dem Innern, je nach Lichteinfall.

«Hallo», tönte es an seiner Seite. «Sie sind doch Herr von Wirth, oder irre ich mich?»

Max drehte sich um. Die Stimme gehörte Anja Rohrer. Was für ein Zufall. «Nein, tun Sie nicht.»

«Ich hatte gerade Mittag. Wollten Sie zu mir?»

«Das hatte ich vor.» Die Anrufe von letzthin erwähnte er nicht.

«Geht es noch immer um Roberto Lombardi?»

«Ja, leider.»

«Sie glauben noch immer nicht an Suizid?»

«Möglicherweise zeichnet sich etwas anderes ab, vorsichtig ausgedrückt.» Dass Sabrina Odermatt und José Aschwanden

Lombardis Tod zum Anlass genommen hatten, sich aus dem Staub zu machen, erwähnte er nicht. Bis zum 2. November blieb ihm wenig Zeit.

«Hätten Sie ein paar Minuten für mich?»

Anja Rohrer nahm ihn beim Arm. «Wir könnten der Sarneraa entlanggehen. Der Aaweg führt zum See. Ein Verdauungsspaziergang wäre gerade das Richtige für mich. Haben Sie schon gegessen?»

«Eine Kleinigkeit», sagte Max und dachte an das Dreieck Linzertorte, das ihm bloss den Gaumen gekitzelt hatte.

Sie entfernten sich vom Hexenturm, nachdem Anja Rohrer ihm erklärt hatte, woher der Name stammte. Er sei um 1285 erbaut worden und um 1315 in den Besitz des Landes Obwalden gekommen. «Der Turm ist ein national bedeutendes Kulturgut», hatte sie erzählt, «und steht unter Denkmalschutz. Ob dort je einmal Hexen verbrannt wurden, ist nicht bekannt, könnte ich durchwegs annehmen, da der Turm im Mittelalter gebaut wurde. Aber das berühmte Weisse Buch von Sarnen befindet sich dort drin. Das Buch enthält eine Chronik mit der ältesten Überlieferung der Tellsgeschichte. Als Friedrich Schiller sie schrieb, stützte er sich auf diese …»

Die letzten farbigen Blätter kämpften um den Halt an den Bäumen, die den Wasserlauf säumten. Mit Moos bewachsene abgerissene Äste lagen wie Skelette im Flussbett, umspült von einem Rinnsal. Steine, überwachsen von verdorrtem Gestrüpp. Der Geruch erinnerte Max an Verwesung, an einen feuchten Keller.

«Im Sommer ist es hier natürlich schöner», sagte Anja Rohrer. «Auch überbevölkert. Im Herbst begegnet man meistens nur Hunden und ihren Herrchen.»

«Können wir auf den Kern der Sache kommen?» Allmählich nervten ihn Anja Rohrers Erzählungen. «Was können Sie mir noch über Roberto Lombardi berichten? Sie sagten, er sei in den Tagen vor seinem Tod sonderbar und nicht so wie üblich gewesen.»

«Die Konsequenz des Sonderbaren musste ich leider erst

nach seinem Tod erfahren.» Anja Rohrer schritt zügig voran. Max versuchte, Schritt zu halten. «Seine Klienten waren mit seiner Arbeit nicht zufrieden. Er habe seine Mandate vernachlässigt, sei schnodderig aufgetreten – nicht das, was man von ihm kannte. Kommt dazu, dass er Versicherungsnehmer nicht überprüft und neue Aufträge verlauert hat. Tja, das müssen wir jetzt ausbaden.»

«Haben Sie schon eine Nachfolge?»

«Was denken Sie denn? Ohne juristischen Beistand kann keine Versicherung existieren.»

«Erinnern Sie sich an ein Gespräch mit Lombardi, in der Zeit, als er Ihrem Ermessen nach so seltsam war?»

«Ich sah ihn kaum. In dieser Zeit war er oft unterwegs.»

«Könnten Sie sich vorstellen, dass sein Zwillingsbruder in seine Fussstapfen getreten ist?»

Anja Rohrer blieb abrupt stehen. «Sein Zwillingsbruder? Er hat einen Zwillingsbruder? Das ist mir neu.»

Max erzählte von José Aschwanden und dass sich die Brüder in diesem Sommer kennengelernt hatten.

«Und jetzt glauben Sie, dass die beiden einen Lausbubenstreich ausgeheckt haben?» Anja Rohrer schniefte belustigt. «Auf Kosten unserer Versicherung? So dreist schätzte ich Roberto nicht ein. Das wäre ja der Knaller.» Trotz des geschäftlichen Schadens fand sie es amüsant. «Und wir sind alle darauf hereingefallen. Nein, so etwas …»

«Es ist nicht bewiesen», beruhigte Max sie, «jedoch vorstellbar. Im Gegenzug dazu dürfte sich Roberto Lombardi im Service zu schaffen gemacht haben.»

«Gäbe es keinen so traurigen Hintergrund, müsste ich diese Vorkommnisse als Lachnummer für unseren nächsten Mitarbeiter-Event anmelden.» Anja Rohrer setzte sich wieder in Bewegung. «Doch ja, wenn ich es mir überlege, so könnte doch etwas dran sein. Gott gütiger, und vor allem ich habe mich dermassen hereinlegen lassen. Denken Sie, dass man Roberto verwechselt hat? Und er anstelle seines Bruders tot ist?»

«Möglich ist es», wich Max aus und schlug vor, den Rückweg anzutreten. Mittlerweile hatte Nieselregen eingesetzt. Ein kühler Luftzug drang durch alle Stofflagen.

«Werden Sie mich auf dem Laufenden halten?», fragte Anja Rohrer, als sie beim Hexenturm ankamen.

«Das verspreche ich Ihnen.» Max reichte ihr die Hand. «Und danke, dass Sie sich die Zeit nehmen konnten.»

Sie schüttelte den Kopf. «Das glaubt mir keiner ... Wir wurden von eineiigen Zwillingen veräppelt.»

***

Fede hielt sich im Stall auf. Max kam in den Genuss, ihr zuzuschauen, wie sie Rambo melkte. Sie hatte sich ein Einbein umgebunden und verschwand zur Hälfte hinter der Kuh.

«Das scheint dir im Blut zu liegen.» Max konnte sich diese Bemerkung nicht verkneifen.

Er hörte Fede lachen. «Ich hoffe nicht, dass du da irgendwelche Vergleiche ziehst. Komm. Willst du mal?»

«Ich bin völlig unbegabt. Übrigens möchte Milagros dich morgen kennenlernen.»

Jetzt tauchte Fede doch auf. «Ui, muss ich mir Sorgen machen? Mich verkraften die wenigsten.» Fede liess das Euter los. Sie richtete sich vollends auf. Über ihre Wangen hatte sich ein roter Schimmer ausgebreitet. «Was soll ich anziehen?»

«Das, was du für richtig hältst.»

«Willst du im Fall Lombardi eine Pause einlegen?»

«Das müssen wir nicht. Ich bin mir sicher, dass wir die Lösung auf dem Bürgenstock finden.»

Fede erhob sich. «Ich bin mir auch absolut sicher. Aber eine kleine Pause würde uns beiden guttun.»

«Dazu ist die Nacht da.»

«Für die Pause? Ach so, ich verstehe. Du willst schlafen.»

«Vielleicht lässt du mich ein paar Stunden am Stück in Ruhe.»

«Gestern konntest du nicht genug bekommen.» Fede band das Einbein ab, nahm den Milchkessel zur Hand und stellte das Einbein in die Ecke, wo der Hühnerstall begann. Mit dem Kessel schritt sie zur Tür und streichelte auf dem Weg dorthin dem Rind über das glänzende Fell. «Es ist noch immer namenlos. Spätestens wenn der Muni es bespringt, werde ich es taufen. Du darfst Pate sein.»

«Christian wird sicher auch noch etwas zu sagen haben.»

«Chrigi? Nein, wird er nicht. Er hat meinen Fitzcarraldo begraben, ohne mir etwas zu sagen. Meinem Hündchen hätte ich ein angemessenes Begräbnis gegönnt. Ich hätte sogar mein Saxophon hervorgeholt und ihm ein Ständchen gespielt.»

«Du spielst Saxophon?»

Fede lachte. «Nein, ich habe es nur als Zier in der Vitrine ausgestellt.»

«Du verblüffst mich schon wieder.»

«Scherz. Klar spiele ich Saxophon, Tenorsaxophon. Wenn du willst, spiele ich dir etwas vor. Oder nein, weisst du was? Ich werde es mitnehmen zum Date mit deiner Mutter. Das Stück ‹Summertime› von George Gershwin wird ihr sicher gefallen. Das kann ich am besten.»

«Eine Hausmusik», entfuhr es Max, derweil er an Ralph denken musste. «Milagros' Freund spielt Cello.»

«Und du?»

«Nicht die zweite Geige.»

Fede stellte den Milchkessel ab. «Ehrlich, ich freue mich auf Milagros. Von irgendwoher musst du deinen Charakter ja haben.»

«War das jetzt ein Kompliment?»

Sie küsste ihn. «Ein Zeichen der Zuneigung.»

ACHTZEHN

Als Max am Morgen erwachte, musste er zuerst seine Gedanken ordnen. Er schlug die Augen auf und wusste nicht gleich, wo er sich befand. Durch die schräg gestellten Jalousien flutete sanftes Dämmerlicht und zeichnete die Konturen der unteren Bettstatt weich, den niederen Aufbau, die Decke, ein Bein, das nicht seines, sondern das von Fede war. Sie hatte sich diagonal über das ganze Bett gelegt, ihr Revier auch nachts verteidigt, unbewusst, wie Max vermutete. Ihr linker Arm hatte schwer auf seiner Brust gelegen; das war es, was ihn geweckt hatte. Er schob ihn von sich. Fede murmelte etwas und schlief weiter. Sie hatten sich geliebt bis weit nach Mitternacht. Nach ihren letzten multiplen Orgasmen hatte sie ihm ins Ohr gehaucht, dass sie ihn möge. Daraufhin war sie eingeschlafen. Max war ein klein wenig enttäuscht gewesen. Er hätte gern noch mit ihr geredet. Sie war schwer geworden und hatte sich später auch so angefühlt, als ihr Körper seinen unter sich begrub.

Max kroch aus dem Bett. Er hielt den Atem an, bis er vor der Tür stand und zurücksah auf die Frau, die ihn mit jeder Faser ihres Wesens einzunehmen schien. Einen Augenblick lang war er so glücklich wie nie. Er öffnete die Tür, blickte in den Flur dahinter. Vom Dachfenster fiel ein Streifen Licht, gerade so viel, dass er sich in diesem Haus zurechtfand. Er ging über die Treppe ins Erdgeschoss, wo die Küche lag. Chérie-Bibi, als sie ihn bemerkte, sprang fauchend von der Chaiselongue. Max suchte im Kühlschrank nach Mineralwasser. Mit der Flasche in der Hand stellte er sich ans Fenster. Draussen krochen bodennahe Nebelschwaden herum, geisterhaften Wesen gleich. Es war, als tanzten Elfen, von der vergehenden Nacht noch angehaucht. Die Stille schien die Landschaft zu verschlingen.

«In der Ruhe liegt nicht nur die Kraft, das Nichtvorhandensein der Dinge begünstigt unsere Phantasie.» Unbemerkt hatte sich Christian in die Küche geschlichen. Möglicherweise war er bereits da gewesen, hatte sogar auf der Chaiselongue geschlafen.

«Guten Morgen, bist du wieder gesund?»

«Ein Käfer hat sich eingenistet, ein Parasit, was soll's. Ich habe es überstanden.» Christian bediente sich eines Apfels im Korb, der auf dem Tisch stand. «Heute ist Allerheiligen. Es wird ein guter Tag.»

Max setzte die Wasserflasche an, um nichts erwidern zu müssen. Christian mochte noch so intelligent sein, wie Fede es behauptete. Für Max' Dafürhalten war er ein komischer Vogel. Trotzdem musste er mit ihm auskommen, wollte er nicht die erste oder letzte Nacht hier geschlafen haben. Dass es an ihrer Wohnsituation vorläufig nichts zu ändern gäbe, hatte Fede ihm unmissverständlich klargemacht.

«Ich muss in den Stall», sagte Christian und zog sich Stiefel und Jacke an.

Als Fede auftauchte, befand sich Max allein in der Küche und hatte den Tisch gedeckt. Mittlerweile war es sieben geworden und die Welt in Ordnung. Fede setzte sich, gähnte und rieb sich die Augen. Max fragte sich, ob es nicht doch zu früh war, wenn er sie Milagros vorstellte. Seine Mutter hatte das gemeinsame Essen auf den Mittag vorverschoben. Sie hatte es ihm in einer SMS mitgeteilt. Am späten Nachmittag habe Ralph Probe. Sie wolle, dass er dabei sei. Max hatte es unterlassen, ihr zu antworten oder ihr mitzuteilen, dass er und Fede noch Arbeit hätten. Zudem stand ein Besuch bei den Lombardis an. Max hatte bis anhin mit einer neuen Berichterstattung gewartet.

«Woran denkst du?» Fede schickte ihm eine Kusshand zu. «Du machst ein Gesicht, als hättest du auf eine Zitrone gebissen.»

Wie er ihr Lachen mochte. «Milagros will uns bereits zum Lunch treffen. Auch hinsichtlich unseres Falles gibt es noch einiges zu tun. Gelöst ist er noch nicht.»

«Was schlägst du vor?» Fede zog ihre Knie an und schlang die Arme drum herum. Motiviert war sie nicht.

«Wir sollten die Polizei informieren», sagte Max.

«Daran habe ich auch schon gedacht. Nur scheint mir alles zu wenig transparent. Oder willst du denen sagen, dass wir Hendriks' Machenschaften aufgedeckt haben? Oder dass es einen Zwillingsbruder gibt, der mit der Geliebten seines verstorbenen Bruders abhaut?»

«Die Existenz des Zwillingsbruders würde vielleicht schon reichen, um den Fall wieder aufzunehmen.»

«Ich vergesse, dass du das Anwaltspatent hast. Du bist noch immer Anwalt, und du denkst wie einer.»

«Was kein Nachteil ist.»

«Das behaupte ich nicht, aber ...», Fede stellte die Füsse auf den Boden, «... wir könnten die beiden observieren. Sie fliegen erst morgen.»

«Und was versprichst du dir davon?» In Max' Kopf rotierten die Gedanken. «Ich bin dafür, dass wir alles, was wir bis jetzt in Erfahrung gebracht haben, Revue passieren lassen. Mit Melanie Lombardi, zum Beispiel, bin ich möglicherweise noch nicht fertig. Wenn ich mir überlege, welchen Eindruck sie am Anfang auf mich gemacht und was sie mir letzthin verraten hat ...»

«War sie nicht betrunken?»

«In vino veritas.»

«Im Wein liegt die Wahrheit. Ob das auch bei ihr so ist? Du darfst nicht vergessen, dass sie ein grosses schauspielerisches Talent besitzt.»

«Sie ist eine Lady. Das hat sie bei unserm ersten Treffen bewiesen. Kühl, distanziert. Wenn es eine Wahrheit über ihren verstorbenen Mann gibt, wollte sie sie mir nicht erzählen. Das zeugt von Stil.»

«Oder von Arroganz.» Fede fuhr mit der Faust auf den Tisch. «Ich bleibe dabei, dass sie eine verwöhnte reiche Diva ist, egal, welches Verhältnis sie letztendlich zu ihrem Mann gepflegt hat. Sie kommt mir zu kalkuliert vor. Zuerst das eiserne Schweigen, zuletzt die Tränen. Das ist ihre Masche: Und ich hoffe, du gehst ihr nicht auf den Leim.»

«Ljubica, die Haushälterin, hat mir indirekt bestätigt, dass Melanie es nicht leicht mit ihrem Mann hatte.»

«Mach die Augen auf, Max. In jedem Klatschheft kannst du lesen, dass die Reichen immer mal wieder Zoff in der Ehe haben.»

«Du liest Klatschhefte?» Max musste laut herauslachen.

Fede warf einen Apfel nach ihm, den er gekonnt auffing. «Coiffeur- und Zahnarztlektüre. Nach dem Lesen besagter Journale bin ich à jour, was die Regenbogenpresse betrifft.» Sie wurde wieder ernst. «Lass dich von Melanie nicht mehr um den kleinen Finger wickeln.»

«Eifersüchtig?»

Fede warf den zweiten Apfel.

Max fing ihn auf. «Denk an meinen Kopf. Noch eine Schramme verträgt er nicht.»

Fede hob die Hände. «Okay, okay, ich beherrsche mich.» Sie erhob sich, ging zum Kühlschrank und holte Milch, Butter und Konfitüre daraus. Sie stellte alles zusammen mit dem Brot auf den Tisch.

Max indessen besorgte Block und Schreibstift.

***

Ein plötzlich aufkommender Föhnsturm hatte den Himmel blank poliert. Die Restwolken lösten sich auf, als würde eine unsichtbare Hand sie von den Hängen schälen.

«Habe ich es dir nicht versprochen», Max legte den Arm um Fedes Schultern, «dass du eines Tages in den Genuss dieser Ansicht kommst?»

Sie standen auf der Terrasse des Hotels Palace. Unter ihnen der See wie ein Tümpel aus Blei. Dahinter die Hügel, ineinander verschlungen, liebenden Körpern gleich. Fede reckte ihr Gesicht der Sonne entgegen. Wie schön sie war. Sie hatte die Haare hochgesteckt, nicht zu streng. Ein paar Strähnen fielen neckisch in die Stirn. Sie trug Jeans, eine weisse, fast züchtig hochgeschlossene Bluse und die schwarze Lederjacke. Sie hatte sich Mühe gegeben. Milagros würde sie sicher mögen.

Es würde das erste Mal sein, dass Max seiner Mutter eine Frau vorstellte.

Milagros erschien pünktlich. Man konnte nach ihr die Uhr richten. Sie stand bei der Terrassentür, an ihrer Seite Ralph, ebenso herausgeputzt wie sie. Beide trugen Schwarz. Sie ein Kostüm, er einen Anzug mit Fliege, was Max übertrieben fand.

Max beobachtete Fede, als Milagros in ihr Blickfeld trat. Wenn sie jetzt überrascht war, so vermochte sie es zu verstecken. In dem wohlwollenden Blick, den Milagros ihr schenkte, erkannte Max viel Sympathie.

«Sie müssen Federica Hardegger sein.» Milagros, überschwänglich wie immer, nahm Fedes Hände und zog sie an sich. Max vermutete, sie würde sie gleich umarmen. Sie schlang tatsächlich die Arme um sie, drückte sie so fest, dass Max um Fedes Atem fürchtete. «Schön, Sie kennenzulernen. Darf ich Sie Federica nennen?» Sie wartete eine Erwiderung nicht ab. «Ich mache bekannt: Das ist mein Freund Ralph.» Milagros vermied es, über seine musikalische Laufbahn zu berichten, und begutachtete stattdessen Fede von Kopf bis Fuss.

Max hatte sie davor gewarnt.

Fede nahm es gelassen. «Es ist mir ein Vergnügen, *Sie* kennenzulernen», sagte sie und erwiderte lächelnd die drei Wangenküsse.

Max war sich sicher, sie hatte den Test bestanden.

Später sassen sie im Restaurant «Spices Kitchen & Terrace». Milagros hatte schon bestellt und unterhielt ihre Gäste über Peru. Die Shopping-Meile von Miraflores war ein Thema – «alles sehr günstig», als hätte sie es darauf abgesehen, Billigware zu kaufen –, die Frauenklinik ausserhalb von Lima, die Reise von Cusco zu den Inka-Ruinen, das Treffen mit Jara. Ralph kam dabei kaum zu Wort, und als er sich entschuldigte, erhob und zu den Waschräumen ging, beugte sich Milagros über den Tisch. «Bevor ich es vergesse, Maximilian ... Julius Fankhauser hat mir unter anderem die Auswertung deiner DNA-Probe zugestellt. Leider hast du vergessen, ihm deine Adresse mitzuteilen.» Sie sah Fede an. «Ich nehme an, Sie wissen, worum es geht, Federica.»

Fede tauschte mit Max Blicke. «Ich ... ja, selbstverständlich.»

Max spürte einen leichten Fusstritt unter dem Tisch.

Milagros holte einen Briefumschlag aus ihrer Tasche und reichte ihn Max. Er zog einen Bogen Papier aus dem bereits geöffneten Couvert, faltete ihn auseinander und las. Die Resultate liessen ihn erstarren.

«Ist dieser Wisch vor einem Gericht verwertbar?», fragte Milagros. «Er erschreckt mich. Vielleicht solltest du die Polizei verständigen.»

«Du hast ihn dir angesehen?»

Milagros verzog ihren roten Mund. «Selbstverständlich. Es interessiert mich ... Zudem war der Brief an mich adressiert.»

Max war sich nicht sicher, ob seine Mutter etwas mit den Zahlen und Buchstaben hatte anfangen können. Ralph kam zurück. Max faltete den Papierbogen zusammen und steckte ihn Fede zu, während er sie eindringlich ansah.

Der DNA-Abgleich sowie der Vergleich der Fingerabdrücke warfen neue Fragen auf.

Max wandte sich an Milagros, die sich mit dem Verzehr von Reiswaffeln beschäftigte. «Hast du noch etwas über Hendriks herausgefunden?»

Sie sah ihn mit zusammengekniffenen Augen an. «Das gehört nicht hierher.»

«Ralph kann sich ja die Ohren zuhalten, wenn er es nicht hören möchte.» Max grinste über den Tisch.

Ralph lächelte zurück. «Keine falsche Scheu. Ich wusste, als Milagros mich einlud, worum es in dieser Runde geht.»

Max schluckte. Der Mann hatte Charakter. Er empfand zunehmend Sympathie für ihn. Er wandte sich wieder an Milagros. «Was hast du herausgefunden?»

Sie starrte ihn an. Ihre fast schwarzen Augen bohrten sich in sein Gesicht. «Nichts im Zusammenhang mit Hendriks. Jara hat mir aber ihr Herz ausgeschüttet. Sie hat über den Mann erzählt, der sie, als sie gut vierzehn war, geschwängert hatte. Er habe ihr versprochen, sie nach Europa mitzunehmen. Er sei Deutscher gewesen, auf Geschäftsreise. Sie mag sich auch nicht mehr an seinen Namen erinnern.»

Ein Kellner brachte die Vorspeise an den Tisch, eine Platte mit gebratenen gemischten Meeresfrüchten mit Zitronengras und gebratene Garnelen mit schwarzem Pfeffer und Tamarindensauce.

«Das ist Pad Talay und das dort Koong Makham», erklärte Milagros. «Guten Appetit.»

«Milagros verbrachte im letzten Herbst drei Wochen in Hua Hin», sagte Max, als er in Fedes verdattertes Gesicht sah.

«Thailand», sagte Milagros. «Drei Wochen haben mir gereicht. Sie mögen wunderbar kochen, die Thais, aber ich mag sie trotzdem nicht. Zu schischimischi …»

«Schischimischi?» Fede warf Max einen amüsierten Blick zu.

Der Fall Lombardi wich einem heiteren Small Talk.

«Hinter der lächelnden Fassade bei den Menschen steckt oft etwas anderes», nahm Milagros das Gespräch über Thailand wieder auf. «Zudem finde ich die Menschen dort langweilig. Ich mag die Südamerikaner. Die haben Musik und Tanz im Blut und eine Lebensfreude, die ansteckt.»

Max war unkonzentriert. Fede legte einen grossen Appetit an den Tag, ganz zu Milagros' Freude.

«Wenn Sie mich das nächste Mal besuchen», sagte Milagros, «werde ich Paella machen.»

«Sie kocht die beste», ereiferte sich Ralph.

Im Verlauf des Lunchs berichtete er darüber, wie er zum 21st Century Orchestra gekommen war. Fede hing ihm buchstäblich an den Lippen.

Max nahm nur Wortfetzen wahr. Er schöpfte von den Garnelen. Fisch und Krustentiere hatte er nicht angerührt.

«Hast du keinen Hunger?», fragte Milagros.

Max wischte sich mit der Serviette den Mund ab. «Heute ist doch der 1. November, nicht?», fragte er.

«Wo bist du bloss mit deinen Gedanken?» Milagros sah ihn entrüstet an.

«Ja, heute ist der 1. November», bestätigte Ralph.

«Allerheiligen», sagte Fede.

Max schaute auf seine Armbanduhr. «Ich bitte um Entschuldigung. Ich sollte gehen.»

«Was ist denn mit *dir* los?» Milagros stellte das Glas, das sie hatte zum Mund führen wollen, zurück. «Du wirst doch zum Hauptgang bleiben.»

Max stand auf, sah Fede an. Sie hob bloss die Augenbrauen. «Sorry, vielleicht seid ihr noch da, wenn ich zurückkomme.»

«Maximilian!»

Fede, die neben Milagros sass, legte ihr die Hand auf den Arm. Und an Max gewandt sagte sie: «Ist es das, was wir heute Vormittag besprochen haben?»

Max blieb nur ein Nicken übrig.

«Aber das sind nach wie vor nur Vermutungen», sagte Fede.

«Ich glaube nicht.»

«Dann solltest du dich in Acht nehmen», sagte Fede.

Max sah ihr an, dass sie mit sich selbst rang, ob sie den Tisch verlassen und ihm folgen sollte. Milagros hielt sie zurück. «Sie können uns doch jetzt nicht im Stich lassen.»

Max winkte ab. «Bis später.»

Noch spürte er Fedes Blicke auf seinem Rücken, als er der offenen Küche entlang Richtung Empfang steuerte. Er sah nach rechts, wo Köche Gerichte zubereiteten. Der Geruch nach exotischen Kräutern wehte ihm entgegen. Wieder blickte Max auf die Uhr. Es war halb zwei.

Er stieg über die Wendeltreppe nach unten und durchquerte dort die Hotelhalle. Er ging nach draussen, wo soeben ein Jaguar angehalten hatte. Unter anderen Umständen hätte Max den Luxuswagen angesehen oder zumindest den Hals in dessen Richtung verrenkt. Heute hatte er kein Auge dafür. Wollte er pünktlich beim unteren Einstieg zum Lift sein, sollte er sich beeilen. Fast wäre er gestolpert. Im letzten Moment konnte Max sich auffangen.

Am östlichen Ende der Bürgenstock-Hotels, in der Nähe der Kapelle, in der sich Audrey Hepburn und Mel Ferrer 1954 das Jawort gegeben hatten, war der Boden feucht vom Niederschlag und vom Nebel. Max hätte andere Schuhe anziehen sollen. Jetzt war es zu spät. Er schritt zügig voran. Der steinige Boden verstärkte das Geräusch seiner Schritte. Er beeilte sich, gedachte, fast über den Weg zu fliegen.

Der linksseitige Blick in die Tiefe verursachte ein Schaudern. Trotz des Föhns drückte es die Feuchtigkeit in den Hang. Von den Gesteinen tropfte es. Aus den Felsenritzen drangen Rinnsale von Wasser, vermischten sich mit dem Laub, das der Sturm fortgerissen hatte. Max überwand Abkürzungen über zwei Treppen, die in den Fels geschlagen waren. Als er einmal einen Blick zurückwarf, bemerkte er eine Person, die sich schemenhaft gegen den Wald abzeichnete. Er dachte sich nichts dabei, ging zügig voran. Seine Gedanken waren erfüllt von Hendriks. Es lag nicht an ihm, über den Arzt oder überhaupt über Adoptionen zu urteilen. Doch der Gedanke, dass man mit einem fremden Kind möglicherweise grössere Konflikte in Kauf nahm als mit eigenen, war berechtigt, auch wenn den Betroffenen oft ein wenig Glück winkte. Die Menschheit war kein Einheitsbrei; erst ihre Vielfalt machte sie aussergewöhnlich.

Max brauchte keine zwanzig Minuten, bis er die Talstation des Hammetschwand-Lifts erreichte, ein in den Fels gebauter Betonwürfel, den er anders in Erinnerung hatte. Nicht so modern, wie er sich heute präsentierte.

Max bezahlte das Ticket. Er nahm die Mitteilung der Kassiererin zur Kenntnis, dass heute der letzte Tag des Liftbetriebs vor der Wintersaison war.

Max passierte einen kurzen Stollen, von dessen Wänden es tropfte, und stieg ein. Er drückte nach oben. Die Tür schloss sich. Max war gefangen.

Dann kam die Angst.

Die Geschwindigkeit, der Rausch. In knapp einer Minute nach oben. Hundertdreiundfünfzig Meter in die Höhe. Es fühlte sich wie ein Raketenstart an, ein Katapult in den Himmel, ins blaue Nichts.

Die Erinnerung plötzlich, die Bilder. Max gelang es nicht, sie zu verdrängen. Da war dieses Gefühl, im Segelflieger zu sein. Die Beschleunigung, der erste Augenblick kurz nach dem Abheben. Vorn brummte die Remos GX, während sich Max im Steigflug wähnte. Er hielt sich krampfhaft an der Halterung fest, am Handlauf in der Kabine.

An besagtem Tag hatte es Nebel gehabt und Dad möglicherweise die Orientierung verloren, nachdem alle Instrumente ausgefallen waren. Max hatte es immer wieder durchexerziert, ohne über die Unfallursache gelesen zu haben. Er hatte sich vor der Wahrheit gefürchtet.

Nach knapp sechzig Sekunden war es vorbei. Der schnellste Lift Europas stoppte, die Schiebetür ging auf. Benommen von der Höllenfahrt trat Max auf die Plattform der Hammetschwand, dem höchsten Punkt des Bürgenbergs. Er atmete die frische, klare Luft ein. Der Schwindel verflüchtigte sich, und ihm wurde bewusst, warum er hier war, während er hoffte, dass er sich nicht geirrt hatte.

Das Berggasthaus am andern Ende war schon geschlossen, zugesperrt für den Winter. Touristen hatte es keine mehr. Max ging über die Brücke, eine Stahlkonstruktion, welche den Lift mit dem Restaurant verband, und zog sich in eine Nische neben der Tür zurück. Bald zwei Uhr. Sie würden pünktlich sein, wenn er sie richtig einschätzte.

Sie kamen über den Weg, der vom Honegg-Känzeli herführte. Eng umschlungen, als Liebespaar. Sie haben im andern Trost gesucht, war Fede überzeugt. Sie werden gemeinsam die Wurzeln der Cervantes-Rodrigues-Zwillinge suchen. Deshalb wandern sie nach Südamerika aus. Für Max nicht nachvollziehbar. Das Böse komme in der Doppelpackung, vernahm er Melanie Lombardis Stimme.

Am 1. Juni vor zwei Jahren waren sie sich auf dem Bürgenstock begegnet. «Seither trafen wir uns an jedem Ersten des Monats beim Hammetschwand-Lift», hatte Sabrina Odermatt erzählt. «Bis Roberto nicht mehr kam.»

Jetzt stand sie dort, zusammen mit dem schönen Mann, und sie küssten sich, als ginge die Welt unter und eine neue würde entstehen. Und Max war sich absolut sicher, dass eine Liebe, wie Sabrina und Roberto sie gelebt hatten, beinahe unersetzlich war.

Max verliess das Versteck, ging ein Stück weit zurück zur Brücke. Von da aus hatte er die bessere Übersicht.

Der Mann sah ihn zuerst. Er liess Sabrina los. «Was für ein Zufall.» Seine Selbstsicherheit schien zu bröckeln.

«Ich wollte mich für letzthin bedanken», sagte Max und näherte sich dem Paar. «Für die professionelle Erstversorgung nach meinem Unfall.» Er deutete auf seinen Hinterkopf. «Leider habe ich Sie danach nicht mehr gesehen.» Im Augenwinkel bemerkte er, wie Sabrina ihn anstarrte. «Sie haben diese Fähigkeiten sicher von Ihrem Vater. Er ist schliesslich Arzt.»

Der Mann stiess ein kurzes Lachen aus. «Ich weiss nicht, wovon Sie sprechen.»

Max blieb nach aussen ruhig, obwohl alles in ihm brodelte. «Ein grafologisches Gutachten hat ergeben, dass Roberto den Abschiedsbrief geschrieben hat. Und tatsächlich sieht alles nach einem Selbstmord aus.»

«Das ist mir in der Zwischenzeit auch bekannt. Leider habe ich meinen Bruder nie richtig kennengelernt.»

«Aber genug, um ihn im Glauben zu lassen, dass Sie es gut mit ihm meinen.»

«Ein bedauerlicher Tod.»

«Mit dem Abschiedsbrief, der den wahren Täter entlarvt.»

«Ich verstehe nicht, was Sie mir sagen wollen. Roberto hat Selbstmord begangen. Daran gibt es nichts zu rütteln.»

«Es sollte genauso nach Suizid aussehen wie nach der Tatsache, dass Roberto Lombardi gefunden würde.» Max musste sich zusammenreissen, seine Ruhe zu bewahren. «Es war jedoch Ihr Zwillingsbruder. Sie, Herr Lombardi, haben *José Aschwanden* umgebracht.»

«Was fällt Ihnen ein!» Sabrina boxte auf Max ein. «Rob… José ist kein Mörder. Wir sind uns nähergekommen, José und ich. Er und Roberto sind seelenverwandt … So etwas geschieht, wenn man in Trauer ist.»

«Ein DNA-Abgleich zwischen einem gebrauchten Kleenex,

das ich von Ihrem letzten Aufenthaltsort im Personalhaus habe mitgehen lassen, einem Plastikbeutel und Ihrem Nageletui aus der Villa beweisen, dass Sie», Max sah wieder den Mann an, «Roberto Lombardi sind.»

«Roberto ist tot. Ich habe nichts damit zu tun … Und ja, bevor Sie es erwähnen, wir sind uns begegnet. Dr. Hendriks hat uns gesehen … Roberto sass am Tisch, zusammen mit Sabrina, als ich … die Herrschaften bediente …»

«Gut durchdacht.» Max liess sich nicht beirren. «Perfekt geplant und ausgeführt. Die Fingerabdrücke auf dem Plastikbeutel», fuhr er unbeirrt fort, «und diejenigen auf dem Nageletui sind identisch.»

«Das ist logisch», brüstete sich Sabrina Odermatt. «Roberto und José sind eineiige Zwillinge. Alles ist identisch.»

«Ja, dem stimme ich zu», sagte ihr Begleiter. «Alles ist identisch.»

«Sie irren sich», sagte Max. «Die DNA mag zu neunundneunzig Prozent übereinstimmen, aber die Fingerabdrücke sind auch bei eineiigen Zwillingen unterschiedlich.»

Max sah, wie Sabrina Odermatt den Blick von ihrem Freund abwandte und ihn Richtung Hammetschwand-Lift schweifen liess. Max drehte sich um. Unter der geöffneten Lifttür erschien Lotti Aschwanden. Sie blieb stehen, nicht schlüssig, ob sie die Kabine verlassen oder umkehren sollte. Max winkte sie zu sich, erleichtert darüber, dass sie seiner Bitte Folge geleistet hatte. Es war ihm, als zeichnete sich auf ihrem offenen Mund ein Schrei ab. Sie kam näher, während Kopf und Hände zu zittern begannen. «José …»

Doch dieser José erkannte seine Mutter nicht. Max konnte es von seinem Gesicht ablesen. Einen Sekundenbruchteil nur, aber er reichte aus. Max sah seinen Verdacht bestätigt. Vor ihm stand Roberto Lombardi, der Totgewähnte.

Lotti Aschwanden näherte sich der Gruppe ganz. Sie hielt inne. «Nein, das ist nicht José. Ich kenne meinen Sohn.» Dann erst schien sie zu begreifen, und sie schrie ihren Schmerz hinaus.

Roberto Lombardi, als dieser enttarnt, stiess Lotti Aschwanden von sich. Er packte Sabrina und riss sie mit sich über die Brücke zum Restaurant. Sabrina stolperte, Lombardi zog sie hoch.

Dann war da diese Bewegung, die Max' Atem stocken liess. Lombardi griff an seine Westentasche. Er zog eine Pistole daraus hervor. Max trat einen Schritt vor, versuchte, Lotti Aschwanden mit seinem Körper abzuschirmen. Tausend Bilder jagten durch sein inneres Auge. Er hatte sich noch nie zuvor in einer vergleichbaren Situation befunden. In diesem Moment verwünschte er seinen Entschluss, Privatdetektiv geworden zu sein. Das hier war kein Spiel. Er gestand sich selbst zu, dass er diesem Beruf nicht gewachsen war. Nicht in diesem Augenblick. Instinktiv streckte er die Hand nach Lombardi aus. «Stecken Sie das Schiesseisen wieder ein.» Max versuchte, an dessen Verstand zu appellieren. Obwohl es ihm von Berufes wegen gestattet war, eine Waffe zu tragen, hatte er sich von dieser Idee distanziert. Er hatte einen Waffenschein, doch bloss pro forma. War er zu blauäugig gewesen? Und würde diese Ahnungslosigkeit jetzt über Leben und Tod entscheiden? Max ahnte, dass Lombardi schiessen würde. Wer schon einmal einen Menschen ermordet hatte, würde es wieder tun. Und wenn er an den fingierten Suizid dachte, musste er Lombardi als äusserst skrupellosen Killer einstufen. Der Mord war nicht im Affekt geschehen. Er war sorgfältig und eiskalt geplant gewesen.

Sabrina Odermatt zappelte herum. Lombardi hatte grosse Mühe, sie zu halten und gleichzeitig die Pistole auf seinen Gegner zu richten.

Max sah darin die einzige Möglichkeit, Lombardi zu überwältigen. Doch die Distanz zu ihm betrug mehr als zehn Meter. Er würde es nicht schaffen, auf ihn loszurennen, ausser Sabrina Odermatt würde ihm unbewusst dabei helfen. Von ihr war jedoch keine Hilfe zu erwarten. Sie war überfordert, hatte Angst. Max glaubte, es ihr anzusehen.

«Seien Sie vernünftig. Machen Sie es nicht noch schlimmer.»

Eine Weile sah es danach aus, als würde es sich Lombardi überlegen. Er senkte die Pistole. «Ich habe meinen Bruder nicht getötet», sagte er mit weinerlicher Stimme. «Als ich davon erfuhr, sah ich meine Chance kommen. Ich wollte weg von meiner Familie, von Melanie, von meinen Pseudoeltern, die mich einengten, Vorgaben machten. Sie hatten sogar meine Frau ausgewählt … Ich wollte frei sein für Sabrina, will jetzt endlich leben … verstehen Sie … *leben.*»

Das nahm Max ihm sogar ab. Die Idee dazu war jedoch schon früher gekommen und war der Grund, weshalb José Aschwanden hatte sterben müssen. Er durfte jetzt keinen Fehler machen. Lombardi log, das war sicher. Die beiden Brüder hatten ihre Rollen getauscht. Die Idee musste von Roberto ausgegangen sein. «Ich glaube Ihnen», sagte Max. «Sie bekommen einen würdigen Rechtsvertreter. Er wird Ihre Geschichte berücksichtigen …»

Lombardi hob die Pistole wieder an. «Sie lügen. Und ich werde nicht ins Gefängnis gehen.» Er ging rückwärts, stiess Sabrina Odermatt von sich. «Lauf», rief er. «Lauf, Sabrina. Ich erledige das hier.»

Max ahnte, dass das sein Todesurteil war und dass Roberto Sabrina wirklich liebte. Ansonsten hätte er sie in seine Gewalt genommen. Er kannte das aus Filmen.

«Ich lasse mir meine Freiheit nicht mehr nehmen», fuhr Lombardi fort. «Wir haben für unsere Liebe gekämpft …» Dann wurde er fast traurig. «Warum hat Sabrina darauf beharrt, heute noch einmal hierherzukommen? Wir könnten schon in Peru sein …»

Einen Moment lang herrschte Schweigen. Und Totenstille, bis ein Geknatter sie zerschnitt. Es kam näher, ohrenbetäubend, bedrohlich. Über dem südlichen Horizont tauchte ein Helikopter auf. Nicht nur Lombardi, auch Max warf seinen Kopf herum. Unter der geöffneten Tür erkannte er schwarz gekleidete Männer, eine Schwadron bewaffneter Elitepolizisten, die ihre Maschinenpistolen nach unten richteten. Fede, dachte Max. Tränen traten in seine Augen, würgende Klosse in seinen Rachen. Für einen Moment glaubte er, von der Last befreit zu sein.

Lombardi hatte die Pistole fallen gelassen. Wider Erwarten schien er sich zu ergeben. Eine Ewigkeit, in der er einfach stehen blieb. Die Hände nach oben, der Kopf geneigt.

Ein Windstoss fegte über die Plattform. Staub wirbelte auf. Max hielt schützend die Arme vors Gesicht. Und während er damit beschäftigt war, die Situation abzuschätzen, wurde ihm gewahr, dass Roberto Lombardi sich vorwärtsbewegte. Der Helikopter schwebte knapp zwei Meter über dem Boden, dort, wo er später zur Landung aufsetzte. Die Männer in den Kampfanzügen sprangen auf den Boden.

Und in Max' linkem Augenwinkel rannte Lombardi. Vorwärts, direkt auf ihn zu. Max vermochte nicht, ihn zu stoppen. Lombardi hastete an ihm vorbei Richtung Hammetschwand-Lift, zur Brücke, dem Geländer entlang. Max spurtete hinter ihm her.

Es waren drei Sekunden, die über Lombardis Leben entschieden. Drei Sekunden nur, in denen es Max nicht schaffte, den Mann aufzuhalten. Anstatt in den Lift zu gehen, wie Max vermutet und gehofft hatte, schwang er sich über die Brüstung. Max stürzte nach vorn. Er griff nach Lombardis linkem Arm, krallte sich an ihm fest. Noch im Fallen riss Max ihn zurück, wäre selbst fast über das Geländer gestürzt. In die Leere. In den Tod.

Max zog Lombardi hoch. Zwei Männer der Eliteeinheit hatten ihn erreicht und nahmen Max die Last ab. Max war sich zu keiner Zeit sicher gewesen, ob seine Kraft ausreichen würde, Lombardi zu halten. Sekunden später hätte er ihn fallen gelassen.

***

Sie sassen in der Lobby des Hotels Bürgenstock. Vor ihnen der blaue Himmel, der glitzernde See, die letzten Sonnenstrahlen, die die Landschaft küssten. Ein friedliches Bild.

Der Helikopter hatte Max, Sabrina Odermatt und Lotti Aschwanden zurückgeflogen. Roberto Lombardi hatte man in Handschellen über den Felsenweg abgeführt. Nur widerwillig war Max in die Maschine gestiegen. Der Grund dafür, dass er es dennoch tat, war Lotti Aschwanden gewesen, der er Halt geben musste. Sie war zusammengebrochen, nachdem ihr bewusst geworden war, dass sie ihren Sohn José verloren hatte.

Die Polizei war vor Ort, Susanne Oggenfuss, die Chefin der Kriminalpolizei von Luzern, und Major Amgarten von der Obwaldner Kriminalpolizei.

Ihm sass Max gegenüber. Susanne Oggenfuss war nicht gut auf ihn zu sprechen gewesen. Sie hatte ihm auf eine unfeine Art mitgeteilt, dass er die Weisung der Staatsanwaltschaft abwarten müsse. Diese würde über das weitere Vorgehen entscheiden. Oggenfuss war eine kratzborstige, schlecht gelaunte Frau, die gemeint hatte, Max zur Schnecke machen zu müssen. Sie musste unglaublich schnell gehandelt und nach Amgartens Anruf ihre Sondereinheit mobilisiert haben. Max hätte gern erfahren, was er ihr versprochen hatte. Er hatte sie nur kurz miteinander reden sehen. Susanne Oggenfuss schien nur Augen für Amgarten gehabt zu haben.

«Sie hätten uns sofort informieren müssen», sagte Amgarten. Er schlug ein Notizbuch auf. «Privatdetektiv sind Sie also. Das heisst aber nicht, dass Sie auf eigene Faust ermitteln dürfen. Das ist Polizeiarbeit.»

Die offenbar verlauert wurde. Max konnte sich im letzten Moment zurückhalten. «Warum kam die Luzerner Polizei zum Einsatz?» Er überlegte. «Ja klar, ich verstehe. Der Hammetschwand-Lift gehört der Exklave Luzern an. Und Sie sind hier, weil … José Aschwanden am Wichelsee ermordet wurde …»

«Richtig», sagte Amgarten. «Ich hatte noch etwas gut bei Frau Oggenfuss. Sie hat meine Bitte schnell in die Tat umgesetzt. Sie sind mir noch eine Erklärung schuldig.»

«Ich gehe davon aus, die Pistole war geladen», sagte Max. «Drei Menschen waren in Gefahr.»

«Die Forensiker sind dran.»

Max fragte sich, warum man die Waffe nicht vor Ort auf ihre Ladung geprüft hatte.

«Zudem bedarf es noch einiger Abklärungen», sagte Amgarten, «ob derjenige, den Sie gerettet haben, tatsächlich Roberto Lombardi ist, wie Sie das behaupten. Gemäss Personalausweis, den er auf sich trug, ist er José Aschwanden.»

Logisch, dachte Max. Er ist in dessen Haut geschlüpft. Es gibt Beweise, dass er Lombardi ist. Max schwieg.

«Wir müssen Sie vorladen», sagte Major Amgarten. «Auch wenn Sie Schlimmeres verhindert haben, kommen Sie nicht darum herum, uns von Anfang an alles über Ihr Mandat zu berichten.» Er drückte ihm eine Karte in die Hand. «Aber Ihnen als ehemaligem Anwalt muss ich nichts über die Konsequenzen erklären …» Sein kurz angedeutetes Lächeln zeigte Max, dass er es anders meinte. Offenbar war ihm in den letzten Minuten bewusst geworden, was sie versäumt hatten, er und die Staatsanwaltschaft.

Sabrina Odermatt war nur bedingt eingeweiht gewesen, wie sie nach der Ankunft bei den Bürgenstock-Hotels hatte durchblicken lassen. «Wir haben José beim Dinner im Restaurant ‹Spices Kitchen & Terrace› kennengelernt», hatte sie unter Tränen zugegeben. «Später trafen wir uns öfter, bis die Idee mit dem Austausch kam. Aber das war nicht meine Sache. Ein Lausbubenstreich, der mich nichts anging, von dem ich auch nichts wissen wollte und von dem ich mich zurückzog. Als ich hörte, dass sich Roberto das Leben genommen hatte, brach für mich eine Welt zusammen. Ich habe mich nicht getraut, als Zeugin vorzusprechen. Ich dachte wirklich, dass Roberto aus meinem Leben gegangen war oder ermordet wurde. Ich befürchtete sogar eine Verwechslung. Aber darüber konnte ich nicht sprechen.» Max hatte Mühe gehabt, es ihr zu glauben. Ihr beschränkter Verstand musste wohl massgeblich gewesen sein. «Ich fügte mich meinem Schicksal», hatte sie gesagt. «Nie hätte ich es für möglich gehalten, dass Roberto alles inszenierte, um mit mir ein neues Leben zu beginnen. Er hatte mir die Boutique gekauft, für uns Geld zur Seite geschafft. Als er sich vor ein paar

Tagen zum ersten Mal meldete, glaubte ich wirklich zuerst, José stehe vor mir. Ich war noch immer durch den Wind. Roberto meinte, dass sich José und nicht er umgebracht habe und wir diese Fügung des Schicksals als ein Geschenk betrachten sollten. Ich glaubte ihm. Ich verkaufte auf sein Anraten hin die Boutique. Zusammen mit Robertos Erspartem war der Erlös daraus unser Startkapital. Ich hatte keine Ahnung, dass Roberto ein Mörder ist. Er hatte den Nervenkitzel gemocht. Nachdem er erfuhr, dass seine Eltern einen Detektiv angeheuert hatten, holte er seine zweite Pistole aus der Villa, das hat er mir später verraten. Er hat es für mich, für uns getan ...»

An dem Tag, als Max Melanie Lombardi besucht hatte. Die Gestalt hinter dem Fenster hatte Max sich nicht eingebildet. Damals war er so nahe an ihm gewesen, hätte er bloss darauf bestanden, in die Villa zurückzukehren.

Vielleicht sah sich Dr. Hendriks in seiner Arbeit bestätigt, in seiner Forschung mit eineiigen Zwillingen.

Sabrina Odermatt hatte bei Max, bevor sie von der Polizei in Gewahrsam genommen wurde, einen vergeistigten Eindruck hinterlassen. «Roberto ist für mich ein zweites Mal gestorben», hatte sie gesagt. «Ich weiss nicht, ob ich je wieder trauern werde ...»

«Er lebt», hatte Max erwidert, derweil er Sabrinas Ansicht nicht nachvollziehen konnte. Sie hatte das Spiel kaltblütig mitgemacht.

«Nicht für mich.»

Max blieb ein letzter Schritt, bevor er seinen ersten Fall als gelöst ablegen konnte. Zugegeben, mit einem zwielichtigen Gefühl.

Er musste es Giorgia und Mauro Lombardi beibringen, bevor die Polizei es tat. Ihnen eine Wahrheit aufzutischen, die von der Chronologie des Grauens bestimmt war, fiel ihm schwer. Er wählte die Nummer und liess es klingeln. Max brauchte Überwindung. Er hatte es Mauro Lombardi versprochen, alles dafür zu tun, um den Mord an seinem Adoptivsohn aufzuklären.

Anstatt den Suizid auszuschliessen, musste er ihm nun Schlimmeres übermitteln. Herr Lombardi, es tut mir sehr leid ... Max überlegte, ob er auflegen sollte. Ein eingehender Anruf nahm ihm die Entscheidung ab. Er drückte Lombardi weg und kam sich in diesem Moment feige vor.

Melanie Lombardi meldete sich. Sie hinterliess nicht den Eindruck, von der Festnahme ihres Mannes, geschweige denn davon, dass er noch lebte, erfahren zu haben. «Gestern fand ich einen Brief von der Bank meines Mannes», sagte sie mit einer Stimme, die Max nicht an ihr kannte. «Datiert auf Ende August. Er befand sich in einer Zeitung, die ich in der Küche habe liegen lassen. Ich habe ihn geöffnet. Darin ist ersichtlich, dass Roberto vor gut zwei Monaten mehrmals mehrere Beträge von seinem Konto abgehoben hat ...» Melanie Lombardi stiess hörbar Atem aus. «Es ist sehr sonderbar ... Ich muss heute davon ausgehen, dass mein Mann nicht Selbstmord begangen hat ...»

Max äusserte sich nicht gross dazu. In Gedanken versunken kehrte er ins Restaurant zurück, wo noch immer Milagros und Fede sassen, beim Kaffee. Die Frauen unterhielten sich. Max blieb stehen und lauschte, ohne etwas zu verstehen. Es war offensichtlich, dass die Frauen einander sympathisch fanden.

Fede bemerkte ihn zuerst. Sie erhob sich, kam auf ihn zu und umarmte ihn. «Geht es dir gut?»

«Jetzt ja», sagte er leise. «Deiner Entscheidung verdanke ich mein Leben. Es hätte anders ausgehen können.» Noch sah er Roberto Lombardi vor sich, mit auf ihn gerichteter Pistole, und es fühlte sich so an, als hätte er die Chance für ein zweites Leben bekommen.

«Willst du Kaffee?» Milagros hatte sich zu ihnen umgewandt. Sie liess offensichtlich nichts Schlechtes an sich heran. Für sie ging das Leben unbeschadet weiter.

«Einen doppelten Whisky», sagte Max und setzte sich an den Tisch. «Roberto wurde verhaftet.»

Milagros schluckte leer. «Federica hat mir alles erzählt. Das ist eine Tragödie. Ich gönne es weder Giorgia noch Mauro.

So etwas haben sie nicht verdient, zumal sie ihr ganzes Leben ihrem Adoptivsohn gewidmet haben.»

Max brachte es nicht fertig, darüber weitere Worte zu verlieren. Fede half ihm aus der Patsche. «Unser erster Fall ist gelöst.» Sie schenkte ihm ein Lächeln.

«Unser?» Milagros tat so, als wäre sie schwer von Begriff.

«Wir haben fusioniert», sagte Max. «Federica», er nannte sie absichtlich mit vollem Namen, «und ich arbeiten zusammen.»

«Eine clevere Frau», schwärmte Milagros. «Kurz nachdem du weg warst, hat sie mich in deine Aktion eingeweiht. So konnte ich Amgarten, den Major der Kriminalpolizei Obwalden, den ich übrigens gut kenne, mobilisieren ...»

«Ich hoffe, du wirst noch einmal ein gutes Wort bei ihm einlegen, nachdem er mich verhört hat.»

Milagros sah ihn lange schweigend an. «Das kann ich gern tun, aber es hat seinen Preis.» Sie warf Fede einen verschwörerischen Blick zu.

Max war zu erschöpft, um sich über das belustigte Spiel ihrer Augen Gedanken zu machen. «Du wirst es mir sicher gleich verraten.»

Milagros zwinkerte Fede zu. «Ohne meine Wenigkeit, mein lieber Maximilian, wäre der Fall für dich nicht so glimpflich abgelaufen.» Sie schmunzelte vielsagend. «Ihr habt euch also zusammengetan, Federica und du? Wie wäre es, wenn ihr mich auch ins Boot holt?»

Glossar

Älplermagronen – ein Gericht aus dem schweizerischen Alpengebiet, bestehend aus Kartoffeln, Teigwaren, Rahm, Käse und Zwiebeln

Brisenbräu – Nidwaldner Bier

Holzbock – Zecke

Muitti – Kosename für «Mutter» im Obwaldner Dialekt

Nick und Nora – fiktives Film-Detektivduo in den 1940er Jahren

Stange – ein Glas Bier vom Zapfhahn

Suihäfili, Suideckili – «Vetternwirtschaft» im Nidwaldner Dialekt

Anmerkung der Autorin und Dank

Als Mutter von Zwillingen machte ich mir, als meine Jungs zur Schule gingen, oft darüber Gedanken, wie es wäre, wenn sie sich wie Klone ähnelten. Niemand würde sie auseinanderhalten können. Meine Söhne sind zweieiige Zwillinge – die Verwechslung wurde mir erspart. Das Interesse an Zwillingen begleitet mich seit ihrer Geburt. In diesem Roman habe ich alles, was ich darüber in Erfahrung gebracht habe, eingebettet. So ist ein aussergewöhnlicher Plot entstanden. Das Produkt meiner Phantasie, das darin gipfelt, Erlebtes weiterzudenken bis über die Grenzen hinaus …

Danken möchte ich allen, die mich während der Schreibphase ausgehalten haben. Es waren intensive Monate.

Ein herzliches Dankeschön gilt dem gesamten Team des Emons-Verlags. Mit ihm zusammenzuarbeiten bedeutet Freude und Professionalität. Ich danke meiner Lektorin Irène Kost – sie ist unersetzlich –, ebenso meiner Schriftstellerkollegin Monika Mansour, aus deren Luzerner Krimis ich eine Figur in mein Buch entführen durfte, und Fridel Rickenbacher von der MIT-Group in Wollerau für Informationen über das Hacken sowie Sascha Hättenschwiler für die tolle Führung durch das Bürgenstock-Resort.

Und vielen Dank allen Leserinnen und Lesern, die mein Schreiben erst möglich machen. Ihr grosses Interesse an meinen Büchern macht mich sehr glücklich.

Silvia Götschi
JAKOBSHORN
Broschur, 320 Seiten
ISBN 978-3-95451-260-7

«Die genau ergründeten Charaktere und ein sarkastisches Gesamtkonstrukt zeichnen den Roman aus. Davos gibt zudem ein atmosphärisches Panorama für den Plot ab.» Bote der Urschweiz

«Psychologisch subtil, feinsinnig, unheimlich. Gänsehaut garantiert.»
Davoser Zeitung

Silvia Götschi
MATTAWALD
Broschur, 304 Seiten
ISBN 978-3-95451-482-3

Die achtzehnjährige Laraina Vetsch wird tot im Mattawald aufgefunden; die Polizei geht von einem Suizid aus. Doch Larainas Schwester glaubt nicht an einen Selbstmord und bittet ihre ehemalige Schulkollegin Allegra Cadisch um Hilfe. Die junge Jurastudentin nimmt undercover in einem Davoser Hotel eine Stelle an und ermittelt vor Ort – nicht ahnend, dass sie sich damit selbst in Lebensgefahr bringt.

Silvia Götschi
HERRENGASSE
Broschur, 336 Seiten
ISBN 978-3-95451-713-8

«Die Autorin lässt in diesem Krimi wieder ihrer Phantasie freien Lauf und zeigt das beschauliche Schwyz und seine (fiktive) Politikprominenz von einer eher dunklen und abgründigen Seite.» Anzeiger Luzern

Silvia Götschi
BÄRENTRITT
Broschur, 272 Seiten
ISBN 978-3-95451-777-0

«Silvia Götschi beweist mit ‹Bärentritt› ihr feines Gespür für tiefe Figuren und die oft dramatische Dynamik, die aus zwischenmenschlichen Verbindungen im Guten wie im Bösen erwachsen kann.»
Rigi Anzeiger

«Silvia Götschi versteht es bestens, mit einem spannenden Plot und einem aktuellen Hintergrund ihre Leser zu packen.»
Anzeiger Luzern

www.emons-verlag.de

Silvia Götschi
KLAUSJÄGER
Broschur, 336 Seiten
ISBN 978-3-95451-988-0

«Die Autorin kennt sich mit dem Tatort und der lokalen Bevölkerung bestens aus. Wie gewohnt vermischt sie geschickt und mit raffinierter Phantasie Wirklichkeit und eine fiktive Romanhandlung. Für unterhaltsame Spannung ist gesorgt!» Sempacher Woche

Silvia Götschi
MUOTATHAL
Broschur, 320 Seiten
ISBN 978-3-7408-0053-6

Kurz nachdem ein Junge aus Muotathal verschwindet und ein Unwetter die Region von der Aussenwelt abschneidet, findet die Polizei in der Nähe des Höllochs eine Kinderleiche. Doch die Eltern des seit zwei Tagen vermissten Seppli identifizieren sie nicht als ihren Sohn. Wer ist das tote Kind? Valérie Lehmann ermittelt – und kommt einer Wahrheit auf die Spur, die jede Vorstellungskraft übersteigt …